U0529026

人民艺术家·王蒙

创作70年全稿

读论编

欲读书结

· 25 ·

人民文学出版社

王　蒙

目 录

夫妻怎样才能和谐 …………………………………………（1）
谁了解毕加索？ …………………………………………（5）
反面乌托邦的启示 ………………………………………（10）
《白蛇传》与《巴黎圣母院》 …………………………（15）
《回娘家》模式的意义 …………………………………（19）
话说《雨人》 ……………………………………………（23）
文化传统与无文化的传统 ………………………………（27）
蘑菇、甄宝玉与"我"的探求 …………………………（31）
时间是多重的吗？ ………………………………………（36）
作家是用笔思想的 ………………………………………（43）
讲点逻辑 …………………………………………………（46）
旧体诗的魅力 ……………………………………………（49）
话说"朝三暮四" ………………………………………（54）
谈学问之累 ………………………………………………（57）
东施效颦话语词 …………………………………………（65）
一篇《锦瑟》解人难 ……………………………………（71）
懂还是不懂？ ……………………………………………（78）
再话语词 …………………………………………………（86）
再谈《锦瑟》 ……………………………………………（90）
发见与解释 ………………………………………………（95）

1

惊险的模式及其他	(100)
批评或有之隔	(105)
符号的组合与思维的开拓	(111)
相声的文学性	(116)
话说这碗"粥"	(121)
"缘木求鱼"	(124)
九死未悔的郑重	(130)
《读书》补	(133)
参古考今	(139)
清新·穿透与"永恒的单纯"	(142)
人·历史·李香兰	(150)
精神侏儒的几个小镜头	(159)
躲避崇高	(163)
苏联文学的光明梦	(171)
关于《女人的气味》	(181)
长篇小说与短篇小说	(184)
从"话的力量"到"不争论"	(190)
心灵深处的对话与冲击	(196)
文学与地理	(199)
不争论的智慧	(204)
"洛伊宁格尔"与他的眼睛	(209)
旧梦重温	(217)
不成样子的怀念	(223)
说《走出男权传统的樊篱》	(231)
《三国演义》里的"前现代"	(235)
后的以后是小说	(240)
想起了日丹诺夫	(244)
全知全能的神话	(252)

汉城盛会话东洋……………………………………（259）
周扬的目光…………………………………………（267）
陌生的陈染…………………………………………（273）
道是词典还小说……………………………………（277）
我心目中的丁玲……………………………………（285）
嘉言与警句…………………………………………（297）
难得明白……………………………………………（305）
咏叹与深思…………………………………………（314）
永远的《雷雨》………………………………………（318）
绝对的价值与残酷…………………………………（325）
革命·世俗与精英诉求………………………………（334）
读《大浴女》…………………………………………（346）

欲读书者,处于未读书、不读书之狼狈处境而粉饰之谓也。犹清代曾剃头国藩手下大将战太平军,不说"屡战屡败"而说"屡败屡战"。思书而不可读,便成"情结"。不学而不甘无术,便把浅层次的感想见解写出来,求教于善读书多读者。虽不能至,心向往之。[*]

---

[*] 本卷为1989年1月至2000年9月期间作者发表于《读书》杂志"欲读书结"专栏的文章。

夫妻怎样才能和谐

偶读一海外华侨报纸,上面译载了一个洋人写的关于这个题目的文章。提到许多注意事项,如:

1. 丈夫刚下班,切忌向他诉说家中诸事(因此时他太累,兴奋灶还在自己的事务上)。向丈夫谈家事的最佳时机是晚饭后半小时至一小时。

2. 丈夫对妻子的打扮不可掉以轻心。她换了发型,换了服装,换了鞋袜,都应引起丈夫的足够兴趣……

笔者读后的第一反应:真琐碎,鸡毛蒜皮言不及义,把爱情庸俗化了。

第二反应:代中国同胞拟同题文章。

你要夫妻和谐吗?首先要有共同的理想、追求、价值取向,使你们双方成为具有崇高目标与共同事业的终生伴侣。其次要树立对己对人对子女对国家对社会的责任感,赋予爱情婚姻以严肃的内容。这样便可严格要求自己,宽厚对待别人,不可处处自我中心,而要先考虑、先理解对方。第三要劳逸结合,不断丰富与更新共同的生活内容。第四要注意性生活的和谐,性生活同样要体贴对方。第五遇到纠纷摩擦不要往窄处想。第六关于财产……

第三反应:中国人愈来愈习惯于从根本上、从整体上、从关键上看问题想问题了,解决问题了。从而找出了许多大道理——叫做纲的,认为大道理是管小道理的,纲是管目的。认为有了大道理就可以使小问题迎刃而解,举了纲目就一定张。

我所拟的中式夫妻和谐论貌似颠扑不破与洋洋洒洒,实际上有两个缺点:

1. 千篇一律,缺少新意。

2. 可操作性差。这些道理全部通晓的夫妻,仍然有可能吵架打离婚。请看看周围,看看自己,有几对夫妻闹纠纷不是由于"鸡毛蒜皮"而是由于理论论战?

而洋人的议论呢?

1. 确实是琐碎了些。

2. 确实可能有所补益。

3. 小补益加到一起,也有齐家兼利安定团结的大效益。

发挥:不知道是古代的传统还是新中国普及政治学习的功效,中国知识分子为大道理、为动辄的整体研究、宏观研究、关键所在付出的时间和精力是不是太多了?从古代就纠缠于治国平天下、君臣之义、有道无道、独善兼善、王道霸道之辩,有几个知识分子愿意去研究医药、烹调、酿酒、服装、农业机械、手工艺,即清代所极力贬低的天文地理言兵言术的奇技淫巧呢?这是否也是中国科学不发达的一个原因?只有混沌一团的大道,而没有分割成彼此独立的学科。无学科哪儿来的科学?解放以后我们的脑筋集中于两个阶级、两条道路、两条路线、红与专、世界观宇宙观的辩论上。近几年的热门则是关于中国文化传统的一揽子评论,关于现代意识的一揽子鼓吹。谈历史则谈超稳定机制。谈文学则谈文学与政治、文学与社会、文学与生活、主观与客观的关系。谈理论则谈坚持与发展、继承与创造、体系与论点……这些题目好则好矣,必要则必要矣,够用吗?只做整体研究,不做分割研究,还有学科科学吗?如果搞电学的人还必须同时研究电费收取标准,搞采矿的人必须同时精通世界矿工运动历史,还有电学和采矿学吗?全国知识分子都为一两个热门题目大发宏论,各行各业都在讨论大道理、热衷大道理、争执大道理,在可喜的同时有没有可忧之处呢？

联想一：一位西德教授告诉我："我们大学的师生越来越不爱听中国学者的讲演了。他们不论讲什么，都要先大讲一通中国地大物博，历史悠久，古代辉煌，近代落后，新中国充满希望，又走弯路，三中全会以后，改革开放，充满生机，出现了新问题。轮到讲自己的专业，却没有什么词儿了。我真不知道在中国学者是怎样接受训练的。"

联想二：一位日本学者说，他感到奇怪，中国的文学评论家一个个高屋建瓴，挥斥遒劲，甚至可以对一个作家一个年头的文学创作发表结论性见解，却没见什么人做一点"笨"的工作。比如，你要评论一位作家，你能不做搜集该作家的生平、著作篇目索引、有关评论研究文章索引的工作吗？

联想三：一些中国的名言、谚语：群居终日，好行小惠，言不及义，其近道也，难矣哉！朝闻道，夕死可矣。国家的事再小也是大事，个人的事再大也是小事。博士卖驴，下笔千言，未有驴字。高屋建瓴，势如破竹。上纲上线。雕虫小技，壮夫不为也。大河没水小河干……

联想四：中国人写信封也是从大到小，国、省、市、区、街、号、人。而美国人写信封次序正好反过来。如给《读书》某编辑写信，美国人是这样写的：张编辑，读书编辑部，166 号，朝阳门内大街，东城区，北京市，中华人民共和国。最初，我简直觉得这匪夷所思。后来再看他们写的信封，倒觉得对象鲜明突出。再有，美国店员找钱也是先找硬币零头，再找个位上的元，再找十位上的元的。

联想五：我们做报告的格式也是：

1. 国际形势。
2. 国内形势。
3. 最近一次重要会议的基本精神。
4. 我们对此精神的拥护与体会。
5. 本地区要做的事。
6. 本单位要做的事。

联想六：笔者下放农村时，上级派工作干部来动员多售余粮，先讲无产阶级文化大革命的大好形势。一个农民听得不耐烦，便说："别绕圈子啦，到底允许我们留多少口粮，你就实说吧。"

一点结论：笔者无意抹煞由大及小、由高及低、先务虚后务实的思想方法、论证方法、表述方法的价值及优越性，但大小总是互相作用的，纲目、虚实、概念与表象总是互相作用的。小河没了水，大河也同样会干。材料不翔实，必然会带来议论的粗糙。缺少分割的、相对独立的、剥离的学科研究，大道理有可能变成空谈清谈。大道理没闹通闹透，也仍有可能做一些有益的小事情。例如一个服务人员，闹不清"有计划的商品经济"的命题，也仍然可以改善服务态度。都不去从事救国的具体实践而辩论救国的大道……呜呼！未敢苟同也。

1989年1月

谁了解毕加索？

六十年代初期，半饥半饱、身处逆境的我读到了伊利亚·爱伦堡的《人，岁月，生活》第一部。书是作为反面教材出版的。顺便说一下，出版反面教材可真是个绝妙的、有气魄的主意。例如费正清博士的《美国与中国》，我就是一九七一年在新疆"五七干校""深造"时有幸阅读的。

我曾经非常崇拜爱伦堡的书，但读了就忘了，没留下多少正面也没有反面。但是有一段我印象至深，牢记至今，是爱伦堡讲到了毕加索：

> 评述毕加索的人们指出，他渴望解剖有形的世界，剥下它的皮，掏出五脏六腑……有些人惋惜地或愤慨地说他有一种"破坏精神"。（四十年代末，当我读到我们的一些批评家评论毕加索的文章时，我曾为他们的判决……竟同丘吉尔和杜鲁门的口吻不谋而合而大为惊奇，这二人一个是业余美术家，一个是业余音乐家，曾大骂毕加索是暴徒。——原注）

接下来，爱伦堡承认自己也认为毕加索的某些油画"是难以忍受的，我不理解他何以能够憎恶一个漂亮女人的面孔"。（知音如爱伦堡，也被毕加索硌了牙！——王注）

他描写：

> 毕加索在自己的工作室里是活跃的，他被形形色色的"鉴

识家"的无知激怒了,他宁肯选择孤独……

　　人们试图划分毕加索的创作阶段。但这并不是轻而易举的:他每两三年都要用一些绘画上的创造发明把批评家们难住……研究者们规定了许许多多时期——蓝色时期、粉红色时期、黑人时期、立体派时期、安格尔时期、邦贝时期……不幸的是,毕加索突然把所有一切时期的划分一股脑儿给推翻了……

　　(盖了! ——王注)

六十年代的王蒙无法理解这些话,他当时知道的毕加索只是他画过和平鸽。令批评家为难,这多不好,为什么不谦虚谨慎,与领导与批评家携手共进呢？把时期都打乱了,是不是太乖戾一点了呢？破坏性……这就更糟糕了。幸亏不是在中国。艺术家应该是一些脉脉含情、彬彬有礼的人,像契诃夫。怎么能"破坏性"呢？

然而我仍然把这些话牢记在脑海里了,我受到了这些话的冲击,并直觉地判定:这只能是对一个超乎常人的大艺术家的评述。

七十年代复出以后,我当真是从反面体会到了这方面的道理的。在那个据说是作家们纷纷"喷涌"的年代,我屡屡体会到熟能生厌的心情。看一个作家的第一篇作品,为之感动,为之雀跃。看第二篇,题材变了,思路语言风格未变,似曾相识。再看下去,实在受不了了,就那一套。这种熟能生厌的恶劣感觉也常常发生在一些歌唱家身上,听他(她)的两三首歌还可以,听多了,怎么老是一个味儿？连台步及手臂的动作仿佛也是规定死了的。那些所谓非常有风格即一眼能看出风格的作家艺术家,如果不能突破自己的风格而被风格所囿,如果其风格本身就相当狭窄,创作量越丰就越被人一览无余、越暴露自己的艰窘贫乏。在他(她)的有限的想象力、创造力、胸怀、语汇的空间里,堆满了他(她)自己营造出来的不厌其详的孪生兄弟一样的作品,还怎么会留下令读者欣赏者心旷神怡畅快呼吸的余地？

毕加索之难以理解和屡遭攻击,可以想象,他的被激怒的另一面必定是"鉴识家"们被他的胡作非为与千变万化所激怒,这其实是一种"量差"和"位差"的表现。事实上,能够全部理解、欣赏并从而共鸣毕加索的巨大创造力与几乎是无边的创造物的人绝无仅有。一些批评家,不论肯定或者否定毕加索,其实只是肯定或否定了毕加索的一个侧面、一个层次、一个时期,他们的"胃口"消化不了毕加索,因而被毕加索所噎胀而手忙脚乱。这使人想起了印度古老的瞎子摸象的故事。看某些对毕加索的评论,至少令人想起这样一个场面,即一些聪明可爱的大头娃娃自吹自擂地宣称,他们已经解决了哥德巴赫猜想。毕加索的艺术创造力如海,而一些批评家(包括文化素质颇高的丘吉尔、杜鲁门等领导人)只能接受海的一个角落、一个区域、一个浪头、一个状态。在中国,我这个美术盲也多次听人介绍过:"毕加索早期的、蓝色时期和橘黄时期(不知是否即粉红时期的另一种译法)的作品还是好的。"言下之意是后来的毕加索走上了邪路。而只有前期没有后期的毕加索还能是毕加索么?还能与千千万万资质良好、受过足够教育并能认真作画的画家区别开来吗?

在另一本书《毕加索·生平与创造》(作者罗兰特·潘罗斯,Roland Penrose,英国作家及画家,伦敦现代美术学院院长)描写一九〇七年毕加索的新作《亚威农的少女》使朋友们议论纷纷:

> 都是全盘否定,大家对于这一转变莫名其妙……马蒂斯动了怒……认为这幅画是一种暴行……甚至在前一年……曾经显示出对毕加索有深刻理解的阿波利纳,最初也不能容忍这一难以理解的转变……评论家费利克斯·费内翁……以善于在青年人中间发现人才而著名……能给予的鼓励,只是劝毕加索致力于漫画创作……

毕加索的悲哀是一种海的悲哀。小溪、古井、航船和学究都会按自己的形象与需要来规范海。他们抱怨海太恣肆、多变、冷酷,太不懂得含蓄与节省能量。而另一方面,鲨鱼与海盗又为海的时而平静终有退潮未能吞噬一切陆地而责怪海的妥协狡狯。包括那些自命海的知音的诗人，一旦当真沉入海的黑魆魆的深处或漂上怒卷的海浪尖顶，他们也会对海大声咒骂。虽然，他们离不了海提供的生命盐。毕加索的悲哀也是一种高峰的悲哀。高峰总是不像例如后花园的假山那么精巧和亲切，那么容易被常人一下子接受。

翻阅一下毕加索受到的另一种攻击也极感人。潘罗斯写道：

> 一向有人并非不怀恶意地说，无论任何人的任何东西，只要充分引起毕加索的兴趣，他便会剽窃，以至有些画家一见毕加索到来就把自己的画藏起来，生怕"主意"被毕加索偷去。艺术大师却被别人当窃贼防范！何况毕加索说："抄袭别人是必要的，但抄袭自己是可怜的。"

笔者声明，我只能同意毕加索的后半句话。海因为兼收并蓄而影响了自己的形象，使爱惜羽毛方面其实相当马虎的笔者也变得小心翼翼起来。多么没有出息！

而毕加索自己是这样说的："每逢我有一种意思要表达时，我总是用那种我认为应当用的方式把它表达出来。不同的主题毫无例外地要求不同的方法。"所以，"我从未做过实验"。

说得好！海未求大，山未求高，搞创作也是无为而无不为。不做实验的意思实际上是绝不为实验而实验。何无知音？是不是海与山的存在本身已经激怒了水洼与土丘了呢？是不是海与山的存在本身就构成了对一切自命不凡、确有可取的石头与小鱼的挑战了呢？

法国作家高宣扬的《毕加索传》中，写到了一九一八年达达主义在法国的蔓延：

> 达达主义者的主要代表人物不得不表示，在当代要在文艺界产生一定的影响，首先必须取得类似毕加索、马蒂斯和特朗等人那样的成果。

高宣扬写道：

达达主义者逐渐地意识到要赶上毕加索的水平,盖过毕加索的影响是不容易的。达达主义的某些领导人开始怨恨、妒忌毕加索,并无耻地攻击毕加索,妄图削弱毕加索的影响。

毕加索在第一次世界大战至二十年代初屡屡遭受达达主义的攻击,甚至有人还指责毕加索"赶不上时髦"……

当毕加索的作品继续受到世人的普遍赞赏的时候,达达主义者却陷入了泥潭。他们的道路越来越窄。

这一段最有趣,最能被我国的读者所理解,叫做"心有灵犀"。谁说中国文化是世界了解中国的障碍呢?中国文化在这里不是帮助了我们去了解世界吗?可惜,没有更多的资料。而且说到底,我们并不了解毕加索,我曾经在六年以前请教过一位可尊敬的师长,关于毕加索,他深思熟虑地、不无沉重地、忠言逆耳地告诉我:"在我们国家,在现在,不可能接受毕加索。"

当然,即使有中国的毕加索,他的遭遇、形象与他的处境,也可能比法国的、西班牙的毕加索更复杂微妙而又迷离扑朔得多。呜呼!

1989年2月

反面乌托邦的启示

据悉,在著作完成六十七年以后,叶·扎米亚京的长篇小说《我们》终于得以在自己的祖国苏联公开发表。我国出版的《当代苏联文学》一九八八年第四期译载了这篇一九二四年即用英语出版了的作品。其实,早在两年前,此书即以作者"萨姆雅丁"的译名,与乔治·奥威尔的《一九八四》与阿道斯·赫胥黎的《美丽新世界》一起,由花城出版社出版了,是为"反面乌托邦三部曲"。

反面乌托邦,大概是指它们描写的幻想中的乌托邦世界,不是理想化的自由幸福的乐园,不是所有社会成员相亲相爱的大同世界,不是人类的美梦,而恰恰相反,这种乌托邦的特点是它的反人类性质,是令人毛骨悚然的噩梦,是被控制被扭曲被扼杀了的人性,是严密的社会组织与先进精巧的科学技术相结合,并从而形成的对人类的恶性统治。

反极权,是三本书的不谋而合的主题。西方所谓的反极权概念里,包含着一些什么样的解释和暗示,包含着哪些合理的忧虑与或有的不着边际的偏见,本文暂不涉及。至于权力本身所具有的二重性、所可能生发的负面的影响,则是我们不应忽视的具有切肤之痛的问题。否则,马克思列宁主义的经典理论也就不会提出关于在共产主义社会阶段政权和国家的消亡的命题,我们也不必面对和探讨"无产阶级专政的历史经验"(和教训)了。

重要而有趣的是反面乌托邦的概念本身。我们已经习惯了历史乐观主义,乃至把这种历史乐观主义简单化——变成简单机械的历史进化主义。即简单地认为今天比昨天好,明天比今天好,后天比明天好,叫做"芝麻开花节节高",把历史看成一个攀登高峰的跋涉,经过的时间愈长,爬得就愈高。因此,畅想未来就是我们用来鼓舞情绪的良方。在渴望现代化、痛感处境落后的今天,我们更是恨不得一个跃进、一个起飞就能摆脱过去进入未来。我们认定,未来是解决了今天困扰我们的一切矛盾的极乐世界,未来意味着肯定的进步和幸福,过去意味着一片黑暗而现在的意义在于通过牺牲和奋斗迎接未来。

而反面乌托邦的思路则提醒我们,未来也可能是坏的,今天的一切未必事事胜过昨天,而明天的一切也未必事事强似今天。技术的日益先进,社会秩序的高度规范,优化原则的普遍贯彻,社会机制的高度效率化,都可能反过来变成人类的对立物,都可能使人变成技术、秩序、效率的控制物与牺牲品。三部小说不约而同地、各有特色而又大同小异地为我们勾画出一幅可怕的、令人作呕的图景。

《美丽新世界》里,纪元二五三二年的人类是由"中央伦敦孵育暨制约中心"来培育的,这个中心的工作原则即"美丽新世界"的基本原则是"共有、划一、安定"。"九十六个划一的孪生子,操作九十六架划一的机器",而且,他们正在创造由"一个卵巢""生产"一万六千零一十二个孪生子的新纪录。就是说,由于机器和工作的统一化,为了效率,必然要求人的统一化,因此科学家用人工方法使用一个卵巢的卵子与来自同一精巢的精子交配,产生同一类型的人。这真可怖!作者把这个二五三二年称为"福特纪元"六三二年。所谓福特纪元,是把美国汽车大王福特创立生产流水线的年代定为新纪元的开始,其中批判资本主义的现代工业文明的含义是很明白的。

在《一九八四》里,则写到一九八四年生活在一个超级大国里的人民。他们的电视机兼有接收电视广播与监视它的观众两方面的功能。人们的一举一动都处于统一的监视之下。其结果是人人必须戴上假面,隐藏自己,讲假话。作品是一九四八年写的,里面把一九八四当做反面乌托邦成为事实的时间。当然,一九八四年已经过去了,地球上还没有发生那样可怕的事,但这种戴假面讲假话的气氛的描写并不令人感到陌生,并不令人感到作者在阴郁、悲观、病态以及反苏狂热之外没有严肃的警世思考。

在《我们》里,生活在地球上建立"统一王国"的第一千个年头的人们,被编成了符号和数码。他们的一举一动,包括婚配和做爱,都是按照"王国"的无所不包的时刻表通知单来进行的。在那时,"号码"(即人)们回忆"在博物馆中见到的图景:那是二十世纪祖先们的大街,街上乱糟糟地拥挤着人群、车辆、牲畜、广告、树木、禽鸟和五颜六色,颜色驳杂得使人发昏。听说过去确曾是如此,这是可能的。我觉得这太不真实,太荒诞。我忍俊不禁,哈哈大笑起来"。

看,扎米亚京笔下,我们现在的混乱的苦恼重重的二十世纪,倒成了一千年后的号码们的不敢相信其当真存在过的"向后看"的"乌托邦"了。

三部小说的共同倾向包含着对现代化的极端焦虑。工业化、合理化、优选化、标准化、统一化等等,会不会在带来效率、社会生产力的迅猛增长、经济起飞的同时,也带来对人生、对人性、对文化、对人的全面发展与全面的幸福的某种戕害呢?三位作家以相当夸张乃至乖戾的语调做了肯定的回答。虽然这只是小说家言,而且小说毕竟只是小说;我们甚至还可以说,文学家天生会有一种想入非非的、脱离实际的、追求绝对个性与自由而非组织、非秩序、非社会的倾向;但这些书的描述、这些回答仍然既严肃又沉重,既刺激人的神经又引人思索。即使从整体上我们不能也不愿接受他们的枭鸟式的预言,我们仍然有必要耐着性子去读一读、想一想,从中得出清醒的、更有远见的结论。

他们对未来的不祥感与噩梦感之所以如此强烈,是因为他们着重从人文主义的、文化的、性灵的、有时是审美的观点来批判工业文明,批判现代化,批判城市文明与社会的高度组织化。这里,生产力的发展并不意味着社会的全面进步与人民的全面幸福。这种观点相当杀风景，相当令人不快，然而却不能忽视并一笔抹杀。经济的起飞只有和政治结构、文化素质、人际关系以及种种涉及人们的各自的灵魂的精神因素的改善结合起来，才是真正的进步。在这里，现代观念或现代意识恰恰不意味着对现代工业文明与后工业文明的无条件认同，不意味着对传统、对昨天的无条件的决裂——像我们的一些由于对太不现代化的焦虑而产生的对一切现代生活方式及其符号的倾心膜拜者那样。我们的这些膜拜者太像幼稚的少女了，她们急于离开家园，投入自己远未认知的西方发达国家文明模式的怀抱。

三部作品中尤使中国读者可能感受新意的是他们对科学主义、技术主义的批判。不论在"一九八四"年、"美丽新世界"还是"统一王国"纪元一〇〇〇年，科学技术起的是恶的作用，是摧毁人性和控制人的作用。这真惊心动魄！它们反映了人们特别是西方的人们对突飞猛进的科学技术的疏离感、异己感，在扎米亚京的《我们》中，作者幻想二十世纪的一千年以后第一艘宇宙飞船升空进入宇宙。在这一方面，当今科学技术达到的成就远远超出了作家的幻想。科技愈来愈近乎无所不能了，而对社会组织、人际关系、个人生活、家庭婚姻生活与内心生活，人们仍然是这样地众说纷纭、莫衷一是，乃至感到无能为力。一边是无所不能，一边是无能为力，这样巨大的倾斜，能不造成小说家的噩梦——反面乌托邦吗？能不造成对科技的异化的警惕感吗？

这里还有一个值得深思的大问题：正面乌托邦与反面乌托邦果真是泾渭分明、火车道上的两股岔吗？一些美善至极的乌托邦，会不会带来或同时包含着负面的契机呢？这难道不是一个令人清醒的提问吗？

在中国谈这些也许为时尚早。我们正苦于生产力不发达、劳动效率不够高与科学技术不够进步。我们当然要坚持历史的乐观主义和历史主动精神，努力奋斗争取四个现代化早日实现。然而，前车之鉴仍然是有意义的。我们的乐观主义应该是清醒的乐观主义。我们所追求的现代化应该是带来人的全面发展并注意解决新的问题的现代化。更深刻更全方位地思考一些问题，获得更多的远见和更多的深思熟虑，也许不能说干脆用不着。

1989 年 3 月

《白蛇传》与《巴黎圣母院》

可惜我不懂什么比较文学，要不然我一定比较一下《白蛇传》《白娘子永镇雷峰塔》与《巴黎圣母院》。

《白蛇传》是戏，而且窃以为是最伟大的一出戏，正像《红楼梦》是中国的最伟大的长篇小说。之前有冯梦龙编的话本小说《警世通言》中的《白娘子永镇雷峰塔》，更早还有民间传说。《巴黎圣母院》是雨果的著名长篇小说，改编了电影，改编了芭蕾舞剧（不知道是否有歌剧）。《白蛇传》与《巴黎圣母院》二者都有实的背景，中国的是杭州啊、断桥啊、孤山啊、雷峰塔啊什么的，法国的则是实有的巴黎啊、塞纳河啊、大学区直到圣母院啊什么的。实的背景与离奇的（《白》是神奇、魔幻的）故事的反差，造成了极不凡的艺术效果。再一个强烈的反差，就是情意绵绵的爱情故事与腥风血雨的厮杀情节，结合得奇。二者都有个钟情、上当、终于被镇压的女子，白娘子与爱斯梅拉达，令读者为之欷歔不已乃至涕泪滂沱。二者都有个坏事的妖僧，法海与副主教甘果瓦。本来神甫、主教并不等于"僧"，看来《巴黎圣母院》的译者陈敬容也凑趣，把描写副主教甘果瓦杀人的那一章的标题译为《妖僧》。两个作品中都有一个不值得爱的、背叛了爱自己的姑娘的男子，许仙与弗比斯队长。这说明，"痴情女子负心汉"的模式，远远不只在中国才有地盘。最后还有一个人物值得比较，就是说两部作品中都有一个忠于女主人公、保护女主人公，至忠至诚至烈但终于没有成功的悲剧性的忠臣式人物，那就是小青与面貌丑陋的敲钟人伽西莫多。当然，伽西莫多是男人，自己也爱着爱斯梅拉达，而小青，绝大多数版本中是女子，这反映了东西方文化在处理性爱、友谊乃至忠诚的时候的观念差别。但值得注意的是，川剧中，小青本是男子，为侍候白娘子方便而幻化为女，一遇到杀伐武斗，小青又复原为男，这种东方式的灵活性、中国式的又祭灶王又堵灶王的嘴的狡黠与伽西莫多比较一下，甚至让人想起"此地无银三百两"的故事来。

把《白蛇传》的戏与《白娘子》的话本比较一下，也很有趣。除了戏里的许仙原在话本中称许宣，戏里增加了饮雄黄酒吓倒许仙（话本中是白蛇打破了雄黄罐），盗仙草救活许仙（死去活来的爱情，太棒了，《牡丹亭》也是如此），最后金山寺大战等戏剧化的情节外，最根本的区别在于，话本中实写了白娘子是妖物："一阵风""卷出一道腥气""青天打一个霹雳""吊桶来粗大白蛇，两眼一似灯盏""大蛇张开血红大口，露出雪白齿，来咬先生""白鳞放出光来"。直到法海禅师痛斥"业畜"，白娘子"复了原形，变了三尺一条白蛇"，种种将白娘子当做妖孽写的段落词语，贯穿全篇。开始是正不压邪，终于是邪不压正，叫做欲擒还纵。蛇妖化做美妇人，而且"春心荡漾""放出迷人声态，颠鸾倒凤，百媚千娇……"更是传说的"女人是祸水"的中国阳痿文人心态的观念表现，与把妲己写成狐狸精并无二致。不同的是，话本的题目不是"法海师神威捉妖"，也不是"许宣贪色险丧命"，甚至也不是"白蛇妖现形伏法"，而是"白娘子永镇雷峰塔"，这就有点意思了。"白娘子"三字一下子把她的"人"的性质肯定了，"永镇"云云可以说是带着遗憾的至少是客观的描述。这样，这篇话本就与包括《聊斋志异》中的《画皮》与《西游记》中的白骨精在内的众多的描写女妖女祸的文学作品显出了区别，当然，《聊斋志异》不乏正面描写"女狐"之可爱的作品，但这些作品中的妖（或蛇或狐）、人、佛（僧）的冲突，远远没有尖锐到《白娘子》的程度。

到了话本变成戏就渐渐把同情心置放于娘子一边了。蛇也罢，毕竟比和尚可爱。解放以后,爱憎更加分明了,白蛇青蛇成了正面人物,和尚成了反动派,而许仙是中间人物,合乎我们的政治模式。不知是不是受了阶级斗争理论的影响,解放后的各种剧种的《白蛇传》,无不是扬白(蛇)贬法(海)嘲许(仙)的。许仙愈来愈像一个动摇分子、右倾机会主义分子的典型了。可以看许仙而思陈独秀了。

《巴黎圣母院》的爱憎也是强烈分明的。埃及女郎与敲钟人是那等纯洁美善,妖僧与队长是那等可恶。《白》中,白、许、法是三种色彩,而在《巴》中,只有黑白分明的两种色彩。

《白》的三种色彩与处理的写意性留下了极大的空白与弹性。这是它比《巴黎圣母院》空灵和高明的地方。其实对白蛇许仙的故事还可以做不同的多种解释与戏剧处理。首先是象征式的,蛇是情爱特别是女子情爱的象征,柔软、缠绵、怨毒、寸断、执着,简直绝了,比狐更悲伤和绝望,更催人泪下,比西方喜欢比喻的鱼或玫瑰更有深度也更感人肺腑。

其次一种解释是怪圈式的。蛇要爱,但这种爱要伤人。人爱蛇,但又要拯救自己的生命与灵魂。人怕蛇,合情合理。(叫做又爱又怕!)佛(僧)要救人,就要与蛇斗争。人的尴尬处境两难处境就在于活活夹在蛇与佛之中,"蛇还是佛",比哈姆雷特的"活着还是不活着"的问题还要煎熬人。由蛇、人、佛之争出现了生与死、战争与和平,鸣呼,《白蛇传》太伟大了!

更可以做弗洛伊德式的解释。《巴黎圣母院》中,妖僧是爱美女的。问题是雨果写得太实太满,太淋漓尽致了,妖僧形象不可原谅地丑恶着。电影《巴黎圣母院》就稍好一些,使人感到了妖僧的生活和思想感情的沉重堪怜。其实,把妖僧对爱斯梅拉达的爱也完全可以写得更美———种绝望的孤独的压抑的美,那样写说不定更摄魂夺魄。

而法海呢?如果法海也爱白娘子呢?明朝的中国人,可就不敢这么写了,也许连想也不敢、不会这么想!

反过来说，佛、人、蛇，不都是人的心理人的意识的幻化吗？白、许、法的厮杀，不正是反映了人们的内心中的暴风雨吗？外宇宙的各种层次，不正是内宇宙的写照吗？

我们同样不应该排斥道德化的处理：白蛇就是妖，法海就是佛，佛法无边，妖氛终扫。现代化的法海甚至可以指出，路遇便生爱心闹不好会传染艾滋病的，雄黄酒说不定能防治艾滋病啊！有何不可？《潘金莲》不是屡演不衰，杀嫂祭兄，掌声四起吗？当然为潘金莲翻案鸣不平也可以。老《潘金莲》的戏特别是杀嫂一场潘的做功，是不可不一直演下去的，即使演下去也不会妨碍五四运动号召的反封建的大业的。我就不信看老《潘金莲》的人笃定会反对妇女解放、婚姻自主。看戏不可太钻牛角尖，讨论黄河、长城、龙、八卦之属，也是如此。

最后说两个小闲话。学雷锋时我常常想起"雷峰"，这种汉字的谐音可真够叫人分心的。再有就是，一旦有机会，我真想写一部《白蛇传》题材的叙事长诗。至于短诗《断桥》，我已写过了。收在四川文艺出版社为我出的第一部诗集《旋转的秋千》里，欲购就从速吧。

1989 年 4 月

《回娘家》模式的意义

　　民间自有学问在,生活自有学问在。例如前几年风靡一时的"出口转内销"的民歌《回娘家》。(按:此歌号称河北民歌,但乃是港星唱红之后再流行我神州大陆的。)《回娘家》的歌词如下:

　　风吹着杨柳么——唰啦啦啦啦啦啦,
　　小河里流水——哗啦啦啦啦啦啦,
　　谁家的媳妇她走呀走得忙呀,
　　原来她要回娘家。

　　身穿大红袄,
　　头戴一枝花,
　　胭脂和香粉她的脸上擦,
　　左手一只鸡,
　　右手一只鸭,
　　身上还背着一个胖娃娃呀……

　　一片乌云来,
　　一阵风儿刮,
　　眼看着山中就要把雨下……

　　淋湿了大红袄,

吹落了一枝花，
胭脂和青粉变成红泥巴。
飞了一只鸡，
跑了一只鸭，
吓坏了背后的胖娃娃呀……
哎呀，我怎么去见我的妈！

很普通的歌词，却蕴含着一个相当普遍有效的模式，既是人生模式又是艺术模式。

这个模式首先可以叫做"有无模式"。这首歌的起首两句是讲杨柳与小河，讲的是自然环境。自然先于人事，这很合理。然后是"谁家的媳妇走呀走得忙"，人有了，而且一有就忙，人与忙同在，忙与人俱生。然后红袄有了，然后红花有了，然后脂粉有了，就是说，有了自然，有了人，还不够，下一步必然是文化。然后鸡鸭娃娃全有了，对社会生产与人自身的生产都有了表达。这些个联系起来，颇有些"道生一、一生二、二生三、三生万物"的意思啦。

一片乌云，一阵风儿，这都是不以人的主观意志为转移的因素，称之为自然、客观乃至上帝、魔鬼，都可以。紧接着，大红袄没了（淋湿），一枝花没了，胭脂香粉失去了自我，鸡飞了，鸭跑了，胖娃娃也吓坏了……

这不正是许多文学艺术作品的模式吗？如《红楼梦》。大观园没建成时，宝玉是相当寂寞的。然后来了黛玉，然后来了宝钗薛蟠薛姨妈，然后来了湘云、宝琴、尤氏姐妹以及柳湘莲、香菱……诸多人物，从无到有。有了就爱就恨就斗就热闹就哭就笑，然后死的死走的走嫁的嫁老的老，最后"落了个白茫茫大地真干净"，又成了无了。所以小红讲，千里搭长棚，没有不散的筵席。这种"有无模式"，也不妨称之为筵席模式。请想想看，筵席有多象征，多对比，多强烈！筹备筵席，何等的兴致，何等的功夫！宾客来时，何等的优渥，何等的风光！筵席进行中，又是多少豪华排场，多少学问交易！最后呢，杯盘狼藉,恶味熏天,又是什么样的荒唐滑稽!

话剧《雷雨》也是如此,周朴园一家,不义亦不损。然后鲁妈来了然后大海来了。然后周家天翻地覆。然后一个个欲走不得,死于非命。

从无到有又从有到无,筵席从聚到散,是人生悲剧的基本形式,亦是艺术悲剧的基本模式。有趣的是《回娘家》民歌中流露的不是悲剧性而是喜剧性。各位听官看官,细细想来,从无到有又从有到无,不也挺"哏"的吗? 为什么一定要是哭哭啼啼的悲剧呢?

这个模式的第二个特性可以叫做"错位模式"即荒谬模式。媳妇穿戴打扮停当,手提鸡鸭,身背娃娃,她追求的是回娘家的凯旋性、胜利性。其实质与项羽的衣锦荣归,与我国多种戏曲的保留剧目《喜荣归》中的"荣归"颇为相通。本来按常理说来,她的凯旋归家并不困难,既有鸡鸭脂粉,家道起码小康,有条件凯旋。谁料想一阵风雨,形势突变,鸡鸭失落,红袄蒙尘,娃娃吓坏,已经够荒唐的了,最精彩的却是下面一句词。叫做"胭脂和香粉变成了红泥巴"。呜呼,悲夫,胭脂香粉,女之所好,所以美姿容增魅力添精神壮行色者也,偏偏变成了红泥巴,脸上涂红泥巴,其丑何如! 画虎成犬,弄巧反拙,机关算尽,枉费心机,以荣始而以损终,目的与行为与行为后果脱离,或者如恩格斯所说,想进这间房间,却走到另一个房间去了,能不长叹乎?

再牵强附会一点,"回娘家"还可以从宗教象征的意义上探讨。娘家者,出发点与归宿也,永恒也彼岸也;婆家者,此岸也。"哎呀,我可怎么去见我的妈!"这是一声多么富有现代感、后现代感的叹息! 列位就这样唱下去、听下去、叫下去吧!

为什么承认牵强附会还要写上这几句呢? 第一,文本是思考的材料。文艺评论不限于思考,但绝不能没有思考。我们的文艺评论不患思考太多,而患思考太浮浅或太玄虚,甚至不思考就下占卜卦签式的断语。第二,生活大于理论,形象大于思想。叫做世事洞明皆学问,人情练达即文章。当今行时崇拜舶来的新名词新旗号新观念,一写文章就要摆出一副唬人绕人的架势，故顺手拈来几句民歌小调，拉扯上几句大道理，搅和一番，也可降降新潮评论的虚火，增加点读书人特别是不读书而大话连篇的朋友们的生活气息。面向生活，面向群众，面向民间，似可通经络，可调寒热，可免积食成痞，可防中虚受风，是不是呢？

1989 年 5 月

话说《雨人》

一九八九年三月,笔者访问新西兰时,在奥克兰市,利用复活节假日未安排官方活动的机会,看了当时已获奥斯卡金像奖八项提名的美国电影《雨人》。

电影描写一个患有自闭症即不能与旁人交流的精神疾患的病人,因获得其父大笔遗产,受到异母兄弟的青睐,与弟弟共同上路。此病人名叫"雨人",一路上出了许多洋相,闹了不少笑话。由于他运算与记忆能力超人,弟弟异想天开与他大逛赌城,在赌场所向披靡,大显威风。最后"雨人"回到精神病院,弟弟依依不舍。

果然,笔者回国后不久获悉,电影《雨人》获最佳故事片等四项奥斯卡奖。中国记者报道此消息时,述评道:此次评奖中,伦理道德片又受到了好评。

《雨人》是伦理道德片吗?

大概可以这样说。笔者相信,中国记者的报道当非个人的见解而是综合了外电外讯,我们的记者乃至学者似乎还没有抢先对一部外国文艺作品发表评论的勇气与习惯。与笔者一起在奥克兰市皇后大街的影院看电影的中国同志,看完后也众口一声地议论,影片中的弟弟本来是为了偿还买汽车分期付款的债才对利用哥哥感兴趣的,但通过一路同行,通过他的回味儿时的孤寂生活与渴望伴侣的心情,他竟然由衷地产生了对"疯哥哥"的手足之情,十分可信,十分人情味,十分动人。(笔者幽一默曰:不知孝悌忠信为何物的美国佬居然拍出了宣扬手足情深的电影,莫非是受了早已夭折的黄河文明及其头面人物孔夫子的影响?)

当然,即使不这么伦理道德人们也会喜欢这部片子。疯子出洋相,带有滑稽的色彩。疯子威镇赌场,带有奇遇记、歪打正着记——即刘宝瑞说的"黄蛤蟆得胜记"的故事的色彩。呜呼人类,何其喜侥幸盼侥幸也!估计电影的前半部使观众们庆幸自己幸亏没有一个疯哥哥纠缠不休,而后半部更富好莱坞的"砍(王按,不应是侃)大山"风格的故事,一定会使观众恨自家爹娘未给自己生这样一个哥哥了!伦理道德也不能干赔不赚呀,也不能不问"经济效益"呀,您说是不?

但我喜欢这部电影却是从更深(自以为更深,也许恰恰是浅薄)的层面感受。第二次获得影帝称号的美国著名电影男星霍夫曼表演的"雨人",只不过是看着犯傻而已。其实他比谁都更智慧更超拔更深邃也更有境界。他的境界只有老子与释迦可以相比。在美国这样一个性崇拜性爆炸的国家,"雨人"对其弟弟与情人的做爱竟然毫无感知、无法理解。不但不理解而且走入正在做爱的弟弟的房间,天真烂漫地用自己的哼哼回应了那一对男女的声学效应。真是对隐私权的最大嘲弄!真是对性崇拜性美化的最大嘲弄!我看好莱坞以及准好莱坞电影的床上镜头亦多矣,这样拍的可是天字第一号。有了这个场面,所有的床上镜头加在一块儿也黯然失色了!

"雨人"回答弟弟的责问说:"噪音太大!"做爱者,噪音也,影响了"雨人"专心致志的阅读。阅读什么呢?"雨人"一进旅馆房间就宣称,他只能住一间有书读的房间。端的是"老九"的路数!弟弟随手递给他一厚本电话簿,而他居然秉"烛"夜读,一夜之间把从A到J的人名户名的电话号码全部记住了!这是胡砍吗?我怎么觉得这么悲哀?我就体验过这种滋味,读性难改,读瘾难挨,在某个时期某个场合,便去读电话簿,读"须知",读报纸上的广告……乃至只读反复读自己写的"交代材料"。是谁可怜?是谁可笑?是谁有精神病?

"雨人"的言论和行为更构成了对发达的工业技术文明的极大嘲笑。他不但专注地看电视。也专注地像看电视一样地看透明的洗衣机离心干燥器的运转。真的，谁能说衣服的万花筒式的旋转一定比胡砍瞎凑的电视节目不好看呢？"雨人"精确地背诵了美国各航空公司的空难记录，因而拒绝乘飞机，这是说明"雨人"的智力有问题？还是说明我辈的智力有问题？好吧，不坐飞机坐汽车，偏偏半夜高速公路上又出了交通事故。举目茫茫的"雨人"跑到乱成一团的汽车缝隙中，面临巨大的危险而不自知。这种荒唐而又危险的处境难道不值得全人类深思吗？难道不是对许多人许多许多人的人生处境的生动写照吗？还有美国（不只美国）的人行横道，行人要按键钮它才给你亮出"请通行"字样。而当你刚走到不足半路处，它已改成了"请止步"。其中道理自然是明白的，它是为了不让后来者再开始横穿马路。但已经走到半路上的人忽然看到"止步"的标志，岂有不恐慌狼狈之理？我这个认字信字的人在发达国家过马路就常有这种不安感。"雨人"倒好，你（电脑）一让他"止步"，他干脆站在那儿不动了，成了故意妨碍交通的了。这才叫盖帽儿呢！

……满"纸"荒唐言，一把辛酸泪！二十世纪以来人类愈来愈学会正视自己的困境和弱点，愈来愈善于自我嘲弄了。这未尝不说明着一种成熟和进步。不妨说这种嘲弄有一种悲观色彩。看电影"雨人"，令人笑个不停，笑后又有无比苦涩。笑"雨人"就是笑自己，哭"雨人"就是哭自己！一部电影如此，横看成岭侧成峰，就算该奖一奖了。好作品永远不是单摆浮搁的平面。

关于"雨人"的译法，我请教了几个美国朋友，Rain Man，意译是"雨人"。香港译作"怪杰雷曼"，四字中两个字算音译，两个字是港味的作料。据说 Rain Man 在英语中可以作求雨的人讲（不知是否有神神道道之意）。电影中也提到"雨人"幼时曾安慰怕雨的弟弟。这么说，译"雨人"或"雨中人"都还不无根据。但也有另解，Rain Man 本名 Red Man（雷德曼），弟弟念白了，念成了 Rain Man 了。那么译

25

成"雷曼"也就有理了。唉,幸亏咱们不是吃翻译饭的。要不,为一个电影名字也这么费脑筋,不是早白了头发?

1989 年 6 月

文化传统与无文化的传统

当我在商店里看到店员与顾客的恶言相骂,在公共汽车上听到乘客之间的恶言秽语,从电视屏幕上看到诸如对于制造假药假农药、捕杀大熊猫白天鹅、砍伐电线杆盗卖铜线等罪犯的审判,走到街上看到一座座新盖好的楼房玻璃被顽童打碎,一个又一个公用电话亭被捣毁,还听到一些出国人员——既包括学者也包括官员——在洋场大丢其丑(如住一个晚上就把旅馆房间冰箱里的饮料全部转移到自己的行李箱里),这种种时候,我常常思考一个问题:这些现象究竟表现了一种什么样的传统文化呢?是孔子还是老庄?是禅宗还是道教?谁主张过这种野蛮、自私、损公害己?而另一方面,目前我国知识界热烈讨论的传统文化问题,究竟有多少针对性?是否有的放矢?我们讨论、争论的对象到底还留存了多少?就是说,目前我国的大众,特别是青年大众之中,究竟还保留了多少传统文化?尤其是究竟还保留了多少文化传统?

传统文化,诸如四书五经、诸子百家、孔孟之道、程朱之学、诗书礼乐、琴棋书画、仁义道德、忠孝节义、四维八纲、正心诚意……现在到底还剩了多少?

封建主义文化,资本主义文化,社会主义文化……主义虽然不同,毕竟还是文化,毕竟还都有一种或曾有过、可能有过的规范的作用,协调的作用,凝聚的作用,提高人类的生存质量、引导人类去进一步认识世界和自身的作用,以至升华的作用。因此,一种文化固然可能逐渐暴露其陈旧鄙陋、束缚人的发展之处，仍然为一个民族一个社会一个国家所不能或缺。文天祥说："人生自古谁无死，留取丹心照汗青！"裴多菲说："生命诚可贵，爱情价更高。若为自由故，二者皆可抛！"奥斯特洛夫斯基说："人最宝贵的是生命……献给人类最壮丽的事业——为共产主义而斗争！"其历史内容阶级内容各异，其献身理想的文化精神则一。

呜呼，而今呢？

何况文化中还有许多超出主义、超出社会制度的制约的内涵。比如语言文字，比如科学技术，比如某些文艺形式与审美特性，比如某些民俗风习。这些东西更多的差别在于民族性、地域性而不在于时代性和社会性，它们的存在正是与之不同的文化形态存在的前提，也就是说它们的差别主要是横的差别不是纵的差别。有了差别才有了特性，有了特性才能算文化。它们可以在不同的社会制度下、不同的主导意识形态下存在和继承，相安无事。它们又能有多少罪孽！

文化的对立面是无文化、非文化、反文化。当我们谈到中国的封建文化、传统文化的时候，似乎不应该忘记我们的另一种十分强有力的传统——这就是无文化、非文化、反文化的传统，"绝圣弃智"的传统，耍光棍、耍流氓的传统……前者如果表现为士大夫文化以及宫廷文化、庙堂文化、乡绅文化，后者则表现为鄙俗文化特别是流氓文化，中间还有市民文化之类。鄙俗文化特别是流氓文化同样是源远流长，历史上，它们常常大模大样地走进农民起义的队伍，打出革命或新潮的大旗。刘邦与项羽就以烹父流氓的故事脍炙人口。"刘项原来不读书"。"文化大革命"中，林彪一伙把这句诗又弄得行时起来。另外则是"书读得愈多愈蠢，愈反动"。

首先因为我们这个文明古国历史是文盲比文明多。无文化的传统说不定比文化传统还要强大。其次历代政权更迭靠实力而不是靠文化。事实上，"霸道"总是比"王道"厉害得多。朱元璋的御批里常带粗话。粗话变成佳话，老粗与权力相靠拢。这个传统一直传了下来,"文化大革命"中经常出现的也是诸如"油炸""火烧""砸烂"之类的字眼。再次我们的传统文化确实是太古老太衰败了,需要一个大的改造和再生。许多年来不绝其生命力的与其说是文化传统不如说是无文化与非文化的传统,一些民间流行的文化观念与其说是证明了文化传统不如说是证明了无文化的传统。"拼一个够本儿拼俩赚一个""白刀子进,红刀子出",这些都有明显的破坏性,而居然也被社会所接受。后来又发展成"活着干死了算",一副亡命徒相。"马无夜草不肥,人无外财不富""量小非君子,无毒不丈夫",压根儿就非法理非道德非一切行为规范,如今又成了一批无文化而有"商品意识"的人的信条。所以"上有政策下有对策",所以"不打勤的不打懒的单打没眼的",反文化一直比文化还要行时。当然也有另一面的"好死不如赖活着""一忍百了""比上不足比下有余",这些不见经传而至今活着的"箴言",究竟应该算传统文化还是传统无文化呢?这种破坏性、冒险性、讹诈性与奴隶性,这种敌视文化的特性,终于愈演愈烈酿成了一场史无前例的"文化大革命"。

说起批传统文化来我们的调子始终是够高的。批胡适批俞平伯批孔批儒。批《武训传》批海瑞批道德继承论。批梁漱溟、批梁思成、拆城墙。消灭地主阶级,取缔会道门。批"温良恭俭让"。历次运动中鼓励儿子检举父亲,妻子揭发丈夫……早把孔老二丢到了茅屎坑。一直到进行了远远比港台海外走得远得多的文字改革……这中间,有的该做而做得急了,有的该做而且大体上也做得好,做得适时,有的却有点不该做。但无论如何,什么时候我们对传统文化手软过呢?

不但有批判的武器而且有武器的批判。不但消除了地主阶级而且粉碎了帝国主义、封建主义与官僚资本主义的统治机器。不但消灭了"变天账"也消灭了诸如家谱、宗庙之类的东西。但传统文化的阴魂似乎仍然不散。阿Q主义没有散。假洋鬼子的"不准革命"没有散。赵太爷的"不许姓赵"也没有散。正在出现新的腐败现象。

大力"破四旧"的结果恰恰是"四旧"的全面高涨。

于是觉得批得还是不彻底,没有"彻底、干净、全部"地把传统文化斩草除根。于是进一步批爱国主义批集体主义。批长城批龙批黄河。批李白批屈原一直批到鲁迅。批民族性国民性中国特色……这种激进的批评再加上无孔不入的唯钱是图的风气,简直称得上是地毯式的轰炸。我们的传统文化的一些劣根性似乎未见消除多少,我们的文化传统却已经或正在被非文化反文化无文化的愚昧野蛮所冲击。我们非常重视与不同质的特别是不同意识形态旗号的文化争斗,却不重视与愚昧野蛮斗争。于是愚昧与野蛮就乘着各种文化之间进行拉锯战的时候扩大了自己的地盘。

但愿这只是杞人忧天。

但愿人们把当前关于传统文化与外来文化的讨论——至少是把其中相当一部分精力——引导到封建与积累的健康方向上去。能不能先请各种各样的"文化"(只要是真正的文化)之争降降温,先联合起来讨论一下诸如扫盲、讲卫生、职业道德、爱护公共财物这一类较少争议的问题呢?

1989 年 7 月

蘑菇、甄宝玉与"我"的探求

　　有这样一个故事:一个精神病人认定自己是一朵蘑菇,蹲在树下不肯进屋,下雨他也不肯进屋。于是医生也陪着他蹲在那里,并回答病人的提问说自己也是一朵蘑菇。医生进屋,证明蘑菇也需要躲雨,于是病人随着进入室内。

　　不知道故事的原旨是否在于称道医师的"循循善诱"。我们却也可以从另一个角度来考虑它一番。"我"是谁?"我"是什么?"我"从哪里来,到哪里去?没有"我"之前和之后,"我"在哪里?"我"与"物"有什么对应的、等值的或相通的关系?这实在是一个本初的,令人不安的问题。在这个意义上说,"自我意识"就是"自我不安意识",没有自我意识的万物,是没有这种不安的。解答不了这些问题,甚至使人无法心安理得地在室内避雨。

　　人与物、与自然界的分离来自人的自我意识,又构成自我意识的最初内容。自我意识使人确认了自己的不同于物,自己的有别于物的存在。自我意识又使人对"我"提出了无数疑难问题。难矣哉,自我意识!人是生活在物的自然的世界之中的,自然物比人更永久,自然界比人的活动范围更广阔,这很可能是一个原因,使人们热衷于从自然物中找到"我",找到人的永恒的实体、本源、象征(符号)与归宿。如果找到了,"我"就不那么孤独和短暂了,这是人与物、人与世界、人与永恒的认同,这会带来多少满足与慰藉!

　　中外古人都倾向于首先把人与星星联系乃至等同起来。安徒生的《卖火柴的小女孩》中,女孩回忆到,祖母告诉过她,天上落下一个星星就是死了一个人。李白是太白金星下凡。诸葛亮观星相而知人事等等。

而贾宝玉的对应物是一块石头,从大荒山无稽崖青埂峰来,到大荒山无稽崖青埂峰去。这样一个别致的象征实体,与其说令人悲凉不如说令人平安、平静。人和石,这是"我"与自然物的第一层对应关系。

石头包括了玉,而且是通灵宝玉。因为它已经过了神——女娲的锻炼,虽然无材补天,却已通了灵性。"宝玉者宝玉也"(《红楼梦》第一百二十回),宝玉就是"我"。石与"宝玉",人的宝玉与物的宝玉,这就构成了"我"与自然物的另一个层次的矛盾统一。

贾宝玉衔玉而生,离奇的处理表现了宿命的先验性。当"我"与对于"我"来说的先验的存在——自然物联系起来的时候,"我"面对着的是无可讨论的宿命,"宝玉"是生就的。同时,这一情节也表达了与生俱来的对于"我"的寻找,与生俱来的给有关"我"的种种疑问提供答案的愿望。"我"的本质是玉,玉的本质是石。好不好?

而这种本质是假想的,虚构的。这就是说,"我"是存在于世界上的,"我"又是存在于我的意识之中的。玉与石,其实不是本质而是存在于"我"的意识之中的符号。而符号是有衍生能力的。有了乾卦便可以生出坤卦来,有了乾坤二卦又可以生出其他六卦来。同样,宝玉有了玉,便衍生出宝钗的金锁,湘云的金麒麟,张道士给宝玉的、被宝玉丢掉又被湘云命丫头翠缕捡起的更大更有文彩的金麒麟。原本是人所想象整理出来的符号秩序反过来主宰了(至少是干扰着)"我"的命运。这就使"金玉良缘"的阴影始终笼罩在宝玉与黛玉头上的情况发生。"我"与自然物的关系安慰了"我"也干扰了"我",这就又进了一层。

当然,"木石前盟"——宝黛爱情也是宿命,"还泪"的说法尤其奇警、浪漫、动人。"木石前盟"的说法除了表达一种赞美的诗情以外还说明:第一,宿命和宿命也是互相打架的。曹雪芹的宿命论高于其他的命定论的地方恰在此处。第二,宿命和人情人事是可以互相打架的——所以宝玉几次发狠摔玉。贾宝玉真心要清除这个"劳什子",偏偏这"劳什子"又是他的"命根子",几次丢玉的经验证明,众人也都确认,这"劳什子"——"命根子"是须臾不可离开的。第三,"木石前盟"虽然是宿命,但这种宿命没有得到符号的体现,没有认同与纳入符号秩序之中,甚至没有得到木石化身的宝黛的自觉,所以从表面上看,它是远远无力的。(从深处看它已赢得了双方与世代读者的心。)

而且,木是与石相对相知的,金则是与玉相配相应的。"木石前盟"与"金玉良缘"的矛盾其实也是石与玉的矛盾即宝玉自身的两种身份两种属性的矛盾的表现。宝玉是石——自然的,纯朴的,本初的,当然他倾心于黛玉这株草木。平头百姓总是自称"草木人儿"嘛。宝玉是玉,是"昌明隆盛之邦,诗礼簪缨之族"的公子哥儿,他无法不接受"金"的匹配。"我"与自然物的分离与认同,最终与"我"与"我"的分离与认同相关。对于"我"的思考,《红楼梦》是达到了一定的深度的。

把石头与"人"联系起来的另一部著名的中国长篇小说是《西游记》。孙悟空是从石头缝里蹦出来的,中国人已普遍接受了这个故事,以致人们声明自己并非六亲不认时会说"我也不是石头缝里蹦出来的"。衔玉而生,复归大荒的故事远远没有这么普及,可能是因为《红楼梦》对"我"的思考太抽象也太超前了。宝玉与行者各方面都不同,但率性任性突破既有秩序方面仍有相同之处。这不能不说是,当自然物真正是自然物时,确有自己的魅力,确有吸引"我"来认同的道理。

把人的对应物规定为植物,则有黛玉与草,晴雯与海棠与芙蓉,西洋故事中的精神病人与蘑菇等。

然而"我"并不满足于仅仅从人与物的关系中寻找、认识、寄托自己。为了寻找、认识与寄托自己，还必须考虑"我"与"人"的关系特别是"我"与"我"的关系。

人皆有我，人皆是我。所以，每个人都可以成为自己的镜子，不独魏征与唐太宗然。而我亦是人，我不但是人之人而且是我之人。就是说，第一，"我"是认识的主体，第二"我"是认识的对象。"我"是我的主体，"我"是我的对象。"我"与自然界自然物、"我"与"人"的分离终于导致了"我"与"我"的分离，可以说这是自我意识中的一个迷宫，也可以说这是自我意识的一个飞跃、一个境界，到这时，人对"我"的认识进入了新层次。

所以，《红楼梦》中的贾宝玉常常因人及我，从"聪明灵秀的女儿"想到"我"这样的"须眉蠢物"，从龄官对贾蔷的情感想到自己无法占有所有的情，甚至从秦钟身上也联系到自己不过是"泥猪癞狗"。

仅仅这样还不够。《红楼梦》里还特意出现了一个与贾宝玉一模一样又似乎颇不相同的甄宝玉。甄宝玉就是镜中的贾宝玉，也就是作为对象而非作为主体的那一个"我"。《红楼梦》第五十六回明确写了贾宝玉对着镜子睡觉，梦见了甄宝玉。甄宝玉是另一个同样的环境中的同样的"我"。这个"我"并不承认贾宝玉的真我，而称贾宝玉的真我为"臭小厮"。作为主体的"我"与作为对象的"我"不相通，这实在是一个麻烦，一个苦恼。整个来说，甄宝玉在书中写得并不成功，贾宝玉外又搞个甄宝玉甚至给人以画蛇添足之感。但具体这一回确实写得细致入微，惊心动魄，深入到人的意识的深层面中去了。何必是贾宝玉？练气功也好，从泥丸宫中跑出灵魂也好，"反思""自我批评"也好，谁不想、谁没有一个隐蔽的愿望想从"我"中跳出来，客观地如实地看一看"我"呢？这样一种对于自我的超越与审视，难道不是令人激动的吗？

所以需要镜子。所以整个《红楼梦》又名"风月宝鉴"，《红楼梦》就是一面镜子。"镜子说"未必注定就是贬低文学,我以为人的创造物中镜子是最值得赞美的。它不但是光学的也是哲学的成果——使"我"观察"我"。甄宝玉是贾宝玉的镜子。贾宝玉是曹雪芹的镜子。《红楼梦》是曹雪芹的镜子也是读者的镜子。反过来说,何尝不可以说贾宝玉是甄宝玉的镜子?乃至人生某些时候反成为文学的镜子?(我们不是爱说"读者反映""群众反映"吗?这不就意味着读者、群众、人成为文学的镜子了吗?)镜子对镜子,实像变虚像,虚像变更多更多的虚像,镜子本身也变成虚像,这叫做"长廊效应",即两个镜子对照所产生的那最普通也最诱人的效应,似乎一下子就放眼到了无限无限的那个效应。这么说,曹雪芹写甄宝玉,就不是"添足"而是匠心独具,不可或缺的了。

当然,镜子的品位也不一样。贾瑞照的那面镜子浅露俗气,当属伪劣产品。曹雪芹不能免俗,也从而映出来了。

顺便说一下,汉字的整齐有序使它特别适合做辩证的对比与梳理,金玉,真假,木石,人我,阴阳,兴衰,色空,虚实……你永远探讨不尽,却又很容易自圆其说,自衍其说。说不定,这种"有序性"也会成为读书思考乃至做学问提见解定政策的一种易于自我满足的局限性。

再顺便说一下,许多时髦的洋思潮是有价值的,但杰出的作品——当然包括中国的杰出的作品——价值更高。人们不可能从思潮演绎出杰作,人们却大可以从杰作中分析各种思潮或思潮的胚胎。一部杰出的作品如《红楼梦》,其思想意蕴是开掘不尽的。搞不出杰出的作品,不去认真研究和理解杰出的作品,只知道"玩观念""玩思潮",未免等而下之。沦落到玩名词,就等而下等而下了。

1989 年 11 月

时间是多重的吗？

《红楼梦》的艺术描写是无与伦比的。人物故事环境，不论音容笑貌、衣冠穿戴、饮食器具、花木房舍……无不写得鲜活清晰、凸现可触。即使是大事件大场面，也写得错落有致而又面面俱到、无懈可击。

但《红楼梦》里的时间，却是相当模糊的。首先，全书开宗明义，第一回已反复说明"无朝代年纪可考"。在时间的坐标系上，失去了自己的确定的位置。其次，各章回极少用清晰的语言表明时间顺序与时间距离。书中大多用"一日如何如何""这日如何如何""是日如何如何""这年正是如何如何""一时如何如何"这样的极为模糊的说法来作为一个新的事件叙述的开始。有时似乎清晰一点，如说"次日如何如何"，由于不知"此日"是哪一日，"次日"的说法当然也是不确定的。"次日"云云，能说明的只是一个局部的小小的具体的时间关系，却不能说明大的时间的规定性。或说"原来明日是端午节""十一月三十日冬至""已是掌灯时分""择初三黄道吉日""时值暮春之际""且说元妃疾愈之后""那时已到十月中旬"等等，全是看着清楚实际模糊的时间界定，这些说法没有一个可资参照的确定指认，没有年代与年代关系，最多只有月日与月日之间的距离。

时间，哪怕是相对的时间的一个重要标志是人物的年龄，即使具体的、拥有某个纪元标准的年代不可考，只要知道人物的年龄变化也起码可以知道书中诸事的时间距离、时间关系。但《红楼梦》这样写到人物年龄的也绝无仅有。贾政痛打宝玉时王夫人说"我如今已将五十岁的人"，史太君临死前说了一句："我到你们家已经六十多年了"，仍然失之于简，让人闹不清总的时间；而且，就是这样笼统的交代也是凤毛麟角。所以，读者乃至专门的红学家，都要费相当的力气去估算、去揣摸、去推断人物年龄与各个事件的时间轨迹。

这是为什么呢？很难用疏忽来解释这样一个时间模糊化的"红楼梦现象"。

关于"无朝代年纪可考"，作者通过"石头"的口答道："……假借汉唐等年纪添缀，又有何难？……莫如我不借此套者，反倒新奇别致，不过取其事体情理罢了，又何必拘拘于朝代年纪哉？"就是说，作者着眼的不是"朝代年纪"而是超越朝代年纪的、更具有普遍性和共同性的"事体情理"。事体情理这四个字是用得好的。"事体"指的是生活，是社会和宇宙，是本体论。"情理"两个字指的是人的概括分析与人的态度反应，是主体性的强调，是认识论。不标明具体时间，就要求有更高更广的概括性，而不是拘泥于一时一日。当然，不标明时间也仍然有时间的规定性，《红楼梦》反映的是中国封建社会的后期，当然。

另一方面，不标明朝代年纪也还有利于躲避文灾文网，如书中所写：空空道人"将《石头记》再检阅一遍，见上面虽有些指奸责佞贬恶诛邪之语，亦非伤时骂世之语，及至君仁臣良父慈子孝，凡伦常所关之处，皆是称功颂德，眷眷无穷……"这样一段声明，这样一个有意为之的时间模糊化处理，是不可掉以轻心的。

更有意义的是从艺术欣赏的角度，从"小说学"的角度来体会《红楼梦》的时间处理。一般来说，小说特别是长篇小说，当然是离不开故事情节的，故事情节对全书的叙述，起着统领组织的作用。而故事情节，一般又是很注意因果关系的。注意因果关系与故事情节，时间就扮演了一个重要的角色，一个"解说人"的角色加贯穿串联的角色。正是时间顺序与时间距离，使因果、故事成为可以理解的。其次,许多长篇小说注意历史事件与历史背景的展现,追求小说的历史感,在这些小说中,时间成为不可或缺的"角色",起着主宰的与弥漫的作用。例如费定就强调在他的《初欢》与《不平凡的夏天》中,时间是首要的角色。但《红楼梦》不同,它的时间是模糊的,是一团烟雾。它的时间是平面的,似乎所有的事件都发生在一个遥远的平面上。你可以逐回阅读,从第一回阅读到第一百二十回,基本上弄清各种事件的前后顺序。你也可以任意翻开一章读,读到想撒手的地方就撒手,再任意翻开或之前或之后的一页读到你想合上书的时候。这些事件不仅是相连的一条线,而且是散开的一个平面,你可以顺着这条线读并时时回溯温习,你也可以任意穿行、逆行、跳越于这个平面这个"大观园"之上,正像在"怡红院""栊翠庵""稻香村""潇湘馆"之间徜徉徘徊一样,你可以在"宝玉挨打""晴雯补裘""黛玉葬花""龄官画蔷"之间流连忘返。

　　这是由于,第一,《红楼梦》开宗明义为作者也为读者建立了一个超越的与遥远的观察"哨位"。这个"哨位"就是大荒山无稽崖青埂峰,就是一种人世之外、历史之外的、时间与空间之外的浑朴荒漠的无限。叫做"曾历过一番梦幻",既云一番梦幻,自不必问此"一番"是一分钟还是一百万年,对于梦幻来说,一分钟等同于一百万年。叫做"女娲氏炼石补天之时",这里明确地说到这"之时",可惜是"女娲氏炼石补天之时",而这个"女娲纪元"本身就很辽远无边。叫做"又不知过了几世几劫",这才"当日地陷东南",当日从"不知几世几劫"的大无限大问号中生,谁能说得明晰呢?从这个远远的哨位来观察,时间顺序与时间距离又能有多少意义?岂不如同站在月亮上观察北京市的东单与西单的位置、天安门城楼与北海太液池的高度一样,得到一种齐远近、同高低的效果?"山中方七日,世上已千年",大荒山无稽崖青埂峰的一日,就是大观园里的七分之一千即一百四十二年多。那么,《红楼梦》的种种生离死别、爱怨恩仇,不过发生在一瞬间,又如何能够细细地分清划定呢?

其次,第五回的"贾宝玉神游太虚境",通过总括性的与针对"金陵十二钗"每个人物的判语、曲词,就《红楼梦》的人和事的发展趋向与最终结局,给予了明确的预告与留下深刻印象的慨叹。作为预告,这些判语曲词表达的结局是未来时的。作为掌握结局的预先叙述者,作者——警幻仙子——空空道人面对的却是"过去完成时"的事件。故事者故往之事也。所有的小说故事的时间把握上的基本矛盾就在于总体上是过去时与过去完成时,具体描写上则多是现在进行时。这样一个矛盾在《红楼梦》中表现得就更加突出。读者读《红楼梦》,是在强烈地、感情地、艺术地却又是笼统地获得了一个结局的衰败与虚空的印象以后才回过头来体味贾府当年的"烈火烹油、鲜花着锦"之盛的;是在了解了"枉自嗟呀""空劳牵挂""心事终虚话"的必然走向之后才回过头来体味宝黛爱情的深挚蚀骨的;是在了解了"一从二令三人木,哭向金陵事更哀"的悲惨下场以后再回过头来赞叹或者战栗于王熙凤的精明强悍毒辣的。一句话,是在"落了片白茫茫大地真干净"的前提下,在最终是一场"空"的前提下来观赏没有"干净"、没有"空"以前的"金陵十二钗"及其他各色人等的形形色"色"的。作者以石头的口吻,即以一个过来人的口吻写"已往所赖天恩祖德,锦衣纨绔之时,饫甘餍肥之日……"过来人写以往,站在终结处回顾与叙述"过程",自然就是过去时过去完成时的回忆录了,不论写到了多么热闹的事件与多么美好的人物,读者确知这不过是在写一场必将破灭、其实早已破灭了的春梦。这里,时间的确定性的消失与人生的实在性的消失具有相通的意义。时间的淡化、模糊、消失即人生种种的淡化、模糊与消失,色既然只是空,也就没有时间性可言。

第三,空否定着色,色却也否定着空。时间的消失否定着时间的确定性与实在性,这是从全体而言的,但每个局部,每个具体的人和事,每个具体的时间即瞬间都在否定着时间的虚空,而充满了时间的现时性、现实性、明晰性。当宝玉和黛玉在一个晌午躺在同一个床上说笑话逗趣的时候,这个中午是实在的、温煦的、带着各种感人的色香味的和具体的,而作为小说艺术,这个中午是永远鲜活永远不会消逝因而是永恒的。当众女孩子聚集在怡红院深夜饮酒作乐为"怡红公子"庆寿的时候,这个或指的"猴年马月"的夜晚给人的印象却又是确指的,无可怀疑与无可更易的,这是一个千金难买、永不再现的,永远生动的瞬间,这是永恒与瞬间的统一,这是艺术魅力的一个组成部分。这又是或指与确指的统一,同样是艺术的生活的与超生活的魅力的一个组成部分。正像个体的无可逃避的衰老与死亡的"结局"的预知未必会妨碍生的实在与珍贵——甚至于可以更反衬出生的种种形色与魅力———一样;"空"的无情铁律其实也未必能全部掀倒"色"的美好与丑恶的动人;"悲凉之雾"显示着"华林"的摇摇欲摧,却也使"华林"显得更"华",更难能可忆;不管最后的大地怎样"白茫茫"的"干净",从贾宝玉到蒋玉菡,从林黛玉到鲍二家的,却都已留下了不可磨灭的与永远栩栩如生的形迹。

第四,作者似乎害怕读者(与作者自己)陷入这充满现时现世现实的世界和人生的种种纠葛与滋味之中不能自拔,害怕作者叙述读者阅读这独特而又丰富的色空故事的结果是醉色而忘空,赏色而厌空,趋色而避空。所以,在全书所展现了生活之流的并非十分激越急促的流程中,作者不断插入一些悲凉神秘甚至可畏的氛围描写,插入一些充满了不幸结局的暗示的诗词、谜语、酒令以及求签问卜,作者还时而写一写宝玉或王熙凤的梦,写写和尚道士、捡玉丢玉之类的故事,有些地方甚至写得有些突兀,有些与前后的写实篇什对不上茬。尽管如此,这些描写仍然是必要的与有特色的,它们不断地提醒着读者和作者本身,这一切的一切最终只是虚空;色相是一时的,而虚空是永远的。作者有意无意地以即时性的笔触来加强艺术的吸引力与魅惑力;却又以这些穿插来加强艺术的悲悯感与超脱感。作者的即时性描写使读者堕入凡尘,与绛珠神瑛等人同受人间的悲欢离合;作者又通过这种种的插话式的提醒来拯救你的灵魂,使你最终体会到一种既是艺术的又是哲学的(宗教意味的?)间离。当然,所有这些"提醒"都带有宿命论的色彩,宿命的观点与推断当然不是科学,从科学的观点看宿命也许是纯然的谬误乃至诓骗,这是另一个性质的问题。但作为小说,这里的宿命的暗示却也可以看成人的一种情感上的慨叹。宿命的慨叹既是情感反应也是实现间离效果的手段。而艺术欣赏的间离在把人物与事件推向远景的同时也必然把时间推向远方。

第五,当然,《红楼梦》故事的总体仍是按正常的时序来展现的,兴在前而衰在后,省亲在前而抄家在后,吟诗结社在前而生离死别在后,宝黛相爱至深在前心事终成虚话在后,这没有任何费解之处。但由于《红楼梦》是一本放开手脚写生活的书(这在中国的古典小说中是极罕有的),它并不特别讲究故事的完整、情节的连续,因果线索的明晰,因而时间在全书中的贯穿与凝聚(事件和人物)的作用并不那么强。刘姥姥三进(或前八十回的两进)大观园未必与贾府的事情、与全书的主线(不论是兴衰主线还是爱情主线)有必然的关系,早一点进或晚一点进丝毫不影响宝黛之情与凤(姐)探(春)之政。"红楼二尤"的故事表面上看是由于为贾敬办丧事引起的,但贾敬之死绝不是二尤之来、之死的必然原因。其他众多的饮食、医疗、聚会、行吟与红白喜事,既是互相联系的又是相对独立的。从单纯故事的观点,有些回目有它不多,没它不少。这种处理自然也使《红楼梦》的某些章回和场面,既可以连在一起读,又可以"自成纪元",各自有自己的时间。这种处理使《红楼梦》的时间具有一种"散点透视"的多元性,加强了各个瞬间的独立性。

总之,在《红楼梦》中,确定的时间与不确定的时间,明晰的时间与模糊的时间,瞬间与永恒,过去、现在与未来,实在的时间与消亡了的时间,这些因素是这样难解难分地共生在一起、缠绕在一起、躁动在一起。《红楼梦》的阅读几乎给了读者以可能的对于时间的全部感受与全部解释。在《红楼梦》中,时间是流动的、可变的、无限的参照却又是具体分明的现实。恰恰由于汉语语法在动词的"时"上不那么讲究得分明,有很大的弹性,所以特别长于追求和产生这样的效果。这样一个时间的把握,是很有意思,很堪咀嚼的。

笔者读到一篇文章谈到"后现代主义小说"里的时间,文章作者以《百年孤独》起始的"许多年以后,××回想起这一天来……"为"后现代主义"的开天辟地性的发明创造,因为这种造句联结了过去、现在和未来,窃以为这有点少见多怪,有点过于激动地拜倒在加西亚·马尔克斯与"后现代主义"面前。小说与文学的既是经验的又是虚拟的本性其实已经包含着时间与时间观念的种种内部矛盾。越是有深度的小说,越有着对于时间的长河与每一朵浪花的鲜明感受。在我国的古典小说中,尤以《红楼梦》里的时间的多重性最最耐人寻味。

1989 年 12 月

作家是用笔思想的

作家是用笔思想的。

记不清说这个话的人的名字了,他是一位外国作家,我觉得他说得怪有意思。

可不是吗,正是拿起"笔"(泛指,包括打字机等)来之后,正是写了几页以后,一个作家的才思才会喷涌,记忆才会复活,想象才会翱翔,感情才会迸发,思考才会愈益深刻,于是乎出现了"神来之笔",出现了"妙语连珠",出现了"妙笔生花",出现了不仅对读者是新鲜的、令人惊异的,而且对作者也是新鲜的、令作者本人惊异的思想、形象、作品。

创造物是在创造的过程中,也只能在创造的过程中完成。离开了创造的过程,离开了创造的实践,创作主体所拥有的最多只是一个蓝图、一个轮廓、一种欲言又止的犹豫与不吐不快的压迫感。对于一个有经验的作者来说,当然他还会有一种"它来了"的信念,同时也有一种"它是谁"的好奇和担忧。而对于一个没有经验的作者来说,他还会被各种狂想和杂念,被种种关于得失成败的计算与忧乐压得喘不过气来。当然,这时候你的创造物还只是个未知数。

然后你开始写了,你开始看到你自己的创造物的端倪,你开始觉察到你的创造的容貌和声息。每一处成功得意都鼓舞你的进一步努力,发展扩大和深入你的创造而且使它精益求精。每一处不成功与不如意都以它们的缺陷刺激你激励你去推翻它们,挽救它们,重新塑造它们。思想吸引着思想，形象推动着形象，语言挑动着语言，激情激动着激情，鲜活感生发着鲜活感。这就是创造，这就是创造的魅力。这种创造的魅力只有在创造的实践中才能获得，而创造的实践只有在充满魅力的情况下才能进行、才能成功。创造实践前对于创作的设想，当然也是重要的，而且是带有前提意义的，却毕竟只是下水前对于游泳、下场前对于踢球的预计。

特别是对于作家——这里也许应该泛化一点，用"著作家"这个词——来说，语言文字的梳理与激活作用是不能忽视的。语言特别是书面语言，作为思想的符号有自己的规则、有自己的要求、有自己的"性能"——例如连贯性、对比性、递进性、取代性、可逆性直至音乐性。当语言文字出现在纸上以后，创造物从创造者头脑中的潜在状态变成白纸黑字的显明状态，它的疏漏粗糙暴露无遗，它的性能也开始发挥出来，它要求着校正和推敲，它要求着并引发着新的创造的补充和发挥。我们可以设想老子的"有无相生"的命题，这样一种朴素的辩证思想的模式引发出随后的"难易相成。长短相较。高下相倾。音声相和。前后相随"。在读《老子》的时候，我们简直难以分清哪些是思想的玄秘哪些是语言的玄秘，哪些是思想的闪光哪些是语言的闪光，哪些是思想的有序哪些是语言的有序。"信言不美，美言不信。善者不辩，辩者不善。知者不博，博者不知"这一类的句子极大地显示着汉语汉字的推动思想（也可能是迷惑思想）的力量。我们可以设想一个受过中等以上教育的人按照这种"老体"再生发出一系列思想和句子。例如：勇者不争，争者不勇。仁者不德，德者不仁。能者不显，显者不能。傲者不尊，尊者不傲。还有我很喜欢的半杜撰的句子：大道无术，大德无名，大智无谋，大勇无功。我们都知道"春风"与"江南岸"挖掘出了"绿"字的故事。我们也可以设想"落霞与孤鹜齐飞"派生出了"秋水共长天一色"，或者更加可能的是"秋水"引了"长天"，秋水与长天引发了"一色"，而"秋水共长天一色"引出了"落霞与孤鹜齐飞"。所以说这后一句引出前一句"更可能",是因为后一句更自然、更贴切、更轻松也更富有原生性,"落"句却多少费了点不到吃奶的力气。

语言文字的这种促进思想的作用一方面说明了符号的功能,一方面说明了表达与思想的不可分。思想在变成了可以用符号表达和叙述的思想以后会更加清晰、更加准确、更加完善。善于思想的人最好能善于表达,善于说的人最好能善于写,因为读写的东西比听人说话更便于反复掂量、也更可以摆脱语言环境等其他因素的干扰。反过来说,去表达、去说、去写、去改,也是思想的发展丰富与自我修正的不可或缺的手段和过程。叙述与表达要求结构、要求节奏、要求一贯性也要求变化翻新、要求充分透彻也要求节制含蓄,所有这些要求不仅影响着作品与思想的形式而且影响着作品与思想的内容。

语言文字的这种特性当然也有负面的意义。有识之士已经意识到语言文字的局限、语言文字变得僵死的可能性,我们常常会碰到套话空话,也会碰到牛皮大话,还会碰到过多的语言文字游戏。在我们的实际生活中,"语不惊人死不休"已经愈来愈带有嘲讽的贬义,它引起的联想与其说是写作的刻苦不如说是一种文字游戏或自我广告的膨胀。"用笔思想"的有趣的说法也有负面的意义,甚至成为一个陷阱。有的人会以为创造的过程、思想的过程是一个封闭的自足的自我运转的过程,以为创作就是坐下来狂写,反而忽视了更加富有前提意义的一切,那就是创造的积累,那就是创造者是站在什么基础上进行创造的。我们确实是常常用笔来思想,然而我们不可能通过笔来"获得"思想,而获得思想是没有捷径的。如果说妙笔确实可生花,那也离不开笔的根须,离不开笔的根须所依赖的生活实践的泥土。那么,"用笔思想"的说法的积极意义何在呢?那当然是爱自己的笔与勤用自己的笔了。

1990年1月

讲 点 逻 辑

许多年前,当我担任新疆一个农村公社的副大队长时,处理过一个案子。一位青海迁疆的社员 A 气急败坏地前来告状:他养的十几只良种母鸡全部被毒死了。他认定,是生产队管理委员 B 在他的房前下了掺农药的麦种,B 应该赔偿损失并受到制裁。根据是,数天之前他们因为一个鸡蛋的归属问题发生过口角。当然,这里还要说明,他们两家是邻居。

A 痛苦、愤怒,要求本队座为他做主。本人做了周密调查,包括找 B 谈话,晓以大义利害,鼓励他坦白。B 则坚决否认此事与他有关。我很为难,而 A 不依不饶,要求立即惩罚 B。我说证据不足,A 根本听不进去,激动已极,似乎认为我有意包庇 B。

我当时就想,什么时候能普及一下形式逻辑的三段论法呢?凡口角者必变相下毒——大前提,A 与 B 口角过——小前提,所以必是 B 毒死 A 的鸡——结论。这么一列式子,事情就很清楚,大前提不能成立,结论也站不住。A 之损失我所惜也,A 之痛苦我所痛也,A 之怀疑不无道理,A 要求立即惩罚 B 却是无道理的了。感情不能代替政策,感情也不能代替逻辑。

还常常会碰到一种不大讲逻辑的论述,例如"××××能做得到的事,我们就做不到吗?××××问题我们都解决了,现在的问题就不能解决吗?"如此等等,气可鼓而不可泄,志在鼓舞,当然是好的,要得要得。作为科学论证,则嫌不足。因为这个大前提同样是可以推敲的。××××做得到我们就一定能做到,大致可以这样说,但还要具体分析,背景不同、基础不同、条件不同,无法一律拉平了量比。具体地说,有的他人做到了我们暂时做不到,有的我们做得很好别人做不到,难以画等号。××××问题解决了,其他问题就一定解决,也还要看是否有正确的对策与是否充分调动了一切积极因素。俗话说,大江大河都过了,小阴沟里却翻了船。如果掉以轻心,如果过于骄傲或喝醉了酒,这种事也不是不可能的。

这是一种用情绪代替逻辑的例子。还有一种可以叫做超越中间阶段的极端判断。最典型的例子便是批判刘少奇同志的《修养》"背叛"了无产阶级专政,原因是《修养》中引用列宁语录的时候没有引用关于无产阶级专政的论述。按照这种逻辑,没提及没引用没说到的都是"背叛"的话,那就太没有边儿了。

还有一种递进或递减的论证方法,作为修辞手段有助于文气的贯畅,却经不起逻辑的检验,如说"欲平天下者先治其国,欲治其国者先齐其家,欲齐其家者先修其身,欲修其身者先正其心,欲正其心者先诚其意",反过来则是"意诚而后心正,心正而后身修,身修而后家齐,家齐而后国治,国治而后天下平",读之铿锵,势如破竹。这里讲伦理道德的重要、要求诸己的重要,也有可取之处,但整个的逻辑规则却是可疑的,怎么能把治国平天下的政治归结为正心诚意的个人道德修养呢?这样的一刀砍下去,破竹也会破歪了的。

《红楼梦》第七十四回"惑奸谗抄检大观园",王夫人先是断定绣春囊为凤姐之物,"泪如雨下,颤声说道""又哭又叹道":"你想,一家子除了你们小夫小妻……要这个何用?……自然是琏儿那不长进下流种子那里弄来……你还和我赖!"吓得凤姐跪地申诉,讲了五则理由,才辩了诬。之后王善保家的进言建议抄检,并提出一个逻辑:"想来谁有这个,断不单只有这一样,自然还有别的东西。那时翻出别的来,自然这个也是他的。"这些描写,充分说明了把估计的或然的东西混同于判断的必然的结论的荒谬性。王夫人说"自然"是贾琏与熙凤的,王善保家的又说只要翻出别的来,"自然"这个也是他的。何其自然也,何其将情绪视为结论的上等人习惯成了自然而然也,其实又何其不那么自然也,即逻辑不充分也!琏儿下流也罢,琏凤小夫小妻富于性爱意识也罢,其他都是小丫头老婆子也罢,最多使琏凤涉嫌,却不能构成结论。王夫人能了解多少小丫头老婆子?连她最信赖的袭人她也不了解呀!有一必然有二、有二必然有一的想当然的王善保家的主观主义逻辑就更害人,最后害了自己,害了她的外孙女司棋。除去意识形态的、文化的诸现象之外,《红楼梦》这一节中反映的这种"自然而然"的不讲逻辑的习惯、自然而然地将猜疑当做结论的习惯,确也令人深思。

　　类似的逻辑问题在我国的古典小说中还可以找出许多事例讨论。包括一些著名的公案戏,从逻辑上也不是不可推敲。如清官化装成阎罗王,把衙门布置成阴司进行醉后夜审,这玩意儿就很悬:犯人可能识破因而坚决顶住,犯人也可能由于醉酒与吓破胆而胡招乱供,更不要说"法官"的这种心理讹诈的做法的不可取了。这里的关键问题也在于大前提站不住脚——人到了阴司就会说实话,这经得住论证吗?或曰这是法的问题而不是逻辑问题也罢,在《读书》上多讲点书呆子气味的话,不也挺合乎逻辑吗?

　　毛主席在世时不止一次地说过希望人们"学点逻辑"。生活在一个讲逻辑、更讲逻辑的群体中,不是令人感到欣慰的吗?

1990 年 2 月

旧体诗的魅力

中国的旧体诗词为什么那样迷人,我总觉得还没有得到一个很好的、更加透彻的说明。为此我们至少应该做几个比较,一个是汉语、汉文学与非汉语、非汉文学的比较,一个是旧体诗(词)与新体诗的比较,还有一个旧体诗词与其他体裁的文学作品的比较。

"花非花,雾非雾,夜半来,天明去。来如春梦不多时,去似朝云无觅处……"一共二十六个字,重复用了花、雾、来、去、非等字,高度的、应该说是极度的精炼、概括、灵活,传达了一种几乎不是语言可以传达的,叫做不可思议、不可表述的感受。这是真正的诗——真诗而非别的。但如果译成英语,头一个问题是,各句的乃至全诗的主语是什么?"谁"来如春梦而又去似朝云?是那个非花非雾的"东西"么?是东西?是物?是人?是灵魂?是心境还是灵感?用它——it 还是他——he 还是她——she 呢?如果把这些疑问都回答清楚,这首诗还能存在么?如果用英语的语法来规范汉语,汉语还能存在么?

笔者想起了自己的小说《夜的眼》。《夜的眼》译成了多种语言文字。笔者不止一次地收到译者的询问,"眼"是复数还是单数呢?如果"眼"是指拟人化的黑夜具有一只无所不在的眼睛,或者是指文中描写到的一只孤独的电灯泡,就是单数;如果是指小说主人公陈杲的眼睛呢,当然,陈某不是独眼龙,eye 就得写作 eyes 了。

笔者无法回答。回答了,这个小说题目的味道也就完了。

诗歌文字的整齐也是非汉字而莫属。仍然以《花非花》为例,由于整齐,才有那么严整的对仗与音律,按今人普通话读音为准,平平平、仄平仄、仄仄平、平仄仄、平平平仄仄平平、仄仄平平平仄仄,既是严整合律的,又是浑然天成的。全诗既是微妙的、富有弹性的、概括的(大容量的)、朦胧的,又是整齐的、规则的、十分上口而绝非艰深的,这样的诗极易背诵下来。

不好懂的诗却很好背诵,这也是中国旧体诗的一绝,甚至可以说易背诵性是中国旧体诗词的一大特点一大优势一大性能。李商隐的《锦瑟》一首,各种解释千差万别,全无达诂,却这样地脍炙人口,入口入心而不忘,"沧海月明珠有泪,蓝田日暖玉生烟"一联更成为千古传诵的名句。不懂而又能(背)诵喜诵易诵,这说明"真诗"有一种超越解释学的穿透与征服的力量。其实,同一诗中,"锦瑟无端五十弦,一弦一柱思华年"这两句诗起始得这样自然顺当又这样幽雅惆怅,不见得比沧海句的奇丽却又略显雕琢更不重要。正像李商隐的《无题》,人们都记诵"身无彩凤双飞翼,心有灵犀一点通",这两句当然华美又多情,笔者却更喜爱"隔座送钩春酒暖"句乃至"昨夜星辰昨夜风"句,更深沉,更质朴,更无需解释,所谓"不着一字,尽得风流"。

越精炼就越概括,越概括容量就越大。李后主词"多少恨,昨夜梦魂中""问君能有几多愁,恰似一江春水向东流",其中对于恨与愁的具体描述并不丰满——当然也有"还似旧时游上苑"与"雕栏玉砌应犹在"的亡国之君的特有的伤感。如果把这些具体的愁与恨充盈地写下去,只怕共鸣的人反而会减少一大半。世界上,有愁有恨的体验者多矣,有亡国亡君的经验的又能有几人呢?旧体诗词的特点是以无胜有与以少胜多,旧体诗词一般不适于写篇幅浩大的叙事长诗、史诗,不知道这是不是我国汉民族缺少那种大型史诗遗产的一个原因。反过来说,向旧体诗学学精炼,不也很必要吗?

"珠有泪"与"玉生烟"的描写其实十分大胆,大胆而又贴切自然,不是造作、不是故作惊人之语,这是李商隐比如今某些新潮诗人高明的地方。大胆新奇而又贴切自然的句子又如"露从今夜白,月是故乡明""吴山点点愁"等,把客体、主体的关系处理得尽美尽善。露,今夜,白,月,故乡,明,都是客观事物、客观属性,把客观的东西排列起来,表达的却是主观的深沉感受。吴山点点,点出的却是全主观的"愁"字,只这么一个字。读旧体诗的时候,怎么能不惊叹我们的祖先诗人,把汉字用神了用绝了呢!字义,字形,字音……一切潜力都挖掘出来了!

新体诗如果不分行排,有的确实不像诗了。旧体诗词则怎么排印都行,不加句读也行,一句画一个圈也行。这也说明旧体诗词充分发挥了包括形体在内的汉字的严整性,可以不借助于排印的帮助。"莫对故人思故国,却将新火试新茶",怎么排都是苏东坡的诗(词)。而"明月几时有,把酒问青天"呢,一曲《水调歌头》,感动了世世代代。明月,青天,琼楼玉宇,酒,组成了一个压抑而又清凉的世界,自问自答,自思自叹,自叙自论(这首词的后半阕至"人有悲欢离合"处,干脆是作者在发议论呢,能说发了议论就不是好作品吗),自扬自抑,一个绝顶才华而又坎坎坷坷的诗人,而对高远静洁的宇宙,潇洒而又孤独,豁达而又悲凉,高洁而又寂寞,深情而又无奈,含蓄婉转而又明白如话,情思起伏,摇曳多姿,整个诗(词)就像月光一样清爽、雅致、温柔、永恒,无所不容而又一无所有,只有贝多芬的奏鸣曲《月光》能与它相提并论。

好的诗词是永远的润泽。我当然完全赞美新体诗的成就,完全相信今后中国诗的主流是新体诗,我也从一些今人的诗作中——如福建诗人范方的一批作品——欣慰地看到旧体诗的传统仍然在新体中有所延续继承和发扬。但我仍然愿意强调,中国旧体诗词是一大文学瑰宝,是汉语汉字的魅力的极致的表演,是中华文化、中华民族的凝聚力的一个不可或缺的组成部分。"一声何满子,双泪落君前!"吟诵几句旧诗吧,不知有几多炎黄子孙为之泪下!能背诵几十几百首旧体诗词的文人,才能算真正的中国文人。今人和后人的诗歌创作中,旧体可以式微,但对旧体诗词的喜爱与赏析,将成为我们民族我们的知识分子的精神生活的一部分而永存。我还附带建议:在中小学的语文教学中增加古典诗词的分量并教授吟诗,更多地出版一些适合阅读欣赏的旧体诗词的选本。

旧体汉诗不仅中国人做,东邻日本、朝鲜,亦不乏爱好者。最近读到一本在英国出版的英汉对照的朝鲜的汉诗选,就很有趣。一一六八年到一二四一年的李奎极所作《咏井中月》:"山僧贪月色,并汲一瓶中,到寺方应觉,瓶倾月亦空。"此诗受中国禅诗的影响,是明显的。由于不是母语,这位李诗人用字似不甚雅训,"并汲""方应觉"都有点别扭。但正因如此,此诗有一种古朴,一种稚拙天真,读之可爱。一四三五年到一四九三年的金时习所作《乍晴乍雨》:"乍晴乍雨雨还晴,天道犹然况世情。誉我便是足毁我,逃名却自为求名。花开花谢春何管,云去云来山不争。寄语世人须记认,取欢无处得平生。"这首七律似嫌直露,其"天道""世情"的感慨则不无味道,语言也朴素无华。一二九八年到一三五一年的李穀所作《寄郑代言》:"百年心事一扁舟,自笑归来已白头,犹有皇朝玉堂梦,不知身在荻花州。"入世与出世,在朝与在野的矛盾心情,与中国士大夫无大区别。一四九一年到一五五三年的李彦迪所作《无为》:"万物变迁无定态,一身闲适自随时,年来渐省经营力,长对青山不赋诗。"其中"长对青山不赋诗"的诗句,表白"不赋"之诗,当然叫人想起老子的"知者不言,言者不知"的名"言"。一五三四年到一五九九年的宋翼弼所作《南溪暮泛》:"迷花归棹晚,待月下滩迟,醉里犹垂钓,舟移梦不移。"这是有意境的,"舟移梦不移"句夸大自己的主体意识的迷茫混沌,以承受客观世界的变化化。一五三六年到一五九三年的郑沏所作《秋夜》:"萧萧落叶声,错认为疏雨,呼僧出门看,月挂溪南树。"写秋夜的寂寥清明静谧,不可谓不佳妙。从此诗似可想起王维。一五四八年到一五九八年的李舜臣所作《闲山岛夜吟》:"水国秋光暮,惊寒雁阵高,忧心辗转夜,残月照弓刀。"我们一读便会联想到我们的唐诗:"北斗七星高,哥舒夜带刀……"年代不详的凌云所作《待郎君》:"郎云月出来,月出郎不来,想应君在处,山高月上迟。"这种民歌体的诗,不但令人想起刘禹锡的《竹枝词》,也令人想起今世陕北的"信天游"。

好了,不再做文抄公了。中国旧体诗词的影响早已越出了国境,境外汉诗文字功力当然不如国人,但也有好处。汉字的整齐与古代诗歌的发达在带来辉煌的诗艺的同时也形成了旧诗的规范化程式化,这正是旧体诗词难以永远红火下去的原因。境外这些汉诗作者,虽然尽力模仿,毕竟炼字炼句不那么地道、到家,反而从语言上带来某些清新气息。呜呼,中国文化之传统何其悠久,影响何其博大,我们指点评议的时候,敢不慎之,慎之!

1990年3月

话说"朝三暮四"

追溯一下一些成语典故的出处、原意，思考一下这些成语典故含意的沿革，觉得很有意思。

比如说"朝三暮四"，《庄子·齐物论》中引用的这个故事，本是说一个养猴子的人与猴子们讨论它们的食物供应，早晨吃三个橡子，晚上吃四个，猴子们不满，闹起来。于是养猴者宣布改为早上发放四个，晚上三个，猴子们便没了意见。《齐物论》中讲这样的故事，用意显然在于否定一切是是非非的争论。所谓"是非之彰也，道之所以亏也"，所谓"类与不类，相与为类"，这当然是一种消极的相对主义的思想，不足取的。

也有一些注家将庄子引用朝三暮四的故事解释为说明"圣人以智笼群愚"，即指一种愚弄旁人的手法，也说得通。

但今人只知用朝三暮四来形容一个人胸无定见，反复无常，说话不作数，则存其文而失其义、失其味，更全无什么深刻性了。

"争先恐后"这四个字的来历也很有意思。晋国的著名车把式王子期与赵襄子赛车——不知道这是不是有文字记载的车赛之祖，当然远在巴黎大赛旧金山大赛之前——赵襄子老是赛不赢，便责备王子期没有诚意搞技术转让。王子期回答说驾车要注意马，而您老光盯着我，"今君后则欲逮臣，先则恐逮于臣。夫诱道争远，非先则后也，而先后心皆在于臣，上何以调于马？"是啊，您老盯人不盯马，管人不管马，对赛事中必然出现的先先后后的变化情况缺乏心理承受力,患得患失,计较名次,非欲压倒对手不可,越是这样越不能调理好马,不就越跑越跑不快了吗?

可见,原来争先恐后是含有贬义的,是指一种私心杂念,一种小家子气,一种气量狭窄与气度焦躁,一种抓不住关键的舍本逐末。这对人们做事做人,其实是很有借鉴、警惕意义的。

现在呢,全拧过来了,争先恐后用来形容一种踊跃的动态了,成了好话了。

"焦头烂额"的故事本来也极有深度。《汉书·霍光传》中记载,徐福三次上疏汉宣帝,建议及早限制霍家权势,汉宣帝不听。霍光死后,霍家之后谋反被揭发,宣帝下令将霍家满门抄斩。之后,凡揭发霍家罪行的人都受到封赏,而最早指出问题希望未雨绸缪的徐福却被冷落在一边。于是一位为徐福请功的人讲述了"曲突徙薪无恩泽,焦头烂额座上客"的故事。"曲突徙薪",指的是那种有预见性、善于采取预防措施的人;"焦头烂额",指的是那种出了事能冲上去帮助扑灭火灾的人;后一种人比前一种人更被看好,这个故事还是有点意思的。

如今呢,焦头烂额的这一切含义都消失了,剩下的也只有字面上的最浅薄最鄙俗的含义:说明一个人被各种事务所困扰的忙乱狼狈被动。

类似的现象多矣:"无中生有"语出《老子》,本来是老子的大道,叫做"天下万物生于有,有生于无",现今含义则指类似造谣生事的制造谎言、是非乃至冤案,百分之百的贬词。"左右逢源"本来是褒义,形容学习上的一种融会贯通、无往而不利的状况。现在呢,当然是指一种狡猾的类似两面派的为人处世了。"空洞无物"语出《世说新语·排调》:"王承相枕周伯仁膝,指其腹曰:'卿此中何所有?'答曰:'此中空洞无物,但容卿数百人。'"看,这里的"空洞无物"指的是一种宽阔的胸怀,一种大容量,又幽默诙谐,又充满自信、恢宏得意。如今的人们多实在,空洞无物吗,那当然是没有内容的空架子啦……

成语含义的演变告诉我们，第一，望文生义的确是人们容易犯的一种老毛病，是一种习惯甚至一种"传统"。现今不仅对成语、对外来语对新术语的望文生义亦多之矣，甚至给人以辨不胜辨，正（名）不胜正之感。但即使已经是"辨不胜辨，正不胜正"了，我们仍然不可不察，以免轻易上当。第二，在普及一个文学故事、一段掌故、一个说法的时候，确实会产生去精取粗、去深取浅的情形，就是说，所谓自然淘汰，也有两种可能，一种是优胜劣汰，还有一种是浅胜深汰。第三，约定俗成，成语含义的演变在所难免，考证得再好也难于（也不必要）重新改变成语的用法，用不着去纠正、去抬杠。例如，笔者写此小文的目的当然不是为了表示自己"无中生有"而又"空洞无物"。

至于说到"朝三暮四"的齐物思想，倒又使笔者联想到英国名作家斯威夫特的《格列佛游记》。《格列佛游记》中讲述一个地方由于吃煮鸡蛋是应该先磕破鸡蛋壳的大头还是先磕破鸡蛋壳的小头之争而搞得两派对立，内乱不已。笔者恰恰是在"文化大革命"两派斗争的高潮看这一段的，读完了，颇有些不敢回味的戒心，这个故事当然比"朝三暮四"的故事挖苦多了，抑或"朝三暮四"的故事更尖酸？反正作家是确实有点缺德的，他们自己未必免俗，偏又伶牙俐齿地把一些"俗"给捅了个不亦乐乎。

本文参考了下列书籍：
《庄子》（白话译解），叶玉麟译白，大达图书供应社 1935 年版。
《常用成语故事选》，崔宗云编写，贵州人民出版社 1978 年版。
《成语故事选编》，彭朝承编著，花山文艺出版社 1983 年版。
《成语典故故事选》（续集），刘元福编，黑龙江人民出版社 1982 年版。

1990 年 4 月

谈学问之累

"知识愈多愈反动"的说法自然不对。"书读得愈多愈蠢"云云,在特定的条件下,还是有几分道理的。我国戏曲舞台上,话本小说里,口头传说中,书呆子的形象为人们所熟知所嘲笑,当然不是没有来由的。总括起来这些受书害的人们的特点是,瘦弱,不能吃苦,不能稼穑,胆小,见到美女神魂颠倒却又不敢追求,常需要小丫环的提挈栽培,遇事没有主意,遇到恶人就吓破了胆,酸文假醋,该断不断,另一方面却又优越得不行,一朝得中状元,翻脸不认糟糠之妻与贫贱朋友。他们的形象真叫够可以的。

书是教人学问、教人聪明、教人高尚的,为什么书会使某些人蠢起来呢?因为书与实践、与现实、与生活之间并非没有距离。人一辈子许多知识是从书本上学的,还有许多知识和本领是无法或基本无法从书本上学到手的。例如:游泳,打球,太极拳,诊病把脉,开刀动手术,锄地,割麦,唱歌,跳舞,拉提琴,恋爱,靠拢领导,团结群众,与对立面斗心眼儿,申请调动,申请住房,增加收入……直到写小说。

书是非常重要非常重要的,但书未必都很实在。书要比口头语言的传播精密得多、负责得多,但也常常经过太多的过滤和修饰。还有许多题目题材尚未形成可以成书的原料与动机,有些事理太鄙俗、太丑恶,书本上不肯写。例如没有一本书教人们如何"走后门",但事实上"走后门"的愈来愈多。换一个角度想,即使为了加强廉政建设,也需要更好地研究开后门与走后门的林林总总,但如果当真撰写出版一本"后门大全",则很可能起到消极的教唆的作用。这也叫两难。有些事理太高妙、太精微,许多艺术上的感觉、激情直到技巧只可意会,不可言传,不可通过书本来传授——即使是烧一碟好菜,也不是光靠读菜谱能做得到的。还有些事理太重大、太根本,与之相比,书本的分量反而轻了。比如一种人生观,一种主义一种信仰,往往是一个人的全部经验的总结,全部人格的升华,全部知识的融汇,它来自生活这部大书的因素超过了某几本具体的书。如果某几本具体的书起了关键作用,也是因为符合了该读者的生活经验与生活需求。例如读了《钢铁是怎样炼成的》便去参加革命,首先是因为生活中的革命要求已经成熟,而这种革命要求已经酝酿在、躁动在这位读者的心里、梦里、血管里、神经里。再比如说道德,至少在我们这里绝无仅有哪一本书告诉人们可以不道德与教导人们如何不道德,亿亿万万的书教导人们要道德、要道德、要道德,但不道德的人和事仍然是层出不穷。从这里也可以看出书的局限性、书的作用的局限性这一面。

　　有许多许多的好书我们还没有读或我们还不知道它的存在。与此同时还有许多伪书、谬书、坏书。特别是有许多陈陈相因的书。创造性的书难找,照抄或变相照抄的书易求。读书、抄书、注书,遂也写出了书再供别人去抄去注,去改头换面,在书的圈子里循环,在书的圈子里自足自傲,被书封闭在一个缺少现实感也缺少生活气息的狭小天地里,最后连说话也都是书上的话、现成的话、见×书第××页的话,这很可爱、很高尚,也很误事、很可怜,办大事时候就更麻烦。所以毛泽东主席当年大声疾呼地反对"本本主义",还说过教条主义不如狗屎,说过读书比宰猪容易得多的一类话。年轻时我曾拜访求教过一些前辈学者,获益良多。但确实也碰到过这样的人,除了背书、引书、查书、解书以外,他回答不了你自己琢磨提出的任何疑问,他从不把书本知识与生活现实做任何的比较联系,他从来不发表任何原生的(即出自他自己的头脑与经验的)活泼新鲜独到的见解。

泛论暂且按下，这里只抽出一个问题探讨一下：学问与文艺的关系到底如何？七八年前我在《读书》上发表过一篇文章《一个值得探讨的问题——谈我国作家的非学者化》，此文的主旨是针对"我们的作家队伍的平均文化水平有降低的趋势"（这个问题早在一九七九年第四次全国文代会上的大会发言中我已提出）提出："我们既提倡作家不应与学者离得那么远，作家也应严肃治学，又不能要求作家普遍成为一般意义上的学者。也许从反面更容易把话说清：即作家绝不应该满足于自己的知识不多的状况，作家不应该不学无术。"

很可惜，大概一些朋友并没有读我的这篇文章更没有弄清我的这一段概括题意的话就认定并传开：某某写文章了，某某提倡作家要"学者化"了。认为谈得好者、响应者有之，认为是制造新的时髦浮夸，乃至认为此后创作中出现大量名词术语洋文假洋文旁征博引的始作俑者就是提倡作家"学者化"的某某人者亦有之。既然谈了"非学者化"并有所忧虑，那当然是叫俺们"学者化"了，这种非此即彼的想当然倒确实说明了一点粗疏简单。

反求诸己，那一篇文章中我强调了作家努力地严肃地治学求学乃至"争取做一个学者"（是争取，还没到化的程度）的必要性，却没有谈够另一面的道理，即学问和文艺，特别是和文艺创作与鉴赏，有相通、相得益彰的一面，也有相隔乃至隔行如隔山的一面的道理。这样，一面说"争取做一个学者"，又说"不能要求作家普遍成为一般意义上的学者"，就没把道理讲明讲透讲痛快。这样，引起某种片面简单化的理解，责任就不能全推出去。

学问与文艺有相通的一面，所以在那篇文章里我强调了作家要加强学习特别是文化知识的学习。但学问与文艺，毕竟也有不同的一面：前者相对地重理智、重思维、重积累、重循序渐进、重以公认的标准与手段加以检验而能颠扑不破的可验证性；后者则常常更多地（也不是绝对地）重感情、重直觉、重灵感、重突破超越横空出世、重个人风格的独特的不可重复性无定法性。

例如，甲先生是那样的懂文学、懂文论与文学史，读过那么多文学读物，谈起文学来是那样如数家珍，为什么他硬是搞不成创作呢？（毛主席就批评过：中文系的毕业生不会写小说……）试答如下：只是喜爱文学的人最好去教文学讲文学论文学；而只有既喜欢文学更热爱生活执着生活并能够直接地不借助于现成书本地从生活中获得灵感、启悟、经验与刺激，从生活中汲取智慧、情趣、形象与语言的人才好去创造文学。生活是文艺的唯一的源泉，文学本身并不能产生文学，只有生活才能产生文学。这些都是我的一贯信念。作家应该善于读书，更需要善于读生活实践的大书、社会的大书。学者当然善于读书，如能通一点大书（不一定同时是实行家）也许更好。换一个说法，作家多少来一点（不是全部绝对）学者化，学者多少来一点生活化，大家都学会倾听生活实践的声音，何如？

或又问，乙先生是那样的学贯中西、文通古今、读书万卷、著作等身，为什么听他谈起某个作家作品却是那样博士卖驴不得要领，或郢书燕说张冠李戴，或刻舟求剑削足适履，使生动活泼奇妙紧张的艺术鉴赏的痛苦与欢欣，淹没在连篇累牍而又过分自信的学问引摘里？

试答：学问也能成为鉴赏与创作的阻隔。已读过的书可能成为未读过的书的阅读领略的阻隔。已经喝过太多的茅台、五粮液，并精通"茅台学""五粮学"，不但无法再领略"人头马""香槟"，不但无法再欣然接受"绍兴黄""状元红"以及"古井""汾酒"，甚至也不再能领略茅台酒与五粮液。因为对于这些人，新的茅台五粮液引起的不是精密的味觉嗅觉视觉的新鲜快感，而是与过去饮用茅台五粮液的经验的比较，与先入为主的"茅台学""五粮学"的比较。已有的经验起码干扰了他的不带成见的品尝。所以几乎中外所有的老人都常常认定名牌货一代不如一代，都认定新出厂的茅台掺了水。经验与学问的积累、牵累、累赘，使他们终于丧失了直接去感觉、判断外在的物质世界的能力，甚至丧失了这方面的兴致。当然，这种学问（经验）的干扰不一定都是否定意义上的。如果新的文艺接触恰恰能纳入先前的学问体系之中,如果某个文艺成果恰恰能唤起已有的但已逐渐淡忘模糊的学问经验,它也能激起一种特殊的狂喜,获得一种一般人难以共鸣的"六经注我"的心得体会。这里的主体性是自己已有的包括已忘未忘的学问经验,而不是文学艺术作品本身。最后,不但六经注我,生活也注我,宇宙也注我,"我"只能不断循环往复,而不注我的也就只能置若罔闻了。实实的可叹!

举个例子。偶读上海古籍出版社出的《胡适〈红楼梦〉研究论述全编》第二百八十九页《与高阳书》中,这位大学者是这样说的:"我写了几万字的考证,差不多没说一句赞颂《红楼梦》的话……我只说了一句:'《红楼梦》只是老老实实的描写这一个坐吃山空、树倒猢狲散的自然趋势,因为如此,红楼梦是一部自然主义的杰作。'此外,我没说一句从文学观点赞美《红楼梦》的话。"

胡适接着写道:"老实说,我这句话已过分赞美《红楼梦》了。书中主角是赤霞宫神瑛侍者投胎的,是含玉而生的——这样的见解如何能产生一部平淡无奇的自然主义小说!"

(王某忍不住插话:是您给《红楼梦》戴上自然主义的帽子,后来发现它的脑袋号不对,所以"不能赞美"脑袋,却必须坚持帽子的价值的无可讨论与无可更易。削头适帽,确与削足适履异曲同工。)

胡适自我感觉良好地说:"我曾仔细评量……我平心静气的看法是:雪芹是个有天才而没有机会得着修养训练的文人——他的家庭环境、社会环境、往来朋友、中国文学的背景等等,都没有能够给他一个可以得着文学的修养训练的机会,更没有能够给他一点思考或发展思想的机会(前函讯评的'破落户的旧王孙'的诗,正是曹雪芹的社会背景与文学背景)。在那个贫乏的思想背景里,《红楼梦》的见解也不过如此。"

胡适接着举"女儿是水做的骨肉,男人是泥做的骨肉""女儿两个字,极尊贵、极清静的……"为例,指出"作者的最文明见解也不过如此",更举贾雨村的关于清浊运劫的"罕(悍)然厉色"的长篇高论,指出"作者的思想境界不过如此……"

我想,我从未怀疑过胡适是有学问、颇有学问的人,我对他的学问不乏敬意。而且我知道胡适写过具有开创意义的新诗集《尝试集》,虽然其中的诗大抵中学生水准,在当时能带头用白话文写诗,功不可没。但看了他对《红楼梦》的评价,我颇怀疑他是否有最起码的文学细胞和艺术鉴赏细胞。这位大学者读文学作品的时候未免太缺少一种纯朴、敏感的平常心、有情之心了!他老是背着中西的学问大山来看小说了,沉哉重也!什么叫"没有机会得着修养训练"呢?把曹雪芹送到康奈尔大学、哥伦比亚大学或高尔基文学院去留留学如何?什么叫"思考或发展思想的机会"?是指他没有与苏格拉底、柏拉图对过话还是指他没有在导师指导下完成博士论文?什么叫博士,胡当然是知道的,什么叫大作家,知道吗?曹雪芹的价值在《红楼梦》而不在他的学历和论文。更不在他的背景,我们叫做"阶级出身"的。如果曹雪芹的"背景"不是"破落户的旧王孙",而是洛克菲勒家族或牛津、剑桥的曾获诺贝尔奖金的学者之家,他还是曹雪芹吗?他写出的还能是《红楼梦》吗?曹雪芹的见解、思想境界也许不如杜威或者萨特高明,所以他没有贡献出什么什么主义,正如那几位大哲学家没有贡献出《红楼梦》一样。而《红楼梦》的价值,当然不在于表达曹雪芹的"修养训练""发展思想""见解高明"(这些都适合于要求博士论文而不宜于要求"亘古绝今第一奇书"——蔡元培语——的《红楼梦》)。《红楼梦》的价值在于它的原生性、独创性、生动性、丰富性、深刻性。人们面对《红楼梦》的时候就像面对宇宙、面对人生、面对我们民族的历史、面对一群活灵活现的活人与他们的遭遇一样,你感到伟大、神秘、叹服和悲哀,你感到可以从中获取不尽的人生体验与社会经验、不尽的感喟、不尽的喜怒哀乐的心灵深处的共振,也可以从中发见、从中探求、从中概括出不尽的高明的与不甚高明的见解。《红楼梦》的价值在于它创造了一个世界而不在于去解释这个世界。"天何言哉"?"天"创造了四时万物,对四时万物发表见解则是真正聪明与自作聪明的亚当夏娃的后代们的事。《红楼梦》的价值还在于它的真切与超脱,既使你牵肠挂肚又使你扑朔迷离、怅然若失。只有丧失了起码想象力的博士才会认为有必要指出曹雪芹的缺乏妇产学知识,他竟然认为宝玉是神瑛侍者投胎与衔玉而生!这使我想起我在"五七干校"时学的批判材料,材料说:"明明蔬菜是我们贫下中农种的,作家却说是兔子种的,这不是睁着眼说瞎话吗?"(指那个家喻户晓的"拔萝卜"的故事。)原来教条主义也是不分"左""右"地亲如同宗的噢!

　　这不过是一例,学问家以己之长,攻创作家之短,或自以为是创作家之短。而这一例竟然以一般的学问标准——修养训练呀,发展机会呀,背景呀见解呀什么的——去攻创作的奇才、天才、无与伦比的曹雪芹。伟大的作家恰恰在这一点上与一般学问家不同,他不仅是修养训练的产物,更是他的全部天赋、他的全部智慧、心灵、人格、情感、经验……他的每一根神经纤维和全身血液的总体合成。文学系多半培养不出创作家来,医疗系倒"培养"出了许多大作家——鲁迅、郭沫若甚至俄国的契诃夫。诸如此类的事实,不能成为贬低文学科系或反过来贬低作家的理由,也不能成为视医学训练为作家之必需的理由。

　　反过来说,作家当然也不该忽视自己的修养训练。其实曹雪芹在当时条件下还是受过许多修养训练的,否则他哪儿来的那么多文化知识与生活知识?特别是他的语言积累,难道不是"当然"使博士惭愧?他的"女权主义"思想可能确实"贫乏",他的知识特别是不见于经传的知识却实在丰富得很。而作家的创造性得之于不见经传的知识、得之于生活这本大书的要比得自康奈尔、哥伦比亚的图书馆的更多也更重要。他的这方面的"背景"独特而且源远流长,没有这样的背景而换成博士可能认为绝不贫乏的希腊罗马文艺复兴产业革命的背景,曹雪芹就不是曹雪芹而是曹尔斯特博士、曹尔斯特教授、曹尔斯特院士了。这样的教授院士说不定还有人可以替代,而曹雪芹与《红楼梦》,却是无可替代的唯一。

希望学问多一点灵气。希望创作家多一点学识,却不要因学识而"戕宝钗之仙姿"又"灰黛玉之灵窍"。学问家也不要因灵气而想当然地信口开河,随意指点,甚至一口一个当然,就像王善保家的论搜检方案,一口一个"自然"其实远不自然当然一样。知之为知之不知为不知,是知也。我们的学问,我们的创造力,究竟涵盖了多少对象,又有多少(不应是多少而应是多得多)对象,还处在我们的理性、我们的悟性灵性所远远没有达到的黑洞里啊,谁又可以高高在上地摆出全知全能的架势来呢!

作者附言:给《读书》撰文谈读书的局限性,令人歉然。笔者其实一直是提倡读书、提倡学问、决心拜学者前辈们为师的。但事实确也有另一面的道理。不能轻视也不能迷信学问。天下的事,常常需要讲两句话,"既要……又要……"的句式虽然俗,却是必要的。有什么法子?打油一联曰:既要又要全必要,求知疑知近真知。(1990年上元佳节,当年甄士隐丢失女儿英莲之日)

1990 年 5 月

东施效颦话语词

读一九八八年《读书》上尘元先生的连载文章《在语词的密林里》,很感兴趣。忍不住东施效颦,到密林里览览胜,顺手牵羊,"乱砍滥伐"一下。

报告　请示报告也好,(军人)进(首长)门前喊"报告"也好,都有下对上通消息或反映情况的含义。但"作报告""作大报告""传达报告""传达报告精神"……语词中的报告的含义,则更接近于讲话、讲演、演说,更多的是上对下的走向了。至于"报告文学""时代的报告"这些词语中的报告,意思接近于报道。而"小报告"一词,则带有进谗或诬陷的贬义了。

似乎是为了区别下对上的报告与上对下的报告,有时我们用汇报一词表示下对上的反映情况。当然也有人为了谦虚,把自己的发言、提意见、提建议甚至演说称为"汇报一下"。

英语里,报告、汇报都用 report 一词,讲演则用 lecture,讲话用 speech。就是说,是把作报告的报告与请示报告的报告区分开来的。报告文学、报道用 reportage,来自 report 词根,仅与"汇报"密切相关。

也有时候为了突出讲话的权威性质,我们称为"作指示"。其实按中文原义,报告与汇报区别不大。当初我们不用演说,更不用"训话"之类的词而用"报告",可能正是为了体现一种领导人的谦逊和理想化的平等性。

代表　当作为指人的称谓时,应指被推举或委托的人,受权并承担义务为某人或某一群人办事。代表团应该被一个团体、一个单位、一个部门或机构委派的一个团体（三人以上）。后来这个词用得愈益广泛，例如我们常常称与会人员为"代表"，不论是来开学术讨论会、工作会、订货会、发奖会的。只要正式报到，集中食宿并享有会议正式成员权利的，都可称为"代表"。重点在与"列席""来宾"区分，而不在于表明这个会是个代表会议。代表团也常常未承担交办任务，又非由"代表"们组成，而只是泛泛地去参观旅游或友好访问。

反映 "群众反映""不良反映""反映很好"等词中的反映，似乎本应是"反应"。而"反映情况""反映意见""反映问题"等动宾词组中的反映，则本是汇报、报告之义。"有反映"，现多用作有批评性意见乃至舆论的简称。最近又出了个新名词"反馈"，许多过去用反映反应反响回音回复的词的地方，现在一律"反馈"开了。反馈似是电学名词。其实"反映"最初是光学名词，"反应"为化学或医学名词，"反响"为声学名词。最初用反映反应反响时估计也是比较新比较科学的吧，现在则得学会用"反馈"才够得上时髦了。

书记 原义就是秘书，secretary。称政党领导职务为书记而不称"总裁"之类，想也是为了体现一种更加民主的新兴精神。当然，实际工作的分工、职责、权限、要求、影响、威信……各方面，书记与秘书不可能等同起来，这是理所当然的。汉语好办，一个叫书记一个叫秘书，书记本身还需要秘书作助手，大家一听就明白了，但英语等语言似乎还没解决这个问题。

批评　批判 英语都是 criticize 或 criticism。汉语最初二者相通，即评论之义，如说金圣叹批、眉批等等，就是指评论，包括褒奖也包括指责当然更包括解释与分析。"批判"的另一含义为判断批示，可指老师对学生作文、当然也可以指官员对文件的批点、批示、批准、批阅。文艺批评，就是文艺评论，批评家就是评论家，并不是指他专门指出缺点毛病问题。后来，随着实际生活的演变，批评似乎专指"示瑕求疵"，而"批判""大批判"的含义就更为严重了。

学习 商务印书馆一九六二年出版《汉语词典》（简本）中对"学习"词条的解释最为有趣："学习为外界之刺激与内界之反应在神经中枢中组成感应结之历程，感应结系指感觉神经原（现似通用元，下同。——王注）与筋肉神经原之结合而言，唯感应结初造成时不甚强固，必然反复练习，始能使神经通路顺遂而无阻，故称学习。"这部初版于一九三七年的词典还解释"学习"的另一种含义为学，即效法、受教之义。五六十年代北京市民口角时有指对方为"欠学习""你该去好好学习学习"者，虽反映了对"学习"含义的误解，但与现今口角时的用语相较，仍然呈现了一种文雅与全民处在学习高潮中的兴旺。"办学习班是个好办法"，提出时也是极好的，后来"学习班"的含义似乎也转了，甚至变成一批人为一个有严重问题需要审察的人办"班"了。无论如何，学习是世界上最美好的字眼，它理应和其他一批最美好的字眼革命、理想、人民、青春、斗争、幸福、解放、光荣……联系在一起。

作风 上述《汉语词典》中竟未收"作风"词条，估计这个词是在解放区时兴而推广而至今的。按原义应指工作的风格即 style，生活作风则指 style 也指 way 即 way of life——生活方式。目前实际生活中，"作风"常指机关干部的工作方法与效率，如作风拖拉、作风生硬、缺少民主作风、作风雷厉风行等说法，系指工作中表现的个人特点特别是性格与习惯方面的特点，至于经验、知识、智商方面的状况则用"水平"一词来表示，道德特点用"品质"（原专指物品的质量质地的，指人则称品格。新中国成立以来我们喜用"品质"而少用"品格"一词了）。"作风"另一方面的更流行的含义则专指男女性关系方面的道德状况。当我们说一个人生活作风不好时，并非指生活方式——way of life 而是专指性关系上的乱七八糟。说一个普通人作风如何如何，不加解释别人就懂指的是什么。为什么称之为"作风"呢？想起来怪有意思。喜欢与异性拈花惹草，这也算是一种作风、一种风格吗？称为作风，除了含蓄求雅以外，是否多少有视为性格与习惯的表现，不那么直接反映水平与品质呢？当然"作风"太"恶劣"的话，少不得被认为是品质问题的了。

对象 称恋爱至少是寻找配偶为"搞对象"，不知是否说明了哲学的普及。去夏在山东烟台，见到一些中老年同志称自己的配偶为"我那个对象"，觉得既雅且嗲，不知是否因为胶东是老区的缘故，爱用这种当年的新名词。称配偶为"爱人"开始时也是很有进步意义、五四意义的。因为封建社会的婚姻有天命、有父母之命媒妁之言、有居室之伦、有一唱一随的权利义务关系、有"小姐，望怜惜不才则个"或"救小生一命也"，就是没有爱，就是不会说 I love you 或 my dear、my darling。爱人者，lover 也，darling 也，sweetheart 也，何其新潮解放现代之至。与之相比，太太先生之属又何等陈旧！但此词用长了暴露了弱点，爱人称谓的弱点在于不分男女又不分已婚未婚。近年又时兴将未婚情侣称为"朋友"，boy friend 或 girl friend，倒也差强人意，可惜与传统汉语中的朋友一义相去甚远。读几十年前的文学作品，还可见爱情追求失败后拒绝一方为了安慰对方，或追求一方仍不死心而说什么"我们做朋友吧"之类的句子。现在回到哲学上来，"文化大革命"以来，一些人称与自己作对的人为"对立面"，着实哲学得很。

帮助 help，本来是一个很普通的词，指帮忙与援助。帮忙指分做他人之事，援助指救助。英语喊救命为 help 也与"帮助"意义相当，但更多了些紧急意味。如果中国人掉到水里或遇到强盗不喊救命而喊"请帮助"，未免太慢性子，甚至会被以为是要旁人帮他提重物或找失物。我们有时把批评某人称为"帮助"，这体现了毛主席讲的"惩前毖后，治病救人"的方针，用意是很好的。真正做到自觉自愿地寻求这种帮助，接受这种帮助，则需要努努力。同样，真正做到批评别人充满帮助的美好感情，也是需要高尚的思想境界和很好的思想修养的。

意识 本是心理学名词，哲学也喜欢用这个词，如"存在决定意识"的名言。上述词典解释"意识"词条曰："指精神觉醒之状态，一切精神现象如知觉、记忆、想象等皆属之，亦即泛称人之心的一切作用。"看来，"意识"是个无所不包的心理学概念。有一阵人们用"意识"来表达一个人的思想道德修养，如是否有个人主义、个人英雄主义、自由主义等，意识变成了一个道德、特别是政治道德，做人的修养方面的名词。这种演化可能与少奇同志所著《论共产党员的修养》有关，盖此书有专章论述"思想意识的修养"也。

点名 本是军营、学校或其他组织严密之机构按名点唤，检查人员出勤在岗情况之义。后来把提名道姓的表扬特别是批评称之为"点名表扬""点名批评"，特别是后者，含义较严重，故有过所谓不要轻易点名、点名要哪一级批准之类的规定。也有时明知是谁而不指出名来，如说"×××的那个人""党内最大的×××"等，以示政策上的区别。

靠边站 六十年代，话剧《霓虹灯下的哨兵》风靡一时，剧中有一排长似名陈喜，受了"资产阶级香风臭气"的影响，不礼貌地对自己的一个下属说："黑不溜秋的，靠边站。"从此，"靠边站"这话流行起来，"文革"开始后，人们便把虽未正式卸职，但已排除在领导工作之外的干部称之为"靠边站"干部。这些年，这个词已随着政治生活的正常化而渐被遗忘了。时间再久，恐怕连出处也没人晓得了。

欣赏 这也是一个美好的字眼，讲一种喜悦、喜爱，讲一种满意的心情，当用到艺术上的时候，则是讲审美的愉悦、美的享受。有趣的是我们有时讲领导满意某个人的时候也可以说"对××很欣赏"，这个词义的延伸还是蛮有意思的。北京人有时则说成"对××很感冒"或"很不感冒"。"感冒"在这里，是"感兴趣"的故意误读，故意误读误说误解，是相声的技巧之一。不过这里的"感冒"，没什么深意，有点耍贫嘴。

部分 近年报纸喜用"部分"二字，有时用于新闻标题中，如"部分作家集会""部分在京委员座谈""部分老同志聚集××会堂"等。

其实，绝大多数情况下，这里的"部分"二字是多余的。第一，除了特别注明的全体会议，很少可能召集那种某种身份的人物全部出席的会议。座谈之类，只能是"部分"，不可能成千上万更多的人聚集交谈。不说"部分"也不会有人认为是全体百分之百。第二，召开这种"部分"同志出席的会，意思并不在"部分"而在全局。例如一个学术团体的座谈，总是找该团体最有成就、最有威望、最有代表性的成员。人们有时在不该称"代表"的地方称了代表（如前述），而明明是很有权威与代表性的会议却称为"部分"，令人不解。第三，有时专门找一部分最有关的人员开会，则不如称"有关人员""有关同志"。第四，称"部分"给人一种别扭的感觉，似乎把这部分同志、人员与全体分得太清了。需要强调并非全体时，宁可用"一些""许多""不少"之类的定语也比用"部分"合适。

精神　含义皆明。称文件的主旨为"文件精神"，称领导意图为"上面的精神"，则是精神一词含义的延伸。意在强调不仅要领会贯彻条文、字句、具体规定，更要有概括、关键且具有一定的灵活性的理解。这样，在符合"精神"或不符合"精神"的判断思索上，也常需多方推敲斟酌。

1990年6月

一篇《锦瑟》解人难

"一篇《锦瑟》解人难",从北宋到清代至今,许许多多学人诗家讨论李商隐的《锦瑟》,深钩广索,密析畅思,互相引用,互相启发,互相驳难,虽非汗牛充栋,亦是洋洋大观。一首仅仅五十六个字的"七律"(加题目不过五十八字,但几乎所有的解人都认为此题不过取首句头二字,相当于无题,那就是 56+2-2 还是五十六字了)引发出这么聪明智慧学问考证来,在诗歌研究领域,确实并不多见。

"追忆""当时",笔者则是在没有什么学问考证的情况下读这首诗的。少年时代,初读《锦瑟》便蓦然心动,觉得诗写得那么忧伤,那么婉转,那么雅美。那时我根本不知道望帝化杜鹃的典故,根本想不到类似"锦瑟""玉烟""珠泪"等字面上谈不上"隐僻"(明代诗论家高棅对商隐诗风的概括)的字词也连结着那么多书卷掌故,虽不能解,却能欣赏,并能背诵上口。其意境、其情绪、其形象的幽美与形式的完美、其音乐性,似乎都是可以用现代人平常人平常少年的平常心感觉到的,也是完全接受得了的。

及长及今,病中凭兴趣读了些与商隐诗与《锦瑟》有关的书文,才瞠乎于解《锦瑟》之复杂深奥纷纭。宋代刘攽提到"锦瑟"是令狐楚家丫环的名字。宋黄朝英又假托苏轼名义说此诗是咏瑟声的"适、怨、清、和"。清朱鹤龄、朱彝尊、冯浩、何焯、钱良择以及今人刘开扬先生等认为是悼亡诗。何焯、汪师韩以及今人叶葱奇、吴调公、陈永正、董乃斌及安徽师范大学中文系古典文学教研组诸先生,则认为此诗是诗人回首生平遭际、有的还特别强调是政治遭际之作。吴调公先生明确此诗应属于"政治诗",而须与多首属于爱情诗的《无题》相区分。叶葱奇先生认为此诗"分明是一篇客中思家之作"。程湘衡以为"此义山自题其诗以开集首者",就是说以此为序,概括回顾反思自己平生诗作。周振甫、钱钟书二先生亦主此说。钱先生在《谈艺录》中更具体分析锦瑟犹"玉琴"喻诗,首两句言"景光虽逝,篇什犹留",三四句言作诗之法,五六句言"诗成之风格或境界",七八句言"前尘回首,怅触万端",等等。

笔者才疏学浅,不敢炒热饭而露底虚,这里只不过是想探讨一个问题:何谓解诗,何谓诗解,何谓解人,如何区分解诗的正误,如何解释一般人时人对这一难解的诗的喜爱呢?

"诗无达诂"说明了解释的困难,但也没有说"诗也无诂"。诗仍然是需要解释可以解释的,不准解释于诗无补,也行不通。那么我们平常(即包括一般读者当代读者一首首诗所需要了解的)所说的对诗的解释,究竟包含着一些什么样的意思呢?

第一层应是诗的字面上的意思,每个字、词、语、句和上下文关联的意思,包括文字的谐音、转义、语气、典故。没有这方面的起码知识和判定,当然很难读一首诗。例如"此情可待成追忆"句,有解释"可待"为"岂待"之意,而我们的旧诗是不标问号或逗号的,这当然有点麻烦也颇有趣。"当时"亦有解作今时即现在时的,与彼时即过去时不同,而我们的动词又不分加不加 ing 或者 ed。这样,"此情可待成追忆,只是当时已惘然"的《锦瑟》最后两句,也就不好解释了。看来,字面解释亦殊不易。但一首诗能够长期流传广为流传,终应证明此诗整体字面上没有什么不可能的地方,只不过一些解释留有弹性、留有变通的余地罢了。

从字面上看,"锦瑟"就是"锦瑟",何必是无题呢?援引诗中字为题即无题么?那为何不标无题呢?那时又没批过"无标题"。有题又如何?有的题力图把一切告诉读者,也有的题不过是个影壁,是个记号罢了。从锦瑟及其弦柱开始,写到华年,写到迷蝴蝶与托杜鹃故事,写到海、月、珠、泪与田、日、玉、烟之景观,归结为惘然之情,此诗是从锦瑟出发(是兴、比还是赋不能仅从字面上看)写诗人的惘然之情的。这样说虽嫌浅俗乃至鄙陋,却应是探讨的出发点。对吗?

第二层是作者的背景与写作的触发与动机,就是作者因何要写此诗。这实际上是从创作论及作家论的角度来解诗,这就需要许多历史、传记、文化背景、创作情况资料方面的积累,需要许多考据查证的功夫。如果不了解牛李党争、义山与王氏的婚姻、王氏的夭亡、商隐仕途之坎坷等情况,当然也就无法做出悼亡、感遇等推测;如不知旧版《玉溪生集》《李义山集》多以此诗为开篇,也会大大影响诗序诗忆诗论说的信心。至于令狐家是否有婢名"锦瑟"王氏是否喜奏锦瑟,商隐是否精通音乐适、怨、清、和之律与偏爱锦瑟这一乐器,这就更需要过硬的材料了。所谓"聚讼纷纭",往往偏重于这方面的歧见。

这样的对作家创作背景缘起与创作过程的研究虽然符合从孟夫子到鲁迅的"知人论世"的主张,却也有两个难处。第一,往往缺少过硬的与足够的材料,特别是古代诗人作家的情况,常常是一鳞半爪,真伪混合。因此许多见解、推测、估计,论者一厢情愿的想象的成分有可能大于科学的、合乎逻辑要求的论断的成分。如《锦瑟》乃政治诗说,根据是李商隐一生政治上坎坷失意,却并没有他写此诗抒发政治上的不平之气的任何佐证。再如令狐丫环说,究竟今天谁能论证清楚令狐家有还是无这样一个丫环呢?即使确有这样一个丫环,又怎样论证《锦瑟》一定是为她而写呢?即使令狐家绝无此婢,又怎样论证李商隐毕生不可能遇到过一个名锦瑟的女子,引起他爱情上的怅然惘然之情呢?或谓"若说是一时遇合,则起二句绝不能如此挚重"(见《李商隐诗集疏注》第2页),这话当然深有其理,但做诗不是有由此及彼的"兴"法吗?从一个无缘相爱相处而又给自己以美好印象的女子身上联想起自己的爱情生活爱情苦闷,联想起自己一生爱情上事业上政治上的不如意,这又为何不可想象呢?这里,不论是全称的肯定判断或否定判断,似乎前提都还不充分。纷纭聚讼的结果肯定是莫衷一是。

　　第二,即使作家死而复生,陈述讲明自己的写作缘起和过程,又如何呢?即使我们的论者掌握了可靠的"海内孤本""独得之秘",以至能相当详尽准确地复述作家的写作情况,这些材料与论断的传记学史学意义仍然会大于它们的文学意义。我国古典诗作中,题明写作缘起的并不少,如王勃诗《送杜少府之任蜀州》为人熟知,除了专门家谁又在意王勃此诗具体对象呢?"海内存知己,天涯若比邻"一联,概括性强,气势也好,其文学意义社会乃至政治意义不知超过送少府外放做官多少倍!再如"访×××不遇"这一类的诗题,又怎能概括得了诗的具体意蕴?一个作家的写作缘起很具体很微小很明确,但是一篇感人的作品却往往包含着巨大深刻的内容,包含着作家本人的人格、修养、追求和毕生经验,包含着作家所处时代、国家民族地域许多特征,其内涵甚至大大超过作家自己所意识到的,这不已是很普通的常识了吗?现在回过头来说《锦瑟》,即使证明它确实是写一个女子或一张瑟或瑟乐演奏的适、怨、清、和,又能给《锦瑟》这首诗增加或贬损多少东西呢?

　　第三层,对于一般读者来说,最重要的是诗的内涵,诗的意蕴。这既与作家创作缘起有关,又独立于作家意愿之外。拿《锦瑟》来说,则是它的意境、形象、典故和精致完美的语言与形式。一般读者喜爱这首诗、阅读吟哦背诵这首诗,应该说首先还是由于美的吸引。它的意境美,形象美,用事美,语言美,形式美是充满魅力的。其次会着迷于它的惘然之情,它的迷离之境,它的蕴藉之意。"锦瑟无端五十弦,一弦一柱思华年",这两句琅琅上口,文字幽雅却绝不艰深。从锦瑟、起兴回忆起过往的年华,这个基本立意实在并不费解。"庄生晓梦迷蝴蝶,望帝春心托杜鹃",回忆之中产生了(或弥漫了、笼罩了)类似庄生化蝶不知己身何物的迷惑,回忆之中又萌发了类似化为杜鹃的望帝的春心。或解为去回忆那种类似庄生梦蝶杜宇化鹃的内心经验,也可以。就是说,这里表达的是一种失落感与困惑感,更是一种幻化感:庄生化蝶,望帝化鸟,幻化不已。失什么惑什么化什么?诗人没有说,一般读者亦不必强为之说。华年之思化为诗篇,生化为死,青年化为老年,胸有大志化为一事无成,爱情的追求化为失却都说得通。"沧海月明珠有泪,蓝田日暖玉生烟",神游沧海蓝田,神交明月暖日,神感珠泪玉烟,又寥廓又寂寞,又悲哀(泪嘛)又温暖,又高贵(珠、玉、月、日)又无奈(有泪生烟,都是自在的与无为的啊),又阔大(海、蓝田)又深幽(泪也烟也转瞬逝去也终无用场也)又艳丽;又迷离又生动(孤立地解释中间四句其实是生动的),又阻隔(神秘)又亲切。这是什么呢,当然不是咏田咏海,咏珠咏玉,不是咏瑟咏物,而是吟咏自己的内心世界,自己的精神生活,自己的内心感受。内心不过方寸之地,所以此诗虽有海田日月字样并不令人觉得诗人在铺陈扩张,此诗并无宏伟气魄。内心又是包容囊括宽泛的,其中不但有庄生望帝,蝴蝶杜鹃,沧海日月珠玉,而且有爱情,有艺术有诗,有生平遭际,有智慧有痛苦有悲哀,其核心是一个情字,所以结得明明白白:"此情可待成追忆,只是当时已惘然",写惘然之情。为什么惘然?因为困惑、失落和幻化的内心体验,因为仕途与爱情上的坎坷,因为漂泊,因为诗人的诗心及自己的诗的风格。更因为它把诗人的内心世界写得太幽深了。一种浅层次的喜怒哀乐是很好回答为什么的,是"有端"可讲的:为某人某事某景某地某时某物而愉快或不愉快,这是很容易弄清的。但是经过了丧妻之痛、漂泊之苦、仕途之艰、诗家的呕心沥血与收获的喜悦及种种别人无法知晓的个人的感情经验内心经验之后的李商隐,当他深入再深入到自己内心深处再深处之后,他的感受是混沌的、一体的,概括的、莫名的,只可意会不可言传因而是略带神秘的;这样一种感受是惘然的与"无端"的。这种惘然之情惘然之感是多次和早就出现在他的内心生活里,如今以锦瑟之兴或因锦瑟之触动而"追忆"之抒写之么(我倾向于此说)?或是从锦瑟(不论是一件乐器,两个字,类似"玉琴"的一个借喻典故或一个女子的名字,一个女子)得到即时——"当时"的灵感冲击从而获得了幽美婉转的惘然之情？对这两种可能的解释各人又如何能是此非彼呢？

此诗首二句与尾二句其实还是相当明白的。有了"思华年"做向导,有了"情惘然"做总结,也就不至于聚讼于庄生望帝沧海蓝田之间了。思华年思出了蝴蝶杜鹃泪珠烟玉,情惘然惘成了"迷"、"托"、有珠泪之沧海与生玉烟之蓝田。鄙陋之见,能无太廉价及少学乏术之讥乎？

第四层是欣赏者个人的独特的补充与体会或者某种情况下的特殊发挥。例如我在六十年代就对引用晏殊名句"无可奈何花落去,似曾相识燕归来"来讲国际政治大为叹服。情种从《锦瑟》中痛感情爱,诗家从《锦瑟》中深得诗心,不平者从《锦瑟》中共鸣牢骚,久旅不归者吟《锦瑟》而思乡垂泪；这都是赏家与作者的合作成果。我们还可以设想,知乐者认为此是义山欣赏一曲锦瑟独奏时的感受——如醉如痴,若有若无,似烟似泪,或得或失。除了音乐,哪种艺术能这样深入地却又是浑然地打动它的欣赏者呢？这恐怕可以说得通。我们还可以设想一个旅行家、一个大地与太空的漫游者在他晚年时候对他的漫游生活的回忆。再设想一个爱因斯坦式的科学家从这首诗中获得做学问的体味吧——何自然万物之无端也,以有涯逐无涯,何光阴之促迫！功成业就而两鬓已斑,未竟之志虽有春心已无青春年少矣！或功未成业未就而此身非己有,鸟乎蝶乎,将有托乎？茫茫广宇,人类智慧之珠上凝结着多少泪水！还有多少科学真理如美玉而埋在蓝田之下,人们略察端倪如玉之或有之烟,何时能开掘出来呢？一切科研成果都需要时间长河的冲刷淘洗,即时即地,谁又能判断吾人之科学新说的价值故而哪个智者又能不惘然呢？

这样说下去或有似相声《歪批三国》之嫌,但笔者虽然性喜调侃意却不在调侃。我只是想肯定李商隐的《锦瑟》为读者、为古今中外的后人留下了极大极自由的艺术空间,当然大而无当亦不佳,组合这艺术空间的一句句诗其实是很巧妙很贴切很有情有象的。八句诗如八根柱子，读者完全可以在这八根柱子建造的殿堂里流连徘徊，自得其乐。

第五层则是对《锦瑟》做学问研究。因《锦瑟》而及李商隐全人全诗，因一诗而及我国的与世界的诗的宝库诗的海洋文学的海洋，因一词一典而及天文地理历史政治哲学宗教语言音韵直到自然科学，那当然是研究不完的。此是以学问而解诗乎？抑或因由一诗而弘扬学问乎？到那时《锦瑟》真是起兴了，起中外之才智而兴古今之学识，大哉学问，真无涯而壮观也！吾人自当望洋而兴赞叹！

顺便说一句，按五层之说，有许多明白如话的诗，至少前三层很容易统一。"床前明月光……"就不必解释得这么复杂，也没有这么多争论和学问，同样是好诗，而且是更普及的好诗。本文没有偏爱乃至倡导隐僻之诗的意思，也没有把"五层"割裂的意思。

本文参考了下列书刊：

《李商隐诗集疏注》，两卷本，叶葱奇疏注，人民文学出版社 1985 年版。
《谈艺录》（补订本）钱钟书著，中华书局 1984 年版。
《李商隐研究》，吴调公著，上海古籍出版社 1985 年第二次印刷本。
《李商隐传》，陕西人民出版社 1985 年版。
《李商隐〈锦瑟〉诗众笺评论说》，周建国作，见《唐代文学》1982 年第 2 期。
《李商隐诗选》，安徽师大中文系古典文学教研组选注，人民文学出版社 1978 年版。
《如何确解李商隐诗》，杨柳作，见《古代文学研究集》，文联出版公司 1985 年版。
《唐诗风格美新探》，王明居著，文联出版公司 1981 年版。
《唐诗论文集》，刘开扬著，上海古籍出版社 1979 年版。
《李商隐诗选》，陈永正选注，广东人民出版社 1984 年版。

1990 年 7 月

懂还是不懂？

人们抱怨对一些文艺作品"不懂"的时候，情况是千差万别的。例如，可以设想有下列几种情况：

一、符号上与知识上的困难与阻隔。例如文学作品中用了生僻的字词，用了远远没有推广的方言、外来语、术语、行业语或专业性的图表、论断、资料。或者文学、美术作品中的一些比喻、暗喻、谐音、"藏头"用得太怪，难以取得共识。或者反映某个特殊行业的工作生活，一般人难以理解等。如画松竹梅岁寒三友表达一种高洁、节操，中国人很容易懂，外国人就未必能懂。

二、大致属于对于内容反映了"什么"的疑问。对一幅画、一段音乐或一段舞蹈，不知道它们在画什么、演奏什么、跳什么。这里的"什么"，是指它们所模拟的生活、它们所模拟的客观事物。这里其实有一个前提，即我们认定艺术应该模拟自然、模拟生活，否则就是不好懂或干脆不懂的了。如我们能辨认出一幅画画的是一棵树、一只鸟、一个茶杯、一个人体……不管我们是否认为它画得好，我们不会抱怨"看不懂"。模拟鸟鸣的百鸟朝凤或模拟挤奶的挤奶舞，也不会"不懂"。有一种画论强调主观精神状态、情绪的表现，用浓重的色彩的堆积或莫名其妙的线条的缠绕和交错来表达画家的一种心态，哪怕是病态的心态。这样的画往往会引起拒斥性的"看不懂"的烦言，这是很容易理解的。我们可以不喜欢这种画风或批评某种病态心理的发泄于世道人心有损，我们当然可以强调现实主义才是文艺的正宗与基石，我们还可以指出某些趋时的年轻人缺少起码的写生训练的基本功而急于求成地搞种种"鬼画符"。总之，如果我们确认我们有足够的理由否定这些作品，也还需要为自己的否定的道理进行论证，对这种作品的缺陷进行具体分析，而不宜简单地用"不懂"二字为理由很省事地加以抹杀。

三、大体属于对作品的内部结构、作品的这一部分与那一部分之间，起承转合之间的因果关系、逻辑关系、时间空间关系弄不清，即弄不清怎么回事。如看一部头绪纷繁，跳动、省略、回闪、幻影很多的电影故事片，会让观众觉得难懂，事先或事后读读说明书，再多看一遍，往往也就恍然大悟了。例如一支乐曲，听不出调儿即听不出旋律来也让人觉得不好懂。五六十年代对听不听得懂交响乐的问题，曾有过很活跃的议论。用二胡京胡拉一个民歌或戏曲牌子曲就没有这个问题，因为曲调单纯也因为耳熟能详。看来懂不懂与欣赏习惯有关。一些西洋曲子能上口，如柴可夫斯基的第一弦乐四重奏第二乐章（如歌的行板）、钢琴套曲《四季》的《雪橇》（十一月）、德沃夏克的《新世界交响乐》第二乐章、贝多芬《第九交响乐》的合唱（《欢乐颂》）便较少这一类问题。近一个时期以来，听不听得懂交响乐似乎不再成为需要辨析的问题，虽然包括笔者在内，仍有许多许多人"听不懂"许多许多交响作品。戏剧上也有类似的情形，如果我们习惯于开始、发展、高潮、结尾的戏剧结构，如果我们习惯于在第一幕看到布景的墙上挂着一支手枪便期待第四幕这柄枪会被某个剧中人抄起来扳放，那么契诃夫的一些戏也会使我们困惑于"懂"与"不懂"之间，遑论那些新潮戏剧呢？好在契诃夫是契诃夫，便不说他的戏"看不懂"了吧。

四、在于主题思想与创作者的倾向。有时一篇文学作品语言并不晦涩，情节大致连贯，写的"是什么"与"怎么"表现的并无疑义，令人困惑的是不知道作者"为什么"写。捕风捉影，强作解人，实在是花冤枉力气而且常常吃力不讨好。承认这篇作品不包含什么特别明显的倾向和意义,又觉得作者未免可恶,无意义之作写这么一大篇,浪费读者的时间做什么?遇到一些作者傲气十足,故弄玄虚,对读者论者对他的作品的困惑不屑一顾,就更加令人不快乃至愤慨了。当然也有另一种情况,评论者把一个作品论得头头是道,似乎该作品微言大义,深奥得很、重要得很,其实是评论家借题发挥,令原作者困惑莫名。

　　五、当然也确有文风艺风上的问题,有的明白晓畅但不够深刻,如某些所谓通俗作品。有的雅俗共赏、深入浅出,如李白、杜甫的许多诗,如《红楼梦》。有的含蓄蕴藉乃至奇诡,虽不好懂仍极有价值,如李贺李商隐的诗。也有的过分雕琢、做作、故作艰深、"假洋鬼子"或"假古董""假贵族",蔑视大众、蔑视传统、掉文嚼字、搞花架子,实际缺少"干货"——对世界对社会对人生对艺术的真情真知真体验,这就不仅仅是文风艺风而且是创作与创作者的品格的问题,当然人们就要用"不懂"的反应来表达自己的拒斥心情了。

　　对这五种情况需要进行具体的鉴别和分析。符号与知识的选择有得有失,须要衡量得失和必要性。尽量剔除冷僻方言术语,有利于赢得读者观(听)众,但也可能影响作品对特定的生活、行业、知识的反映,反之亦然。"什么""怎么"与"为什么"的问题,需要达成文艺工作者与公众之间的共识。如观看现代某些流派的舞蹈,使观众明了此类舞蹈动作并不追求模拟生活,而是通过人体造型的连续、对比与亮相凸现人体所蕴含的能量、追求、愿望、理想、痛苦、欢乐、热情以及人体本身的造型美。在这一点上与观众达到默契,就不会再产生"不懂"的抱怨与愤慨。绘画与雕塑要难一些。但我们对书法、对图案、对假山石与太湖石以及各种石头还是能欣赏能接受而不大问其"什么"与"为什么"的。对于书法,表意已经不是首要的与绝对的了,因此,断简残碑也可以成为审美的对象,不懂狂草的人也可以赞叹草书的狂放气势。但也必须承认,不识或识汉字很差的人,难以更好地欣赏书法,这里大概不仅有形式美的问题而且有大的文化背景的问题。这同时说明,"懂"仍然是欣赏与接受过程中的一个重要契机。图案当然可以模仿某物,如雪花霜花,也可以完全是几何图形,不涉争议。而假山石、太湖石、溶岩洞及各种石头之吸引观赏的目光,与其说是由于它们像了什么不如说由于他们奇奇怪怪,什么也不像。或峭拔险峻,或突兀怪诞,或幽邃神秘,或平和圆润……表现了造化神功,表现了质与体与形的无穷的可能性,激发出人们的各种想象与美感,激发起人们热爱大自然热爱生活的美好情愫。习惯于这些以后,再看例如亨利·摩尔的镂孔的铜雕石雕,也许就不那么拒之于千里之外了。

音乐欣赏也有一个习惯问题。戏迷听起戏来,锣鼓点、胡琴、唱腔都令人如醉如痴,甚至听不太明晰唱词也问题不大,这里,喜爱、癖好即审美的陶醉已经超过了对剧情与唱段的理解,即爱已超过了"懂",爱听就行,不太"懂"也可以爱。对交响乐,如果听得多了,便能不仅喜爱独奏与齐奏,而且习惯于交响与和声,于交响中听出主旋律来,不论这旋律是否如歌上口;又能于欣赏主旋律的同时欣赏交响配器的丰富、补充、分解与变奏,也就慢慢懂了。或者虽说不懂,不懂作曲家的生平与创作背景、动机,不懂交响乐的乐章结构,甚至分辨不清楚哪个声音来自哪个乐器(如笔者),但是也还爱听,也还听得下去,有时也听着某个乐段挺好听,那也很不错的。哪怕是喜欢音乐厅的环境与气氛,乐器的辉煌、场面的宏大、演奏者的精神专注而煞有介事的神态因而一听到底,也算或深或浅地投入了欣赏交响乐的行列而不必强调"不懂"了。

有些让人听不出调儿来的器乐曲。或者更注意凸现节奏,或者更注意音量强弱,或者更注意音质的特异,或者更注意总体气氛效果。例如我们听潮州锣鼓或京剧武打时伴奏的锣鼓点,就可以完全不计较调儿与不调儿,这也就没什么听不懂的了。

人们对文学作品听"懂"要求得更多一些。因为语言是人人讲人人听人人用的,不像演奏、绘画、雕塑那样看来富有技术性与专业

81

性。对文学作品的理解与欣赏也有一个先入为主的模式问题。习惯于故事完整、情节曲折动人及具有教化意义(如"三言二拍")的小说读者,对于过多地写景写心理往往有一种拒斥心理,对于故事情节很不完整或很简单平常的所谓"散文化"的小说,也常常觉得不好懂。习惯于段落与段落之间、起承转合之间的逻辑因果关系的读者,对于写得比较破碎、跳跃、迷幻的作品常常觉得无法理解。主题思想与倾向的问题则存在着各种不同的情况。马克思主义者认为,无思想无倾向的作品是没有的。这首先是指的对作品的客观意义、对社会意义的评价。至于每个作者的看法、趣味、风格,往往大相径庭。拼命隐蔽自己的倾向或自以为自己是在纯客观地无倾向地写作品的作者,古今中外都有。对他们的作品的评价要看作品客观上提供了怎样的解释与感受的可能性,这就要多分析一番了。习惯于通常的、含义确定、符合语法与逻辑规则的语言的读者,对于表达非常态的、不确定的乃至自相矛盾的、怪异的感受的非常态的语言也会感到不懂,乃至抨击其"不是人话"。其实这种情况古已有之。钱钟书先生在《谈艺录》中援引毛大可批评李商隐的《锦瑟》诗的话是这样的:"落句是底言,可称通人语乎?"(《谈艺录》第四百三十三页)就是说李商隐的《锦瑟》不通人话。再如我这一代人上小学时读过一篇故事《三个聪明的笨人》,聪明的笨人,既不合逻辑又不合语法,似应属于病语或故意拗口之列。读完故事,则至少没有什么难懂的。故事写一个国王命令他的下属去寻找三个"聪明的笨人",下属找了第一个,又找到第二个,第二个人拿着竹竿进城,横进城门洞而不可行,遂将竹竿撅成两截,勉强携入。第三个找不到,下属回去禀报前二人情况。国王听到第二个人的"事迹"后笑曰:"他怎么这么傻?把竹竿高高抛起,从墙上扔进来不就行了吗?"下属便说,第三个聪明的笨人也找到了,就是"您老"——大意如此。如此说来,聪明的笨人云云,也是可以懂得了。至于这样生造句子或短语是否成功,是否应力戒,自可见仁见智,各抒己见。

在艺术模式与欣赏习惯的问题上,有专门知识或专业训练的人比非专业人员有时候似乎更难接受新潮新花样,盖专门知识与专业训练越多,往往规范性越强、越难于接受另一种模式也。至于艺术上的传统与新潮、原装与改良之争,则很难一概而论。新潮有好的也有糟的。老派有好的也有差的。最好新潮与传统能结合,却又不可能按相同的比例个个结合得十分标准。

文风艺风的选择,"得失寸心知"。都能像李白杜甫曹雪芹那样深入浅出、雅俗共赏,当是上上。白居易的诗"村妪能解",很好。许多曲艺作品可以被大众包括文盲广泛接受,当然极好。李贺李商隐也不错。狄更斯的作品好懂。巴尔扎克、托尔斯泰的书读起来比狄更斯麻烦些,也很好。詹姆斯·乔伊斯的作品据说相当难懂(笔者未读过),但听说也不可没有。至于在某种不可取的潮流的影响下,出现故作艰深而又空洞无物的艺术赝品,既属难以完全避免,又完全应该给以批评。不过,仅仅用"我不懂""连我都不懂"是很难把一篇作品的缺陷讲深讲透的。你不懂的作品有可能是坏作品、伪作品,因为它内容空虚或内容有害,感情虚假、浅薄、庸俗,见解谬误或见解平庸,形式上用趋进赶风的模仿打扮绕弯子编"天书"代替真正的探索与创造……而不是仅仅因为它们往往"看不懂"或者"听不懂"。你不懂的作品也有可能不无可取乃至颇有可取之处,只要在艺术模式、创作路数上达成初步谅解,只要稍稍习惯一下,也就不难懂了。远了不说,近百年来,近四十年来……有多少一开始被普遍抱怨不懂的东西终于还是懂了。交响乐、芭蕾舞、带一点变形的雕塑、心理描写、所谓散文化的小说……现在一般已经不存在"不懂"的问题了。当然,对一种艺术模式,也可以指责批评,不予接受,那就要争论艺术模式创作方法风格之优劣,而不仅是声明不懂。

从另一方面来说,懂了又怎么样呢?一幅齐白石的画,我们一眼可以判断画的是蝌蚪或小鸡或大白菜,这能算懂了吗?我们懂了画的内涵、画的趣味情志、画的时代的社会的与文化的背景了吗?听一出京戏,我们知道了情节,又通过幻灯字幕看明白了唱词,这能算懂了吗？一个没有机会经常接触戏曲特别是戏曲名角的细腻而独特的表演的人,一个对京剧的行话一无所知的人,是很难达到戏迷所能达到的心领神会的知音的境界。读了《红楼梦》,宝黛钗的三角关系与贾府的由盛而衰是不难懂的,隐喻哑谜谶语暗示就不那么好懂了,内涵的丰富与感情的深重,就更难体会周全了。所以曹雪芹在书中自题:"满纸荒唐言,一把辛酸泪,都云作者痴,谁解其中味？"懂故事容易,知味难啊！曹雪芹也不认为所有的献计献策都"解"他的书的味。

　　即使对于非专家的大众,接受一个文艺作品的过程也不仅仅是一个"懂"的过程。这里,探求、体会、共鸣、喜悦、兴趣都是重要的。笔者读到过一篇文章,介绍我国某昆剧团在欧洲演出,本来已准备好了唱词的外文字幕以帮助洋观众搞懂我们的戏剧,但演出组织者坚决拒绝打幻灯的办法,认为这种办法定会干扰与破坏聚精会神地欣赏演出的剧场气氛。他们认为,有一个说明书,或戏剧开始时略有解说就足够了。结果,在不打幻灯、自然洋观众听不懂唱段的情况下,演出获得了很大的成功。他们的观众更习惯于直接去感觉一种陌生的艺术。笔者在国外曾多次应邀参加文学作品的朗诵活动,各用各的语言,什么语种都有。参加活动的人很踊跃。他们并非个个都精通几门外语,他们也常常有听不懂而在那里傻听的时候,但他们仍然饶有兴味至少是饶有兴味状地在谛听,甚至听我和我的同胞的中文朗诵。我不认为这些听众都是由于"外交礼貌"而来听朗诵的,因为他们不是外交官,其中颇有自由主义严重、散散漫漫而又自我中心的文人。他们自称在寻觅探求一种感觉。而我们的同胞遇到类似的情况,往往避退三舍,或者因主办者未配汉语翻译而颇为不快乃至提出抗议。这里也有观念与习惯的问题。

　　不懂而依然能欣赏的情况并不奇怪。喜欢听小曲的人一定懂音乐吗？喜欢看歌舞的人一定懂歌舞吗？喜欢背诵旧诗乃至吟诵古文的人一定懂了诗的与古文的含义了吗？李商隐的《锦瑟》与多首《无题》诗，虽然"聚讼纷纭"，甚至被斥为"通人语乎?"不是流传至今，脍炙人口至今吗？

　　当然，文艺的母亲是人民，从总体来说，我们不认为不懂难懂曲高和寡才是可喜可贺的事情。这篇小文绝没有提倡不懂的意思。作家艺术家有责任使自己的作品能更好地为人民大众所接受。从总体来说，我们的文艺应该是为人民大众所喜闻乐见的，对此，我并无疑义。如果一个作家的用心之作被那么多同行和读者抱怨"不懂"，那当然是非常令人遗憾的。他当然希望自己的作品终获知音，终被接受，而且，他愿意促进这样一个过程。确实有价值的作品，终会被理解和容纳的。如果确是赝品，受到拒斥也是自取其咎。但艺术欣赏与艺术接受的过程千差万别，不懂或懂，还是要具体深入地进行分析的。作品的价值或无价值负价值，也还要具体深入地进行分析。文章（艺术）千古事，得失寸心知。能不慎乎！

1990年8月

再 话 语 词

半个世纪以来,具有"好"的意思的口语在京腔中变化甚多。例如:

棒 疑来自法语的 bon。五十年前,我小时候,人们最喜说"真棒""倍儿棒"之类。如今的北京年轻人已不用此字。倒是台湾海外,不住地说"棒"呀,"好棒"呀之类。显然是由于他们离了土,其土语无法再继续演进。

分离会使同宗的语言互为古典,这种现象很有趣。例如维吾尔语与土耳其语同属阿尔泰语系突厥语族,我接触我国维吾尔同胞与土耳其友人,他们都以对方的语言为本语言的古语。想来是因为古代他们可能联系得紧密,其后各自分离,千百年后语言都有了很大发展变化,例如维吾尔语吸收了大量汉语、阿拉伯、波斯语借词,土耳其语淘汰了大量非突厥语词,却又大量吸收了法语借词。经过演化以后,双方语言实不相通,有一些词汇能相通的都是千百年前保留下来的古语,古同而今异,古近而今远,不就互为古典了吗?

帅 疑来自英语的 smart,否则实难解释。我国古人不但不可能有帅的语词,也不可能有帅的观念。特别常用来形容男士的风度和穿戴,五十年前在北京(北平)流行,现不流行。有潇洒、利落亦含行时之义。

份儿 五十年代后期与六十年代初期流行,有质量高、规格高使人满足之义。后此词似转化为规格、气派之义。"不够份儿",即有失身份,不够气派。"拔份儿"(常见于刘心武小说中),即提高自己的规格、身份、气派。现已基本不做赞颂词用。

盖 是八十年代的词。什么盖了帽儿啦,没了治啦,极言其好,带几分土气傻气吹牛冒泡气,许多在京学中文的外国留学生都学会了这个词。现已基本不流行了。

狂 是近年兴起的词,一件新式家具,可赞之为"真狂",一件时装,也可赞曰"狂",以"狂"为褒词,似包含着一种出类拔萃、与众不同、锐意革新的时代潮流的影响,已与传统的"尚同""中庸"精神不同。而在以往,"猖狂""狂言""狂人"……诸语词中,"狂"只是贬义。

潮 是近年兴起的词,即新潮、跟得上潮流之义。数年前中央电视台反复播送电视广告,吹嘘西铁城手表"领导世界新潮流",这一提法为当时北京市民之所未闻,影响甚大,并被人们吸收进入自己的语汇。这也是改革开放后的新语言新观念。当然,新未必就好就精就有价值,这里只是辑录与叙述,未有评价。

野 亦是新词,虽为褒语,却又令人特别是胆小如笔者者生畏。因为常常用于"**路子野**",是说人神通广大,手眼通天之意。谁知道这样的人背后有什么"**猫匿**"呢?猫匿是指一种不大光明正大的手脚,如猫之便溺后,轻轻用土盖上,倒也不含犯罪、无法无天之义。

类似"好"的字词,这里再列举两个地方方言:

赛 山东话,有舒服、妙、合适、恰到好处的意思。如夏日拌个凉菜,可以说"**真赛!**"

帮劲儿 新疆汉语,被维吾尔人吸收改造,儿化音发成类似俄语p的卷舌音,于是部分汉人以为这是维语而维吾尔人坚决判定这是汉语。为恰到好处,减一分则差、添一分则肥之意。笔者在"文革"中挂像,总怕挂不正,请维吾尔邻居站在后面掌握水平,他一说"帮劲儿",我就放了心。

京腔中对于谈话的说法亦颇有演变:

聊 四十、五十年代盛行聊字，至今基本未衰。讲海阔天空地口若悬河地说话为"**海聊**"或"**神聊**"。笔者幼时还听到过一种有点不雅的歇后语"二郎神的××——神聊"，可见聊字发音与《水浒传》上的"鸟"（音 diǎo）相通。蒲松龄的名著叫《聊斋志异》，出处为何，是否与京人用法相同，幸有方家教之。

说山 老北京把神聊海聊叫做说山，现已不大用了。

抡或**擂** 把不着边际的口出狂言或信口开河称为"胡抡"或"胡擂"，很形象，有视觉感、动作感。笔者更喜欢抡字，盖抡更富舞姿意味。

砍 近年砍字大为流行，或写做侃，疑非。盖侃侃而谈是一种儒雅而又连贯的谈话风度，根本不包含"**砍**""**胡砍**""**砍大山**"的吹牛皮、说大话、语似惊人、不着边际的意思。当然，能"砍"的人也多有思路敏捷、知识至少是见闻广博的长处。**侃侃而谈**，**滔滔不绝**与**砍大山**，三者的强度是递进的。还是用"砍"好，不仅两手可着劲儿擂，而且如孙悟空之用千钧棒一样地抡，已是进了一步，再进一步说起话来如李逵之挥动板斧逮着什么"砍"什么，又莽撞又痛快，不知多少正经话题"屈死"在此公的板斧下，岂不形象乎？

汉语方言对谈天的说法极丰富，色调各有不同。如四川话的"**摆龙门阵**"，给人以豪迈感，与四川人的性格及方言语调相关。东北讲"**拉呱**"，河南讲"**唠嗑**"，给人以细水长流、知心私语的感觉。陕西讲"**谝**（piǎn）**闲传**"，谝，字典上讲是巧言之意，别处的人很少用。闲传则强调了漫谈性信息性与参考性。笔者寡闻，这里只是挂一漏万。

京腔中小女孩骂人的话的演变亦可一叙：

德性 不是指道德与性格，而是指相貌与风度，而且专用于贬义。笔者读小学时，常见女生之间吵架，甲说：德性！乙说：你德性好！甲说：比你强点！乙说：你才德性呢！类似小镜头，尝写于拙著《相见时难》中。

德性样儿　即德性，强调"样儿"，对女孩子更具攻击性辱骂性。

散德性　即丢人现眼至少是出洋相，特别用来指在公众场合主动地做一些不得体、出丑的事，出风头而成为出丑，自我标榜、自我表现、自我表白而弄巧成拙贻笑大方、大声疾呼而应者寥寥、装腔作势而引起嘲哄等。如一个人雨中摔了一跤，弄脏了衣服，可自谦为"照我这个德性"，但不是散德性。如一人丑陋粗俗而又奇装异服招摇过市，便是散德性了。

缺德　比说"德性"要重得多。常用于青春少女，特别用于斥责那种轻薄狂浪的言行。走向反面，"缺德"本身又可作为男女调笑的用语。又，当人们认真地用"缺德"来咒骂某种恶行时，则是缺德的标准化（普通话化）书面化的用法，色调与此处所列不同。

以上诸词，现已大大地不流行了。现在女孩儿之间小有不快，都骂万古常有百域通用的"**讨厌**"二字。或问对方"**你有病呀**？"隐指对方精神不大正常。不知这是否在一定程度上说明近几十年来，随着社会的开通，妇女运动的进展，女孩儿的言语行事已大方得多，甚至女孩子也用男孩子的话如"丫挺的"（"丫头养的"的连读）、"傻帽儿"等互相斗嘴，而减少乃至废弃了"德性样儿"之类的娇嗔。随着女性的复再女性化，这些话会不会被捡回来呢？

1990 年 9 月

再谈《锦瑟》

很难设想一首脍炙人口的诗却又十分曲奥艰险,达到了众人难解、专家也无解的程度。很难设想一首一味深奥乃至绕脖子花式子的诗却流行得家喻户晓。

《锦瑟》的特点是它被广泛接受、广泛欣赏、广泛讨论,却又没有定解,歧义歧议甚多。说明它有一种易接受性、易欣赏性、讨论价值与讨论兴趣。没有定解也就是可以有多种解,因而既难解又易解,这是难解与易解的统一、晓畅与艰深的统一,实在辩证得很。

"锦瑟无端五十弦,一弦一柱思华年",这里无一字一词生僻,几乎每个字词都可以原封不动地用在白话文里。"锦瑟"呀,"五十弦"呀,"一弦一柱"呀,都是大白话。"无端""华年""思",稍微文一点,但仍通用至今。由锦瑟弦柱而思过往的岁月,不费解。一弦一柱是指具体的瑟上的一弦一柱,还是比喻往事历历密密,如弦弦柱柱长长短短排排列列于眼前,乃至于是指弦弦柱柱发出的声响?都行,毋需深钻力争,因为它不是法规条文。

"无端"二字要紧。无端是无来由,无特别具体的固定性之意,即此诗此情此思,不是因一人一事一地一时一景一物而发,不是专指一人一事一景一物一时一地。它不是新闻,不要求不提供新闻必备的诸"W"(何人何时何地为何如何)。它有更大的概括性与弥漫性。无端又是无始无终无头绪之意。本来一切感情思想都是具体的、有端的;一切有端的感情思绪却又都可能与过去的未来的、意识到的未意识到的、精神的肉体的、原生的次生的个人的经历经验相关,乃至与阶级的社会的人类的宇宙的经历经验相关,所以又是无端的。而义山此诗的无端性更强更自觉罢了。

无端还因为这是深层的语言。去商店买货、给孩子讲书、向老板求职,那是需要把话说清楚的,需要把语言规范化、通用化、逻辑化。长吁一声,百感交集,无端愁绪,欲语还止,叫做无言以对,叫做言不达意,言不尽意,只可意会,不可言传。这里提到的"言"是表层的交际语言。求不可言之言,求直接写"意"之言,便是诗,便是深层语言了。

"庄生晓梦迷蝴蝶,望帝春心托杜鹃",只要对典故稍加解释,这两句便于明丽中见感情的缠绕,并不费解。典故可以是谜语,就是说另有谜底,也可以不是谜语,就是说无另外的谜底,只是联想,只是触发,触景生情,触今思(典)故,那么,引用典故便是一种"故国神游",是今与古的一种契合,是李商隐与庄周与望帝之共鸣与对话,李商隐有庄生之梦庄生之迷庄生之不知此身为何之失落感,又有望帝之心望帝之托望帝之死而无已的执着劲儿。

把诗当做谜语猜,猜中了也未必是定论,猜中了也难算解诗。《北京晚报》日前载文称白居易的"花非花,雾非雾,夜半来,天明去,来如春梦不多时,去似朝云无觅处"为谜诗,谜底是"霜"。说老实话,这个谜底相当贴切,霜如花而非花,成雾而非雾,夜生而昼消,蒸发后哪有什么去处?这样的解释难以推翻,只是煞风景得厉害。盖以诗为谜,以破谜(读闷,儿化)的方法解诗,这个路子就太无诗意。(有这么一解聊备一格倒也挺妙。)

"沧海月明珠有泪",何其阔漠、原始、深情! 不知鲛人故事,也会为此句的气象情调所震惊。"蓝田日暖玉生烟",使震惊近于晕眩的读者又徐徐还阳,舒出了一口气。"此情可待成追忆,只是当时已惘然",节奏更加放慢,信息量更加减少,似乎是高潮后的一个歇息,歇息中的一个淡淡回顾,使读者最后平静下来了,斯李的几首著名的抒情七律，尾联表面看似乎未见佳胜，更非"豹尾"突翻，不是欧·亨利的小说路子——全靠结尾抖包袱取胜。"相见时难"一诗的结尾是"蓬山此去无多路，青鸟殷勤为探看"，"来是空言去绝踪"一首，以"刘郎已恨蓬山远，更隔蓬山一万重"结束，"昨夜星辰昨夜风"一首，以"嗟余听鼓应官去，走马兰台类转蓬"结束，都比较平淡舒缓。诗人是把劲用在颔联和颈联上的，不像李长吉那样，在高峰之后再立险峰，这就更易攀援领略，其道理如陆文夫《美食家》小说中所论，几道大菜吃过之后，上的汤应该清淡，清淡到可不放盐也。

八句诗引完，越引越是大白话，从词句的角度看，明白晓畅易懂。从形式特别是音韵方面看，更是琅琅上口，整齐合律，绝不诘屈聱牙。语言明白（有时还有些艳丽如锦瑟、华年、蝴蝶、春心、杜鹃、珠泪、玉烟诸字）、形式整齐、音韵流畅，使这首诗读起来舒服、美妙，绝不是一首以读者为"敌"的故作艰深的诗。它读着一点也不费劲，不做难。

那么它的深奥费解到底来自什么地方呢？无端便觉广泛，便觉抓不着摸不住，强解无端为有端，自讨苦吃，自然艰深。这是从内容上看。从结构上看则是它的跳跃性、跨越性、纵横性。由锦瑟而弦柱，自是切近。由弦柱而华年，便是跳了一大步，这个蒙太奇的具象与抽象，物器与时间（而且是过往的、一去不复返的时间），有端（瑟、弦、柱都是有端的，当然）与无端之间的反差很大，只靠一个"思"字联结。然后庄生望帝，跳到了互不相关的两个人物两段掌故上去了。仍然是思出来的，神思出来的，故事神游游出来的。游就是流，神游就是精神流心理流包括意识流。再跳到沧海那里，诗胆如天，诗心如海，从历史到宇宙，从庄周到望帝，从迷蒙的蝴蝶到春心无已的杜鹃，一下子变成了沧海月明的空镜头，然后一个特写凸出了晶莹的珍珠上的泪迹，你能不悚然吗？你能不感到那样一种神秘乃至神圣的战栗吗？你能不崇拜这时间与空间的无所不包无所不在无端无已吗？华年是时间，庄生望帝的回溯激活的也是时间感，而"沧海月明珠有泪"七字一下子把你拉到了空间,由沧海明月之寥廓而至于珍珠泪痕之细小,由沧海明月之广旷而至于珍珠泪痕之深挚并近缠绵,呜呼义山,所感所写真是到了绝顶了啊!

然后蓝田玉烟的镜头淡出,暖暖洋洋,徐徐袅袅,是"思"平静下来了么?是"游"歇息下来了么?我们回到了地球,回到了中国,回到了陕西蓝田,多了几分人间味。比如气功入定,现在开始收功了。比如交响乐,引子过去了,呈示过去了,发展过去了。追忆惘然之情,已是袅袅余音,淡淡地再现了。以电影手法而论,已是淡淡的闪回了,观众已经站起来了,黑帘已经拉开了,光束已经照进来了。"可待"乎?"何待"乎?"当时"即"当时"抑"现时"乎?人们争论这个就像观众争论一部电影的未看清的情节一样,也许还没争完,电影已经散场而观众已经散去了。

这种结构的非逻辑性、非顺序性是李商隐的一些抒情诗特别是无题诗以及脍炙人口的《锦瑟》的一大特点。它的词与词之间、句与句之间、特别是联与联之间所留下的空白相当大,所形成的蒙太奇相当奇妙,这些正是这些诗的引人入胜之处。

以明丽的诗语诗句诗联组成迂回深妙的诗情诗境诗意,这是李商隐这一类诗在诗艺上的巨大贡献,是关于语言层次的一些学说的一个很好的例证。就是说,这一类诗证明,人的思想感情并非一开始都采取都形成表层可用的语言形式,所谓可以意会,不可言传,就是难以用表层语言表达意思。追求不可言之言,便有《锦瑟》曰诗。欲将不可言之言变成可言之言,欲将一首深邃的抒情诗变成一首明确的悼亡诗、咏物诗乃至感遇诗、怀人诗、叙事诗,便益感诗之艰深莫测。

这样的诗也同时是汉语的奇妙性的例证。汉语不是以严格的主谓宾结构,以语法的严密性为其特征,而是以其微妙的情境传达乃至描绘为其特征的(可参看《钟山》一九九〇年第三期张颐武的文章)。杜甫诗有句:"幼子绕我膝,畏我复都去。"解释也是聚讼纷纭。换一种动词有人称变化,名词有主宾变化的语言,就根本不会有这种产生疑问的诗句。起码对于诗来说,这难道是汉语的弱点吗?换一种语法严密、各种词随着它们在句子中的语法地位而严格变化的语言,还能有中国文学、中国文化,还能有《道德经》或者《锦瑟》吗?

这种大跨越的非逻辑非顺序结构造就了奇妙的意境诗境,也带来了一定的随意性。这里说的随意性只是叙述事实,不含褒贬。例如按现代汉语读法平仄上韵脚上没有不一致处的《无题》"相见时难"一首,让我们把它拿来与这首诗掺和起来重新排列组合一下吧,我们可得"相见时难别亦难,东风无力百花残。庄生晓梦迷蝴蝶,望帝春心托杜鹃。晓镜但愁云鬓改,夜吟应觉月光寒。此情可待成追忆,只是当时已惘然"一首。亦可得"锦瑟无端五十弦,一弦一柱思华年。春蚕到死丝方尽,蜡炬成灰泪始干。沧海月明珠有泪,蓝田日暖玉生烟。蓬山此去无多路,青鸟殷勤为探看"一首。如果不考虑对仗,甚至于可以搀上别的义山《无题》七律中的诗句,另集几首。例如"相见时难别亦难,一弦一柱思华年。身无彩凤双飞翼,蜡炬成灰泪始干。曾是寂寥金烬暗,夜吟应觉月光寒。此情可待成追忆,锦瑟无端五十弦"。这些新排列的诗虽不无勉强,毕竟仍然像诗。这里形式的完整统一与感情的相通起了巨大的作用。古诗搞集句令人成癖,不知道算不算"玩文学"的一种该批该判的恶劣倾向?联系到具有现代派慧名的"扑克牌"小说,不又是我中华古国早已有之了吗?能有什么启示吗?

1990 年 10 月

发见与解释

回想起一九七五年秋天的批《水浒传》，至今觉得大为叹服也大开眼界，毛泽东主席能从《水浒传》中发现投降主义的路线问题特别是"架空"晁盖的问题，确实是独到之见。如果不是批来批去批到什么"右倾翻案风"上去了，倒是不能不承认这是《水浒传》研究上的一种新见解，是把《水浒传》读活了评活了，是一种不无根据的、言之成理的、令人啧啧称奇的一家之言。

毛泽东对另一部著名的中国古典小说《红楼梦》的说法也曾经大加宣扬，说《红楼梦》的主题是四大家族的兴衰史，"红"是写阶级斗争的，一上来就写了多少多少条人命，第四回"葫芦僧判断葫芦案"是全书的总纲云云。

如果把四大家族改成贾氏家族（史、王、薛只是捎带着讲了一点罢了），把"兴衰史"改成"衰败史""衰亡史"（如要写"兴"，当然应该从宁国公、荣国公直到焦大的战功与创业讲起），我认为这种见解还是很精辟的，而且，这种说法更富有大处着眼的概括力。再者，似乎没有必要一定把"家族兴衰"说（自衰溯兴、拨乱求"理"，当然也说得通）与"宝黛爱情主线"说、"色空观念主题"说乃至"封建社会百科全书"说等对立起来。谁也怪不得，只能怪曹雪芹：他的"红楼"写得太立体、太全乎、太生动了，你无法用一两句简单明快的语言说清它的主题、题材、主线。从命运演变、时间长河的流动，即从纵的发展的角度看，确实是"兴衰史"或"衰败史"，没有对这个衰败过程的切肤体验与细致体察，哪儿来的"色空""好了"，哪儿来的"陋室空堂，当年笏满床""因嫌纱帽小，致使枷锁扛""乱哄哄你方唱罢我登场"？至于宝黛爱情，那是对兴衰相当漠然的本书的主人公宝玉最为珍视最为悲哀的记忆。从情场忏悔录——"情僧录"的角度来看，当然是主线。可惜的是书中大量人物与情节穿不到、连不到这条线上。历史的线索是兴衰，感情的线索是"还泪"，人生的概括是"色空"，生活的囊括是"百科全书"。都对的。

  毛泽东是政治家，他当然对"红楼"里的政治最敏感也最重视。有趣的是这部不直接写政治而且回避政治的奇书，由于尽情地真实地再现了生活，鞭辟入里地写出了这样一个贵族之家的人际关系的复杂性，里面包含的政治意味政治教训甚至比直接写政治、写圣君贤相、昏君佞臣、合纵连横、改朝换代的书不少，如果不是更多的话。

  有趣的还在于毛氏似乎十分欣赏王熙凤在全书第六回中"大有大的难处"的提法。后来人们引用这个说法来鼓舞我国人民进行反对超级大国的霸权主义的斗争，不知最初的出处是不是毛主席，反正用得很针对、很妙。毛氏的另一个著名提法"东风压倒西风"也与《红楼梦》有关。一九六六年"文化大革命"开始时笔者正在新疆，新疆文艺界一位前辈因为说过"东风压倒西风"是林黛玉说的，便被扣上"贬低毛泽东思想"的帽子，批了一大阵子。但《红楼梦》第八十二回里有"东风压倒西风"的名言，却是无法抹煞的事实①。

  一九五七年在中国展开了反对资产阶级"右派"的斗争。一九五八年，传出来一个说法，说是毛主席援引《登徒子好色赋》来批评"右派分子"们的"攻其一点，不及其余"的"恶毒攻击"手法。到底宋玉是否写过《登徒子好色赋》，登徒子与自己的丑婆睡觉睡出了许

---

① 《红楼梦》第八十二回："黛玉从不闻袭人背地里说人，今听此话有因，便说道：'这也难说。但凡家庭之事，不是东风压了西风，就是西风压了东风。'"这是评论香菱、金桂的纠葛牵涉到凤姐、尤二姐的事的。毛泽东以此话概括五十年代后期的国际形势，成为一大名言。

多后代到底说明登徒子好色还是说明他们的家庭关系牢固而且模范，以及历史上宋玉为何与是否对登徒子进行了"攻其一点，不及其余"的恶毒攻击，乃至于这样说宋玉能否算全面公道，想来这些并不重要，毛主席无意卷入宋玉及登徒子的历史纠纷。给人以深刻印象的是给这个故事以新奇的解释，并引用它来嘲笑"右派"（把"右派"比拟宋玉，似乎又高抬了），真乃触类旁通，广征博引，妙语惊人，拍案喷饭。这甚至可以说是一种风格，一种个性，一种个人的独特色彩。古往今来，很难找到第二个政治领袖会这样做。我设想毛泽东不仅具有政治上的绝对优势，而且有一种超常的智力上、语言上的优越感并生发出一种幽默感。像什么"知识里手"呀，"脱裤子割尾巴"呀，尖锐泼辣中似乎不无调侃。他非常善于嘲笑乃至戏弄他的敌手、对手，谈笑风生而又出人意料，更显出一种居高临下，以石击卵，得心应手的气势来。后来听说，毛主席还引用《七发》来批右倾机会主义，也挺绝。

　　政治运动中常常引用一些唐诗诗句，倒不一定都是出自毛主席的构思，但至少也是受他老人家这种风格的影响。"沉舟侧畔千帆过，病树前头万木春"，用这两句诗形象地表达"敌人一天天烂下去，我们一天天好起来"，确实非常贴切。你抬不起头来、灰心丧气吗？你是沉舟、病树，活该。而革命者是千帆、万木，欣欣向荣、奋勇直前。"尔曹身与名俱灭，不废江河万古流"，这句话似乎更尖锐，用在批判会上也是很猛烈的。诗圣杜甫敢情也挺刺激，因"轻薄为文哂未休"便做这样的彻底批判，不知算不算"左"了一点，太激动了一点。运动连连那些岁月，听到类似的诗会自觉有些紧张，倒是事实。后来就加上毛主席自己的诗了："金猴奋起千钧棒，玉宇澄清万里埃"，可以叫做"雷霆万钧之势"。

　　最最令人佩服的、最最"盖了帽"的还是引用晏殊的词"无可奈何花落去，似曾相识燕归来"形容国际共运的消长，以"无可奈何花落去"来描摹某些社会主义国家某些党的变修、垮台，以"似曾相识

97

燕归来"来鼓舞自己,鼓舞革命人民。从晏殊的一首文人情调的、不无颓唐潦倒情绪的伤春词中,抽出两句,解释为万物消长有定的哲理概括,再哲学地去分析描摹国际共运的形势,文学——哲学——政治地连为一体,确实是大头脑、大风范、大手笔,比晏殊的气魄不知大多少。晏殊九泉有知,能不震惊震动?

正面地引用诗词当然也有。如以"海内存知己,天涯若比邻"来形容我们与某个国家某个党的友谊。以龚自珍的"九州生气恃风雷,万马齐喑究可哀。我愿天公重抖擞,不拘一格降人才"一诗来形容一九五八年的"大跃进"造成的意气风发、精神振奋、斗志昂扬的局面等等。

一九七一年,"文化大革命"进行了五年了,发生了林彪出逃、乘坐三叉戟飞机坠毁在蒙古人民共和国的温都尔汉的震惊中外的事件。不久,传出了对杜牧诗的援引:"折戟沉沙铁未销,自将磨洗认前朝。东风不与周郎便,铜雀春深锁二乔。"折戟是折了三叉戟,沉沙是坠落在温都尔汗的沙漠沙包之中,林彪的下场唐朝就已经铁定了。加上"天要下雨、鸟要飞、娘要嫁人"的俚语的引用(其实也是"无可奈何花落去"的意思),这件凶险的、不祥的、爆炸性的新闻,似乎变得更平滑、更合乎常情、更早有根据("折戟沉沙",亦定数也)、更容易为老百姓所接受,甚至带几分轻松和幽默了——把林彪出走比喻成"娘要嫁人"(还有另一种俚语:"老婆跟着和尚跑了"),把杜牧的诗引来做注(不宜解释成认真的推背图式的预言),这不是伟大的轻松、奇绝的调侃吗?这不是"谈笑ință,强虏灰飞烟灭"的优良传统吗?这不是会使受了冲击、不无惶恐的全国人民忍俊不禁、扑哧一笑从而变得放下心来吗?

真真是绝了!我坚信毛泽东是超常人物——叫做天才——恐怕是千真万确。他是政治家、军事家、哲学家、诗人,又现实主义又浪漫主义,当然是革命的。古往今来,很少有这样的领袖人物,把政治斗争乃至军事斗争变成了艺术,把敌人玩弄于股掌之中(如金门炮击,逢双日不打)。他又从艺术中、从古典文学特别是诗歌中,俯拾即是地却又是慧眼独具地发现了特殊的政治意味、政治启示、政治气概、政治情绪,至少是政治说辞。按照张贤亮君的说法,这大概也算"通知"(按"通感"一词构成的新词,参见张君小说《绿化树》)。这实在是对政治也是对于诗的新发见,新运用,从文学解释的角度看,某些传统诗句被赋予的新意义可能过于牵强,可能过奇乃至匪夷所思,但才智的超拔与解释的奇绝加上政治家的威严与自信以及诗人的潇洒随意,从必然王国进入自由王国,使新解释变得自有魅力。

毛泽东思想是马列主义的普遍真理与中国革命的具体实践相结合的产物,当然,如果我们说毛泽东把马列主义的革命性与中国的文化传统结合起来,大概也不会错。王明式的"马克思主义"者,恐怕就体会不了、领略不了、欣赏不了"无可奈何花落去"的辩证法,欣赏不了这种政治的诗化的奇特与幽默,理解不了这种政治艺术与艺术政治。

文化传统是凝固了的东西。批判地继承文化传统的今人则是活而又活的,大有发挥自己的主体性、想象力的余地。"惜秦皇汉武,略输文采;唐宗宋祖,稍逊风骚",略输、稍逊,毛泽东对秦汉唐宋传统也还看得起的,对自己的文采、风骚,则当仁不让地自豪,叫做"数风流人物,还看今朝"。与其在传统文化本身的长短优劣上争得头破血流,不若把精力把热情集中在今天的风流人物们怎样发见和解释传统文化上。是不是呢?

1990 年 11 月

惊险的模式及其他

大概也算是娱乐吧,年来无事,还真看了不少好莱坞与准好莱坞出产的惊险片、警匪片,看了电视片《神探亨特》许多集许多集,看了西德、日本的一些多本电视剧等。

看多了有时就混淆在一起,全串了。这一类片子的公式化其实也很严重,大同小异的模式在起着作用。试概括一下好莱坞的警匪片,标准情节如下:

第一段,匪情严重,连连告急。一个贩毒集团、一个黑手党、一个杀人狂(多半是专杀女人的)、一个希特勒纳粹余孽、一个意欲侵吞某古国(多半是埃及)文物珍宝的野心家,恶性作案。或毁尸灭迹,或连连无故死亡(死的多半是美女),或恶性残害,或穷追无辜(追到电梯上放火,追到厕所里捅刀子,追到被窝里下毒蛇等),手段毒辣,气焰嚣张,无法无天,危机四伏。恐怖、紧张、严重、刺激,令胆小的人发抖,令一般人来神,吃完安眠药,一看这些场面就不困了。

第二段,是拙笨软弱涣散的秩序力量。警方或主观臆断,或内部不纯(一举一动被匪方了如指掌),或轻易结案,或张冠李戴,或刚一接近线索自己先被灭了,或受骗上当犯了方向性错误。而犯罪分子方面力量强大,纪律严格(不是严明,严而不明),手段先进(富有创造性,例如用低温固态氧做子弹杀人,杀后毫无痕迹),耳目众多,尤其是运气极佳,经常是以零点一秒之差而漏网,以零点一毫米之差而在子弹前安然无恙。

第三段，好人无用。掌握内情的关键人物恰恰是一个备受摧残、一声不吭的妓女，或是一个白痴，一个瞎子或者哑巴，其他人或胆小怕事，或辫子被坏人抓住，或另有不可告人的犯罪的或不道德的隐情，或因个人恩怨而故意提供假情报假线索假证据把侦察引入歧途，加上坏人的有意把水搅混，使你觉得此案根本没有查清的希望。看到这儿你觉得有点累了，但由于悬念的吸引使你还是瞪着两眼傻看下去。

第四段，案情大大地复杂化、泛漫化、神秘化了。一波未平，一波又起，此案未破，彼案又发。一件盗窃，引出一段历史宿怨。一件情杀，引出一场种族纠纷。一场斗殴，引出一桩古物走私。一场婚姻纠纷，引出遗产争夺混战。此外以及，神鬼仙怪，僵尸幽灵，科学幻想，医药杀人，毒蛇猛兽，机关暗道，星外来客，间谍密码，赌徒嫖客，团伙道门，国际背景，人性变异，心理疾患，发明专利，财阀政客，奇风异俗，沙漠高空，古塔教堂，巨树毒蘑，冒名顶替，三角恋爱……扯得越杂越好，越多越好，越远越好，使观众感到自身知识和智力完全不能适应影片所展示的宽广的领域的需要，望洋兴叹，五体投地，头晕目眩，自愧无计。

第五段，一个超常的孤胆英雄出现并开始了扭转乾坤的行动。他可能是一个警察局长，一个私家侦探，一个怪人。他风度翩翩或外貌奇特，极富对异性的吸引力，神采照人，英气逼人，偏偏不受上峰的青睐。他怀才不遇，怀忠不遇，被官僚主义的低能的治安机器排斥在案件侦破之外。甚至为了惩治坏人，他冒着违法、被起诉的危险去铤而走险，例如他不得不非法地对涉嫌者进行突然袭击、搜查乃至逼供（可见法律、秩序、现有的工作系统常使英雄人物感到碍手碍脚）。在侦破过程中他屡受干扰，乃至受到罪犯、无能的好人、官方治安机构、误解了他的身份与意图的其他人几方面的围攻夹击。但他或则一贯正确，或则小事糊涂大事聪明，吃一堑长一百智，大意失荆州以后紧接着便妙算如神、势如破竹。他紧紧追踪最主要最危险的敌人，虽然几次失之交臂却使该酋心慌意乱、由主动变成被动。他有超人的体能智能，逢凶化吉、遇难呈祥、打不死砸不烂饿不垮关不住（有点大闹天宫的齐天大圣的劲儿），这样，整个形势便发生了有利于好人的转变。看到这里，你既觉得佩服又觉得可疑，编导以意为之、神砍胡抡的马脚露出来了，乏味的千篇一律漏出来了。但宽厚的观众又发挥了恕道，他暗说："不这样又能怎样呢？主角死了不就没有戏了吗？坏人一直肆虐下去又怎么可以呢？"看来，没有更好的办法，只能接受小儿科的公式模式。

第六段，罪犯开始犯错误，坏人开始内讧，本来无所不能的犯罪团伙渐渐捉襟见肘、欲盖弥彰、缘木求鱼、搬起石头砸自己的脚，从而几乎以"合作"的态度，走向自己的最后一站。

第七段，武打再加特技。最常用的是汽车赛、枪战，各种搏击方法——欧美拳击、日本柔道空手道、中国功夫等，有用无类。

第八段，团伙被制服，真相大白，原来扑朔迷离的东西澄清了一看：干货很少，真货很少，障眼法很多，花式子很多，假复杂，真低劣，假神秘，真一般，假新奇，真老一套，假热闹，真乏味。你开始觉得自己是上了当，整个影片故事不过是一个骗局，这一切不过是生活贫乏、想象贫乏、智力贫乏、艺术贫乏的结果。你来看这样的电影，说明你与他们同样的贫乏白痴和俗不可耐。也许你原来还有几分灵气，看多了这样的片子，习惯了这样的情节、结构、说白、场面、伴奏，动辄用一个半至三四个小时（如果是上下集的话）来接受这样的催眠，你的最后的那点灵气便不知道消失到哪里去了。

以上八段，可以说是"惊险八股"或"侦破八股"。概括一下，可称为虚张声势法或虎头蛇尾式或假造紧张式。当然，这是一般泛泛而言，不是说惊险片、警匪片、侦破片就没有有新意的突破。不突破又怎么样呢？"八股"出来的东西不会有太大价值。现在笔者借一个严肃的做学问的杂志谈这种没有学问的对象，是因为面对这种八股模式不免有一些思索：

第一,这种八股模式是怎么形成的呢？它反映了怎样的心态怎样的经验怎样的"规律"呢？完全是凭空编造的吗？怎么编来编去走到同一(同八)股道上去了呢。

第二,许多观众都对这种八股模式摇头,但为什么还有那么多制片人制、那么多演员演、那么多观众看呢？这种模式究竟投合了什么样的市场需要与欣赏心理？

第三,虎头蛇尾是这一类片子的痼疾,连外行都看得出来,何况内行？怎么还是照样虎头蛇尾？这究竟是可治之症还是不治之症？不治之症还算不算症？(谚云：治得了病,治不了命。不治便成命喽!)观众喜欢看提出问题、扑朔迷离、紧张痛苦的开端,不喜欢看解决问题、水落石出、愉快胜利的结局,这是片子创作的问题还是观众心理的问题？这种心理算不算正常健康？不是说我国观众(读者)喜欢大团圆的结尾吗,为什么看起这一类片子照样是迷其头而斥其尾？

日本电视剧中常常出现一个极善良高贵的人物,好心做好事却把矛盾吸引到自己身上,增加纠葛,搞乱是非,尴尬狼狈。这可以称为高尚的窝囊废乃至可敬的搅屎棍模式。那个在《血疑》里饰演过大岛茂的演员常常演这样的角色,他在警匪片《秘密部队》中扮演的探长(?)也是这种角色。当然,我的这一段感想绝对没有对演员不敬的意思。

西德的电视侦破片中比较突出的是对犯罪心理的分析与对各种证据的逻辑推理。不论是《老干探》还是《探长德里克》,似乎都有这样的情节场面：探长与罪犯进行深入的讨论、诘难、辩论,最后罪犯辩输了,逻辑的力量使罪犯束手就擒。不知道这是否反映了德意志民族善于思辨的特点？探长与罪犯的对话是否继承了苏格拉底与柏拉图对话的光辉传统？他们的这一类片子远不如例如《神探亨特》花哨，但着实可爱。

　　中国戏曲中也有一种模式，可称之为逐渐咀嚼以求满足的模式。好人胜利了（中了状元、打了胜仗、冤情昭雪、升任了大官、找到了位在公卿的亲爸爸等），但不宣布自己的胜利，而要穿破衣戴破帽赶走皂役，作仍然窝囊状，然后委委琐琐地去一些地方骚情，给经不住考验的势利眼的丈人丈母娘太太大舅子小舅子以羞辱自己的机会，给残害过自己出卖过自己的赃官恶友以继续嚣张、继续表演的机会，然后一声圣旨到或更大的老爷到，使所有这些敌手坏蛋或有弱点的亲眷大出洋相，觳觫在自己的膝下，眼看着他们叩头求饶发抖，而自己从中十分过瘾、无限快意。薛平贵来到武家坡，王宝钏已经等他十八年了，他却不急着与发妻拥抱流泪而是诈称他是薛友，薛已死，当年已将宝钏卖给了他。这甚至有点猫玩耗子的模式了，而且王宝钏不是势利小人更不是坏蛋。每看到这里我常常过意不去。或谓戏曲的表演特点需要这样的情节设计，不宜过分现实主义地去较真，可能也对。看戏主要看表演，不要去细抠人物与情节逻辑，可能就会看了。

1990 年 12 月

批评或有之隔

　　作家其实是很注意批评家的言论的,尽管作家往往有那么一种"我写了你评"的优越感,也要常常摆出一副随他评去的清高状。但作家又往往觉得与批评家隔着一层,其实隔的倒不是创作甘苦之类,世界上干什么没有自己的甘苦呢?娶媳妇生孩子,做官当老爷,没有一件事是容易快活的。也没有一件事是不叫批评的。

　　更大的"隔"还是衡量作品的尺度。例如:一、经验的与主观的尺度。一些可敬的、有资格有学问的长者,多喜欢以自己的经验做尺度。例如他们批评一部小说时喜欢说:"这个阶层这种身份的人是不会这样说话行事的""那个时候人物根本没有这样的""余生也久矣,始终没遇见过你写的那号人""这顿饭怎么能在那种地方吃呢""求爱也不能求得那么简单呀""弥留的时候怎么会顾上想这些"等等,没有更多的道理。我没见过,我没听说过,我不信。这是一种无法讨论的批评。这其实是一种天真的自信,是一种返老还童式的表述模式。有的真说对了,有的却未必。

　　二、分类学的批评。这样的批评的主要任务似乎是给作品归堆。例如哪几篇作品是属于"伤痕"的,哪几篇作品是属于"反思"的,哪几篇作品是属于"爱情"的,哪几篇作品是属于"怀旧"的,以及寻根的、现代的、新潮的、传统的、讽刺的、黑色幽默的、改革的、五讲四美的、乡土的……反正或按题材、或按手法、或按主旨、或按结构、或按时新潮流,能划的类越来越多,越分越新鲜。最近又加上"论资分治"的，即将作家按年龄资历区别对待，叫做第一代第二代第三代直至第六代的。有认为黄鼠狼下耗子一代不如一代的，说是小耗子们欠缺了实践，吃了（"四人帮"的）狼奶，受了错误思潮泛滥的影响，羔羊迷途，需要大喝猛醒转弯改辙的。也有认为辈分越小越好，越小越能"审父"以及审爷审祖审宗，最好把父爷祖宗都及时提前埋起抛掉才好的。文艺学变成了断代学，真叫省事。

概括、归纳、分类，作为研究把握文学现象、文学作品的方法的一个侧面，本来是无可厚非的，有时是完全必要的。但从创作的角度来看，令人感到遗憾的是这种分类的表面性、浅层性，特别是为分类而削足适履挂一漏万的代价。其实，越是好的作品，越是内容深刻、蕴含丰富的作品就越难分类。比如《红楼梦》，算家庭小说、爱情小说、怀旧小说、纪实小说似乎都可以，算政治小说（至少是"治乱明鉴"吧）、寓言小说、劝言小说、神秘小说也并非绝对不可。如果简单分一下类就走，《红楼梦》伸伸胳臂伸伸腿就会把"类界"突出许多破洞。说实在的，一个作者，眼看自己精心炮制、颇为厚实立体的一篇作品被抓住一端、顺手一拨、归入一类、与一些与他的作品全然不同的他人他作共享一个帽子、一种赞誉或一种挑剔批评，他感觉到的与其说是归类，不如说是不伦不类。对不起了。

三、与分类法有点瓜葛的，可以称为按帽子要求脑袋的批评，即评论一个作品是否符合某个概念、某个定义的批评。如此判定一篇作品不够现代派、不是纯粹正宗的意识流，或不是全然的现实主义。这里有一个前提命题，即作家的创作必须符合某顶帽子的型号，如果找不到适合的帽子，那么需要的不是去制作新型号的帽子而是去责备脑袋长得不合规格。

四、反过来，还有一种是用对帽子的批评代替对作品的具体分析。一篇作品发表了，有二三好心者或好事者称这篇作品是××派、××主义、××潮、××流，然后一传十、十传百，都知道一篇××派、××主义、××潮、××流的作品出现了。拥护赞美者拥护赞美的是此派此主义此潮此流而不是此作品,反对愤怒者反对愤怒的是彼派彼主义彼潮彼流也不是彼作品。拥护与反对者还都引经据典,美国拉美苏联东欧都引一个遍,以证明某派某潮的优劣,越引离那篇具体作品越远。这里也有一个前提性的命题,似乎一篇作品的价值判断决定于该篇作品所属类别的价值判断。这简直也成了"站队",队站对了,可以化腐朽为神奇,受用不尽;队站错了,也就化神奇为腐朽,活该倒霉。其实,文学史所呈现的事实恰恰相反:与其说是"派"的属性决定一篇作品的价值,不如说是一篇(或多篇)杰出的作品决定了一个文学流派的价值。

五、有一种跟着作品跑的批评,搜集作者自述其作品的一些话,加以论证分析,以此作为解析作品的钥匙。殊不知这样做其实是很危险的,这是因为:1. 一般地说,创作家无兴趣于阐释自己的作品,创作家宁愿自己的作品更含蓄些、更深邃些、更耐咀嚼些。应该说,眼看着各色读者论者各执一词、各有千秋地争论你的作品,实是作者一大享受,犯傻时才会自己跳出来参加搅和。2. 一般地说,创作家未必能完全地理解自己的作品。当然,大致的构思与追求是有的,但创作中确实有许多激情的东西、直觉的东西、即兴发挥的神来之笔,这些究竟造就了什么达到了什么,作者本人并非十分明晰。在这里,创作就像爱情,热恋中的情侣未必能分析清楚自己的爱情。3. 尤其是,有相当数量的作家谈起自己的作品喜欢回避正面的阐释,而常常采用一种旁敲侧击、调侃自嘲、云山雾罩的方式。(轮到一个作家需要不断自吹、为自己做广告的时候,这个作家也就够可怜的了。)这可能是由于一种谦虚,这可能是由于回避自己解释自己的作品的窘态,这可能是为了更加引起读者论者的阅读兴趣,为了给读者论者留下更多的联想和思索的余地。总而言之,这是一种特殊的作家的"外交词令",希望我们的论者不要太老实了。

例如海明威的站着写与坐着改之说,难道这不是幽默吗?当你问一个作家"您为何写得这样简洁"的时候,这个问题之难以回答的程度不是与问他"您为什么写得这样啰嗦"一样吗？再例如当费定讲述自己写《初欢》与《不平凡的夏天》的动机的时候，说是由于看到了敖德萨的白雪，难道可以由此判断小说的由来吗？

笔者写过一篇名为《球星奇遇记》的小说，笔者戏称之为通俗小说，因为它在我的诸作品中，确实是比较通俗易读的，它吸收了某些通俗小说的手法，然而，它毕竟不是张恨水、琼瑶、金庸、梁羽生的小说，而是王某人之作，是另一种追求另一种风格。批评这篇小说哪儿哪儿写得不成功当然是可以的，批评这篇作品不是正宗通俗，就有点上了笔者的当了。唉！笔者还曾把另一篇小说《要字8679号》号称为推理小说新作，难道要以《福尔摩斯侦探案》《沙器》的样板来评价这篇小说吗？那不无异于要求"要字"的作者王某人成为柯南道尔或者松本清张吗？

六、还有一种用作者的早期前期作品来要求作者的近期作品的批评。这完全是可以理解的。毋宁说，这样的论者是可爱的。笔者早在八十年代初期就听到不止一位论者的意见，他们希望笔者的新作能回到《组织部来了个年轻人》的规格上去。其后人们表示过希望王安忆的作品总是像《雨，沙沙沙》（王安忆在一篇文章中谈到过的），铁凝的作品总是像《哦，香雪》。更有一位当年极度赞赏过《森林里来的孩子》的朋友为了张洁的新作的"粗野"而困惑且又悲伤失望。我们的一些读者论者（包括我自己，因为我也承认过由于《哦，香雪》的"阴影"，使我有时难于接受铁凝的某些新探索）是何等的善良、天真和孩子气呀！这样要求作者，不是与幻想人们永远不长大、永远当天真活泼的孩子一样美丽而又不可能么？当我们看到一个作家从他的不无稚气的"少作"开始，逐渐写得老辣起来的时候，我们怎么能不积极地面对这个现实呢？

当然，也有另一种情况，作家成名以后越写越粗制滥造，那样的问题应该也可以指出来。

七、以A作家A作品为样板来衡量B作家B作品的批评。指出

B作家的B作品例如不如A作家的A作品简练，不如A作品的语言富于地方色彩，不如A作品的古朴，不如A作品的庄严沉重……所有的这些"指出"可能都是有道理的，但这能说明B作品的什么特点呢？不如A的简练，这可能是由于B的冗杂也可能是由于B的丰赡，难道我们可以用契诃夫的或者鲁迅的简练去要求托尔斯泰或者狄更斯吗？不如A的庄严沉重可能是由于B的油滑也可能是由于B的豁达、潇洒、超拔、智慧。难道我们可以用陀思妥耶夫斯基的近乎疯狂的痛苦去要求泰戈尔的赤子的温馨，或者作为散文家的庄周的飘逸？以A衡B法的批评搞下去，那才有趣呢：我们可以批评《罪与罚》不如《贵族之家》清新，《约翰·克利斯朵夫》不如《项链》好读，《西游记》不如《老残游记》真切，《堂吉诃德》不如《三国演义》认真。呜呼！

其他的还有印象式的批评，草草一看就大发评论的批评（某报纸刊登过一篇对拙作的批评文章，该文竟然没有弄清拙作的题名，题目都没搞对就批评上了），显然没读完没读全读了不足十分之一就说大话的批评，以及各种旨在取得轰动效应、前前后后配置上许多活动的批评等等。

以上着重谈的是从创作的角度看评论的不尽如人意的一面。（有另外一些非文学的评论，这里未有涉及。）这是自然的，因为一般地说，评者都要有一个尺度，而这个尺度、这种价值观念、这种取舍，都是在阅读与分析你的某篇特定的作品以前就已经形成的。这种价值取舍，既受一定的世界观、文艺观、美学观的理念的影响，又受一定的人格、学问、智力、经验乃至个性的深刻制约。没有一定价值取舍的论者或表现为随波逐流顺风扯帆，或表现为左右前后常有理，或表现为什么都捧什么都吃，这样的评论固不足取，取舍太鲜明了又往往缺乏变通，缺乏广阔胸襟，缺乏对非常规的、超常的、特例的文艺现象的接受能力。

而创作者们呢，固然同样受自己的理念、经验、人格、学识、智力、个性的影响支配制约，同样有自己的尺度，却又常常在创作的过程中呈现出一种不十分自觉的被驱动状态（有人称之为"迷狂"，如果觉得"迷狂"不雅，至少有点沉醉陶醉执着迷恋吧），往往只是在作品完成之后，他才知道他到底搞出了个什么东西。甚至于是作品完成之后，他还说不清是搞出了个什么东西。他怎么能轻易接受评者的早有的固有的尺度呢？

某些时候，创作者与评论者之间的"隔"是不可避免的。当然也有知音式的批评。如当年我在《读书》上看到李子云评宗璞的文章，在《文学评论》上看到黄子平评林斤澜的文章，就颇为宗、林之获得知音而熨帖。我本人也很感谢一些论者的知我爱我。本文所述，重点在于讲述作者的思维模式与论者的不对茬之处。并无对批评的不敬之意或贬斥之意。因为，第一，"知音式"并非批评的价值所在，至少不是主要的更不是唯一的价值取向。评者无须取悦于作者，评者首先是对广大读者负责。第二，一个作者到底需要什么样的评论呢？当然不是姚文元式的批评，也绝不是蒙头盖脸的一阵捧吹。总之，他自己多半也说不清他到底需要什么评论，他自己更写不出对自己的评论。即使有点隔的评论，也比无人搭理强。

说不出写不出需要什么评论也还有大致的希望：叫做大致准确而且有所发挥发展。说好说坏，说东说西，至少是认真地读过作品抓住了作品精气神之后，而不是之前之外。有所发挥发展就是说希望有作者未曾自觉的发现，有令作者为之叹服的解释，使作者击掌：原来我写的是这么回事！一九八八年《文艺研究》上刊有南帆一篇评拙作《要字8679号》的文章，便有这等厉害，令作者长了见识，服了。

如果从评论者的角度谈谈对创作者的不满足乃至挖苦挖苦创作者们呢？来而不往非礼也嘛。那就是另一篇"欲读书结"的扣子了。

1991年3月

符号的组合与思维的开拓

从上幼儿园的孙儿口中,得知了现时幼儿们流行的一句俏皮话:

爱跟不跟,板蓝根。

幼儿之间的人际关系也是多变的,好的时候一块儿玩,发生了龃龉一方便会对另一方说:"我不跟你玩儿了。"另一方答道:"爱跟不跟,板蓝根。"用这种说法抵御了侮辱,捞回了面子。

"爱跟不跟,板蓝根。"从语义上说本来是毫无内容的,但这话仍然反映了幼儿的生活经验,前者是你跟我玩我跟你玩的游戏中的人际关系的经验,跟可以理解为认同、亲近、友谊、结合……不跟可以理解为否定、疏离、抵牾、破裂。后者则反映了幼儿们的患病用药经验。两者被两个同音字"跟"与"根"联系了起来。莫名其义的同音连接产生了一种幽默感,可以用来掩饰窘态,可以自嘲解嘲,可以表达对对方"不跟你玩"的轻蔑态度,可以从无言以对中找出对答的妙语来,乃至可以转败为胜。这也是语言的妙用了。

更前一代人,当我的儿子上幼儿园的时候,他们最喜欢说的童谣则是:

一个小孩儿写大字,写、写、写不了,了、了、了不起,起、起、起不来,来、来、来上学,学、学、学文化,画、画、画图画,图、图、图书馆,管、管、管不着,着、着、着大火,火、火、火车头,头、头、打你一个大铩儿头。

同样是无意义的话语,却比精心编制并教授推广的儿歌童谣更普及。个中道理,值得一思。估计其原因是:语音的连续性,易于上口和背诵。内容靠拢儿童生活,写大字啦、起不来啦、画图画啦什么的。结句"打你一个大锛儿头"有点包袱、笑料。无逻辑、不连贯、玩语言、文字流,故而显得轻松。虽然,从小人们就有为某种形式而喜悦、以某种符号来游戏的天性。并不是说必须先弄懂含义才能接受的。这里也有一个"懂"与"欣赏""喜欢"的辩证关系问题。

　　语言是一种符号,但符号本身有它相对的独立性与主动性。思想内容的发展变化会带来语言符号的发展变化,当然,反过来说,哪怕仅仅从形式上制造新的符号或符号的新的排列组合,也能给思想的开拓以启发。

　　上述两个"小儿科"的例子说明,即使全无内容的符号组合,如果形式上有可取处,也仍能给人以某种启迪。

　　成人变动符号乃至"玩符号""玩语言""玩文字"的方式就更多。其长短精粗优劣难以一概而论。例如:

　　"有志者事竟成"是一句成语。倒过来说是"事成者皆有志"或"事成者多有志",推敲一下,未必尽然。反其意说:"有志者事不成"或"无志者事有成"则都有意义。有志而事不成者不亦众乎？一万人想当作家的文学青年中,有几个"事竟成"呢？一万个想找白马王子的少女,有几个找到了呢？可见志与事的关系并非温度与结冰的关系。"谋事在人,成事在天",这就比"有志者事竟成"更成熟些更全面些了,虽然仍不那么"科学"。至于"无志者事竟成"(这里的竟当竟然讲了)或"无志者事亦成""无志者事更成""无志者事独成",究竟又是怎么搞的呢？讲下去就有些深奥或不平之气了。

　　再拿"慢工出细活"这样一句俗语、一个表达劳动时间与产品质量的正比关系的命题来说,我们可以试一试以下的排列游戏:

　　快工出细活(最理想,未必现实)。

　　快工出粗活(与原命题最接近)。

慢工出粗活（最差，亦有可能）。

再如谚语"失败是成功之母"，也可以说是一个命题。对这句话的诸词进行新的排列组合，我们可以得出下面的句子。

失败是失败之母。

成功是成功之母。

成功是失败之母。

失败就是失败，无母。

成功就是成功，无母。

这样一组合，成功与失败的关系或许可以探讨得更清楚。失败产生失败、成功产生成功的说法有两种可能的意义：一是多米诺骨牌效应，一次失败可能引起一连串失败，一次成功可以引起一连串成功；对前者不可不警惕，对后者不可自我归功，得意忘形。第二种含义则是表明成功的时候应该乘胜前进，夺取新的成功，失败的时候应该步步为营，防止更大的失败，同时要为更大的失败做好准备。

至于成功是失败之母，则是原命题的一个重要的姊妹命题。据周谷城先生对我讲，解放初期他曾与毛泽东主席讨论过这一命题。毛氏提出失败是成功之母，周先生提出成功也是失败之母，毛主席思索后称赞道："说得对！"这样一个命题对于成功者来说，要求他们戒骄戒躁，谦虚谨慎，是颇有意义的。

至于成功失败的"无母"（即无根由）说，则反映了对于万事万物的因果链条的存在的怀疑。它表露的可能是一种怀疑主义、虚无主义，也可能是对因果关系的多线性、互悖性与复杂性了解后的困惑。本来，成功和失败的估量就存在着弹性，而且世事中诸多成功与诸多失败之间的错综复杂的联系，不是几条单一的平行线（哪个是哪个之母）所能表述清楚的。

我们都知道党的三大作风：理论与实际相结合，批评与自我批评，密切联系群众。这三个命题的含义是十分丰富、十分严肃郑重的。

据说有一篇杂文则对目前尚未完全消除的不正之风、对一些假大旗以营私的人的方术做了句型类似而含义相反的概括,说这些不正派的人搞的是:理论与实惠相结合,表扬与自我表扬,密切联系上级。令人闻之一怔,继而为之喷饭。

理论与实惠相结合,只动了一个字而面目全非,文字的力量,能不察乎!第二句把批评改成表扬,一种庸俗的吹吹拍拍的状态便毕露了,这些人把党的好传统糟蹋成什么样子!而所谓"密切联系上级",确实是成了某些个利欲熏心者的登龙法门!(当然,这样一种讽刺性的说法并不意味着提倡上下疏离、互不联系,也不意味着接近领导就不好。)

这三条亦是一种来自生活的概括,虽然这只是一种揭露性的概括。把这三条与党的作风的真正的三条一比较,则真伪善恶美丑自见,令人警醒,催人奋斗,十分鲜明锐利。

这篇杂文的讽刺性说法所以有这种功能,也还在于这三条运用了尽可能与原来的正确的三条相同相似的句式与词、字。这"坏三条"的表述得自原"好三条"的句式与用词的启发,是语言符号的一种调整与组合的效应。

还有些句子可以舍弃其具体的词而取其句型结构。例如相声中脍炙人口的"吃葡萄不吐葡萄皮,不吃葡萄倒吐葡萄皮"句,这个绕口令的主要可取处是在于玩弄"葡萄""不吐""倒吐""皮"几个词的辅音 b、p、d、t,本身其实毫无意义。因为吃葡萄吐或不吐葡萄皮或有其所指内容,而不吃葡萄倒吐葡萄皮则纯粹是语言的游戏,没有所指的。

以此为模式构建一些句子,反而有了一点意义,如:
当官的不摆官架子,不当官的倒摆官架子。
写作品的不说是作家,不写作品的倒说是作家。
有本事的不吹牛自夸,没有本事的偏吹牛自夸。
读书人不说自己懂得书,不读书的人倒说自己懂得书。等等。

再拿苏东坡的名句"山高月小,水落石出"来说,我们也可以仿造出一批句子。例如:

天高皇帝远,家败亲友疏。或:天高皇帝远,势败挚友来。

调儿高实绩少,气盛破绽出。

情真词少,言切文佳。

帽大干货小,图穷匕首出。

风急帘漫卷,雨住萤自飞。

当然与原句的佳丽、含蓄而又微妙不能相比,但仍然不无可琢磨处。

总之,语言符号与这种符号的排列组合并非是全然被动的、消极的东西。要丰富与开拓思想,当然首先在于丰富与开拓实践领域,倾听实践的声音,总结实践的经验,同时要不断扩大与加深各种信息的获得与消化。思想比较丰富的人语言才能丰富,思想比较深沉的人语言才会深沉,思路比较灵活的人语言才好灵活。这些都是没有疑义的。

反转过来,语言的灵活性、开拓性、想象力也可以促进思想的灵活、开拓,促进想象力的弘扬与经验的消化生发。哪怕语言中纯形式的游戏的东西(如前述儿歌与绕口令),亦不可纯然以外壳与游戏视之,不可以轻对轻、以陋对陋。见"玩语言"者便仅仅嗤之以鼻而心安理得,实未必可取也。

1991 年 5 月

相声的文学性[*]

人们愈来愈爱听相声了,因为忙,因为烦,因为压力,因为许多品类的表演质量差,就更需要笑的轻松。而笑又是什么呢?笑是一种什么机制,什么艺术呢?读一读梁左、姜昆合写的相声集,你也许会体会到笑实在是一种洞察的智慧,洞察了各种畸形和做作,便发出了会心的笑声。例如《学唱歌》里对于某些歌星的表演的概括,"主动热情式"啦,"自我陶醉式"啦,"恨之入骨式"啦,"悲痛欲绝式"啦,让你觉得作者把一些歌星们算是琢磨透啦,实在没跑,实在绝啦,够损的啦。为什么损,看透了你啦,准确而又淋漓,你能不笑吗?

笑也是一种生命力。拿深受群众欢迎的相声段子《虎口遐想》来说吧,掉到动物园狮虎山老虎洞里的经验人们大概绝无仅有,最好不要有。但是生活中的那种被挤兑得身不由己的被动,那种类似被虎吃掉的恐惧和令人哭笑不得的尴尬,那种毫无意义、毫无代价可言的祸患,特别是那种受到一大堆好心人的莫衷一是的同情,却又几乎找不到一个真正负责、真正有义务也有能力帮助你摆脱困境的人的虽不孤立却仍然无援少援的处境,仍然使你觉得似曾有过,仍然必定会引发出一阵又一阵的哄笑。而自在这种"虎口"的险境的人居然还能遐想,居然还在考虑搞对象与自己的个头够不够尺寸,居然还能"练贫",这不也是一种顽强和一种力量吗?幽默一下,也许于事无

---

[*] 本文亦为姜昆、梁左相声集《虎口遐想》序。

补,但不也比毫无幽默感地等待灾祸的蔓延和扩大叫做坐以待毙强吗？

自然也可以不必说得这么大这么深。人所周知,相声是笑的艺术,逗人一笑,有益身心健康,功德无量。掉到虎洞里,还能不出洋相吗？荒唐的情节设计引起了荒唐的遐想,荒唐得出了格,就不是惊险场面惊险故事而是喜剧场面喜剧故事啦。这既是艺术的逻辑也是生活的逻辑。

荒唐故事的构成材料却未必都荒唐。陷入虎穴的"甲"希望能"组织组织""哪怕组织个救人临时小组呢"；搞对象的小伙子,星期天要"上丈母娘家盖小厨房"去；(相声挖苦地说："打他们搞对象起,丈母娘家就不雇保姆啦！")为了把老虎吓走,有个小伙子建议大家喊口号；找管理员,管理员休息,要打电话而附近又没有电话；"甲"的所在单位是"亏损单位,书记想钱想红了眼,不敲你们三万四万不算完"；以及矮个男子找对象方面的自卑心理等等。这些并非没有生活依据。荒唐的逗笑中仍然流溢着生活,而有生活依据的逗笑就不仅仅是逗笑,而成为嬉笑怒骂言之有物的文章了。

相声《特大新闻》说的是一条关于"天安门广场要改农贸市场"的小道消息,如果把这个段子只是解释成对于把老鼠传成大象的传闲话的讥讽,那就过于简单化、表面化了。这个段子提到的在革命博物馆举行的新潮家具展销,并非全然杜撰。天安门城楼卖票参观,外国人拿农贸市场当窗口看中国,"这么热闹,这么红火,咱们中国像欠债不还的主儿吗？"以及想象中的物价问题,重复收税问题,掉后跟儿的鞋的质量问题,随地吐痰与市容管理问题……信口开河信口雌黄中却都有着一定的生活内容。如果说这个段子多少反映了商品经济大潮冲击下思想的活跃、躁动与混乱,反映了一种兴奋而又惶惑不安的失了法度的心理,恐怕亦不能算牵强吧？这么说这段相声还相当超前,相当地敏锐,相当有深度呢。至于当相声说到"生命诚可贵,爱情价更高,若为自由市场……"以及"鸡蛋诚可贵,鸭蛋价更高，若买松花蛋，还得掏五毛"的时候，笑声中我们或者议论一句"真贫""真缺德"，也许这种歪批三国式的"诗"会引起裴多菲的虔敬者的相当的反感。也许相声的逗笑里确实亵渎了一些本来很伟大的东西，也许相声这种艺术形式本身就难免玩世不恭与亵渎神圣的原罪，但这种反差这种亵渎难道不也是生活本身的提示？生活本身对神圣所开的玩笑——例如"文革"——难道还少吗？悲剧能够变成喜剧、闹剧，不严肃的难道仅仅是逗笑的说相声的吗？

《电梯奇遇》就更"生活"了。一个人关在电梯中走不出来，伙食科长只管考虑他的伙食标准，宣传科长照旧进行他的分析与清谈，人事科长则准备发商调函把那人的关系转到电梯里来，"白天算你出勤，晚上算你值班"，办公室主任则召集会议研究救人的措施，最妙的是这所"效率大楼"里的头头脑脑还都宣布自己早已看出来电梯有问题，却没有任何人采取任何实际的步骤去修补或者更换电梯，这究竟说明了什么呢？然后发展到伙食科用滋水枪往电梯里滋鸡蛋汤，宣传科授予被关者以各种光荣称号，人事科决定给予被困者以科级待遇，办公室准备卖票组织参观，最后是经过定向爆破把被困者从一个旧电梯崩到另一个坏电梯中去了……匪夷所思的情节设计中包含着十分辛辣的黑色幽默，这个段子的内涵其实是非常丰富的，不但可以搞成相声也完全可以搞成一篇小说，乃至搞成一台话剧。这里边的潜力还大大的有呢。

《小偷公司》同样是一篇沉甸甸的相声段子。这里用"沉甸甸"来形容相声似乎颇有点用词不当。《小偷公司》的第一层意思是嘲笑小偷，毋偷毋窃，这样的道德标准当然是可以被广泛接受的。第二层意思可就是讽刺组织机构和运作秩序的弊端了。"小偷公司"中坚持"第一线工作"的只有"我"夫妇二人，却设了一个总经理十一个副经理，还要学文件，还提出了"我们也有三只手，不在城里吃闲饭"（又是亵渎！）并且设立了"保卫科""纠察队""业务科"（一个科长十五个副科长）……要偷一个女工的钱包时首先要在"工业口""妇女口""青年妇女口""双眼皮未婚青年妇女口"之间扯皮……"小偷公司"愈精简人愈多,走后门进来一大批不懂"业务"的人,两个人偷钱一百多个人花钱,层层请示……呜呼,这个相声与咱们的机构改革、提高行政效率的大题目搭界呢! 当然,请读者与观众高抬贵手,相声是用的相声的路子,言过其词,信口胡抡,嬉皮笑脸,荒诞无稽,在所难免。总不好在相声里做一个精兵简政问题的报告,是不?

相声《着急》是一个新段子,它所反映的这种生存状态其实是令人觉得相当亲切的。着急起床而闹钟没响,着急出门而被白菜、煤堆挡路,着急赶路而被汽车抢了道(他当然是骑自行车的喽),渴了喝不到开水,上完厕所拉不上(裤子的)拉锁,做工间操的伴奏音乐没了节奏(录音机有毛病),开饭的时候埋怨给自己打的菜少,听个报告长得没完没了,自由市场买菜价钱很不公道,国营商店售货员的态度更糟,电视剧拖拖拉拉……活脱脱一幅贫贱人家百事哀的心态录!特别是说到孩子,不该搞对象的年龄(刚上初一)就交开了女朋友,到了岁数却又找不着对象了,真是令人哭笑不得,令人喷饭而又叹息!

一段相声里能有一句两句搔到人们的痒处(乃至痛处)的玩笑话也就不容易了。又尴尬又亲切,又可笑又可悲,又流露真情又一通耍嘴皮子,真真假假,悲悲喜喜,笑笑闹闹,深深浅浅,道是无心却有心,道是有愁却无怨,这也就够可以的啦。您还要什么? 就像电视剧《渴望》里刘大妈一听罗刚是写书的作家,就免去了他吃饺子时外加的酒菜招待一样,点到这儿也就成了,观众又不是傻子! 君不见,有些洋洋洒洒的大作品,数万言数十万言下来,竟找不到一句真切深沉、冷热适度、可以解颐、可以排忧的警句妙语呢!

如此这般,这部相声集里所收的作品比起以前人们熟悉的相声段子似乎多了些生活气息,多了些笑料的立体,多了些心态的概括,多了些耐人寻味的"味儿";或者,可以说它们更文学了吧。这很可能与作者之一的梁左先生有关系。他的母亲是著名作家谌容,他本人是北京大学中文系的高材生，毕业后又在高等学校做中文系的讲师，由他与著名的笑星姜昆先生珠联璧合，共同创作，必然会为相声的文学脚本带来点更深刻的东西，相声相声，人们对它也要刮目相看了：杰出作品，宁有种乎？

有些大家对文学的态度是非常严肃的，也许是太严肃了吧，他们不大喜欢相声，他们把说相声等同于耍贫嘴。有一位可敬的大作家大师长就不无遗憾地批评我的某些小说段落是在那儿"说相声"。还真说对了。其实年轻的时候我也是有志于相声创作的，五十年代我曾经给某曲艺杂志投过稿，那段相声的题目似乎是《做总结》，失败了，"毙"了，这颗种子没发出芽来。贫嘴还是要耍下去的，哪怕给深文周纳的豪勇们提供了方便。连贫嘴都不耍，岂不闷气乎？连贫嘴都耍不出来了，岂不没劲乎？贫嘴耍到梁左、姜昆这个份儿上，您做得到吗？仁者见仁，智者见智，如果您读完了、听完了这些相声，除了贫嘴，还是贫嘴，再得不到旁的启发，并从而抱怨这些相声、抱怨相声这种形式、并为喜爱这种形式的人感到遗憾，那就是接受美学的问题了。您能怨谁呢？

1991年7月

话说这碗"粥"

　　有这么一路为文之法：写甲文，而后写乙文谈甲，而后写丙文谈甲、乙文，而后丁文谈甲、乙、丙文，而后戊文谈甲、乙、丙、丁文，言必称自己而满目琳琅，江郎才殆尽而喋喋不休。我则不然，绝少谈自己的作品，并以视旁人为自己的作品争论不休为最大享受、最大欣赏。在别人谈得热闹的时候自己插嘴进去，搅得人家谈不快活，不纯粹是冒傻气吗？

　　可是这一回要破破例了，不得已也，岂有它哉？

　　一九八六年八月，我与文化部一位女同志出差拉萨。这位同志每天早餐只吃稀粥、馒头、咸菜，拒绝西式藏式食品。西藏自治区文化局的一位局长同志（藏族）开玩笑说："汉族同志身体素质差，就是稀粥咸菜造成的，我一定要设法消灭稀粥咸菜。"他的这个玩笑话引起了我的思索：从营养学的观点看，正确的态度应该是使饮食习惯随着生活的提高和眼界的开阔而逐渐予以补充和提高。而这又是与我一贯的提倡建设、提倡渐进、反对偏激、反对清谈的思想相一致。这就是小说《坚硬的稀粥》的题材和主题的由来。

　　一九八八年七月底，我去北戴河休假，除写了《球星奇遇记》以外，还写了《坚硬的稀粥》，回京后觉得后者有些粗糙，便放了一段时间。后逢《中国作家》编辑催稿，对小说润色后于一九八八年十二月寄出。这碗"粥"，就发表在一九八九年第二期《中国作家》上。

　　这是一篇幽默讽刺小说，其中有对人民内部的一些缺点、弱点的嘲笑。批评的主要矛头直指食洋不化、全盘西化、追逐时髦、盲目幼稚而又大言不惭的儿子。同时，小说批评了偏于保守的徐姐、不敢负责的爸爸、侈谈民主而又脱离实际的堂妹夫以及这一家人多争论而不善行动的弱点。从这些内容上，得出的结论只能是作者呼唤一种健康的、实事求是的、建设性的态度，只能说明作者的思想观点在当时早与全盘西化、侈谈民主、不问国情的那些"赵括谈兵"们划清了界限，而不可能是相反。至于作品中的爷爷，是一个宽厚、慈祥、开明、从善如流的人物。如果不是另有隐衷，是不可能因之生走火入魔之思的。

尤其要指出的是，小说的基调是光明的，小说人物在闹一些小笑话的同时，正处于欣欣向荣、蒸蒸日上、生动活泼、欢乐向前的气氛中。他们在有一些小纷争的同时，有着一种和睦亲切的人情味，他们在表现出某些天真幼稚的同时，又展示了对新鲜事物的兴趣，他们在有点乱乱哄哄的同时，又显示了父慈子孝、亦信亦义的家庭伦理的温暖。小说结尾处实际上已经解决了膳食维新问题，叫做"鸡鸭鱼肉蛋奶糖油都在增加"同时还要"加吃稀饭咸菜"——稀饭咸菜本来就不应该是消灭的目标，稀饭咸菜本来就不是改革的对象。就是说，在生活日益提高、视野日益开阔、前途日益光明的大背景下，某些争论自会迎刃而解，根本无须急躁烦恼。作品批评什么、选择什么是十分明确的，完全不存在影响问题。

作品所说"理论名称方法常新，而秩序是永恒的"中的秩序，是指客观世界的规律、时间承递的顺序、事物的发展过程，乃至一种文化传统的形成与变异的过程，这是永远不以人的意志为转移的客观存在，是不可以主观主义、视而不见的。所说"理论名称方法常新"则恰是指那些年流行的引进新理论、新名词、新方法论的潮流，作品不认为清谈一通新潮或搞一点新花样表面文章能于事有补，作品对这种轻浮的学风泼了冷水，这在当时也是需要勇气的。

小说的风格是轻松的幽默与讽刺。小说用了一些政治名词，既反映了政治名词大普及的事实也体现了小题大词的反差的幽默性，小题大词、大题小词（如把外交上的结盟说成寻找舞伴）这是语言艺术特别是喜剧艺术（如相声）中常见的修辞手段。也说明了作者写这篇作品的时候心情轻松、胸怀坦荡，绝无草木皆兵、藏头露尾的阴暗心理，绝无含沙射影、指桑骂槐的动机与行动，影射云云，太无稽了。

对于一篇小说的解释产生歧义本不足为奇，借题发挥，故作惊人之论，也算"接受美学"之一端。"更上一层楼"，离了题，离了谱，究竟是怎么回事，就跟"文本""本文"毫不相干喽。

1991年12月

"缘木求鱼"

鲁枢元的文论别树一帜。先是,他填补了创作心理研究这个几乎很长一段时间是空白的领域。其后,他又提出了"向内转""超语言"这样一些关于文学本体的命题。他是怀着对文学创作的神往、敬仰、热爱(更准确地说是热恋)、惊叹、赞颂来接近这个领域的。他去接触文学创作心理这个"对象"(从它的原义和世俗引申的含义来说)时,其纯美的心态如同去接触自己热恋的姑娘、膜拜自己的女神。有点奇怪、相当稀罕、更加弥足珍贵的是这样一个人没有"下海"投入文学创作,而是在热恋中保持着冷静,保持着学究气的寻根问底的执着,保持着博采众书而又取舍在我的做学问的眼光与胸怀,当然,也保持着一种毁誉由之的自信。他用理论去追求创作,钟情而又苦恼。

他选取的对象和他所怀抱的心态造就了他的存在的必要,也造就了他的特殊的方便和困难。方便是,他的研究领域对于整个文艺学研究与文学评论来说毕竟仅仅是一部分,不大的一部分。他无意去干预介入批评一些更重大的文学理论问题。他基本上没有去构筑一个涵盖广阔的文艺学体系。当然,当他企图用"向内转"概括新时期的文学走向时,遭到了反驳。其实鲁枢元本来可以给自己提出更方便更适宜的任务——不去概括走向而去讨论现象。一个活跃或比较活跃的文学生活中必然包容着许多相悖的文学现象与文学主张。过于匆忙的概括往往不十分明智。

而他的困难也是不难想象的。他倾心于文学言语乃至整个文学的心灵性、游移性、模糊性、直觉性,他倾心于文学的"氤氲""混沌""象罔""玄珠",他试图去推敲揣摩"隐藏在内心独白后边的那些东西""拥挤在意识门外的心理群体""无定形的认识""内觉",但他又必须借助于一般的论辩模式、叙述模式、语言的模式、逻辑模式。他非常推崇被称为"活化石"的古老而又"活得如此灿烂辉煌"的中国的汉语言文字,推崇司空图《诗品》式的、《庄子》寓言式的以及王夫之论诗式的"一片神光,更无形迹""一片心理犹空明中纵横灿烂"式的文论模式、"东方式的""把握世界的一种心理模式",但他写出的文章毕竟离庄子离司空图离王夫之也离刘勰远,而离他其实不怎么喜欢甚至常常贬而低之的现代学术论文即英语叫做 paper(非常物质,非常不心灵)的近。鲁枢元自己也意趣盎然而又不无遗憾地说:"……自己的言语表述总是要绊倒在言语研究悖论的顽石上……在众人面前尴尬地破损了自己的形象。"他自况为"操斧伐柯""要做得漂亮真是不容易"。可不是吗,能达到那种"一片神光更无形迹"的境界的人,能耐下心来读这些旁征博引,洋洋洒洒的 paper 吗?能够具备这种研究、分析、讨论的思辨的兴致与能力吗?反转过来,习惯于用演绎和推导的方法来论述文学的各方面的性质,习惯于完全有根据地强调文学的社会功利性质、它的认识功能、反映功能与教育功能的论者,能够不认为鲁枢元的这种对于"精神的升腾""诗性的天国""超越语言"的探讨是过于奢侈了么?对于习惯了科学的(数学式)逻辑与语法规则的读者来说,鲁枢元的论述不是太玄妙、太抓不住摸不着、太难懂、太不知所云了么?

对这些困难的克服,这本身就是"超越"了。鲁枢元近年确是写了一本超拔的书:《超越语言》(中国社会科学出版社,一九九〇年)。在这本书中,他选择了文学语言——按照他的论证,应该叫做文学言语——作为突破口,丰赡、热烈而又匠心独具地论证、发挥、抒发了他对语言——言语,对文学——艺术,对艺术——科学以及对人类文明、人的精神生活的许多有趣的感受和见解。

他的书从对亚里士多德为语言活动立法的反思开始,不无夸张地亮出了"语言干涸"的黄牌。他介绍了亚里士多德死后两千多年,以索绪尔为代表的理性的分析哲学和逻辑实证主义的语言学与以柏格森为代表的"朝着同理性的自然趋势相反的方向进行"的挑战。他认为,到了本世纪五十年代,一批结构主义大家把亚里士多德开创的语言研究的科学化、形式化、简单化的特色"推上了顶峰"。

怀着论辩的激情,对"结构主义文学批评对结构主义语言学批评的归顺"提出了质疑和猛烈的批评。他说结构主义批评向文学的海洋撒网,捞上来"庞大的鱼的骨架",而不是活生生的鱼。"一大二空",他用这种人们习惯的构词方式描绘现象美学家杜夫海纳对结构主义的批评。为了抗争结构主义把文学模式化、骨架化、电脑软件化的努力,至少是弥补这种偏颇,他引入了日本学者堺屋太一的"气氛型综合信息说"。在"反叛结构主义"小标题下,他介绍了尼古拉·吕韦、J.德里达、M.富科、伽达默尔、马尔库塞的主张。

鲁枢元提出来要寻找语言的绿洲。他列表对照和区分了语言(language)和言语(parol)。他建议诞生一门"文学言语学",强调文学言语的个体性、创造性、心灵性和流变性。他提出了"超越语言"的设想,并提出了以下内容:语言观念的突破、语言学研究范围的胀破、言语主体的介入、言语在知觉中整合、言语在理解中绵延。

"上穷碧落下黄泉",鲁枢元引经据典地去研究语言与心态的联系,语言法则与语言风格的纠缠,论述并列表说明语言——场型语言、常语言——逻辑语言与次语言——裸体语言的区分与关联。他几乎是相当浪漫地在那里抒发他对文学言语,对"沉寂的钟声""氤氲""泰一",对"潜修辞"和"瞬间修辞",特别是对"诗性的天国",对"灿烂的感性""语言的狂欢""瞬间伊甸园"的一往情深。读到这里,我们能感到鲁枢元的理论的痴迷、诗情的迷狂、"布道"的狂热。我们似乎听到了鲁枢元的赤诚而又雄辩的呼唤:"重铸那金子一般纯真的语言"吧!""寻求精神的伊甸园"!"开发右脑"!"涵咏人类的美好的天性"!"在语言的虹桥上走进诗意的人生"!……

　　用不着也不可能复述鲁枢元在这本书中的种种观点和他引用铺陈摔打的古今中外的种种材料。读之如行山阴道上,风光万千,令人应接不暇!当然,由于这本书涉猎的方面太多,其中许多学术领域、学派代表人物是我们不熟悉的,我无法判断鲁枢元的引介与评述是否都恰如其分,我也没有把握是否读后确实掌握了鲁枢元的思路。我感到新鲜别致,也感到他的热烈奔放,我感到他确实做了学问下了功夫,也感到他的执着乃至执拗。我很想就这本书说一点话,却不知说什么好。

　　也许我能说的只有自己的与文学创作有关的经验了。这个经验当然只是个人的、具体的、模糊的,未必能成为对于此书的印证、补充或者驳难。

　　我的体会更偏重于语言的整体性、人类精神活动的整体性方面。我偏向于设想,不仅艺术,而且科学(例如数学)也追求着超越,可以达到那种至精至纯至妙至深、自趋自动自解、行云流水、天衣无缝、空明烂漫、高峰体验的无差别境界。似手足,不仅感情的东西可以超越语言,真正的智慧、勇气、学问(特别是在哲学和数学这种比较抽象的学科中)也会时不时地感受到那种明澄的直觉、豁然的顿悟、得来全不费功夫(正如潜修辞)的豁然贯通,那种光芒四射、铙钹齐鸣,而又最后返璞归真的境界!我设想人类的精神活动是会有一种殊途同归的高峰体验的。这里有相异处也不乏共同的、相通的东西,我设想,那些最初用结构主义的方法捞上了大鱼的"骨架"的学问家,同样会充满了超越性的创造性的狂喜!甚至,我揣摩,政治家和军事家也会在某种主客观条件下进入这种自由王国,进入一种战无不胜的精神境界。也许这里扯远了,现在回到创作与语言上来。领略鲁枢元的超语言、常语言、次语言的三分观念,可能有助于欣赏和接受相当一批艺术产品和艺术探寻,尤其有助于去欣赏和接受一批富有现代感的美术、音乐、诗歌作品。从诗歌里我们特别可以感到那种超越语言的成功的或者蹩脚的、总是聚讼纷纭的努力。而评论界又是多么常常以常语言的尺度大致一量,便把这种努力贬斥得一文不值啊!在小说创作里,多数情况下,常语言起着基石的作用了。有时候,语言的超越性与常规性密不可分。正像非常规的、怪诞的、神秘莫测的语言可以成为一种追求和风格一样(如残雪、莫言),常规的、标准的、明白清楚的语言也可以成为一种文学个性(如"山药蛋"派)。文学创作的过程有它玄妙、深不可测、如醉如痴如幻如梦的一面,也有它普普通通、按部就班,就像正常心绪下的娓娓诉说的一面,即使诗歌,也可以写得妇孺皆解(当然,解与解不是一样的)、明白如话。一个处于旺盛期的创作家,有时也需要克服自己的心灵的疲惫、心灵的狂热,以一种普普通通的心境告诉读者一点普普通通的事情。以期待奇迹的心情搞创作,既是美好的又是难以持久的。

这些话也许根本没进入情况,谈不上是与鲁枢元的讨论,也不配说成抬杠。因为我没有登堂也没有入室,对于语言学和结构主义我知之甚少。我毕竟非常欣赏这部写得相当漂亮的书。有大量材料和古今中外的引证。有艺术散文般的描摹与抒发。有独特的钻研与创造。他努力去揭示语言、言语、文学、创作中不被人知、不被人理解而且常常遭到有意无意地贬损和嘲笑的方面。他有意识地去强调这隐蔽的精神活动的方面,有意没有多谈那尽人皆知的比较明显的另一面,他在书里自己已经说明过。

最后,我想起了中国的一句成语:缘木求鱼。其本意当然是嘲弄和否定。但是,从另一方面来看,缘木求鱼不也是难免的、必然的、浪漫的、有趣的乃至悲壮的么?爱情、科学、探险、战争、艺术、宗教、道德直到气功与特异功能,人类写下了多少辉煌与悲哀的缘木求鱼的记录!而且确实求到了多少条大大小小虚虚实实生生灭灭的鱼!鲁枢元所讲的结构主义的"鱼骨架",不也是一种有生命力的"骨鱼"么?用文学言语来超越语言,这样的缘木求鱼的努力,不也是美丽而又令人迷惑的么？也许垂钓撒网捉住的只有小鱼小虾，缘木升空反而有得飞鱼的可能？缘木而求鱼，不是超越了木了么？不正是超越的理想的实现么？枢元此书，以引证、论辩、驳难、列表的手段去进逼文学艺术、语言言语的灵性的深层面，这是多么可观的一次缘木求鱼的盛况啊！

1992 年 1 月

九死未悔的郑重

我和陆天明相识已经很久了。才一会面,他就引起了我的关注。我的印象:他是一个思想型、信念型、苦行型的人。他忧国忧民,他期待着热烈的奉献和燃烧,他完全相信真理的力量、信念的力量、文学的力量、语言文字的力量。他宁愿摆脱一切世俗利益的困扰。为了信念,他会产生一种论辩的热情,他无法见风使舵也无法轻易地唯唯诺诺迎合别人。他可能见人之未见却又不见常人之能见。他的几近乎"呆"的劲儿与特有的聪明使我想起年轻时候,例如五十年代的自己。他的大头、他的眼睛、他的目不转睛的执着,都很可爱,又有一点点可怕,还有相当的可悲。我觉得他是一个充满悲剧感的人物。我不知道在那种情况下("文化大革命"当中),我怎样向他传达一点经验、一点"狡狯",帮助他避开他也许不可能完全避开的悲剧性命运。

然后许多年过去了的历程不算太喜,但也谈不上太大的悲。毕竟时代不同了,谁说我们没有进步?他孜孜不倦地进行写作,用年轻人中突然流行起来的一句话说,他似乎活得很累。不同的是他的累不是由于文坛内外的蝇营狗苟、纵横捭阖、劫夺捞取,而只是累于写作、写作、写作……他似乎在事倍功半地写作,虽然像长篇小说《桑那高地的太阳》、中篇小说《白木轭》《啊,野麻花》也都取得了相当的成绩,获得了好评。

后来,在热热闹闹、沸沸扬扬的那几年,陆天明沉默着。文坛似乎有他不多,没他也不少。三年过去了,当新的兴奋或者狼狈激动着一些作家的时候，陆天明抛出了一块大"砖头"，他寒窗三载、辛苦经营的新作力作——《泥日》。

说是力作可不是熟语套话。从《泥日》中我们几乎可以感到、可以看到陆天明的那透过了纸背的力度。那是一种思考的执着——他从来都热衷于进行忧国忧民、忧史忧文、忧斯民更忧人类的整体性思考。那是一种结构的精力，陆天明运了气、发了功，把各种强烈鲜明而又各具异彩的人物，把各种触目惊心、既现实又浪漫的生存状态，把富于反差的、既严峻又迷人的种种自然景观与人文景观，把极有戏剧性但又大致合乎情理而且不落窠臼的故事情节组织在一起。那更是一种创造力、想象力的高扬。陆天明在新疆生活了多年，边疆奇异的风光、特殊的历史、民族与文化的背景当是他构思这部长篇的基础。但陆天明无意去写某个边疆地区某个特定的民族某段历史的事件与事件的历史，这并不一定是陆天明所长。陆天明全力以赴的是创造他小说中的一个边疆世界，一块边疆土地，一群带有传奇色彩、神秘色彩、极尽所能地"陌生化"了的血血肉肉之人。如果说这部书标志着他的文学想象力、小说想象力的一大跃进，是他的创造主体意识的一大弘扬，当非夸张不实。他不拒绝猎奇，毋宁说他很喜欢猎奇。但他的猎奇不是局限于奇风异俗与无巧不成书的惊人之笔，他的猎奇与荒凉的地貌，多变、无情而又雄奇宏伟的气象（天象），与人物的强悍、奋争、热情，与这一切的得不到结果、得不到答案以及与历史的威严与并非完全可解的步伐，和他对人生对人性对个性对国土的思索结合得比较好。这就是说，他的猎奇与严肃的思考追求结合起来了，他的猎奇有着远非一般传奇性作品所具有的广度与深度。《泥日》的传奇性既体现于故事更体现于人物，既体现于场景更体现于艺术氛围，既体现于题材的取舍（其中当不乏对于可读性的考虑）更体现于一种严肃的悲剧性。它不是历史，却充溢着历史感。它未必赞成认命，却流露着俯瞰的悲悯的宿命感。从严格的民族学、社会学的角度看，《泥日》并不（或十分不）可靠，却具备着一种相当理性的认识价值。它是有魅力的，更是有分量的。

我在读《泥日》的时候常常想到边疆，想到祖国，想到那些艰难而强悍地活着的人物，想到人生的辉煌与盲目、绚丽与残酷，想到欲望与情感的价值与无价值……

我更想到陆天明。我好像看到了身穿盔甲手执长矛的堂吉诃德。我好像看到了赤身裸体、气功劈石劈山的河北吴桥（我的故乡一带）壮士。我好像看到了保加利亚的举重选手要求工作人员一次给杠铃增加了十公斤。我好像看到了他两眼中燃起的火光。我知道我无法用轻松如意、用俯拾随心、用舒缓从容、用举重若轻四两拨千斤的一套美学范畴或评文命题来谈论他，虽然我不无这种求全的希望，陆天明就是陆天明。我又想起他的几分"呆"来，不是食书不化，更不是真缺点什么心眼，他这是一种选择，一种如今已经少有了、久违了的虽九死而未悔的郑重。《泥日》的成绩令人肃然起敬，《泥日》的美学理想令人感到崇高和静穆。也许他确实选择了一条事倍功半的路。也许他还远远没有进入化境。但是，当旁人竞逐捷径的时候，他的路不是更值得珍重与理解吗？

1992 年 2 月

《读 书》补

"秀才识字认半边",上小学的时候,老师就这样讲过的。"认词儿"呢?也常常是从词中的一半认起。比如"商榷"一词,在小学、中学上"国文"课的时候从来没有听老师讲过。只是解放以后才在报刊上撞到这个怪文雅的新词眼——不知道这是否说明水深火热的旧社会,人们连生存权都没有保障,也就不会有商榷的雅兴了。对商榷这个陌生的、至少对于我来说代表着一种学术健康发展的新气象新风尚的词儿,我体认的只是其中的商字。商量、商议、商讨,都是好话,估计商榷也含义差不多。果然,商榷,《辞海》上解释为"斟酌、商讨","商榷古今,间以嘲谑,听者忘疲"(《北史·崔孝芬传》)。"剖判庶士,商榷万俗"(左思《吴都赋》)。这么说,商榷是一件好事情。即使只是一知半解地翻翻《辞源》《辞海》,读读典故,也觉神清气爽,气度雍容,给人以开阔、自由、诚恳友善而又潇洒纵横的感觉。那么,榷又是怎么回事呢?《辞源》有关条目注曰:"《广雅》曰:商,度也,榷,粗略也。言商度其粗略。"《辞海》的解释则不同。《辞海》说,商榷的"榷"通慏,而慏(作名词用时)是古代量谷物时划平头斛的用具,或是(作动词用时)校正的意思。反正不论是商量粗略也好,商量校正也好,二者虽有粗细之别,都离不开商量。而商量既普通又必要且可能,谁能遇事读书遇问题永不与人商量呢?人的一辈子实是商商量量的一辈子,学习的过程实是商量或曰商榷的过程。毛主席有言:世界上的事情就是要商量商量。何况学习?学而时商量之、商権之，不亦悦乎！可惜的是成功的商榷商権的记录还不够多。本来可以通过商榷谈论的课题，不知怎么的一个一个搞成了一面倒的大批判，这几年这么倒，过几年又倒到另一面去了，老是商榷不了。真正的商榷呀，我们想念你！

　　商榷的必要性取决于人类认识真理的复杂性、长期性。生也有涯，知也学也无涯，老祖宗早就叹息过了。认识真理不可能一次完成，也不可能一个人一伙人乃至一代人完成。一人一时的认识往往带有局限性片面性阶段性，往往在追求与获得真理的同时夹杂着谬误。为学而不商榷，怎么行呢？通过商榷可以如切如磋、如琢如磨、交流知识、扩充眼界、取长补短、共同提高。商榷不仅对商榷双方或各方有益，更对广大公众有益，给公众提供了更多的信息和选择的可能。智者千虑，必有一失，愚者千虑，必有一得。哪怕是自命智者，也可以与愚者商榷而取其一得。何况何者为智，何者为愚，何者为得，何者为失，本身往往也还需要商榷商榷。《读书》杂志一九九一年第七期编者在"编辑室日志"中特别论述商榷之必要性，主编先生并来信称要"响应号召"强调"与王蒙同志商榷之必要"，良有以也。试想一个刊物，如果它的作者们能够商榷来商榷去，从各个侧面各个角度解惑释疑、存真去伪、多样互补、互相启发、互相激励、敢争善辩、言之成理、诸子百家（少于百家也无妨）、齐鸣共放，那编起来有多红火，读起来有多入胜，写起来有多精神，发行起来有多畅快！猴年伊始，祝《读书》大兴商榷之风！

　　为了真正商榷起来而不是说了半天商榷却无人敢于或无人屑于响应，我们不妨研究研究商榷的必要条件：

　　例如，当一个同志想去商榷一下的话，他希望知道应该去找谁去商榷。有时候，发起商榷者既不用真实姓名，也不用稳定的笔名，而标出一个唯恐你不知其为假的谐音化名。一看这样的署名，你便觉得你在光天化日之下、众目睽睽之下而他身藏迷雾之中、烟幕之下。面对这种化名实为匿名的商榷，人们难免诚惶诚恐，自动没了脾气。

古代即使上了战场，用青龙偃月刀和丈八蛇矛"商榷"起来，也还要通个姓名的。按关云长、岳飞诸将的说法，叫做"刀下不存无名之鬼"。今日的同志式的商榷就更要互相负责，对当代与后代读者负责，对真理负责，对历史负责，光明磊落，便于接受监督评判。亮出姓名，读者才好估量你的论点是否前后一贯，读者和商榷对手才好知道你男乎女乎，老乎少乎，教授乎诗人乎，专家乎票友乎……好分析你的思路何在，特长特短何在；遇到被认为荒谬绝伦的地方，好知道为何您会荒谬绝伦至此；遇到特别精彩的地方，也好更深刻贴切地领会您的妙处好处。知人论世，避免误解苛求，避免牛头不对马嘴，也避免挂一漏万，失之交臂，遗珠成恨。双方都亮出来可以负责的署名，双方也才处于平等的地位。本来嘛，在真理面前人人平等，为真理不怕牺牲，为追求真理、捍卫真理先烈们付出了那么多代价，才赢得了朗朗乾坤、清平世界，如今，追求真理、捍卫真理是最光荣最受尊敬和鼓励的事情，为什么要以保护作者为名对商榷文字的作者的真实姓名讳莫如深呢？对这个问题，我的见解早在一九八五年便在《读书》第一期杂志上著文讲过了。

　　这就扯到下面一个条件了，即商榷各方总应大致平等。小偷和警察互相难以进行商榷，因为小偷躲避警察，警察要抓小偷，双方都形不成商榷的要求与兴趣。教官和学员多数情况下也很难商榷，因为二者是我教你学，我考你试的关系。当然，有些学校特别是高等学校不拒绝以商榷的形式教学，我们也有教学相长的说法。教学相长，这就说明，教学过程中，也不排除学生与教师相互商榷的过程。盖老师充满自信是其一，其二则是用商榷的方式授业解惑有利于培养学生的思考辨别能力，其三是老师无意通过商榷与学生争一日之短长，学生如果某方面胜过了老师，不是更说明老师的巨大成功吗？这里的商榷显然是自信的表现。上级和下级之间的商榷状态也相当微妙，因为有的时候上级确是真诚地希望和下级商量合计，下级应该积极地拾遗补阙、献计献策、知无不言、言无不尽。也有时候工作需要的是服从,是雷厉风行地贯彻执行上级指示,以免贻误战机、变讲效率效益的工作机构为清谈误事的俱乐部。这种时候如果一味商榷,就该干脆炒他的鱿鱼,不可姑息迁就。所以《韩非子》开宗明义,一上来就讲:"不知而言,不智。知而不言,不忠。"又说:"不忠,当死。言而不当,亦当死。"好厉害呀,岂可掉以轻心!拿摩温与包身工,王夫人与晴雯,贾政与贾宝玉都不好商榷,不过这些大约与《读书》杂志提倡的商榷无干。学术商榷之所以不是人们熟悉的政治运动大批判,就在于它不带有那种泰山压顶的威势,不带有那种引蛇出洞的兵法,不做出一种大有来头的样子。即使真的很有来头,如果目的在于商榷以求真理而不在于立即进行行政处理,也还是多摆事实多讲道理为好。早就说过嘛,我们靠实事求是吃饭,靠真理吃饭,而不能装腔作势、借以吓人。这是毛主席讲过的。

再说一点似乎是废话的话。商榷最好是真的商榷,最好不要假商榷之名行批倒批臭打翻在地犹踏脚之实。也就是说商榷最好实行"无诈"原则。商榷,特别是标明"同志式"的商榷,不是用兵,不可不厌诈。商榷厌诈。如果假商榷真打翻,一是影响商榷的声誉,使人们闻商榷便妄自惊扰,越声明"不要紧张"他就越紧张,哪里敢领商榷之情,应商榷之请?这当然也就影响了百家争鸣、繁荣学术。吾人提倡商榷久矣,而常常商榷不好,原因可能在此。另一方面,这样做还影响了真正的对敌斗争、真正的批倒批臭。批不深,讲不透,使读者迷惑,使对方糊涂,弄不好自己也会模模糊糊起来。再弄得时间长了人们从商榷的含义中再也体会不到《辞源》《辞海》上注解的那种优美、善意和潇洒了,再也体会不到那种对于敌顽分子的声讨批判的威严与力度了,岂不混淆了大是大非的界限?试看伟大的鲁迅,他与反动思潮论战的时候,从来没有含糊过,从来没以商榷之名淡化自己的锋芒过。商榷就是商榷,打倒就是打倒,批臭就是批臭,最好不要掺和。

再者,学术性的商榷还是要有一定的常识基础或共识基础。例如讲到诗，我们似乎可以承认诗歌的语言不同于数学、也不同于诉讼状子的语言。诗歌的语言常允许夸张、假代、转意、象征、比喻、联想……例如有人在诗歌里写到"同居""私奔""只有你最可爱""多汁的太阳"等等，写得是否成功有待欣赏评论，完全不欣赏也可以，但总不可闻私奔同居而斥为有伤道德风化，闻最可爱而问："难道比党比祖国还可爱吗？"也不能追究太阳的湿润度。再如讲到小说，起码我们得知道小说人物并不个个代表作者讲话，我们不宜揪住小说人物特别是小说中的反面人物、被嘲弄人物的话，把它当作者的话批评。我在新疆时就碰到过这样的事，把一位老作家的作品中老地主、国民党军官、乌斯曼匪帮的话收到作者的《黑话录》中。遇到这种情况，谁还能与之商榷？

商榷，只能商榷那能够商榷的论题。如果离开了论题，离开了供商榷的文本，转而去谈论那商榷者这个人如何如何，去一味地钻研被商榷者的自身，变商榷为给被商榷者做鉴定，那就不是商榷的任务而是有关人事或安全部门的任务了。搞恋爱、选女婿、选友人都不大需要商榷，因为这些事都不需要太客观，都更着重于整体性的直觉好恶，而不过分依赖材料和逻辑。说"我爱你"或者"拜拜啦您哪"的时候，是不期待商榷的开展的。当然，这话反过来说，就是说，商榷不是搞恋爱也不是择友，不能太主观。

说到商榷的这样那样的条件，当然不是不愿意商榷而是渴望真正的商榷。这就像越是喜欢喝酒的人就越是懂得好酒的条件，越是希望喝到好酒而不是伪劣产品。我不但有欲读书的情结而且有欲商榷的情结。真理是不怕也不拒绝商榷的，怕商榷的不是真理。真理尤其不会假商榷之名行不得商榷之实。商榷是通向真理之路，商榷应该具有通向真理的优美品格：真诚，实事求是，光明正大，负责，客观，全面，不带或少带私心杂念，不自傲，不自夸，不苟同，不看风使舵。商榷有商榷应有的学风和文风，装假是装不出来的。随着学术和文化教育的发展，商榷之风一定能够大大发扬。我对真正的商榷充满渴望,充满信心。我对健康的学术文明充满渴望,充满信心。无数的经验教训已经告诉我们,商榷比不商榷、假商榷要好得多,要经得住考验得多。相信真诚的商榷吧,在商榷中,我们失去的是偏见与阴暗,我们接近的是光明的真理。当然商榷并非万能,也许商榷了半天还是没有让大家都得到真理;但是,拒绝商榷就会离真理更远。从某种意义上说,对商榷的信心就是对真理的信心。对不对呢?

由于《读书》编者谈到了他们刊物上"商榷"的种种特色,引发出一连串感想,是为《〈读书〉补》。所述并非宏论,"补"而已。

1992 年 4 月

参 古 考 今

我结识郑熙亭同志远在一九八四年,那一年我应《无名文学》编辑部的邀请前往我的故乡沧州——南皮一带访问。老郑那时是沧州地区的专员,正等待着调往省里主管宣传文化方面的一些工作。他颇有燕赵男儿之风,虽然已经饱受坎坷,积累了各种经验,却仍然豪爽豁达,敢说敢笑敢表扬敢批评,他没有某些官员的皮笑肉不笑、非东非西、说出话来你怎么理解都成的那股"成熟"劲儿。

熙亭同志是做实际工作的。他具有做实际工作的地方干部的宝贵品格——务实、了解下情、"天生地"反对假大空和形式主义。但另一方面,熙亭的特点在于他好读书、能求解、爱思索、善总结、喜写作,他具有这样一种做学问的文人的品格。他内里颇秀气,肚子里有名堂。因此,他被选择去搞最不易搞的宣传文化。因此他最终并未在"仕途"上有所发扬光大。

不当省文化厅长以后,他告诉我他正在写长篇历史小说《汴京梦断》,写宋神宗时期的王安石变法。我且信又疑:爬格子是个苦差事,历史题材就更麻烦,熙亭抓了一辈子开会汇报简报批转传达典型示范,面对的是河北省的丰富而又贫瘠的土地,他上哪儿"抓"宋神宗、王安石、苏轼去?

三年过去了,他的小说出来了,他是说干就干的而不是放空炮的。他的小说的特点在于他运用他自己的丰富的政治经验、社会经验、生活经验,以今解古,创造性地分析解释琢磨历史人物历史事件历史悲喜剧。其实研究历史学也好，写历史小说也好，做历史评析也好，都是今人运用今天已获得的知识观点材料来照耀探索旧人旧事。问题是今人与今人不同：张三是个书呆子，他心目中的历史便只有各种古籍的摘引传钞考证——当然这样的功夫不可没有。李四是个清谈家，他写出的历史题材的东西就必然是清谈堆积，辩论大全，言过其实，终无大用，议论空疏狂妄，赵括谈兵，夸夸而已。

熙亭的可贵处在于他的理论与实践的结合、马克思主义的唯物史观与中国文化中国国情的结合、济世的愿望和尚不能完全为世所用的经验与对某种不正的世风的合乎分寸的不平之气的结合。他写出的历史小说有了他的个性，他的印记，他的活气、正气和不平之气。也有了古与今，历史与现实的双向启示。

或谓"借古喻今"乎？历史与现实、小说与生活的作用是相互的，正像人们运用今天的经验和知识去探索（不是裁判！）历史一样，读者也可以从历史的回味与描绘中得到理解现实生活的某种程度的启示或参照。启示就是启示，参照就是参照，可能是举一反三，可能是由此及彼，可能是取其一端而本质大异，可能是忆苦思甜悲旧而喜新，也可能是忆荣哀耻有所警戒有所提防，可能离现实很近，也可能很远很曲折，可能有表面的相似点却实质上迥然相异，也可能表面上相反而实质上相通，可能是正面的以古衬今，以今衬古，也可能是反衬。文学的妙处、特别是历史题材的作品的妙处恰恰在这里，供你分析思索，因人而异，因事而异，因时而异，常有不同的新发现新启发，自然也有新驳难。如同读《参考消息》，如何参考，并无死的规定，而且，有会参考的，有不会参考的。有参考得丰富的，有参考得贫乏的。唯独不能把这种古今通变弄成 $A=A'$、$B=B'$ 的一对一的关系，捕风捉影的影射关系，指桑骂槐的妇姑勃豀关系。写小说而这么干，只能是七流以下的小说，只能是作家的穷途末路、作家的堕落。搞评论而这么干，只能是七流以下的评论，只能是评论的穷途末路、评论的堕落，有时还加上不怀好意。读历史小说而这么读，不如去读标语口号传单。写历史小说而这样写,不如去写匿名信、恐吓信、揭帖。

可喜的是郑熙亭同志的小说不是这样的。他的小说给我们的是兴趣、思索,多方面的启发,独到的会心,不泥不妄的解说,而不是简单的比附判断。我祝贺他的成功。

1992 年 6 月

清新・穿透与"永恒的单纯"

　　回顾这十多年来一些作家的创作的历程（哪怕还只能算是一个短短的历程）是一件有趣的事情。当我们读到王安忆的发表在一九九〇年底的《叔叔的故事》的时候，不免会感到她的穿透的眼光、她的几乎是突然老辣起来犀利起来的思想。王安忆的近作越来越致力于挖掘和袒露人与生活的深层潜质，而完全不理会表层的甚至已被公众认同的价值评价。她那样认真地写性，也许会使一些人惶惑，但她追求的是解剖人性和对准人生暗影部分的聚光投射。例如她的小说《米尼》（《芙蓉》一九九〇年第四期），大胆地写了"新一代婊子"即一个暗娼的来龙去脉。与批判现实主义对于处于社会下层的娼妓的同情怜悯的写法不同，也与"扫黄""除六害"要求下革命现实主义地去谴责妓女的堕落与败坏精神文明的或有的要求不同，更与海淫海盗的下流作品不同，又与王朔式的真真假假地蹲下来与主人公一起随波逐流的写法不同，她显示的是一种其实高高在上而又设身处地的揭示的癖好，一种浅入虎穴、深得虎子的兴趣、优越感和通情达理的理解。她不严峻也不宽容，她绝不挑逗也绝不回避，她写一个妓女的时候似乎与写一个当年的"右派"作家（《叔叔的故事》）的时候没有什么两样，她的热情追寻在于认识、叙述、表达的准确性、独立性与深刻性。她倾心于把小说中的人物作为活的真实的存在来拷问来勾勒并适当刻画。她力求真实，却既不重视把人物置放在巨大的社会冲突中、情节中，也不喜欢那种近乎卖弄的精雕细刻、那种细节狂热和感觉狂热的凸出。

她和其他几个作家对于性的涉笔使我们这个古老国家的一些人士不安,《米尼》就被一个编辑部退了稿。其实有另外一种类型的作品,表面上看笔底下尚称干净,但是再干净也掩盖不住他们的玩弄女性心理,他们的轻薄低下的趣味。这其实是更应该受到精神文明的非议的。当然,揭示隐秘、烛照晦暗地把握操持不是不可以讨论的。任何一个可取的点的选配,如果一味就此一点深入下去再深入下去,也不是不可能走向偏执,从揭示热到窥视欲。莫言的描写还带着一种与他心目中的庸众调侃的故意捣乱(非贬义)味道,得乎失乎,也算是甘苦寸心知了。也许另外还应该提到苏童。

然后,让我们回忆一下王安忆当初那些描写班级和少先队的"少作",特别是极获好评的描写朦朦胧胧的爱情萌动的《雨,沙沙沙》吧。清新,善良,含蓄,美好,像一个纯洁的小姑娘。现在,这位小姑娘已经成为操着手术刀的外科主任医师了,好厉害呀! 在我们为这位作家的不停顿地探索、成熟、攀登而赞叹的时候,在我们越来越感觉到作家的认识与发现的劲头的时候,我们不是也会为那清新美好抒情如诗的"少作"迅速成为往事,作家的心田变得日益陌生和隐蔽,而感到些微的惆怅吗?

似乎相当一批作家都是从清新美好起步的呢。个中的原因之一应该说是苏联文学的影响。我至今不能忘怀初读张洁的《从森林里来的孩子》时候的激动。现在的张洁似乎已经羞于谈那段时间的作品了,现在的张洁更带有向恶德与偏见挑战的存心,不管不顾地撕掉假面,入木三分地讽刺揭露,与莫言差不多,而且更毒辣(无贬义)地对庸俗愚昧调侃挖苦,刺得你跳起来才快意。辣手写出了她对人特别是对一些男人的失望、愤激,乃至某种偏执的怒火。她掩饰不住她的一种上了男人的当、上了正人君子的当,也上了自身的"古典"式"生的门脱"(santimental)的"小资产"温情主义当的心情。她急于揭露使她上了当的这一切,恶心它们和剥光它们。在所有这些不无发泄报复意味的恶言恶语后面，细心一点的读者也许会发现张洁式的五十年代的理想主义、张洁式的"森林的孩子"式的乌托邦，不能忘记却又无法不忘记(张洁甚至有意躲避她最初的一批作品的美梦式的憧憬)的(除了婚外恋一点，其实仍是生离死别地老天荒的古典式的)爱情乌托邦。如果笔者的印象不错的话，张洁的最后一篇温馨善良的作品是短短的《雨中》，写一个汽车司机给予倔强与不幸的女主人公的一点同情。此后，张洁的固执的与洁癖的、颇富形而上意味的乌托邦颠覆了，她还没有找到代替或填充这种颠覆的新的激情、幻梦、寄托、平衡。国外的经验同样令她失望，所以她写了尖酸刻薄的《只有一个太阳》，把嘲弄的锋芒直指老外。她不能实现与生活与自身与形而下的现实主义(不是指文艺)的和解与认同。她的嘲弄绝不是王朔式的至少在表面上的随波逐流、狡狯机智、自嘲自慰而又心安理得乃至时而心花怒放，她又学不来中国文人的飘飘然、遁世避世玩世，浮生若梦，难得糊涂。她其实还是不能忘记，而且不仅仅是爱情。她有时转向悲愤癫狂乃至自毁形象的撒野与傻笑。从身心健康的角度衡量，这可能是她的不幸，从作家的创作角度来谈，这反而造就成全了一个与别人不同、也与过去的张洁不同的文学个性，哪怕是不理想的个性也比畏畏缩缩无个性强。她最近当选为美国文学院的名誉院士(中国获此殊荣的过去只有巴金和丁玲)，笔者谨借此机会祝贺，并仍然平庸地希望她跨越这一状态，再来一级跳高或者跳远。

刘心武似乎要平衡得多，虽然在个人境遇方面他不乏挫折。正是在挫折之后他发表了《曹叔》(《钟山》一九九〇年第五期)、《蓝夜叉》(《芙蓉》一九九一年第六期)。他的作品里出现了一种新的调子，一种叫做"平静"的新的特点。这位教师出身的新时期的代表性作家在这两篇作品中总算放松了他的小说中的判断是非、教育别人(非褒非贬)的弦。他告诉我们，人生发生了、还在发生一些这样的和那样的事情，有的令人悲哀，后来也就不悲哀了；有的令人雀跃，后来证明没什么可以雀跃的。不论曾经怎样地咋咋唬唬,"一切都是瞬息/一切都会过去/而那过去了的/就会变成亲切的怀恋"(普希金《假如生活欺骗了你》)。也就是说,当小说成为一种凝聚经验的形式的时候,小说的温度自然而然地会降低到不那么烫手的程度。

刘心武当初是一个主题意识非常强的作家。《爱情的位置》《这里有黄金》《醒来吧,弟弟》《我爱每一片绿叶》,他的一些作品的主题化成了他的一些小说标题。他的主题意识来自他的公民意识,他急于把一些道理告诉他的同胞。主题意识同样强的作家还有张抗抗等。刘心武的主题展示的热情正在让位于亲切的怀恋,平静的追溯,道是无情却有情的叙述。也许可以说,他的主题意识正在让位于经验意识、叙述意识。而经验与经验的叙述要比主题的表白宽阔得多。

刘心武与其他作家不同之处还在于他涉猎的领域。除了小说,近年来他发表了一些散文杂文,谈生活谈学习谈修养,他仍然可以把一些话更直接地告诉读者。他对秦可卿的来历的设想阐释作为解读《红楼梦》一个重要人物的钥匙之一种,已经引起了老红学家周汝昌的重视(见《文汇报》一九九二年四月十二日笔会版),笔者有幸先睹,也连呼快哉妙也。作为一个作家的发展历程,这也有趣。

张承志早期的作品,如《骑手为什么歌唱母亲》(发表于一九七八年的《人民文学》),表现了一种红卫兵(无贬义)的真正的(天真的?)理想主义。有人戏称张承志是最后一个理想主义者(不完全是。——王注),十几年过去了,他坚持着他的理想主义,坚持着他的对于形而下的蔑视与对于形而上的追求。一种精神的饥渴、信仰的饥渴,乃至可以称作迷狂(无贬义)的东西出现在他的作品里,令人肃然又令人惊心动魄。从《绿夜》到《黑骏马》,从《黄泥小屋》到《九十九座宫殿》,从《大坂》到《金牧场》,以及其他一些新作,使我们看到一个执着的精神追求者、一个精神领域的苦行僧、跋涉者、一个由于渴望得太多而痛感着精神匮乏、严肃到了特立独行、与俗鲜谐地步的作家的精神矛盾激化的历程。他的读者越来越不那么多,但影响却不可低估。说实在的,我觉得中国的一批作家(包括笔者)都挺会全面地保养自己,都不那么执着于痛苦,幽默与机智正在成为他们的守无不胜的甲壳,几乎是越年轻的作家生活得就越快活。痛苦这个词儿似乎越来越古典了,即使痛苦的青年作家也要做出蔑视痛苦状来。张辛欣在《在同一个地平线上》里曾经认真地痛苦过,曾几何时,她已经快活得升天入地了。这当然也好。但是至少有两个人例外,巴金和张承志。

现在让我们说到铁凝吧。其实这篇文字的起因是读了铁凝的新作《孕妇和牛》与《笛声悠扬》(《中国作家》一九九二年第二期)。前者描写一个文盲孕妇推己及牛,由于自己怀孕而感同身受地体贴一头名叫"黑"的孕牛的情景,这位孕妇把一个石碑上写的她完全不认识更不解其意的文字照猫画虎地模写下来了,她为她的未来的孩子找到了一块心中的石碑。也许可以很方便地把这篇作品解释为物质生活提高了的农民农妇对文化生活、对普及教育的动人的期冀,"她的孩子必将在与俊秀的字们打交道中成长"。但是我宁愿赞叹作者对一个孕妇、一个未来的母亲、一个女性——母性心里的"热乎乎"的东西的体察和感动。很久以来,我们的一些人几乎忘记了可以这样挖掘人性的特别是刚刚有点好日子过的劳动农妇的美,而不是一味嘲弄她们或者视如蝼蚁虫豸一样地怜悯她们。顺便说一下,把许多字说成"字们",给字加上欧化的复数词尾,这里看似别扭,实生发着一种把孕妇和那头名叫黑的孕牛、把一种充满土气的东西与"洋"沟通起来的特殊效果。虽然她的尝试未必能得到语言学家的首肯。

另一篇叫做《笛声悠扬》,写一对年龄相差十多岁的夫妇,年轻得多的妻企图帮助丈夫抹平心中的一段伤疤,实际却侵犯了丈夫的本不应侵犯的回忆。幸亏这时传来一阵笛声,笛声重新把他们融合在一起。单纯乐天与可怕的记忆融汇,体贴与隔膜共存,过去与现在与未来同在,悠扬的笛声——它包含了土地、人、艺术和"一种单纯的永恒"——的弥补,以及独具想象力的爱情的形式,都使这篇小说颇具魅力。

笔者曾经激赏铁凝的《哦，香雪》。此后这位作家的作品也在由清新走向穿透，由单纯走向复杂，乃至由审美走向审丑。特别是她的长篇小说《玫瑰门》，她那样正视着与书写着人性的恶的方面、残酷的方面，几乎是令人汗毛倒竖。那种把一只猫活活劈成两半的酷刑，甚至比对"姑爸"（一个经历与性格都乖僻的女性）的阴户里插进通条还要令人战栗。与性有关的题目毕竟是一个写得司空见惯的题目，即使像苏童那样写到往阴户里填米的地步，也不过是这个地步罢了。从《哦，香雪》到《没有纽扣的红衬衫》，我们似乎预感了质朴的村姑向大喊大叫地要求着"改革开放"的带几分先锋性的女青年的过渡。而到了《玫瑰门》，铁凝也拷问起她的人物来了。读者注视着铁凝，严肃、沉重而又期待万分。曾经以为"香雪"已经是不可再得的绝响了，但读者和铁凝都长大了，而人是不能不为长大付出代价的。

铁凝毕竟不是王安忆，保定、涞水（她在这里深入生活作县委"领导干部"）也不是上海。即使在那些尖锐沉重的作品里，铁凝似乎仍然更多一点对她的人物的爱心，多一点天真和纯朴，多一点正面的幽默，嘲笑当中仍不乏宽容和厚爱。她更容易被我国的读者接受。她的根并没有离开北方的村镇和小城。上山下乡的先进典型的经验，对于她来说，并不仅是一场悲喜剧。时至今日，她又在新的基础上，更老练，更从容不迫、得心应手地谱写了类似《哦，香雪》的旋律，歌唱人，歌唱大地，歌唱农村，歌唱爱情和母亲。"香雪"又回来了么？人们且惊且喜且疑。"他终于弄清了他何以有今天，那是一切的苦难与这笛声的较量，它们终未敌过一支竖笛那单纯无比的音响，那本是一个少年对生活坚忍不拔的梦幻和渴望。"这是小说里的"猫"的丈夫的心声，也是铁凝自己过去的一批与最近这两篇作品以及铁凝之所以为铁凝的写照，可以称之为并未泯灭的纯朴、赤子之心、古典式的天真、诗情、苏联文学影响（笔者注意到，铁凝远不像其

147

他一些青年作家那样膜拜卡夫卡与加西亚·马尔克斯）。在一些作家热衷于写那些令人烦恼令人不安令人尴尬令人呕吐令人张开大口并拢不上的东西的时候，铁凝的这两篇小说给人以硕果仅存的感觉。除了苏联的艾特玛托夫、舒克申以外，铁凝的两篇新作——不知为什么——还令人想起泰戈尔、屠格涅夫，也令人想起孙犁。孙犁激赏过也恰中要害地批评过铁凝。他本人也是从清晰温馨开始的，近年的笔记小说（多半以"芸斋小说"的名义发表）和札记中则流露出长者和智者参透玄机后的清醒和叹息。他好像常常欲言又止：

"人们啊，你们吵闹什么呀？"

这里顺便说一下，有一种看法认为只有写假恶丑、写无聊、写残忍、写变态、写病态才有现代意识。笔者觉得现代意识的首要特质应该是它的广阔性、丰富性、立体性即非线性。有《一地鸡毛》（刘震云）也有《一潭清水》（张炜），有《烦恼人生》（池莉）也有《现实一种》（余华），有《浮躁》（贾平凹）也有《平凡的世界》（路遥）。许多作家从清新到穿透，从温馨到犀利，从幽雅到恣肆，从单纯到驳杂。也有的作家从分明的臧否到宽容的微笑，从五花八门的绚烂转而寻觅永恒的单纯。有的作家从幽美转向沉重，有的作家从皱眉走向轻松灵动，有的作家从严峻地记录到任性地想象，有的作家从万花筒的震荡回到普通的叙述，有的从长句子到短句子，有的相反。其实，单纯与驳杂，动情与无情，审美与审丑乃至古典与现代都不是绝对的与单一的，也不应该是排他的。即使已经走过了一段历程、穿透了看透了参透了愤怒了或者平静了冷峻了也罢，总也还有许多令人眷恋、令人难舍、令人神迷的东西。谁也"透"不到极乐世界里去，极乐世界如果极乐，就不需要小说。我们无法要求作家停留在哪怕是最佳的起点上。我们无法不为已经大大成长成熟了的作家对永恒的单纯的承认和某种恢复发展而欣慰而五内俱热。也许下一部作品会令我们目瞪口呆，只要（最好不要）不是撒了气的干瘪。也许新的作家、更调皮也更无往而不适应故而刀枪不入的作家正在或早已涌现。也许他们视一切已有的文学为古典过时。如果真是那样,日新月异固然是令人激动的,恢复一点往日的清新和温馨不也是难能可贵的么?趋时和过时之辨对于真正的文学来说,正像对于人生来说一样,其实不那么重要。请注意,类属的判断永远不是足够有价值的价值判断。

1992 年 7 月

人·历史·李香兰

一九九二年四月,我得到了几张日本四季剧团演出的音乐剧《李香兰》的票,我很有兴趣地去了天地大厦。李香兰这个名字我不陌生,小时候我看过她主演的影片《万世流芳》,曾经学唱过她演唱的《卖糖歌》,我依稀记得上初中时老师说到她以汉奸罪被起诉而终于无罪释放的时候所表现的遗憾心情,同学们似乎也是遗憾的。看到一个在占领军卵翼下红里透紫的女星由于"附逆"而被枪决,对于长期处于艰难屈辱境地而毫无改善希望的老百姓来说,可能是一件痛快的、能获得某种心理补偿的事情。

音乐剧的序曲开始演奏了——《夜来香》!我几乎叫了出来!原来《夜来香》是她首唱的。我知道这是一首至今没有开禁的歌,虽然很好听,很多人私下唱它,而且,歌词不反动也不"黄"。是不是因为它是"汉奸"唱过的呢?李香兰于一九四六年二月被当时的国民党政府宣告无罪释放,她恢复了本名山口淑子,婚后随夫姓为大鹰淑子,现任日本参议院议员,一九七八年,她以政治家、友好人士的身份来华访问。一九九二年,在庆祝中日建交二十周年的大题目下,"李香兰"成为我们舞台的主人公,日本前首相竹下登专程到大连参加《李香兰》的首演式,中国的领导人接见了四季剧团的负责人浅利庆太先生。

李香兰的"帽子"没有了,《夜来香》的帽子仍然戴着。谁能说"音符是全世界的共同语言"呢?(引自《李香兰之谜》,以下引文亦出自该书。)

还有《何日君再来》，也说是一首坏歌。这首歌是最早由周璇唱的。看音乐剧时我才知道，李香兰也演唱过这首歌。李香兰在自传中提到："尽管这首歌很受欢迎，但流行的时间不长，后来日文和中文版都禁止出售。"（指被日伪当局禁止。——王注）"理由是任何一首外国的软绵绵的情歌都会使风纪紊乱。"（不仅如此，一九四五年李在上海因演唱这首歌还受到了工部局的传讯，"他们怀疑我唱这首歌是期望重庆政府或共产党政府回来"。）她还提到了另一首《离别的布鲁斯》因被指责为"颓废且挫伤士气的敌国音乐"而被禁。但这首歌深受（日军）士兵的欢迎，当演员应要求演奏这首歌时，军官就假装有事离开会场，她自己也流着泪在一边悄悄欣赏。

有趣。不难理解。

音乐剧似乎企图表现李香兰是一个历史的牺牲者，她本人单纯善良，希望日中友好，但被利用愚弄成为日本侵华政策的工具，受到中国人民的仇恨，几乎被杀。音乐剧表现了日本军国主义的对华侵略和屠杀中国人民，也表现了中国人民的仇日抗日情绪，音乐剧凸现了一九四五年日本投降后日本人处境恐怖悲惨，中国人要求惩戒汉奸的情绪之激昂严厉（似乎用了许多表现"斗争会"的音乐舞蹈场面）。音乐剧既承认这些人（包括川岛芳子，"她"是全剧的一个贯穿解说人物）的罪有应得，又表达了他们都是历史的牺牲品，有其极为盲目与可怜悯的一面。

这种处理与角度当然与中国人不同。哪怕是对日本怀有最友好感情与观点的中国人和对华极友好极进步的日本友人，回顾与解释那一段历史、那时的一些人和事的时候特别是表达自己的情感的时候，也会大相径庭。这倒是过去没有认真想过的。

无独有偶。同年五月，我在广东偶然收看了香港一家英文电视台播放的电影《丽莉·玛莲》。丽莉是德国血统的一个歌女，自幼生活在异国并与异国的一位绅士相爱，二次大战中该国为抵制纳粹不准德国血统的人入境，使丽莉有家归不得，只好回德国。她演唱的一首看来也是"离别布鲁斯"式的伤感的歌曲深受前线德军士兵的欢迎，她也被捧到极高的位置，曾被希特勒接见。她利用她的地位掩护帮助了抵抗运动的参加者，内中包括她原来的情人。为此，她被盖世太保逮捕，只是迫于各方的压力和考虑到宣传效果，才没有杀她。到一九四五年，轴心国失败，丽莉反而成为一个无家可归的、曾被两方面利用，又受到两方面的猜疑和不满的孤儿。

情节复述得不一定准确。然而，她确实又是一个李香兰！西方李香兰。

按我们的观点，抗日斗争、爱国者与汉奸之争是最无争议的。左、中、右、国、共，许多意见都是一致的。山口淑子可以无罪释放。大鹰淑子可以待如上宾。李香兰则只应彻底埋葬。侵略者，狗强盗，伪满，《支那之夜》与《白兰之歌》……还有什么可说的？

我的一位朋友看了《李香兰》之后曾表示不理解和气愤，"把李香兰、川岛芳子之类的僵尸挖出来，弄到我们的舞台上又唱又跳，对于正确地理解中日关系历史，究竟有什么意义？"他质问道。他说他给"上边"写了意见书。

我得到了译者陈喜儒先生赠送的李香兰与一位作家合写的她的自传《李香兰之谜》（以下简称"自传"）。我饶有兴趣地读起了它，我发现它的内容十分丰富，大大超出了预料。

"一个被时代、被一种虚妄的政策所愚弄的人，如果噩梦醒来后，能够有机会对当时的作为反思，或者加以说明解释，也是幸福的。"她为伪满"宫廷挂"兼关东军参谋长吉岗中将说的这些话，也可以作为她对于自己的自传的说明。

一九四一年，李香兰在东京日本剧场举行个人演唱会，排队买票的人绕剧场三周，发生了混乱。音乐剧也表现了此事。这样，李香兰在日本也大红大紫了起来。这时，她收到了发自当时的外交大臣松岗洋右的长子松岗谦一郎的来信。信上说：

人的价值……不能用……有无名气来测量。人的价值并不表现在人的表面……

你应该珍重自己。现在是个人价值被愚弄的时代……你必须……更加尊重自己,否则只能被国家时局摆布……希望你永远自珍自爱。

这话就很耐人寻味了。在日本历史黑暗的一个时期,战后被定为战犯的松岗外相之子,给一个冒充中国人(或满洲人)为日本的远东政策效力的女明星这样写信。这既让人感受到了自由主义的力量也感受到自由主义的软弱。作为一种抵制,它不会绝种——也不会成事。

"自传"还披露,一些有进步倾向的日本艺术家由于战时无法在本国搞艺术,就跑到"满洲"或上海来,钻点空子,搞点有艺术价值的电影。她提到了"纪实性艺术片"《黄河》与俄罗斯风格的音乐片《我的黄莺》。她说她因参加拍摄后者而被苏、日两国的间谍跟踪调查。她回忆后者的导演岛津说:"日本肯定战败,但正因为战败,所以更要留下好的艺术电影。当美军占领日本时……证明日本不只是拍了战争影片,也拍了不亚于欧美名片的优秀的艺术影片……"

乍一读,似觉匪夷所思。再一想,那种环境和气氛下,完全可能。

一个国家走向军国主义,侵略屠杀,不等于这个国家变成了铁板一块。还会有松岗谦一郎那样的个人主义者与(自称是)无政府主义者,还会有岛津这样的企图证明自己能够跻身欧美艺术家之列的人。他们没有去反战反军国主义。他们想得可能天真呆气,他们做的可能事与愿违,我们可以方便地批评他们基本立场没有转到被压迫被侵略的人民一边。但他们的表现是很自然的,不难理解的。他们毕竟是日本人,而且"奉公守法"。他们无意更无力站到当时日本军国主义当局的对立面去。但他们自己不是军国主义分子。

颜色并非仅有黑白两种,即使在阵营如此分明的第二次世界大战中。

连李香兰也问:"在那样紧张的时局中,为什么要拍这样的……欧洲音乐叙事诗呢?……未免太脱离现实了……"

任何现实中,都有脱离者。

由同一个机构在上海拍的电影还有《木兰从军》与《万世流芳》。按李香兰的说法,对这两部电影可以有不同的解释,就是说,它们完全可以被中国观众从爱国抗敌——抗日的角度去理解。她说这是中日双方都能接受的电影,甚至说《万世流芳》被重庆也被延安所接受。我不知道这是否符合事实。但即使在最反动的日本军国主义这一边,他们全面严厉控制艺术,使艺术成为他们的宣传工具是事实,艺术不可能完全成为军国主义的宣传工具也是事实。作者还提到当时代表日方在上海负责电影工作的川喜多长政,他担任这一工作是以日本军部不要干预他的工作为条件的。"自传"还说,由于川喜多拒绝拍"宣传教育片",曾传说有人要暗杀他,而川喜多的父亲就是因为过分亲华而被日方暗杀掉的。"自传"还提到主演《木兰从军》的陈云裳的抗日情绪,她开始拒绝、终被强迫给日本军舰的司令官献花的事。为此事,陈哭了一整天,"同时,抗议电话和恐吓信也纷至沓来。"不可能每个人都做梅兰芳。陈云裳如果不在那个时期演电影,那么至今不会有人知道她是谁。在占领区走红,确实危险极了也困难极了。看了不免为之叹息。

看一看抗日战争中敌方的政治与艺术、侵略军与艺术从业者的关系,令人喟叹。那时的侵略者日本方面,自然把夺取战争胜利、贯彻他们的国策即他们的政治路线摆在压倒一切压杀一切的位置上。生活的一切角落,包括个人的私生活,无不笼罩着战争的阴影、军国主义的阴影、侵略魔爪的阴影。但这些阴影终于不能取代有血有肉的人的全部生活。而我们不能不承认,即使在敌占区,在敌伪机构中,在侵略阵营内部,仍然有着千千万万的活人,千千万万的活人的千姿百态、千奇百怪的生活。这些人并非个个都是战犯,并非个个自己选择了接受占领、接受占领当局。他们在占领当局许可的范围之内,有时候合作、有时候不合作地过自己的日子乃至追求自己的事业。"敌伪"这一边的人,并非个个都是杨靖宇、赵一曼,也非个个都是汪精卫、周佛海。

除了艺术,还有友谊。李香兰与先以俄侨后以苏联外交代表机构工作人员出现的俄罗斯姑娘的柳芭的友谊神秘而又真诚。日本当局曾想利用这一点开展对苏工作,苏方是否也有自己的目的,这里不得而知。但她们之间毕竟有一种超越国界和意识形态分野的友谊,这是事实。"自传"写了她与柳芭"并不知道这些政治手腕"。最后柳芭对李还有救命之恩,是她弄来了李属于日本籍的户籍证明,才免去了李的汉奸罪。"自传"还叙述了李香兰与日本普罗电影同盟委员长岩崎昶的友谊。"自传"明确地说道:"岩崎认为意识形态是意识形态,友情是友情。""自传"写到李与周璇的互相爱慕、一起切磋歌艺。"自传"还写到她与充任过她的保镖的男青年儿玉的友谊,都有动人之处。当然,政治在利用友情,却也不妨说,友情同样在利用政治。有了政治的需要与允许的大旗,人们获得了一些(当然是有限的)交往自己所喜欢的交往者的可能性。他们甚至可以在那种严酷可怖的境遇下相濡以沫。

即使在直接行使侵略的"敌伪"机体内,事情仍然是复杂的。"自传"写到了一些日本高官、军人、特务、占领区的文化官员(实际上应是到中国来搞攻心战的)。他们当中也有类似鹰派与鸽派之分。例如她写到山家亨这个日本报道部的官员、川岛芳子的最早的情夫。他是个中国通,十分糜烂,但他并不欣赏日军在中国一味屠杀的做法。在他家举行的招待会上,"话剧界有许多激进人物参加","话题也多是抗日、排日的内容"。山家亨甚至说过:"中国人对那些操着生硬的军人语言的日本人多么讨厌……没有一个人相信军部所说的'日满亲善''日华亲善'。我也越来越讨厌日本人。"

后来山家在一九四三年被召回日本,由军事法庭宣判他监禁十年。战后他逃出监狱,但也担心被当做战犯审判。他也是一个两边都不见容的人,当然更多的还是侵略者那一面。

甚至连臭名昭著的川岛芳子也曾把"批判日本军队在中国的行为的文件送给东条英机",为此,她几乎被日军方面杀掉……

对这些人和事,我们可以立场鲜明而又简单地骂一句"狗咬狗"了事,但是这种简明处理法未必有助于我们更深刻地了解人、了解历史、了解人生。

侵略者有没有悲剧感和悲剧意识?恐怕确实有,而且很强烈。我们当然难以设身处地地去同情他们,我们只承认他们演出了一场丑剧、闹剧。音乐剧《李香兰》与《李香兰之谜》蚀骨地抒发了侵略者战争受害者特别是战败者的悲哀。她"觉得日本可怜,日本人可怜",这是当然的。她的心、她的立场当然与我们不同。我们觉得一九四五年"八一五"日本无条件投降是天公地道,日本战败是罪有应得。觉得日本罪有应得的人了解一下体会一下战败者的悲哀心境,恐怕未必是多余的。

包括对川岛芳子,"自传"也认为那个坏女人("自传"的叙述是完全否定川岛的为人的)的一生是一个悲剧。

是不是悲剧?从政治角度来看,我们不承认她的一生是悲剧。但是从人生的角度、从历史与人的关系的角度,在对其人其事已经彻底处置完毕近半个世纪以后,我们不免体会到不是川岛这个坏女人的、这个间谍的而是普遍的人生的悲剧性。人的自由选择实际是有限的。人常常是在不由自主的情况下,不了解前因后果的条件下被历史放置在一次性的选择机会的难点上的。

历史常常使人变得尴尬,使人感到一种撕裂身心的痛苦。例如"自传"写到李香兰在一九三七年前以中国人的身份在北京上学时无意参加的一次抗日集会的情况。同学们都和她要好,没有人知道她是日本人。每个人都表态"假如日本军队侵入北京,诸位怎么办"?李不知怎样说好。她说"我,站在北京的城墙上"。接着,她写道:"我只能这样说。"双方的子弹"都能打中我,我可能第一个死去。

我本能地想,这是我的最好的出路"。这一段写得相当动人。

"自传"还写到她第一次回祖国——在日本因穿中国服装和说中文而受到日本警察的痛斥的情景。她没有隐瞒当时日本军国主义分子对于中国人民的蔑视与敌视。当然,传主完全可能强调和渲染了历史的专制与残酷,个人的无能为力、自相矛盾与无比痛苦,她宁愿多体会这一面。

西方一些人很看重历史愚弄人折磨人这一思想。当然,这很像是失败者而不是胜利者的结论。例如意大利著名导演贝尔杜鲁契与我国合拍的电影《末代皇帝》就表现了这一悲天悯人或者更准确一点说是悲己悯己的主题。电影处处表现了贝尔杜鲁契对末代皇帝的怜悯乃至同情,爱新觉罗·溥仪成为皇帝、成为花花公子、成为伪满皇帝与日本傀儡、成为战犯、成为普通人,哪一次是他的个人意愿起了主导作用的呢?一九八八年我访英时曾经在一次午宴上谈起这个问题,英国第一任驻新中国的大使(似乎中文名字是姓柯,我记不清了)为我的理解而向我表示敬意和祝酒。

当然,我希望这一段话不会成为坏人的借口。正因为如此,历史是这样无情地捉弄着利用着装扮着人,人更应该自重和慎自抉择。人不应该随波逐流,老是走阻力最小的路。

李香兰的经历是独特的。山口淑子生于中国,并认了两个上层人物做义父,并且具有两个随义父的姓的中国名字:李香兰与潘淑华。她经柳芭帮助从一位白俄的意籍妻子那里学习声乐。后来她成了日本人一手制造的伪中国演员,拍摄宣传日本的远东政策的影片,慰问日军,成为日本方面所需要的伪满、中国的对日亲善使者。对于这些,"自传"颇多反省与批判。她写道:"中国人不知道我是日本人,我欺骗了中国人。一种罪恶感缠绕着我的心,仿佛走进了一条死胡同,陷入了绝境。"日本有人——例如一些报纸试图并已经揭示了她的真实身份。她自己也几次下决心公布自己是日本人的事实,但都没有认真做成。"自传"对此没有做出分析,然而,窃以为这很明白，日本当局需要李香兰，制造并利用了李香兰。"李香兰之谜"只有在中国的军事法庭上才能揭开。

"自传"里还写了许多她对中国的回忆和对中国的感情。由于从小生活在中国，她的语言表达经常是"要去日本了""要回中国了"，可以相信，这是真实的。"自传"还提到了那一段时期在日本的（中国）大陆热。这似乎是一种侵略和占领的热情，但又不能排除一些日本人热爱中国文化与中国的山川大地的可能性。爱也可以与侵略联系在一起。人们可能以爱的名义进行侵略，这是令人叹惜的。

历史只有一个。不同的人的心目中却有不同的、至少是不尽相同的历史，于是就有了许多个版本的历史了。甚至一个人也可以有几个版本的历史，山口淑子、潘淑华（中学时代的她）、李香兰与大鹰淑子，对那一段无法抹去的历史的感受是颇不相同的。知道一点历史的不同版本，似乎比只知道一个版本更能了解人、了解生活、了解历史。关于中日关系的那一段回忆，并不因为它的"不幸""不愉快"而成为乌有。正视历史也像正视现实，需要勇气也需要眼光。《李香兰之谜》可不是一般的影星歌星的"秘史"。

1992 年 11 月

精神侏儒的几个小镜头

世界上不仅有黑白两种颜色，也不仅有李玉和阿庆嫂类的人物与鸠山队长刁德一式的人物之争。当阶级斗争的高温降下，你死我活的形态淡解，选择的严峻性、迫切性与豪赌性日益衰减以后，特别是在一个又一个、一批又一批眼大心大、一心做大人物的人在历史的急流中遭到灭顶之灾以后，一些小头小脸、小手小脚、小打小闹、小心眼小聪明的人物会拥到前台来，风云际会一时，捞点小便宜小外快，搞点小阴谋小两面派，无大恶大害，似小丑小儿（科），可笑可叹，可恼可耻，不堪入目，蔚为小观。

这就是我读了刘心武的新作长篇小说《风过耳》的感想。精神的侏儒化是他的这部小说中一批人物的特点。几十年来我们批判个人英雄主义、批判个人野心（家）、批判"三名三高"、批判"反动权威""坏头头"直到批判"精英"，但我们很少注意到另一方面的现象：一些见风转舵、奴颜婢膝、厚颜无耻、不学无术的精神侏儒反而成了不倒翁，成了大难不死的幸存者乃至节节胜利的成功者。

书中的宫自悦似曾相识。他高高兴兴，跑跑颠颠，拉拉扯扯，身为一个单位的"第五把手"却能把唯一的一辆小汽车指挥得围着他、为他而团团转。他从早到晚地出席各种与他的业务任务毫不相干的会议并拉上别人出席会议，他一个晚上能出席三个宴会。他的名片竟然贴在了汽车大梁上，以致被偷窃的汽车是根据这张名片才找到失主的。颠倒一下主宾位置，说成汽车贴在名片上，更绝。他十分敏锐，这儿的遗产问题，那儿的著作权问题，又一个地方的"回忆录"，都有他的份儿，都有他插手，他都要捞一把。他是我们的会议生活特别是公费宴请造就出来的一个开会吃饭的油子，一位老手，一个活宝贝；而通过开会吃饭他正在成功地"拔份儿"，提高着自己的社会地位乃至学术地位。不能否认，他的嘴勤腿勤，牵线搭桥，也起着不可或缺的作用。但他的两面三刀，左右逢源，欺上蒙下，信口雌黄的掮客风采确实又是对社会风气、学术风气、文坛风气的一种进一步的败坏。他肯定还会胜利下去、存在下去、吃喝下去与飘飘然匆匆然地奔走下去的，但是我们至少可以为他们把把脉，画画像，摇摇头，叹叹气——再付之一笑。

匡二秋的投机性与贪婪性则比宫自悦淋漓尽致得多。在"文化大革命"中，他反复无常，像一个被乱石打蒙了的癞狗，既凶恶又怯懦，今天依靠这个主子狂咬另一个，明天就可以投靠被咬的一个反噬自己的主人。最妙的是他一面整人（直至把人整死）一面又要抓住机会向挨整的人送秋波而把整人的责任全部推给自己的上司。他似乎患有一种先天不足、后天失调、难得一饱的饥饿后遗症或饕餮症，张着个大嘴巴要把一切好处巨细无遗地吸到自己的肚子里。他拐着弯找到了一个海外关系，又生拉硬扯地宣传制造一个爱国典型，眼睛却盯着这位"赖四舅"送给他的礼物——一台电脑及其他。一面是大旗，一面是实利，大旗与实利相结合，为实利而披旗，这倒是转型期的我们的生活的一种产物，一种富有当代性的现象。他们的一只手从革命传统革命理论革命宣传中接过口号、词句、形式与大旗，另一只手从商品经济、从市场、从改革开放中捞取油水。大旗不怕辉煌，油水不怕足实，口号喊着叫着，好处搂着把着。他们与五六十年代或更早的年代的苦行僧式的革命干部完全不同，他们已经没有任何的真诚和操守，他们活着的支柱只剩下两样东西，第一是虚伪，说假话绝不脸红，第二是自私，有利就干，大利大干，小利小干。他们以虚伪装扮自私，以自私充实虚伪。他们实在是对我们的社会主义道德与政治理想的莫大腐蚀,莫大讽刺。

等而下之的还有有奶便是娘、卸磨便杀驴的鲍管谊,他蝇营狗苟,雁过拔毛,趋炎附势,翻脸不认人。人情冷暖,世态炎凉,这种小人古今中外都不乏同类,写出来本不足奇,引人注目之处与其说是这个鲍管谊,不如说是那位被鲍管谊欺骗、坑害、背弃、冷淡过的薄志虔。这实在是五十年代的生活与教育培养出来的一位理想主义者、道德家、书呆子,却又是一位十足的软趴趴的人物、另一种形态的可爱(甚至还有几分可敬)可怜的精神侏儒。他始终忠于与鲍管谊的往日友情,尽管明知道鲍管谊对社会对别人以及对他和他的一家做了许多下贱坏事,但只要鲍管谊(包括他的那位既未完全丧失良知却毕竟站在夫君一边的太太)一登门求助,说上几句好听的话,他就抹不开面子,他就忘记了自己本来要警告斥责鲍管谊的义正词严的语言,他就原谅了接纳了一切,他就——干脆可以说是乖乖地就范。这个人物相对来说有一定的深度,不少人(包括鄙人)大概可以从中照见自己的影子。

这其实提出了一个相当严肃的问题,我们的伟大国家的知识分子到底应该是什么样子的?要谦虚谨慎、戒骄戒躁、夹起尾巴做人、向工农兵学习、老老实实地接受工人阶级的领导与改造、做螺丝钉……这些要求可能都是有道理或者曾经有道理的;但仅仅这样还不那么够,他们至少还应该奋发有为,勇敢进取,是非分明,堂堂正正,顶天立地。如果没有后一方面的价值观念而只片面地讲前一部分要求,很可能培养出来的不是雷锋,不是华罗庚、钱学森,更不是鲁迅;而是一拨鼠头鼠脑、探头探脑、贼头贼脑、一等诡诈、二等智商、三等学问、等外人格的宫自悦、匡二秋、鲍管谊之流。这是值得人们深思的。

当然小说还写了许多其他人物,包括欧阳巴莎、简珍简莹母女、陈新梦及其兄嫂、司机小万、失足青年瑞宾等,但似乎没有上述几个人物亲切。作为一部反映与写作时间同步的当代生活的作品,作者写得巧妙却也不无匆忙。他俯拾即是地写了一些小事小镜头，他剥下了一些人的面具，颇开了他们几个玩笑。以中国之大之古老，又经过了那么多风暴风雨，进入了这么一个改革转型的时期，在我们的大树深林之中出现几个这样的灰溜溜的"鸟人"，确实不足为奇。虽然有人对只提"扫黄"觉得不过瘾，觉得耿耿于怀，自作主张地还要搞什么扫黑（据说"黑"是丑化社会主义）扫白（"白"是美化资本主义）一直到扫灰（"灰"是指消沉颓废吧），我们的生活我们的文学作品还是会丰富多彩地进行下去。睥睨一下灰色的精神侏儒，呼唤一下精神的力量与尊严，给我们自己与那些与我们抬头不见低头见的人照照镜子，这部小说还是有些意义、有些趣味、有些幽默的。

1992 年 12 月

躲 避 崇 高

　　"五四"以来,我们的作家虽然屡有可怕的分歧与斗争,但在几个基本点上其实常常是一致的。他们中有许多人有一种救国救民、教育读者的责任感:或启蒙,或疗救,或团结人民鼓舞人民打击敌人声讨敌人,或歌颂光明,或暴露黑暗,或呼唤英雄,或鞭挞丑类……他们实际上确认自己的知识、审美品质、道德力量、精神境界——更不要说是政治的自觉了——是高于一般读者的。他们的任务他们的使命是把读者也拉到推到煽动说服到同样高的境界中来。如果他们承认自己的境界也时有不高,有一种讲法是至少在运笔的瞬间要"升华"到高境界来。写作的过程是一个升华的过程,阅读的过程是一个被提高的过程,据说是这样。所以作品比作者更比读者更真、更善、更美。作品体现着一种社会的道德的与审美的理想,体现着一种渴望理想与批判现实的激情。或者认为理想已经实现,现实即是理想,那就是赞美新的现实今天的现实与批判旧的现实昨天的现实的激情。作品有着一种光辉,要用自己的作品照亮人间,那是作者的深思与人格力量,也是时代的"制高点"所发射出来的光辉。有一分热,发一分光;吃的是草,挤出来的是牛奶;做灵魂的工程师(而不是灵魂的蛀虫);点燃自己的心,照亮前进道路上的黑暗与荆棘……这些话我们不但耳熟能详也身体力行。尽管对于什么是真善美什么是假恶丑我们的作家意见未必一致,甚至可以为之争得头破血流直至你死我活,但都自以为是,努力做到一种先行者、殉道者的悲壮与执着，教师的循循善诱，思想家的深沉与睿智，艺术家的敏锐与特立独行，匠人的精益求精与严格要求。在读者当中，他们实际上选择了先知先觉的"精英"（无近年来的政治附加含义）形象，高出读者一头的形象。当然也有许多人努了半天力做不到这一点，那么他们牵强地、装模作样地，乃至作伪地也摆出了这样的架势。

当然，在老一辈的作家当中也有一些温柔的叙述者，平和的见证者，优雅的观赏者。比如沈从文，周作人，林语堂乃至部分的谢冰心。但他们至少也相当有意识地强调着自己的文人的趣味、雅致、温馨、教养和洁净；哪怕不是志士与先锋直到精美的文学，至少也是绅士与淑女的文学。

我们大概没有想到，完全可能有另外的样子的作家和文学。比如说，绝对不自以为比读者高明（真诚、智慧、觉悟、爱心……）而且大体上并不相信世界上有什么太高明之物的作家和作品；不打算提出什么问题更不打算回答什么问题的文学；不写工农兵也不写干部、知识分子，不写革命者也不写反革命，不写任何有意义的历史角色的文学——即几乎是不把人物当做历史的人社会的人的文学；不歌颂真善美也不鞭挞假恶丑乃至不大承认真善美与假恶丑的区别的文学；不准备也不许诺献给读者什么东西的文学；不"进步"也不"反动"，不高尚也不躲避下流，不红不白不黑不黄也不算多么灰的文学；不承载什么有分量的东西的（我曾经称之为"失重"）文学……

然而这样的文学出现了，而且受到热烈的欢迎。这几年，在纯文学作品发行销售相当疲软的时刻，一个年轻人的名字越来越"火"了起来。对于我们这些天降或自降大任的作家来说，他实在是一个顽童。他的名言"过去作家中有许多流氓，现在的流氓中则有许多是作家"（大意）广为流传。他的另一句名言"青春好像一条河，流着流着成了浑汤子"，头半句似乎有点文雅，后半句却毫不客气地揶揄了"青春常在""青春万岁"的浪漫与自恋。当他的一个人物津津有味地表白自己"像我这样诡计多端的人……"的时候，他完全消解了

"诡计多端"四个字的贬义，而更像是一种自我卖弄和咀嚼。而当他的另一个人物问自己"是不是有点悲壮"的时候，这里的悲壮不再具有褒义，它实在是一个谑而不虐或谑而近虐（对那些时时摆出一副悲壮面孔的人来说）的笑话。他拼命躲避庄严、神圣、伟大，也躲避他认为的酸溜溜的爱呀伤感呀什么的。他的小说的题目《玩的就是心跳》《千万别把我当人》《过把瘾就死》《顽主》《我是你爸爸》以及电视剧题目《爱你没商量》在悲壮的作家们的眼光里实在像是小流氓小痞子的语言，与文学的崇高性实在不搭界。与主旋律不搭界，与任何一篇社论不搭界。他的第一人称的主人公与其朋友、哥们儿经常说谎，常有婚外的性关系，没有任何积极干社会主义的表现，而且常常牵连到一些犯罪或准犯罪案件中，受到警察、派出所、街道治安组织直到单位领导的怀疑审查，并且满嘴俚语、粗话、小流氓的"行话"直到脏话。（当然，他们也没有有意地干过任何反党反社会主义或严重违法乱纪的事。）他指出"每个行当的人都有神化自己的本能冲动"，他宣称"其实一个元帅不过是一群平庸的士兵的平庸的头儿"，他明确地说："我一向反感信念过于执着的人。"

当然，他就是王朔。他不过三十三四岁，他一九七八年才开始发表第一篇小说，他的许多作品被改编为电影、电视剧，他参加并领衔编剧的《编辑部的故事》大获成功。许多书店也包括书摊上摆着他的作品，经营书刊的摊贩把写有他的名字的招贴悬挂起来，引人注目，招揽顾客。而且——这一点并非不重要，没有哪个单位给他发工资和提供医疗直至丧葬服务，我们的各级作家协会或文工团剧团的专业作家队伍中没有他的名字，对于我们的仍然是很可爱的铁饭碗铁交椅体制来说，他是一个零。一面是群众以及某些传播媒介的自发的对他的宣传，一面是时而传出对王朔及王朔现象的批判已经列入大批判选题规划、某占有权威地位的报刊规定不准在版面上出现他的名字、某杂志被指示不可发表他的作品的消息，一些不断地对新时期的文学进行惊人的反思、发出严正的警告、声称要给文艺这个重灾区救灾的自以为是掌舵掌盘的人士面对小小的火火的王朔，夸也不是批也不是，轻也不是重也不是，盯着他不是闭上眼也不是，颇显出了几分尴尬。

这本身，已经显示了王朔的作用与意义了。

在王朔的初期的一些作品中，确实流露着一种玩世不恭的态度。他的第一部长篇小说《玩的就是心跳》的主人公，甚至对什么是已经发生或确实发生的，什么是仅仅在幻想中出现而不曾发生的也分不清了。对于他来说，人生的实在性已经是可疑的了，遑论文学？已经有人著文批评王朔故作潇洒了。因为他更多地喜欢用一种满不在乎绝不认真的口气谈论自己的创作："玩一部长篇""哄读者笑笑""骗几滴眼泪"之类。"玩"当然不是一个很科学很准确更不是一个很有全面概括力的字眼。王朔等一些人有意识地与那种"高于生活"的文学、教师和志士的文学或者绅士与淑女的文学拉开距离，他们反感于那种随着风向改变、一忽儿这样一忽儿那样的咋咋唬唬，哭哭啼啼，装腔作势，危言耸听。他不相信那些一忽儿这样说一忽儿那样说的高调大话。他厌恶激情、狂热、执着、悲愤的装神弄鬼。他的一个人物说：

> 我一点也不感动……类似的话我……听过不下一千遍……有一百次到两百次被感动过。这就像一个只会从空箱子往外掏鸭子的魔术师……不能回回都对他表示惊奇……过分的吹捧和寄予厚望……有强迫一个体弱的人挑重担子的嫌疑……造就一大批野心家和自大狂。(《动物凶猛》)

他和他的伙伴们的"玩文学"，恰恰是对横眉立目、高踞人上的救世文学的一种反动。他们恰似一个班上的不受老师待见的一些淘气的孩子。他们颇多智商，颇少调理，小小年纪把各种崇高的把戏看得很透很透。他们不想和老师的苦口婆心而又千篇一律、指手画脚的教育搭界。他们不想驱逐老师或从事任何与老师认真作对的行动,因为他们明白,换一个老师大致上也是一丘之貉。他们没有能力以更丰富的学识或更雄辩的语言去战胜老师,他们唯一的和平而又锐利的武器便是起哄,说一些尖酸刻薄或者边应付边耍笑的话,略有刺激,嘴头满足,维持大面,皆大欢喜。他们维妙维肖地模仿着老师亵渎着师道的尊严,他们故意犯规说一些刺话做一些小动作,他们的聪明已先洞悉老师的弱点,他们不断地用真真假假的招子欺骗老师使老师入套,然后他们挤挤眼,哄大家笑笑,并在被老师发现和训斥的时候坚持自己除了玩、逗笑外是这样善良和纯洁,决无别的居心目的。他们显然得意于自己的成功。他们不满意乃至同样以嘲笑的口吻谈论那些认真地批评老师的人,在他们看来,那些人无非要取代现有的老师的位置,换一些词句,继续高高在上地对他们进行差不多同样的耳提面命的教育。他们差不多是同样的冥顽不灵与自以为是。他的一个人物说,既然人人都自以为是,和平相处的唯一途径便是互相欺骗。

是的,亵渎神圣是他们常用的一招。所以要讲什么"玩文学",正是要捅破文学的时时绷得紧紧的外皮。他的一个人物把一起搓麻将牌说成过"组织生活",还说什么"本党的宗旨一贯是……你是本党党员本党就将你开除出去,你不是……就将你发展进来——反正不能让你闲着。"(《玩的就是心跳》)这种大胆妄言和厚颜无耻几乎令人拍案:"是可忍孰不可忍?"但是我们必须公正地说,首先是生活亵渎了神圣,比如江青和林彪摆出了多么神圣的样子演出了多么拙劣和倒胃口的闹剧。我们的政治运动一次又一次地与多么神圣的东西——主义、忠诚、党籍、称号直到生命——开了玩笑……是他们先残酷地"玩"了起来的!其次才有王朔。

多几个王朔也许能少几个高喊着"捍卫江青同志"去杀人与被杀的红卫兵。王朔的玩世言论尤其是红卫兵精神与样板戏精神的反动。陈建功早已提出"不要装孙子"(其实是装爸爸),王安忆也早已在创作中回避开价值判断的难题。然后王朔自然也是应运而生,他撕破了一些伪崇高的假面。

而且他的语言鲜活上口,绝对的大白话,绝对的没有洋八股党八股与书生气。他的思想感情相当平民化,既不杨子荣也不座山雕,他与他的读者完全拉平,他不但不在读者面前升华,毋宁说,他见了读者有意识地弯下腰或屈腿下蹲,一副与"下层"的人贴得近近的样子。读他的作品你觉得轻松得如同吸一口香烟或者玩一圈麻将牌,没有营养,不十分符合卫生的原则与上级的号召,谈不上感动……但也多少满足了一下自己的个人兴趣,甚至多少尝到了一下触犯规矩与调皮的快乐,不再活得那么傻,那么累。

他不像有多少学问,但智商满高,十分机智,敢砍敢抡,而又适当搂着——不往枪口上碰。他写了许多小人物的艰难困苦,却又都嘻嘻哈哈,鬼精鬼灵,自得其乐,基本上还是良民。他开了一些大话空话的玩笑,但他基本不写任何大人物(哪怕是一个团支部书记或者处长),或者写了也是他们的哥们儿他们的朋友,绝无任何不敬非礼。他把各种语言——严肃的与调侃的,优雅的与粗鄙的,悲伤的与喜悦的——拉到同一条水平线上。他把各种人物(不管多么自命不凡),拉到同一条水平线上。他的人物说"我要做烈士"的时候与"千万别拿我当人"的时候几乎呈现出同样闪烁、自嘲而又和解加嬉笑。他的"元帅"与黑社会的"大哥大"没有什么原则区别,他公然宣布过。

抡和砍(侃)在他的作品中,在他的人物的生活中,起着十分重大的作用。他把读者砍得晕晕乎乎,欢欢喜喜。他的故事多数相当一般,他的人物描写也难称深刻,但是他的人物说起话来真真假假,大大咧咧,扎扎刺刺,山山海海,而又时有警句妙语,微言小义,入木三厘。除了反革命煽动或严重刑事犯罪的教唆,他们什么话——假话、反话、刺话、荤话、野话、牛皮话、熊包话直到下流话和"为艺术而艺术"的语言游戏的话——都说。(王朔巧妙地把一些下流话的关键字眼改成无色无味的同音字,这就起了某种"净化"作用。可见,他绝非一概不管不顾。)他们的一些话相当尖锐却又浅尝辄止,刚挨边即闪过滑过,不搞聚焦,更不搞钻牛角尖,有刺刀之锋利却决不见红。他们的话乍一听"小逆不道",岂有此理;再一听说说而已,嘴皮子上聊做发泄,从嘴皮子到嘴皮子,连耳朵都进不去,遑论心脑?发泄一些闷气,搔一搔痒痒筋,倒也平安无事。

承认不承认,高兴不高兴,出镜不出镜,表态不表态,这已经是文学,是前所未有的文学选择,是前所未有的文学现象与作家类属,谁也无法视而不见。不知道这是不是与西方的什么"派"什么"一代"有关,但我宁愿认为这是非常中国非常当代的现象。曲折的过程带来了曲折的文学方式与某种精明的消解与厌倦,理想主义受到了冲击,教育功能被滥用从而引起了反感,救世的使命被生活所嘲笑,一些不同式样的膨胀的文学气球或飘失或破碎或慢慢撒了气,在雄狮们因为无力扭转乾坤而尴尬、为回忆而骄傲的时候,猴子活活泼泼地满山打滚,满地开花。他赢得了读者,令人耳目一新,虽然很难说成清新,不妨认作"浊新"。此亦一是非彼亦一是非。和光同尘。大贤隐于朝,小贤隐于山野,他呢,不大不小,隐于"市"。他们很适应四项原则与市场经济。

当然王朔为他的"过瘾"与"玩"不是没有付出代价。他幽默,亲切,生动,超脱,精灵,自然,务实而又多产。然而他多少放弃了对文学的真诚的而不是虚伪的精神力量的追求。他似乎倾倒着旧澡盆里的污水以及孩子。不错,画虎不成反类鼠,与其做一个张牙舞爪的要吃人又吃不了的假虎,不如干脆做一只灵敏的猴子、一只千啼百啭的黄莺、一条自由而又快乐的梭鱼,但是毕竟或迟或早人们仍然会想念起哪怕是受过伤的、被仿制伪劣过也被嘲笑丢份儿过的狮、虎、鲸鱼和雄鹰。在玩得洒脱的同时王朔的作品已经出现了某些"靠色"(重复或雷同)、粗糙、质量不稳定的状况。以他之聪明,他自己当比别人更清楚。

王朔的创作并没有停留在出发点上。其实他不只是"痞子"般地玩玩心跳,他的不长的长篇小说《我是你爸爸》中充满了小人物、特别是小人物的儿子的无可奈何的幽默与辛酸,滑稽中不无令人泪下的悲凉乃至寂寞。他的《过把瘾就死》包含着对以爱的名义行使的情感专制的深刻思考,女主人公歇斯底里地捆住男主人公的手脚,用刀逼着他说"我爱你"的场面接触到人性中相当可悲亦可怖的一面;主人公虽不乏王朔式的痞子腔调与行状,毕竟也"体会到了一种从未有过的激情。那种巨大的……过去我从来不相信会发生在人类之间的激情……"。自称"哄""玩"是一回事,玩着玩着就流露出一些玩不动的沉重的东西,这也完全可能。而他的短篇小说《各执一词》,实际上包含着强烈的维护青年人不受误解、骚扰与侮辱的呼吁。如果我说这篇小说里也有血泪,未必是要提一提这位"玩主"的不开的壶。

王朔会怎么样呢?玩着玩着会不会玩出点真格的来呢?保持着随意的满不在乎的风度,是不是也有时候咽下点苦水呢?如果说崇高会成为一种面具,洒脱和痞子状会不会呢?你不近官,但又不免近商。商也是很厉害的,它同样对文学有一种建设的与扭曲的力量。作为对你有热情也有宽容的读者,该怎么指望你呢?

1993 年 1 月

苏联文学的光明梦

苏联解体了。世界上第一个社会主义大国的立、破、兴、衰,人类的相当一部分在这块广袤的土地上所进行的实验的英勇、荒唐、恐怖、富有魅力与终未成功;个中的经验教训,爱爱仇仇,则会长久地留在人们的记忆中,留在史册上,警诫着并且丰富着人类文明,使人类变得更加聪明与成熟。

我个人以为,苏联文学的影响可能比苏联这个国家的影响更长远。前者毕竟是艺术,是理想。艺术与理想更多地取决于人们的主观感受,更多的是满足人们的精神的需求,谈不到实现与现实的成功——毋宁说,艺术与理想的"落实"既意味着"成功"也意味着失败乃至破灭——所以也谈不上认真的"解体"与消失。

我们这一代中国作家中的许多人,特别是我自己,从不讳言苏联文学的影响。是爱伦堡的《谈谈作家的工作》在五十年代初期诱引我走上写作之途。是安东诺夫的《第一个职务》与纳吉宾的《冬天的橡树》照耀着我的短篇小说创作。是法捷耶夫的《青年近卫军》帮助我去挖掘新生活带来的新的精神世界之美。在张洁、蒋子龙、李国文、从维熙、茹志鹃、张贤亮、杜鹏程、王汶石直到铁凝和张承志的作品中,都不难看到苏联文学的影响。张贤亮的《肖尔布拉克》、张承志的《黑骏马》以及蒋子龙的某些小说都曾被人具体地指认出苏联的某部对应的文学作品;这里,与其说是作者一定受到了某部作品的直接启发,不如说是整个苏联文学的思路与情调、氛围的强大影响力在我们的身上屡屡开花结果。

我觉得苏联文学的核心在于正面人物，理想人物，正面典型，"大写的人"等等范畴。他们肯定人、人生、人性、历史、社会的运动与前进。他们写了那么多英勇献身的浪漫主义的革命者，单纯善良无比美妙的新人特别是青年人，嫉恶如仇百折不挠的钢铁铸就的英雄。他们歌颂劳动、祖国、青春、爱情、生活、友谊、忠贞、原则性、奋斗精神，歌颂祖国、革命、红旗、领袖、苏维埃、国际主义……他们批判白卫军、富农、反革命，也批判自私、怯懦、保守、心口不一。他们极善于把政治上对苏维埃政权的忠贞与爱国主义与对白桦树和草原的依恋，与对于人和人性、人生的天真的勃勃有生气的肯定结合起来。即使今天重读以制造个人崇拜为己任的苏联作家巴甫连柯的直接歌颂斯大林的长篇小说《幸福》，你仍然会觉得他对"幸福"的体验确有真诚的、丰富的与动人的内容，他写到了外高加索的葡萄酒的香醇；他写到了一个因战争而残疾的孩子的奋斗毅力；他写到了主人公的爱情，写到了一个护士、一个普通的女人对生命的短促与延续、爱情与婚姻的力量的思索。妙就妙在他把这些富有生活气息、人情味的体验、抒发与对于斯大林的歌颂水乳交融地结合在一起，这比中国式的"就是好""四个伟大""最红最红最红"要富于感染力得多。

与中国的同期的革命文学歌颂文学相比较，我至今仍然觉得苏联文学有它的显著的优点：一、他们承认人道主义，承认人性、人情，乃至强调人的重要、人的价值；而中国的文学理论长久以来是闻"人"而疑，闻"人"而惊而怒。二、他们承认爱情的美丽，乃至一定程度上承认婚外恋的可能（虽然他们也主张理性的自制），并在一定程度上承认性的地位。三、他们喜欢表现人的内心，他们努力塑造苏维埃人的美丽丰富的精神世界。而在中国，长期以来文艺界相信"上升的阶级面向世界，没落的阶级面向内心"的断言。（我未知其确切出处，但一位可敬的领导常常引用此话，并说是出自歌德。）我们这里常常对大段的心理描写采取嘲笑的态度。四、他们喜欢大自然和风景描写以及静态的细节描写，这可能与列宾等的绘画传统有关。而我们中国，常常把这种风景描写、环境描写、静物描写、肖像描写视为可厌可笑，视为"博士卖驴，下笔千言，未见驴字"的笑话。五、那些在中国肯定被批评为"不健康""小资产阶级情调""无病呻吟"的东西，诸如怀旧、失恋、温情、迷茫、祝福、期待、忧伤、孤独等等，都可以尽情抒发；苏联文学有一种强大的抒情性。在苏联文学中，什么感情都可以有，但在最后，海纳百川，所有的感情都要汇集成爱国爱苏维埃直到爱党爱领袖的"大道"上去。这种对人类感情体验的珍视与咀嚼，使人不能不想起俄罗斯的音乐——从柴可夫斯基、强力集团到伏尔加河沿岸的俄罗斯民歌——的抒情传统。女作家潘诺娃在《光明的河岸》中描写人们回想起自己的童年时代的伤感情绪，并讽刺一个死官僚——只有他才没有这种普通人的弱点。如果是在当时的中国，褒贬的对象肯定需要易位。六、与当时的中国文学界的情况相比较，五十年代的苏联文学界似乎已有一定的自由度，虽然他们从未提过百家争鸣、百花齐放的口号。那时我阅读结集出版的一九五三(？)年苏联第二次作家代表大会的发言，便可以看到肖洛霍夫与他所支持的奥维奇金对于作协领导人西蒙洛夫与支持西的法捷耶夫的尖锐抨击。这在当时的中国，简直难以想象。对爱伦堡的小说《解冻》与潘诺娃的小说《一年四季》的不同意见也确实在报刊上展开了争鸣，这种争鸣并未受到苏共党的干预。

这里所讲的意思当然不是苏优中劣，对二者的比较不是本文的主旨。我只是想回顾，苏联文学在中国曾有的巨大影响，这不但是无法否认的，而且是事出有因的。

苏联——俄罗斯革命以前已经拥有了普希金、莱蒙托夫、涅克拉索夫、屠格涅夫、果戈理、托尔斯泰、陀思妥耶夫斯基以及跨越十月革命的高尔基……的强大的批判现实主义的文学传统。俄罗斯的绘画、音乐、自然科学技术在十月革命前已经有了相当的发展，这与鸦片战争后大清朝无善可陈的尴尬状况并不能同日而语。靠近欧洲发达国家的地理位置与彼得大帝开始的维新西化的历史成果，都有助于苏联文学的建设与发展，在苏联，全民的教育程度也大大高于同时期的中国。在六十年代中国的好多同志们还在为"交响乐听不懂"而莫知所措的时候，萧斯塔柯维奇早已经震动了世界，肖洛霍夫也早已赢得了世界性的声誉。

强大的现实主义传统是"本钱"也是包袱。从某种意义上说，苏联提出的真实地、历史地、具体地反映生活，并把反映真实生活与用社会主义思想教育人民结合起来的社会主义现实主义的"定义"正是批判现实主义的合乎逻辑的发展。对沙俄旧社会的血泪控诉痛加针砭以及想象中的出走、"革命"（例如像契诃夫在《新娘》，屠格涅夫在《处女地》《前夜》中所描写过的那样），再前进一步就要动真格的、走现实的、最终成为唯一可能的布尔什维克主义的革命的道路了。高尔基与列宁的友谊是这方面的一个具有象征意义的事例。

但这种苏式的"社会主义现实主义"的提法也带来了负面的结果。它是对现实主义的继承，也是对现实主义的背离，粉饰太平的自己安慰自己的幻想的真实正在取代严峻的真实。上述的巴甫连柯的作品中已经洋溢着这种粉饰自慰以激情充真实的调子。《光明的河岸》《金星英雄》等更是等而下之。有趣的是，那些标榜着反对无冲突论（"无冲突论"，居然有这样的"论"还要认真地去加以反对，文学到了这一步，已经够可叹与可笑的了！）的作品诸如《收获》《拖拉机站站长与总农艺师》及奥维奇金的"干预生活"的特写等等，现在看来，其对冲突、矛盾的揭露又是何等简单化、小儿科、模式化！名为揭露矛盾，实际上仍然是对苏共的一个时期的"新政"的图解与对旧政的抨击罢了。

尤其糟糕的是，对现实主义的推崇导致了对一切非现实主义、超现实主义、前现实主义或者后现实主义的上纲上线的一概排斥。特别是四十年代后期日丹诺夫主义的出笼，对一批苏联著名作家艺术家（左琴科、阿赫玛托娃、萧斯塔柯维奇等）的批判，使现实主义变成了唯一的正统,而一切别的艺术手法艺术流派变成了政治上可疑的异端。把艺术问题搞成政治问题,宣扬僵硬的艺术教条主义,动用自上而下的行政手段直接干预文艺,这树立了一个极吓人极恶劣的样板。到了五十年代联共十九大上,马林科夫又咋咋唬唬地提出"典型问题是一个党性问题"这样一个不知所云的命题。赫鲁晓夫也罢,仍然继承了日丹诺夫主义的某些衣钵,直接干预和压制获得诺贝尔文学奖的帕斯捷尔纳克的创作。呜呼,哀哉!

(与这种僵硬的"社会主义现实主义"定义、典型论相比较,我曾经宁愿选择毛泽东提出的"革命的现实主义与革命的浪漫主义相结合"的命题。它毕竟为非现实主义开了一个口子。当然,这个口号当时的"浪漫主义"的代表作——"大跃进"的浮夸吹擂的《红旗歌谣》实在令人无法恭维。另外,连斯大林都肯定过的(至少是口头上肯定过的)"写真实"的口号在中国一度也作为"修正主义"的文学主张来批,这是颇堪一嗟的了。)

据说十月革命后的一段时期,苏联的作家艺术家曾经真正的思想解放过,包括前卫艺术的各种流派都曾在苏联十分活跃。我在一九八六年十二月访问匈牙利时,便参观了在布达佩斯举行的二十年代初期的苏联美术展览,真是琳琅满目,一派生机!匈牙利的朋友告诉我,只是在后来,在斯大林时期,文艺政策才愈收愈紧了的。

斯大林死了。个人迷信被否定了。日丹诺夫主义的影响仍然不能低估。即使认同现实主义在文学创作中的首要乃至主流地位,画地为牢、排斥异端的做法也仍然与艺术的创造力、想象力互不相容。五十年代后期以后,苏联文学的自满自足的教化性、道德伦理的两极化处理、俨然社会先锋乃至救世主式的自吹自擂的调子仍然束缚着它的进一步突破和发展。即使一些苏联作家写到了诸如领导人的特权、领导人的决策失误、敏感的历史事件这些新鲜大胆的题材领域(有些带有"闯禁区"的味道),即使他们采取了不同寻常的手法(如寓言式、变换视角、几条线共同发展),这些作品仍然具有一种苏联文学的特殊胎记，即他们的主题思想的分明性，善恶对立的分明性，认为战胜黑暗就必定是一片光明的时至该日未免显得太天真纯朴的生活信念与历史信心。善与恶的具体对象与界定标准改变了，例如可以把劳改营的犯人处理成罪人或者英雄，又可以把党的工作者处理成英雄或者恶棍，这种处理可以改变，作品的鲜明的倾向性与自信性以及作者的煞有介事的郑重却如出一辙，多无二致。到了八十年代，到了当代中国文学这个喷薄迸发的时刻，人们在常常认同苏联文学的价值取向，并仍然接受他们当中的杰出人物如青季思·艾特玛托夫、叶甫图申科的影响的同时，又不免感到苏联文学的冗长与沉闷。与卡夫卡、海明威、加西亚·马尔科斯以及普鲁斯特乃至米兰·昆德拉相比，苏联文学在中国的影响、特别是对于当代中国作家的影响，呈急剧衰落的趋势。与中国八十年代以来的当代文学创作相比，苏联文学反而显得缩手缩脚，踯躅不前。

在我年轻的时候，一面热情而轻信地陶醉在苏联文学的崇高与自信的激情里，一面常常认真地思索。我认为，任何不带偏见的人，读了苏联的文学作品都会立即爱上这个国家、这种社会制度、这种意识形态。它们宣扬的是大写的人，崇高的人，健康的人；宣扬的是社会主义的人道主义与历史进取的乐观精神；宣扬的是对人生的价值，此岸的价值，社会组织与运动的价值即群体的价值的坚持与肯定。一句话——而且是一句极为"苏式"的话：苏联文学的魅力在于它自始至终地热爱着拥抱着生活。

与此同时，我们如果打开西方发达国家的作家们的文学作品，即使姑且不置论于它的性加暴力的通俗读物，不置论于它的直接进行社会批判的作品（如西德的海因里希·伯尔的一批作品）；我们也在那么多的作家笔下看到孤独、疏离、病态、疯狂、怀疑、自杀、仇恨……看到那么多败坏人的胃口的对于人生对于生活的否定、怀疑，至少是十分消极的叹息。我曾经真诚地认为：提供光明的文学作品的社会，必光明必好必胜必成功；而提供阴暗的文学作品的社会，必阴暗必恶必败必瓦解消失。

也许，最有趣并且最意味深长之点就在这里：为什么光明的文学并没有为一个社会贡献出光明的图景，而"阴暗"的文学也并没有把一个社会推向阴暗的泥沼？

成也光明，败也光明。苏联文学像是一个光明的梦。苏联文学的光明性本来是它的魅力所在，然而：

一、把愿望当做现实，把认为应该有的光明当做实有的光明来展现，便变成了自欺欺人。至于为迎合某种需要而光明，就更是等而下之了。

二、不敢正视、有意无意地回避人性当中、人生当中、现实当中也包括理念当中那些有缺陷的东西、那些通向假恶丑或者使假恶丑与真善美混成一锅稀粥的东西。这种闭上自己的一只眼或一只半眼的对"光明"的确认，如果不是虚伪和懦弱，最好的情况下也只是天真和幼稚。

三、认定自身是光明的使徒而非己异己者是黑暗的魔鬼。这种价值取舍便捷简明果决，然而离真实与真理愈来愈远。由此而派生的独断论、排他性、极端性本身便渐渐发展成为背离了理性与天良的烛照的狂妄与邪恶。

四、社会与文学的关系，并不总是同步或互相适应、互相影响、互相配合的关系，更不可能仅是主从关系主仆关系。不是社会光明文学表现出来的就一片光明，社会进步文学表现出来就一片进步，社会停滞文学表现出来就是一味停滞，社会混乱文学表现出来就是一塌糊涂。更不是文学光明就意味着社会一定光明，文学表现混乱社会就从而一定更加混乱。文学与社会的关系，可能是一致的，也可能是各有侧重多元互补乃至互相激励挑战的。文学更多地表现个人、更多地执着于理想追求而对现实采取批评或抱怨的态度，常常流露人生的各种痛苦和遗憾。文学本身并不能亦不善于积极地建设性地解决社会面临的问题。这样，第一，对于社会实践来说，文学具有它的消极性，用文学去直接干预生活干预社会，常常并非可取。第二，文学的这种消极性在一个健康与自信的社会中很容易转化为积极性。这样的社会是在不断的反思与自我批评中前进的，它不会视文学的"消极"为洪水猛兽。相反，文学的宣泄与疏通反而易避免大众的情绪郁结与爆炸。愈是健康与自信的社会愈是会对文学（还有艺术）采取比较宽容的态度。一味地响应配合紧跟，削弱了文学的多方面的可能性，也只能降低文学的艺术品位。它不但束缚了作家艺术家，也束缚了全民族全社会的精神能力的创造发挥发展。归根结底，对于一个社会的发育与健全是没有好处的。

五、在文学创作与文学理论中，相异的思路完全不一定是互相敌对与不相容的。现实主义与非现实主义或超现实主义，反映（再现）与表现，自我与世界，写意与工笔，民族的与外来的，传统的与时髦的，它们之间更多的是需要互相激荡互相启发互相补充而不是你死我活的斗争。死抱着一种思路而压倒灭绝一切不同的思路，只能是创造力的衰退与想象力的禁锢。死抱着一种选择（哪怕是当时当地最佳妙的选择）而不准进行不同的尝试，只能使这种选择愈来愈变成失效的方略与沉重的负担。

六、在多数比较正常的情势下，一个社会的多数读者会倾向于选择轻松解闷或惊险刺激的通俗读物。这虽然有可能败坏严肃的艺术审美的口味，但却有助于抵制文学的专横单一和武断。苏联文学（除有一些反特惊险小说外）长期缺少这方面的品类，在严肃的文学作品中也缺乏更多地吸引读者的兴趣的自觉，这造成了苏联文学的沉重呆板有余而生机勃勃灵动飞扬不足的负面效果。

七、归根结底，文学作品中最积极最活跃最正面的因素来自创作主体，来自作家的人格、精神能力、勇气、智慧与艺术语言的捕捉与表达能力。以抑制、管束、干预创作主体的精神能力为代价，去取得文学作品所描述、反映、表现的对象的一片光明，其结果是创作主体的委顿与缺乏自信，是文学本身的委顿，是极得不偿失的。

八、文学可以提供某种经验、感受以及愉悦、刺激，却常常不能提供答案；能够传达某种呻吟感叹，却常常不能提供药方。文学不具备正面的可操作的行动特质，这可以说是文学的先天的"弱点"。最好最反映现实的作品也带有纸上谈兵的性质，作家们和读者们最好能就这一点达成默契。文学不是交通规则，不是动作要领，不是行动纲领或者宣言。文学常常是创作主体陷于困境陷于矛盾的熬煎的产物，而不是小葱拌豆腐——一青（清）二白的果实。愈是提供那种咀嚼好了、处理过了、消化好了的模式分明的文学内容，就愈是降低了自己的文学品位与作品的独创性、震撼力。愈是摆出一副谆谆告诫、万物洞察与救世救民的样子，便愈是暴露了创造主体的幼稚浅薄与自不量力。这样做下去，就等于把文学的大厦建造在臆想的一厢情愿上。画虎不成反类犬，对自己的社会角色的夸张定位，反而使自己走进了简单明了规范化的政治社会艺术模式中去，哪怕不同的模式具有截然对立的取舍倾向。

当我们想到，一些杰出的苏联作家——如法捷耶夫、费定和阿·托尔斯泰——无法摆脱他们的孩子气的虔敬恭谨，而终于没有能够尽情尽才地写出他们的传世之作，当我们想到另一些不错的作家——如西蒙诺夫、苏尔科夫、柯切托夫、巴甫洛夫——有意去迎合意识形态的模式，而终于囿于已有的却是未经验证的武断之中。当我们想到还有一些杰出的作家——如阿赫玛托娃或者左琴科、帕斯捷尔纳克以及可能有的没有被允许发芽的种子——潦倒压抑、有花不能开的时候，我们怎么能够不为世界上第一个伟大社会主义国家文学上的严重失误和失算而痛心疾首呢！

文学正如人生。"人生不满百，常怀千岁忧"，永远不会十全十美。毋宁说文学是缺陷、是遗憾、是可望而不可得的焦首煎心产物、是梦的近邻。当你把你追求的一切搂在怀里抱在胸前，尽情地交欢做爱的时候，很难有文学，倒是失恋更可能造就一个爱情诗的作者。从这个意义上说，苏联的瓦解、苏联文学的成为历史、一心热爱生活拥抱生活的文学追求的失败本身就是极好的文学契机、梦的契机。

时过境迁，现在再回顾《铁流》与《士敏土》，《初欢》与《不平凡的夏天》，《毁灭》与《青年近卫军》，《收获》与《金星英雄》……我们看到的是一个又一个的光明的梦。那是一个关于人成为历史的主人、宇宙的主人的梦。那是一个关于计划性与目的性终于全部取代了盲目性与混乱性的梦。那是一个人类的荣誉、智慧和良心具体化为、凸现为列宁、斯大林、联共党苏共党苏维埃与契卡（后来成为臭名昭著的克格勃）的梦。那是一个关于朗朗乾坤、清明世界、整个世界都变得那样明晰而且生动的梦。这样的梦不但苏联作家与读者，而且许多其他地方的作家与读者都不同程度地做过。今后，人们也还要继续做下去。苏联瓦解了，苏联文学的光明梦、产生这种梦的根据与对这种梦的需求并没有随之简单地消失。资本主义当然不是无差别的天堂。苏式社会主义实践的失败并不能证明资本主义的万事大吉。说不定因为世上许多人转而追求资本主义而会产生对资本主义的新一轮的失望与批评。在这种情况下梦都不要做，太清醒也太沉重了。而梦做下去，就仍然会时而在这里时而在那里出现苏联文学的回声与反照。

用文学来表达人们的梦想，这本来是天经地义的。做梦是可以的，作做梦状却是令人作呕的。只准做美梦不准做噩梦则只是专横与无知。守住梦幻的模式去压制乃至屠戮异梦非梦，这就成了十足的病态。梦与伪梦的经验，我们不能忽略。苏联文学的历史并非空白，苏联作家的血泪与奋斗并非白费。总会有一天，人类的一部分为苏联文学而进行的这一番精神活动的演习操练会洗去矫情与排他的愚蠢，留下它应该留下的遗产，乃至在未来的某个时期，蜕变出演化出新的生机新的生命新的梦。

1993 年 7 月

关于《女人的气味》

一九八九年三月我在新西兰的奥克兰市看了刚刚获得奥斯卡奖的故事片《雨人》（见一九八九年第六期《读书》上我写的文章《话说〈雨人〉》），一九九三年四月我又在香港看了获奥斯卡最佳故事片奖的《女人的气味》（香港电影院放映的译名为《女人香》）。

《女人香》的片名很容易把观众的预期导入歧途。其实这个片子根本与男女之情之性不相干。影片描写一个著名的中学校的一对朋友，阔家出身的乔治与出身寒微、靠奖学金度日的查理。二人凑巧看到他们的一位同学在筹划针对他们不喜欢的马屁精校长的一次恶作剧。淘气的学生制作了一个气球，气球上写着校长的名字。第二天校长看到了这个气球，去捅破它，结果一桶牛奶泼了校长一身。一位女工回忆起了前一天晚上与查理及乔治的相遇。校长追问这两个学生此恶作剧究竟是谁所为，并且以推荐名牌大学的奖学金为饵鼓励查理供出真"凶"。乔治鼓励查理顶住。

查理找了一份假期工作去照料一位盲人退休上校。盲上校性格乖戾，脏话连篇，但感觉特别灵敏。他尤其善于通过嗅觉辨别女性的年龄、身材、美丑、背景、个性，甚至闻一闻能猜出对方的名字。他在查理的服侍下到华盛顿的一个豪华酒店尽情享受。他在没有视觉的情况下翩翩起舞。他甚至去"闭着眼"高速驾驶一辆豪华轿车，驾车场面十分刺激。在他玩完了准备自杀的时候查理不顾一切危险救了他。

他闻听了查理面临的麻烦。他预言乔治将会叛卖友人。果然不差。在学校举行听证大会,乔治怯怯懦懦地说出了恶作剧者的姓名。校长当众要求查理作证的时候,遭到了腼腆软弱的查理的断然拒绝。查理面临被开除学籍断送一生前程的危险。这时盲上校闯入会场,慷慨激昂、痛快淋漓地把学校的逼供诱供,诱导一个青年人为了一己的利益可以做卑微下作的事情的做法破口大骂了一顿,用各种脏话把校长骂了个狗血喷头,引起了全场的暴风雨般的掌声。最后,他扭转了局面,使查理的处境化险为夷。他的出色胆识与口才也为他赢得了爱情。当然还是好莱坞的模式——好人必有好报。

却原来这是一部道德片。按照中国式的表述方法,这是一个忠与义的道德悖论。查理对校长"忠"的话就陷入了对同学的不义。乔治在他的阔爸爸的亲自陪同与掌握下当众推卸责任,嫁祸查理并且含糊其词地揭发了挂气球的同学,他对校长"忠"了,但他的动机绝非对校长或对学校的忠诚而是为了保自己才不惜出尔反尔,两面三刀,厚颜无耻,陷于不义。盲上校的论点是,这种无耻无义的"忠"并非真正的忠诚,完全不应该鼓励,而查理的道德自律要高尚得多。盲上校的慷慨激昂与破口大骂并且使人产生一种联想,美国(当然不仅是美国)社会里其实盛行着对于种种无耻无义的卑贱行为的容忍、诱导乃至鼓励,更盛行着对于不肯苟且的正直之士的排斥、施压与打击。观众可以联想到,如此正直、雄辩、自信、聪慧超凡而又富有魅力的上校在两次重要的关头都未被提升(电影对此虚写),终于自暴自弃变成了一个双目失明的酒鬼与狂徒,一定与他自己的某种经历有关;他一定也曾遇到过这种两难的选择,他听从了道德与良心,他摒弃了私利与迎合,他就是这样失去了远大的前途的。

扮演盲上校的意大利演员阿尔帕契诺获得了最佳男演员奖。他的表演相当戏剧化、舞台化,但仍然力度逼人,令人赞叹。看来演电影也不只是自然化生活化一条路子。驾车的戏令我的心跳到了嗓子眼儿。痛斥的演说则令观众泪下。

但也有友人告诉我,这部影片不过是好莱坞编造出来的又一个神话而已。现在是一个"利"的世界,实利是真正的上帝。哪里会有这样的驾车急驶的瞎子？哪里会有这样的盲人迂论？社会又怎么可能接受这种过了时的大道理呢？

即使是编出来的神话也罢,能在电影屏幕上痛快淋漓地把卖友求荣、见风使舵、表里不一、出卖灵魂的乔治一路货色大骂一顿,更把鼓励卑鄙行径、鼓励下作行为的校长"fuck fuck"地大骂一顿,也是令人痛快的。看到这里,我甚至眼睛都湿润了。

1993 年 8 月

长篇小说与短篇小说

　　我们的汉语造词似乎更注意事物的共性，喜欢概括。我们的公鸡、母鸡、小鸡、肉鸡；公牛、母牛、小牛、犍牛；公猪、母猪、克郎猪、小猪、肉猪……都充分体现了对于某一种动物品种的坚定把握，无论大、小，无论公、母、无性（被阉割），无论食用役用繁殖用卵用，是什么动物就还是什么动物，只承认次要的或者是定语的差别。

　　许多外语与少数民族语言却不是这样的。我们都知道英语中公牛是 bull，母牛是 cow，牛肉是 beef，小牛肉却是 veal，牛奶是 milk 而酸奶是 yogurt，干酪是 cheese，我们的汉语认定的是一个牛字，暗示各种牛或牛的产品万变不离其宗，离不了牛字。到了英语里却各有各的名称，各自独立，哪里也不见这个"牛"字。在我有所了解的维吾尔语与哈萨克语中，对于一些动物，与畜产品的叫法就划分得更加细致，例如马，不但有总称，而且有公马、母马、马驹（新生马）、二岁马、三岁马、走马（骑乘用）、使役马等各自毫无共同之处的名称；另外，马奶子、马肠子也各有与马不相干的名称。

　　（我不知道是否有学者研究过这个问题，我不知道汉语的这种特性是否反映了我们的文化传统中强调对象的统一性——最后还要把万物统一到"有""无""道""理""天"等本原概念中去——而常常忽略对象的多样性、质的具体规定性的问题。）

　　现在回到我们要谈的话题——小说上来。中文里讲长篇小说、中篇小说、短篇小说，这种名词的构成本身似乎就体现着明晰的定义：都是小说，区别仅仅在于篇幅的长短。中文的长篇小说与短篇小说的说法侧重于这两种体裁的共同性（中篇小说在我国近年大为兴旺，但外语中似乎没有相应的体裁），而英语、法语、俄语、德语的 novel、roman、роман、Roman 与 short-story、nouvelle、рассказ、erzählung 与维吾尔语的 roman（长篇小说）与 hyikaye（短篇小说）则更加强调它们之间的、不仅是篇幅上的而且是性质上的差别。

这样，多年前读一位英国女作家的文章，当我读到她建议把短篇小说和诗歌归入一类而把长篇小说归入另一类的时候，不禁大吃一惊。再一想，恍然大悟乃至拍案叫绝。短篇小说和长篇小说不仅可以都作为小说（fiction）来研究，更应该各自作为长篇小说（novel）与短篇小说（short-story）来研究。

从经验出发，我们对长篇小说与短篇小说会获得什么样的观感呢？

有一些作家，他们写出了十分有影响的长篇小说。如《红岩》《青春之歌》《林海雪原》《铁道游击队》《野火春风斗古城》《皖南事变》等小说的作者，但他们写的短篇小说则比较少或比较不那么影响巨大。

我们发现，这些作家多半以自己的生活经验经历取胜，例如杨益言、罗广斌的渣滓洞里斗敌顽的经验，杨沫的历经磨难终于走上革命的道路的经验，曲波的在解放战争中的东北新解放区进行剿匪斗争的经验，这些经验都是动人的、有教益的、非一般人所能经历的。有的则以掌握的大量材料取胜，例如黎汝清之写革命历史巨著。他们似乎无暇或未必擅长于对生活素材与主观感受的剪裁捕捉处理，与其去编织巧妙的小故事，不如提供历史与人生的相当"原装"的"干货"。

英语的 novel 本身具有新奇、奇异的含义。看来维持一个长篇小说，常常需要新奇的内容，需要不同寻常的素材、题材、构思，而最终决定于来自作者的经验与所下的搜集整理有关材料的功夫。这些作家与其说是作为职业的小说家,不如说是作为一个有特殊经历或掌握了特别的材料的记载者而给人以深刻的印象。

另外有相当一批作家,例如林斤澜、汪曾祺、陆文夫、何立伟、残雪、马原……他们的成就主要在短篇小说(有的还有散文)的创作上。他们有的没有写过篇幅长的东西,有的虽写了却远不如他们的短篇叫好。他们是艺术剪裁、艺术选取与炼字炼句的能手。他们愈写愈得心应手,愈来愈具有职业小说家的特质。

所以我曾经妄言,长篇靠生活,短篇靠技巧(手艺)。这种粗陋简化的说法自然会受到怀疑批评。无碍。生活也包括主观的精神生活,经验也包括感情经验与内心体验。技巧来自才华来自感觉来自富有审美特质的心灵,并非是可以师传徒受的单纯的技术性的训练。这些都可以补充说明,却无碍于我的基本判断,起码在中国的当代文学中是如此。短篇小说的轻灵体例与较易驾驭使它成为各种文学手法的试验田,聪明、敏感、想象力、语言的熔铸、游戏性的自由,都在短篇小说中得到充分的体现。而历史的记录、人生的经验、比较认真的回顾与反思,则更多地表现在长篇小说中。

近年来这方面的情况也有了变化。王朔的几部长篇小说中就难以找到这种比较坚硬比较实在的货色。他居然能以调侃的语气一气呵成地写下十几万字的长篇小说,刘震云的长篇《故乡天下黄花》一以贯之地既平淡又夸张地演绎着中国农村的荒唐故事。他们对长篇的驾驭似乎带来了某种新的特质。残雪的短篇与众不同,但是当她试图以同样的手法铺演成长篇的时候,她的浓缩的诗一样的小说契机似乎被水泡胀泡化了,像一个诗人开始用比诗的篇幅大十几倍或几十倍的散文来表达自己的内容,她这方面的努力并没有取得应有的成功。

当然也有长、中、短俱栖的作家。例如张抗抗、王安忆、铁凝、谌容、张洁、张炜、刘心武、从维熙、李国文、余华、洪峰、贾平凹、王蒙等。他们的艺术上比较精致隽永的作品未必是长篇,但他们还是不吝心力地追求长篇:长篇的郑重性、长篇的涵养性、长篇的分量,一句话,长篇小说代表着他们的一种以更整合的方式把握世界和艺术的意图。

这就派生出另一个粗陋的命题:短篇多游戏,长篇才是"真格的"。当然,这只是相对而言。

我们还可以看到另一个现象。短篇小说相对反映生活要迅捷得多,有相当多的应时炒卖、生猛游水,有时比长篇还容易叫座。而长篇小说则较多地与最新的现实拉开了距离,是经过时间、经过沉淀与消化的产物。在我们这个往往是急功近利的时代,短篇小说往往会更热。

我个人就有这种经验。我的走上文学创作之路是从长篇小说开始的,这与大师们的由小及大、自短而长、循序渐进的教导有所不同。这与我的接受文学的熏陶也是从长篇小说开始的有关。年轻的时候,读小说似乎是非长篇不过瘾,强烈的文学的与思想的饥渴使我期待长篇,期待作者的尽情发挥,期待与作者做长谈,期待作者对于人生的整体性的把握与表现。短篇小说写得再好,比如鲁迅或者契诃夫或者莫泊桑的作品,给我的感觉也常常是零星片断,稍触即止,常常是巧有余而力不足。

但是后来一段时期短篇小说成了我最惯用的体裁。左右开弓,俯拾即是,灵感如潮,小说题材如朵朵浪花。我形容说,短篇的激发如踢来的足球,而我如一个守门员,头顶脚踢拳打,然后是胸背腰臀,蹲下跳起左扑右卧从哪儿都要把球扑住或反射回去。是的,写短篇小说靠的是一种反射机制。这是写作短篇小说的功夫,也是写作短篇小说的快乐。五颜六色的生活,喜怒哀乐的情绪,时时敲响了文学的心弦,变成了一曲又一曲的短篇小说,这是多么快乐的事!

但是长篇小说这种恢宏建筑的存在仍然时时扰乱着、压迫着短篇作家。当你想到巴尔扎克、托尔斯泰、狄更斯、屠格涅夫……的时候,你不能不宾服于长篇小说的恢宏伟大。你甚至不可能不为契诃夫直到鲁迅而感到些微的遗憾。

如果说短篇小说是一首一首的演唱歌曲,长篇小说就是建筑,单个的乃至群落的建筑。写短篇小说的时候我像一名歌手,怀着温馨和忧伤,怀着怜悯与嘲弄,含着泪或者微笑着大叫着歌唱;而写长篇小说的时候我更像一个建筑师,翻来覆去地考虑它的平面图、透视图、鸟瞰图,考虑它的结构,考虑它的材料。就是说,底下便是第三个粗陋而且草率的判断了。短篇的保证在于情绪,在于灵感;而长篇的保证在于结构,在于气概,也在于一往直前的构思与坚固耐用(独特深刻)的建筑材料(经验)。

我写短篇的时候从来没有感到过像写长篇的时候所感到过的需要克服那么多困难。因为你写长篇的时候面对的是一个整体的世界、历史、人的生活,虽然对于永恒与无限来说你涉笔的不过是一鳞半爪、一瞬一霎,但你毕竟力图从更复杂的关系网络中去把握人,从空间与时间的坐标系中去把握人。这种综合性的思考、回味,特别是结构,不是仅仅靠敏感和灵气就能胜任的。虽然我自信不乏敏感和灵气,在长篇小说的写作面前,我仍然时而有不胜其重负的吃力感。同时它也长,五万字写过去了,十万字写过去了,你仍然看不到隧道出口处的亮光。而它的魅力也正在这里——只是在写完了长篇以后,我才觉得,那一段时光、那一段记忆、那一片旧情,总算有了个着落,有了个交代。我无憾了。

而短篇小说的魅力在于变化莫测,花样翻新。在写长篇以前,我是知道我要写什么的。在决定写短篇以前,我从来没有计划和安排。当我看到一位同行朋友发表谈话讲他一年的写作计划,完成七至十几个短篇,题材都是什么什么的时候,我大为惊讶。他怎么可能预知一年之内的短篇取材!谌容就说过,短篇是可遇而不可求的。我说过,长篇好比套服而短篇好比手帕、头巾。手帕、头巾变起花样来要比套服方便得多。而套服怎么变也摆脱不了上身下身、上肢下肢的路子。这就是说,短篇是比较随机的而长篇是有所设计的,短篇是花样翻新的而长篇是比较认定了自己的路子的。

当然,长篇虽有大体的设计,一旦动起笔来,往往也是左右逢源俯拾即是喜出望外妙笔生花的。长篇的写作是一次伟大的挖掘,在这种挖掘下,作家的记忆和想象会产生井喷,一次又一次的高潮与持续不断的洋溢,这当然是迷人的。

刊物的林立(它们当然以发表短、中篇小说为主)和急切的心态都不利于宏篇巨制的生成。台湾的诗歌、散文是颇有收获的,短篇小说似亦可以,但他们几乎没有严肃的长篇小说。香港和新(加坡)、马(来西亚)的华文文学亦是如此。原因何在?是商业化的氛围造成的么?苏联是一个长篇小说的国度。笔者一九八四年访苏时,看到乘地铁的人士一手扶着扶手另一手捧着厚重的长篇小说阅读,当我谈到这点观感的时候,一些生活在西方的人士嘲笑说那是因为他们的报纸没得好看。但我仍然羡慕一个乘地铁时阅读长篇小说的民族。许多年过去了,他们还是这样的吗?

而我自己,自长篇始,在中短篇以及诗歌散文评论的大海里畅游了十几年之后,现在又回到长篇小说上来了。我要好好写它几卷长篇小说,庶能无愧矣。

1993 年 9 月

从"话的力量"到"不争论"

五十年代初期我在《译文》杂志上读到苏联作家巴甫连科的一个短篇小说《话的力量》。巴甫连科是电影《宣誓》《带枪的人》《攻克柏林》的编剧,很行时;他的长篇小说《幸福》我也读得如醉如痴。他的作品以正面描写与歌颂斯大林而著称,他是我当时最喜爱的苏联作家之一。

《话的力量》这篇短东西也是歌颂斯大林的。它描写斯大林的青年时代作为一个地下工作者从事革命活动的时候,一天有一个秘密会议需要参加。这一天第比利斯降临了暴风雪,天气极端恶劣,斯大林住得又远,有人以为他不会来了,但是了解他的人相信他一定会想出办法出席会议的,因为他说了他要来,说了要来就一定会来。果然,斯大林来了,斯大林是滑雪翻山而来的。

这样的故事在中国,多半会被看做一个"然诺"的问题,叫做说话算数。而苏俄式的说法则是话的力量,言语与语言的力量。这样一个关于话的力量的命题比小说情节给我留下了更深刻的印象。

话的力量,这是一个耐人寻味的命题。

言语确实是人类的伟大创造,它培育了思想,沟通了人际关系,造就了社会,使人当真成为万物之灵。文字就更了不起,它突破了空间与时间的局限,变成了比人本身更坚固也更郑重的存在,所谓白纸黑字,万万大意不得。所以相传仓颉造字的时候"天雨粟,鬼夜哭",话能通神,这还不是话的力量吗?

话的力量的提法首先使人想起符咒的力量,对符咒的相信,表现着人们对话的力量的敬畏。虽然显得原始了一点,这也是一种信仰。各种宗教都是要祈祷的,祈祷也是说话,是与主与神说话,因而那也是话的力量的显示。至诚可以通天,笃诚的信仰能够焕发出奇妙的巨大的力量。

话的力量也是感情的力量。世上唯有情动人,而情是要用言语来表现的。

话的力量更是科学的力量,特别是逻辑的力量。理论掌握了群众便变成物质的力量,信然。

话的力量也表现为言语的艺术的力量,文学的力量,无需解释。

而最最奇妙的是当具体的言语组成了博大精深的语言体系(顺便说一下,言语是具体的,而语言是概括的。"五讲四美"中的"语言美"云云,实为"言语美"之误)。语言是人创造出来的,但是语言一旦被创造出来以后,便成为一个愈来愈独立的世界。它来自经验却又来自想象,最终变得愈来愈具有超经验的伟大与神奇。它具有自己的规律法则,从而具有自己的反规律反法则(即变体)的丰富性、变异性、通俗性与超常性。它具有组合能力、衍生能力——即繁殖能力,它被人们所使用,却最后又君临人世,能把人管得服服帖帖。

好厉害的话的力量!能不慎哉!

是的,一个革命党,一个共产主义的政党是十分重视话的力量的。这样一个党在执政以前,从某种意义上说,是靠自己的话语赢得了民心,取得了胜利的。她还没有执政,当然拿不出太多的政绩,而更多的是靠论证与许诺,而论证与许诺,不就是话语吗?我们强调说这是科学的话语,光荣的话语,无非是进一步强调这种话语力量。当然光靠话语也是不行的;根据地,解放区的实践,以实在的图景加强了这些话语的可信性。提起共产党的"宣传",连国民党也不能不甘拜下风。

五十年代我常常阅读并赞叹于苏联的外交政治话语的煽动性、

系统性、高屋建瓴性、洋洋洒洒性。不论是联共十九大上马林科夫的报告还是联合国大会上维辛斯基副外长的演说，都令我倾倒。那时的苏联是作为国际秩序的一个批评者、反叛者，即旧世界的掘墓者而出现的，而人间的规律是批评别人往往比维护自己更加雄辩得多。

西方国家也是如此。在野党在话语上常常占有优势，因为他们的政见他们的方略在执政以前往往只是一些理想型的因而显得相当完美的话语，而执政党却要为自己执政的实际——这种实际肯定会是不完美的、捉襟见肘的乃至千疮百孔的——进行拙笨的辩护。在野党变成执政党以后呢，说话立即慎重多了，许多在野时说的大话也都收起来了，这时候强调的已经不再是话的力量主张的力量而是实际利益实际的可能性了。这时候他们相信的已经不是话的力量而是权与利的力量了。愈是有力量的话愈是难以兑现，各国莫不如此。这种政治游戏的常规现实固然有些可笑乃至可憎，却也可以理解。难道能设想另一种情况吗？难道可能是执政党大话连篇，而在野党句句掂量吗？

我们曾经十分重视话的力量。"一言可以兴邦，一言可以丧邦"，这话的力量有多邪乎！我们也曾经学习过苏联的做法，在一些大节日前发布口号，由党中央制定口号，这不是说明对于话语的重视吗？再想想那些大义凛然的论争吧，为了一个"提法"——"国防文学"还是"民族革命战争的大众文学"，"为工农兵服务"还是"为广大的人民服务"，"过去方针"还是"既定方针"，我们斗得还少吗？这也是一种话的力量——可畏的力量吧。

广泛的政治学习，一次又一次的批判运动，批评与自我批评，组织生活，一次又一次的转弯子与表态，一次又一次的讲用与"传经送宝"，所有这些都是话的力量的强调、表演与证明。多少人因为话而罹难，多少人因为话而直上青云！多少人以话为生——想想那些到处讲用的积极分子，再想想那些动听的话语吧！

我在新疆农村劳动的时候，一位维吾尔农妇听着歌颂毛主席的歌曲:"把天下的树都变成笔,把蓝天和大地变成纸,把海水变成墨,让全国人民都变成诗人,也唱不完毛主席的恩情。"她惊叹道:"现在的人说话是多么会说呀！太棒了！太妙了！简直再也说不过了！"

是的,我在国外旅行的时候,常常感到,中国大陆出去的青年要比台湾来的会说会辩得多。我个人的"口才"也常常为人称道,如果我真的是有一点什么口才的话,首先应该归功于几十年的政治生活与社会生活的培育锻炼。

在我们的社会生活与政治生活中,简单地说,话的力量就是思想的力量,意识形态的力量,理想的力量,宣传的力量,"路线"的力量,批判的力量,政治斗争的力量。这些当然是有力量的。

但是这种力量也可能异化,也可能进入误区。这使我想起已故维吾尔诗人铁依甫江的一首诗,他的诗里讽刺那些"用舌头攻占城池的英雄"。为此他被英雄的"舌头"们骂了一个不亦乐乎,整了一个死去活来。但是今天看来,他的话是有道理的。重话轻实的作风是会孵化出许多牛皮大王,巧言令色、投其所好、阳奉阴违的。

话是一种有魅力的东西,说得多了不但能说动别人,也能说动自己。用巧妙的言词去解决(实际上是不去解决)实在的问题,这不是自欺欺人吗？以那个很风行过一时的三点论来说吧,什么"对于天灾我们的态度是第一承认,第二不怕,第三要克服它",这样的十足的俨然颠扑不破的废话难道能解决任何问题吗？再拿大批判来说吧,想当初批得是何等威风、何等花哨、何等排山倒海、雷霆万钧、天花乱坠、仪态万方！什么对立面已经化为"齑粉"啦,什么"沉舟侧畔千帆过,病树前头万木春"啦,什么"尔曹身与名俱灭,不废江河万古流"啦,什么"玉宇澄清万里埃"啦,什么"战斗正未有穷期"啦,什么"大打一场意识形态上的人民战争"啦……古的今的诗的散文的比喻的修辞的文的武的,各种话的力量用了一个溜够,又有多大的真正的力量呢？又有几个是做对了或者做成功了的呢？

"眼见为实,耳听是虚"。类似的谚语已经表达了人们对于话的力量的某种怀疑乃至警惕啦。

显然，如果一个执政党不想搞乱自己、不想搞垮自己，在执政以后就应该采取更加务实的态度，从意识形态的中心地位过渡到经济建设的中心地位上来。执政党而又成天价唱高调，这其实是一件非常危险的事。这样做不但分散了精力，干扰了建设，干扰了为人民谋利益，损害了政绩，毒化了空气，败坏了风气，而且在人们愈来愈不相信高调的同时，人们不再用高调来约束自己，而是用高调来要求执政党，用理想主义的高调来将执政党的军，使执政党自己处于尴尬的地位。历史证明，高调常常是颠覆的武器而不是建设的武器。以话的力量搞斗争尚可——也不能光靠话的力量，也要靠身体力行的力量，以话的力量搞执政搞建设就会大谬不然。如果一个十二亿人口的大国，人人都迷恋于话的力量，人人都善于发挥话的力量，人人都口若悬河，滔滔不绝，大言不惭，吹牛皮不上税，一句话，如果我国出了十二亿政治家演说家批判家口力劳动英雄，我看这个国离亡掉不会太远了。

所以，现在提的是不争论至少是少争论。确实是一大发明贡献！确实是要紧得紧！连"姓社姓资"这样的最能够表演话的力量的节目都暂时搁置起来了——我说暂时，是因为这方面的那股"话的力量"说不定还在大大地积蓄着、等待着爆炸呢，遑论其他！

现在强调的是经济建设。很可惜，经济的发展，常常并不决定于话的力量。过分膨胀了的"话"，该收缩收缩啦！

国民党的税多，共产党的会多。税多，说的是钱加权的力量。会多，说的是话的力量。现在共产党的会也渐渐少起来了，而税，不免要渐渐多起来。这也是否定之否定的规律，是必然的过程。希望那些过往深受膨胀了的话的力量之害的人们少安勿躁，不要太怀念与急于召回那种吹大了的话的力量。

话太少了也不行，就是说还得有精神，还得有价值取向，还得有文化的凝聚力。光有行政的凝聚力或行政的禁止力是不够的。当然话的力量仍然存在,而且不能忽视,本文说的,只是请它回到应有的位置去罢了。

其实,现在回过头来说说巴甫连科,他所吹的斯大林的话的力量也不仅是话语本身,而是一种说了就做的力量。归根结底,话的力量只能依赖于实践的力量。"诚则灵"虽然暂时有效,却毕竟是一个颠倒了的命题,诚只可能暂时与局部地成为灵的前提,灵其实才是长远的与根本的诚的前提。就是说,灵才能诚。老是不灵,诚就会变向反面,这就会非常非常麻烦。现在是强调实践的力量、强调实践的灵才是诚的前提的时候了。

从"话的力量"到"不争论",这个变化是意味深长的。

1994 年 2 月

心灵深处的对话与冲击[*]

一九九三年十二月十八日，在台北《联合报》系主办的"四十年来中国文学"研讨会上，针对某些论说，我发言说：

> 讲老实话，一些评论家的概括，对于创作家来说，其实是倒胃口的。当我迈动左脚的时候，他们说我是左派，当我迈动右脚的时候，他们说我是右派，当我坐下来的时候，他们说我是臀派，当我梳头的时候，他们又说我是发派……罪过罪过。我的打击面也许太宽了……

笑声和掌声淹没了我的话。

放肆了！我的这种对于评论家的不敬的戏谑之词，是指的那种以几个通用概念直线地现成地判断一切作家与作品的所谓评论家。这里边可不包括本文要说的郜元宝和许多严肃的批评家。

……一九八八年年底，一次偶然的机会使我翻到了郜元宝发表在《当代作家评论》上的两篇文章。我立即被他的文章所吸引。

我觉得那是与作家也是与读者的在深层次上的对话。他有情理丰茂的文学-艺术的语言，那是作家的语言，也是思想家的语言。不像有的评论文字，通篇充满文件的语言、社论的语言、大字报的语言、汇报的语言、批示的语言乃至专案组的语言，就是没有作家的语言、

---

[*] 本文亦为郜元宝文学评论集《拯救大地》序。

文学的语言、艺术的语言、心灵的语言。和这样的评论家讨论问题，实在只能说明自身的愚蠢与难以救药。

而郜元宝是在将心比心，以自己的心去捉摸作家的心。透过字里行间，描写叙述，他体察着你的热情，你的苦恼，你的诚实和你的含蓄。他特别能抓住你的自相矛盾，你的自我折磨，你的欲说还休，你的满不在乎的潇洒中的内心深处的伤痛。他知道你的成功，更知道你为这成功而付出的代价。他知道你的失败，更知道你的失败背后的酸甜苦辣。

他是在用他自己的心——既不会与作家的心悖谬也不会与作家的心重合——与作家的心对话，更用自己的心冲向扑向作家的心。即使是一个旁观者，对这种心灵的冲撞，他也会感到兴奋，甚至会觉得紧张，如果不是恐怖的话。

而另一些自以为才高八斗的吹胀了的评论家，不看完作品就敢捧杀棒杀；读几行就可以写几页，只读过你的作品的十分之一就敢对整个作家下结论。他们看见头屑就戴帽，看见剪落的脚指甲屑就套皮鞋，听见笑声就责备你的匪恭匪谨，闻到屁味就给你塞痢特灵。他们像是宠坏了的孩子，天真而又骄傲地随时宣布他们已经证实了哥德巴赫猜想，已经航行了全部海洋，世界已经被他们征服而真理才刚被他们首先发现。他们那么急于填平他们只尝了几杯水的江海，那么急于把非己的一切送入垃圾堆至少是博物馆。他们还动辄自我作古，宣布文学史应该也只能从他们哥儿几个开始，整天吹什么中国无文学，中国只有两个半小说家，中国文人都是娼妓；或者走另一个极端，说是由于他们没有中举掌印，邪恶瘟疫泛滥了多少年，所以多少年来只有类黑线专政，只有一片黑暗之类的痛心疾首的昏话大话。

郜元宝也试图做一些概括，这些概括也或有深刻的片面或者片面的深刻意味，更有他自己的借酒浇愁、借题发挥、直到李代桃僵的操作。但是他毕竟在深思熟虑，他力透纸背，他穷追不舍，他独出心裁，他深深切入。他的概括即使使你无法首肯，也还是有一种惊心动魄的力量,使你激动,使你震惊,使你深思,使你欲罢不能,使你快乐或者痛苦,使你一夜一夜地睡不好觉,使你长叹一声:"好你个郜元宝!"

就是说他的评论是一种自己的发现;是思想的挑战,至少是思想的真材实料;是一种灵感的由头,是天光暴露、豁然开朗的先兆;是一种话语的柄把,是大好文章的开篇;是投到湖心的一块激起波浪和涟漪的石头,是一束能点燃熊熊火焰的火把,是一颗多少打进了你的身体(虽然很可能打偏了)的子弹。

至于不足,我觉得这位青年评论家的评论仍略嫌贪大求深有余精琢细磨不足,思想发挥有余而艺术把玩不足,认真严肃有余而通达趣味不足。对文章的细微处,对艺术的细微处,对形式的细微处,对文学的趣味与游戏处,他下的功夫与心领神会还是太少太少了。小处着手的东西还是太少太少了。梳细剔微的东西还是太少太少了。潇洒神游的东西还是太少太少了。对于文学的和光同尘的世俗性的认知还是少了。在"博士"全球的同时继承中国文论的传统也不足。

当然这种遗憾并不是他一个人的事。时文的传统、习惯与风气使然。

他还没有"红"。我祝愿他再多寂寞个相当的时间。免得红得发了烧,匆匆忙忙地胡说八道起来。

1994 年 3 月

文学与地理

　　自从八十年代初期,海峡两岸开始结束完全隔离的状态以来,就出现了一个话题:两岸的文学创作,哪边更好一些?

　　大陆这边很计较、很执着于这个问题并且生怕没有一个有利于自己方面的答案的人似乎并不怎么常见。大陆的"大"不知"大"凡几,恐怕不好意思对海峡对岸搞什么"老王卖瓜自卖自夸",即使说这一边更好也毫不光荣,这是一。第二,自从"文革"结束以来,作家们对大陆的文学环境与文学运动的反思与自我批评相当深入认真,人们宁愿多谈过往的失误,表示一种改弦更张的热情与决心。为什么还要喋喋不休地吹嘘自己乃至压人一头呢?我们过去吹得还不够吗?一直吹下去能吹出点新意来吗?第三,即使说你这边好也不等于你好,因为文学毕竟是非常个人化的作业。

　　按道理讲,这样的问题只有外行才有兴趣。内行怎么比呢?有的外行习惯于以奥林匹克式的模式来观察文学现象,以意识形态与社会制度、发展经济与增强实力的眼光来比较两岸直至文学,而且他们之所以老是揪着这个话题不放,非要争出个短长来不可,更是有很大的意气的对立的成分——挑明了说,这其实还是一种"内战"心态:似乎只有承认他那儿的文学水平更高才能获得某种满足似的。

　　而一个内行,一个真正地献身艺术追求艺术的作家根本不可能有那种"地区代表队"的金牌意识。一头是人类的艺术,一头是自己的献身,一头是民族的语言与文化传统,一头是个人的才华,一个真正的作家是在用自己的作品与世界、与人类、与祖国，也与上帝来对话的。在艺术面前，就像在上帝面前一样，他怎么会庸俗狭隘到在乎自己这个地区能拿多少金牌，自己这个地区能不能压倒另一个地区呢？这样热衷于一日之短长的作家绝对不是真正的艺术家，而多半是底气不足或者从属于某种非文艺的斗争的卒子。

文学艺术首先靠的是作家艺术家的天才、人格与勤奋。真正的文艺家都是属于全人类的，至少是属于整个民族的。闹不清舒伯特是德国人还是奥地利人，闹不清毕加索是算西班牙画家还是算法国画家更适宜丝毫也不影响他们各自的地位，不影响人们敬仰他们欣赏他们崇拜他们。鲁迅是浙江人，这个大家都知道。那么冰心呢？她祖籍福建，小时候生活在山东，求学在美国，几十年来长期住家北京，我们需要明确她老人家的唯一地方归属吗？当我们提到她老的时候，说她是一个中国作家还不够吗？

其实一个地方是不是出了伟大作家伟大艺术家这个文艺地理学或者文学地理学的规律谁也说不清楚。十九世纪末叶与二十世纪初，俄国出现了那么多大作家，恐怕很难说是沙皇尼古拉的"政绩"，或者是圣彼得堡的风水使然。他们属于俄罗斯，更属于人类，而不是属于哪个具体的地点或者政权。众所周知，他们是抵抗着沙皇的迫害从事自己的艺术活动的。

艺术的东西很难评判高低。张三与李四，如果是一流作家，就很不好比，通常我们只能说是各有所长，各有所短。如果是三流作家，也许比较起来反而方便一些。都带有模仿的痕迹，谁学得更像一些，不妨评头论足一番。至于把一个地区的文学与另一个地区的文学比，就更是无从比起，怎么比呢？要不要按乒乓球世界锦标赛团体赛的办法？乒乓球不像篮、足、排、棒、冰、水诸球，它本来是个人的竞技，奥林匹克运动会上就只设单打比赛的，但世乒赛上要搞团体赛，只好人为地订立一些规则，如每个队出三名运动员，怎么交错着打，女子比赛里还要加一场双打等等。这里要强调的是：第一，只有订立规则才可能搞团体赛。第二,这规则也只是人订出来的,是无法深究的,两三个运动员就能代表一个国家队的水平了么?从外国雇一个运动员算不算数呢?细节问题多了。还好,幸亏早先有蒙塔古,后来有荻村伊智朗主持的世界乒联为各国乒乓球运动人员所承认。

而且,尤其重要的是,比的目的是什么呢?进行比较文学研究么?那是另一种比较的路子。为了给自己发金牌,为了地理学特别是政治地理学与文学联姻?这种比不是太小儿科了么?

一位文学外行的"中国问题专家"便提出了按人口平均计算大陆的文学不如台湾的命题。不怕让内行笑掉大牙!这真是一大发明:不但按人口平均计算国民收入,而且按人口平均计算(?)起文学来了!比得这样勉强,但是非要比一比不可,若不是自己心虚,那就是比翁之意不在文学了,在什么呢?谁不知道?只不过是显得过时一点罢了。

又一位哥们儿提出来了,大陆的小说家从观念上比台湾小说家落后十年。我的爷!不是九年也不是十一年,正好十年,多整齐!好吧,就算是观念落后吧,又当如何呢?文学是比观念吗?您接触过文学吗?您的作品是观念的产儿吗?善于生产观念的理论家是创作之父之妈吗?有一批观念的金蛋就能孵化出团体赛的金牌作家来?曹雪芹的文学观念比您还落后一百八十年呢,您能比得过从来没在外国喝过香槟的曹老先生么?问题就在这里,您可以比观念比学历比学衔比稿费比住房比有没有绿卡,您就是比不了真正的艺术。

比比风格比比语言比比在世界上的影响当然是可以的。例如我的中学同学、目前在台湾任教的马森先生就提出来,大陆的作品喜欢言大,而台湾的作品乐意言小。大陆报告文学与小说的题目动不动就大裂变,大逃亡,大阅兵,大潮,大浪淘沙……而台湾的作品喜小,动不动就是小这小那,这个比较倒饶有趣味。我还从中得到了启发,发现了为什么港台的流行歌曲在大陆特别受欢迎。我偶尔从电视中听一听我们的歌星演唱,天啊,那词可真大:动不动就是地球啊宇宙啊太阳啊星星啊人类啊祖国啊奉献啊人生啊生活啊前程啊未来啊已往啊时间啊空间啊什么的。流行歌曲也要搞这么大,有点玄喽!

台湾作家的散文显得书卷气一些,动不动就引经据典还来几句外国文啊什么的。大陆作家就生活多了!方言也好,北京话也好,都是活的语言,毛泽东提倡以生活为文学的唯一源泉,也有作用,起码语言看起来还是活得多。

我也喜欢台湾作家文字中流露的那种天真,他们相当个人化,写身边的东西,更纯情也更性灵,更老派也更随意,更知识分子也更雅致。当然大陆作家的那种三教九流的特点、立言的特点也是值得珍视的。

作家的生活方式与活动方式当然也不一样,大陆有那么多专业作家,那么多不怕或者不太怕赔钱的刊物,台湾可没有。在台湾也像在别的资本主义地方一样,靠纯文学吃饭很困难。所以大陆作家才有条件写那么多长篇小说,而且把长篇小说写得那么长。

大陆的作家谈起几十年的经验来丝毫不回避曲折。台湾有些同行则更乐于讲那边是怎么好怎么好。比如,当大陆作家谈到"断裂"的时候立即就有台湾同行出来说话,"我们这儿没有断裂"。真好啊。这使我想起了已故文学界的老同志刘剑青来了,他告诉我当他访问一个友好国家的时候,他介绍说,中国文学走过了曲折的道路。人家立即说:我们走过的道路是笔直的。听了这样令人鼓舞的话,听者自然没有了脾气。至于台湾文学的道路与环境有没有过什么问题,我想用不着我饶舌。

所有这些比较都不是一个你优我劣的问题。我很愿意向台湾的同行学习,我们完全可以互相取长补短。但是那种谁比谁更强的计较实在无聊。一个真正的作家是不需要论述自己的优越或者自己这个地区的优越的,因为假如您和您这里确是优越,就没有必要论述您和您那里所以优越的逻辑。而如果您和您那儿未必优越,就是把逻辑论得清清楚楚也不管用。而且最为要命的是,文章憎命达,最最优越的条件下出现的未必是最最优越的作家,自己认为自己的条件最最优越乃至自我陶醉的作家未必就是——多半不是最最优秀的作家。争之甚切倒像是摆脱不了那种斗出个高低的心态。

所以,在一九九三年十二月二十八日台湾《联合报》系主办的"四十年来中国文学讨论会"的晚宴上即席演说的时候,我就强调一个大作家搁在哪儿也是大作家,合乎地理逻辑是大作家,不合乎地理逻辑他还是大作家。古今中外,有哪个大作家认为需要论证自己的文学地位是合乎地理逻辑的呢?耶稣出生在马厩里,他还是上帝的儿子呢。这是事实,所以不需要论证——我不知道有没有这种神学理论,即耶稣之所以成为耶稣是由于他的那个马厩特别优秀。如果不是耶稣,那么生到马厩里还是生在皇宫里,不论怎么论证可能是耶稣也没有用。是的,不是大作家搁到哪里也不是大作家,年人均收入再多或者再少都于事无补。您做了大官不见得就是大作家,您被押赴了刑场,即使值得同情,您也还不是大作家。一个大作家不会同意去参加代表队争高低。不会孜孜于论证自己这里有可能出现大作家的地理逻辑,也不会耿耿于得到或者没有得到某种奖金。奖金敢情好!愈多愈好。但是再伟大的大量的奖金也毕竟是形而下的东西。而艺术的永恒的与普遍的价值是形而上的。一个大作家应该有足够的自信,足够的矜持,需要他仰视的只有艺术,只有公理,只有更加终极得多的伟大的关注。仰视某种奖金或者致力于获取某种奖金的门槛的人不怎么像是大作家。当然,他也是凡人,他也不能完全免俗,他会对某些功利名声感觉兴趣。但是,这里的问题不仅在于心态也还在于时间,他把自己的全部精力都投入到艺术上去了,还常常感到时间不够,他怎么会孜孜于那些无聊的话题呢?

1994 年 4 月

不 争 论 的 智 慧

写完了那篇《从"话的力量"到"不争论"》的文章,意犹未尽。

我想起了张中行老师关于四七二十七还是四七二十八的争论的故事(见《读书》杂志一九九三年第五期)。这是我迄今为止读到过的最佳最佳笑话。与一个认为四七等于二十七的人争论是毫无意义的,是枉费唇舌,是自身的不够清醒所致。因此,县令责打坚持四七二十八的人的屁股,而判定主张四七二十七的人无罪。太妙了!这是一个关于不争论的最佳故事。与四七二十七的人争论活该挨打!即使您是正确的,您是坚持四七只能等于二十八的,也不必去与不值得认真对待的人去认真讨论那本来不讨论也可以明白的问题,这是一。到头来,还是四七二十八的主张者挨揍,这是二。坚持四七二十七的人无罪无皮肉之苦,这是三。第一层含义是智慧,而且是非常东方式的关于"无"的智慧,正确的主张也不是任何时候都需要宣讲的,在宣讲没有意义的时候,更正确的做法其实是保持沉默和静观,也就是保持无为。这个表述比西谚所云"好话是银子而沉默是金子"更加透彻。

第二层——关于四七二十八论者的挨打的含义——就有那么点辛酸了。

而第三层含义呢,四七二十七无罪论,真是滋味无穷!这是对于乖谬者们的最大讽刺,又是对正直的、只知其一不知其二只知一味说实话的呆子们的最大自嘲!

有一个民间故事类此而格调稍低：是说两个人争论，一个说是《水浒传》上有个好汉名叫李达，另一个说是那好汉名叫李逵，二人打赌二十块钱。便互相扭打着找到了一位古典文学权威。权威判定《水浒传》上的好汉乃是李达，于是李后面是逵的主张者输了二十元。事后，"李逵派"质问权威为何如此荒唐断案，权威——看来与李逵派还是相识——答道："你不过是损失二十元钱，而我们害了那小子一辈子！他从此认定好汉乃是李达，还不出一辈子丑吗？"

这个故事也有趣，但未免阴损，缺乏绅士风度。在一种情况下才是可以肯定、可以认同的：即李达派蛮不讲理，或者还自以为有什么来头，或者还一心要扫除一切把逵字不读做达的人。不应该是权威要害他，而是他要害人，结果当然只能是害了自己。这个故事对于振振有词坚持谬误、对于过于强硬搞得没有人愿意把事实真相告诉给他的人，还是有它特有的教育意义的。这个故事的最深刻之处在于告诉我们：对谬论唯唯诺诺随声附和，恰恰是——至少客观上是——对谬论的最大惩罚！

我也想起了胡适的"多研究些问题，少谈些主义"。在主义问题还没有解决，实质上是革命的基本问题——政权问题没有解决的时候，胡适的这个主张被认为是反动那是当然的，因为他的这种主张有利于当时的政府而不利于当时一心想革命造反的共产党和人民。但是在革命成功以后呢？这事就得另说了：革命成功了，您还是整天价主义，整天价为标签而不是为实际，为"社会主义的草"而不是"资本主义的苗"而大动干戈，不去解决实际问题，恐怕就要自乱阵脚。主义与问题本来也是分不开的，主义首先要解决的是根本的、前提性的问题，对于革命政党和人民来说这就是政权问题。政权问题解决了，各种实际问题就有了好好解决的条件了：只要一个革命党夺取政权的目的不是只为了自己掌权，而是为人民服务，那么在夺取了政权的第一天起就应该把目光放到多研究些问题上来。主义的伟大恰恰在于能更好得多地解决问题，能满足人民的实际利益要求。最终，人民是务实的，人民拥护不拥护一个主义，并不在于这种旗帜本身，并不在于某种学说的论断、逻辑与文采，而在于这种主义和标榜这种主义的政权是不是能为老百姓解决他们的切身的实际问题。

提到不争论云云，老子的学说很有片面的深刻性与启发性。从反对人的盲目自大、盲目膨胀、庸人自扰、轻举妄动、自找麻烦、自找苦吃的意义上来理解，老子的学说实在精彩绝伦。他推崇"不争之德""不言之教""无为之益"，他提出"希言自然"等，我们不妨理解为不必自以为是地不适当地以喋喋不休的言语去干扰事物按照客观规律发展——说不定从中可以悟出要以市场经济取代计划经济的道理来。老子还发现了"以其不争，故天下莫能与之争"的至高至妙的道理。我们不妨认为，老子的主张是韬光养晦，不做出头橡子，"深挖洞、广积粮、不称霸"。老子的主张也是高姿态，是对自己的充分自信。耽于争论往往是缺乏自信的结果，例如文坛上一些动辄要争一争的人，充其量只不过是二三流作家、江郎才尽的过气作家而已，即使争到了一些蝇头小利，暴露出来的却是自己的极端鄙俗、极端心虚。而一个真正胸有成竹的作家，是不屑于争那些个低级趣味的。为什么不争？一是不必，胸有成竹，不战而胜，是为上上。二是不屑，与四七二十七者争论，不是太降低了自己么？三是没有时间，好人忙于建设，忙于创造，哪有空闲天天磨嘴皮子？以其不争，更显示了他的高尚与宽宏。对不争的人，你能胜过他吗？你至多吹嘘一番为自己壮壮胆罢了，你至多讹讹搅搅充当一两次搅屎棍罢了，这不是只能越发显出你自身的高攀疲累要死要活还是够不着么？这也是阿拉伯国家的谚语"狗在叫，骆驼队照旧前进"的含意所在，阿拉伯的智者也不主张骆驼队应该与狗争论。老子也说："不争而善胜，不言而善应，不召而自来……"我不认为这是老子主张大家都应该躺倒睡大觉，同样，他主张的是更实在地发展自己充实自己尊重客观规律不做逆客观规律而动的事情。

老子提出："多言数穷，不如守中。"俗话里也有"言多语失""爱叫唤的猫不拿耗子"之类。消极地看,这一类说法似乎是教人谨小慎微。其实,个中自有深刻的道理。依我们的经验,凡是要大喊大叫地说"就是好就是好"的,常常是搞得不太好的。我们从来没有唱过"淮海战役就是好""改革开放就是好",却要不停地唱什么公社就是好或者"文革"就是好,这还不清楚么?所以懂得了"多言数穷"的道理,一是有助于不上当,二是有助于少做蠢事。话语确是人类的一大发明,话语的转而君临人世、安慰你梳理你的同时蒙骗你煽动你辖制你镇唬你,也堪说是人类的一大灾难。老子早就对话语的泛滥采取警惕和疑惑、批评的态度,实乃东方一大智者。

老子的名言还有:"信言不美,美言不信。善者不辩,辩者不善。知者不博,博者不知。圣人不积,既以与人己愈有,既以与人己愈多。"他总结说:"天之道,利而不害。圣人之道,为而不争。"我们不妨将这些教训理解为:直面人生,不为天花乱坠的话的力量所蒙蔽。多做实事,坚持重在建设与正面阐释,尽最大力量避免抽象无益不看对象的争论。(这里的"善"的含意与其说是善人,不如说是聪明——善于做某事。)警惕那些卖弄博学的驳杂不纯者,只有那些不但知道自己知道什么而且知道自己不知道什么的人才有起码的知识。不必处心积虑为一己打算,"其无私耶,故能成其私"。固本自强,完全不必争一日之短长——尽量避免自以为掌握了真理的人的排他性、狭隘性和破坏性。这些都是金玉良言。

反面的例子也不少。比如戈培尔的"谎言重复千次便是真理"。比如红海洋与背诵"老三篇",动不动搞什么覆盖版面,还有年年讲月月讲天天讲之类。"文革"当中,既是全面地空前地展示了话的力量——威武雄壮,移山倒海,蔚为大观,是话的力量的一次大示威大节日大活剧;又是全面地空前地展现了仅仅是话的力量的不足恃,是空前绝后、势如破竹的话的力量的终于破产。这是以话的力量兴风作浪的一出大悲剧,又是话的力量出尽洋相终于成为笑柄的一出闹剧喜剧。可惜的是并不是人人都善于接受历史的教训,至今仍有一有机会就致力于搞大批判班子、情结于用话的力量吓唬人的"文革"思路迷恋者。

资本主义市场的广告的恶性泛滥也是一种话的力量的异化与膨胀。广告化的市场经济,广告化的政治,广告化的文艺,什么都靠包装,靠"炒热",靠"托儿"。这些都可能奏效于一时,但是恐怕不可能从而成了什么气候。有时候吹的肥皂泡愈大愈五颜六色愈是接近于噗的一下子破灭。这样的例子难道我们见得还少么?

市场广告常常使我想起"文革"中的所谓大造舆论,人为地、通过权力来指挥传播媒介制造舆论。人为地、通过权力来指挥传播媒介制造舆论,与通过金钱来占领传播媒介大登广告实在有异曲同工之妙。大造云云,更给人以颠倒本末、推销伪劣的感觉。无论如何,我们似乎应该承认,舆论首先是实际的反映、是民意的反映,一切的大造如果符合实际、符合民意,那将是一种正确的与必要的信息服务,一定能起到积极的作用,把好东西贡献或推销出去。而如果产品伪劣,大造舆论也罢,大登广告也罢,效果只能是暂时的与有限的,最终,效果只能是适得其反——培植出一批口是心非的伪君子并且使人民群众更加疏离。

我这里还想斗胆提出一个问题:怎么样才算是正确地与全面地理解了列宁关于"灌输"的论述了呢?窃以为,列宁关于"灌输"的论述是宏观性的,是针对那种认为工人阶级可以自发地产生社会主义思想的工团主义的。如果把它变成一种我们常说的所谓"灌"的教育方法,单向地念念有词地把自己当做话源、话的主体而把受教育者视做话的接受器、话的客体,还会总是有效么?如果只管这样"灌"下去,我们又怎么样理解毛泽东主席在古田会议上提出的教育上不要搞"注入式"而要搞"启发式"的命题呢?

余才疏学浅。我十分希望有学长学友能把古今中外的关于话的力量与不争论的故事拿出来让人们见识见识。

1994 年 6 月

"洛伊宁格尔"与他的眼睛

最近,有一本奇书正在被传阅议论。书名是《第三只眼睛看中国》,封面上与版权页上标明的是:〔德〕洛伊宁格尔著,王山译,山西人民出版社出版。这本书谈的是当前中国的一些尖锐问题,包括政治经济形势、改革开放前景、城乡各种社会问题等等。这本书受到一些人的热烈欢呼,已经有刊物上的积极评介出现。据这本书的出版说明介绍,它"力图从研究中国人民革命的历史和中国社会自然发展过程出发,找出中国当代社会生活和政治结构的合理性,并对中国未来的发展走向和矛盾冲突的具体演变形式作出描述"。"以'第三只眼睛'相标榜,意味着作者既不愿重复中国人自己的立场,又竭力与西方仇视中国的传统观点有所区别,从而客观地提出对中国现实问题的带有规律性的总结"。

书中涉及问题很多,其中许多问题都大大超出了我所熟悉的领域,因此,我不准备对全书作出评论,更不准备作出概括性的价值判断。这里写下来的只是一些零碎感想。

此书的有些论点确实与众不同,例如对于中国的改革的评价,有的说法颇有警策意义。第246页,作者写道:"……这种由大多数社会成员组成的社会主体对社会变化有两个基本要求或者倾向:一是要求社会变化合乎理想;一是急功近利,急于看到成果。"这两点的指出实在精彩。接着他说:"一旦上述两个要求没有达到时,统治者与下层社会成员的改革同盟即有动摇瓦解的风险。"这话我们听着相当刺耳,但是这样一个警告是极有见地的,我们甚至不妨视之为逆耳忠言。他接着警告说:"……往往为取媚于社会而提出一些不切实际的改革口号,这些假想目标进一步刺激民众的理想狂热……使国家和社会的改革更新发生恶变。"除了最后一句话以外,我只能为这样的论断而喝彩,它与我的一贯观点相吻合,即不应该没完没了地进行脱离实际的理想主义的宣传,过高的理想——乌托邦灌输,最后往往将自己的军,远远达不到自己吹胀了的期望值,而使自己处于尴尬境地。

然而,指出改革的风险,指出大众参与的危险的一面与转型期社会意识的流行症状,防止以其昏昏使其轰轰乱乱,这是一回事。干脆否定改革与大众参与,是另一回事。这一段文字的起始是这样写的:"改革会引发灾难,除了因为它是受国际潮流左右,带有盲目性,以及是当权者推动,带有主观色彩……之外,更可怕的原因是它的群众性。"

有几个问题人们无法不予以思考:

一、改革会引发灾难,诚然。不改革呢?不改革就会天下太平铁打的江山吗?这就与治病一样,吃错了药也许效果适得其反,所以提醒人们服药慎重是完全正确的。但是能够拒绝医疗吗?

二、到今天为止,我国的改革是"盲目"地为国际潮流所"左右"的吗?百余年来的历史证明,我们的社会主体是没有选择国际潮流的能力的么?而国际潮流的影响是消极或基本消极的么?如是,我们能不能得出回到"大清天朝"会更好更不"盲目"的结论来呢?

三、大众参与是"灾难",当权者发动是主观色彩,怎么办?这不是没有路了么?中国十余年来的大变革算是主观呢还是灾难呢?能不能设想一种领导与群众结合又民主又集中的改革模式呢?作者的非大众的高明的见解,究竟是要求改革还是要求不改革呢?

本书的这一只眼睛确实发人深省。

作者对于知识分子的说法更加别开生面。他一方面用西方政治家的语言讲什么"中国的青年知识分子……发动了多次悲壮的冲击",一方面又指出"中国知识分子的斗争并未推动社会的民主化进程""是他们自己一次次地搬砖运石加固了禁锢自己的院墙",这究竟是在批评知识分子呢,还是在批评中国的社会体制或历史传统呢?在这一段落中,作者还说是"'文化大革命'中尽管知识分子获得了一次充分发表意见和呼吁民主的机会……"这种对于"文化大革命"的幸福体验也是很有特色的,显然这更接近红卫兵的经验而不是真正的知识分子的经验。我们不难从这段话里闻出某种熟悉的"文革"牌"民主"气味来。这种气味也表现在本书对于例如彭德怀的态度上。

本书对一九五七年的事情的分析是:"中国知识分子的'贱'在这个关键时刻却表现得极其充分。男人对你露出笑脸时你就撒娇、'翘尾巴'甚至抽男人的嘴巴子……"

一个德国人能这样露骨地用性歧视的语言作比喻,令人难以置信,而且这个德国人的语言竟然比当今许多中国人更中国,而且还不是今天的中国而是例如明朝的废都式的中国(?),译文之古俗(不是雅)也令人起疑,译者绝对是当今中国最伟大的翻译家之一! 林纾再世也不能不服! 这个问题后面再讲。本书对中国知识分子的批评——诸如"他们根本就不是一个成熟的社会集团,在政治上幼稚得几乎顽童……"等等,不知道作者用的是什么标尺。难道知识分子的价值或使命在于他们的政治上的成熟性与作为社会集团的成熟性? 以这样的标准——应该说是一种权力学乃至"帝王术"的标准——来衡量,世界上没有哪一个国家的知识分子是合格的。知识分子的作用在于知识而不是精通政治权术。我们说尊重知识、尊重人才的方针比贬低、迫害、污辱知识和人才的方针正确,因为前者可以更好地发挥知识和人才对现代化建设与社会进步的积极作用,而后者发展到了极端,例如"文革",就造成了全民族的大倒退和文化教育的沙漠化。这里似乎不必讲太多深奥的道理。

本书对一九五七年的阶级斗争形势的估计未免过分夸大了敌情。而不论是斯大林还是别的什么人，夸大敌情正是搞阶级斗争扩大化的理论根据，对此我们不但是记忆犹新而且是心有余悸。中国和苏联都是那么大，都有过反对社会主义和共产党的领导的阶级斗争，这不足为奇，问题是一九五六至一九五七年是不是到了"黑云压城城欲摧"的程度。作者的结论是："在一九五六——一九五七年，不识时务不顾大局的中国知识分子自己屠杀了自己，全部问题或初始原因只能从这个不成熟的群体自身去寻找了。"

这样的结论超过了中共中央领导的解释——我们在这里不需要引用八届六中全会的决议。由于"不成熟"就"屠杀了自己"，这种论断的霸气乃至血腥气令人叹为闻止。还有"不识时务，不顾大局"云云，我对于译者的翻译的绝对中国气派感到惊讶。不知道德语是怎么表达这种富有中国特色的熟语——观念的。这是德语翻译的崭新的发展。从翻译学的意义上，这也是一部奇书。

作者还在本书中大量论述了国际战略局势。他的不要干预中国的命题无疑是有分量的与可喜的，但是一些说法又在暗示或明示什么"中国与国际社会的激烈冲突"。他讲对人类命运构成威胁的国家具有四个条件，而只有中国同时具备这四项条件——所谓"极端主义的意识形态、由非逻辑的经济政策导致的财政破产、非民主化的政治结构和决策方式、不理想的人权状况……"不知道这种说法与译者"出版说明"中所述的"西方仇视中国的传统观点"有什么干系没有。虽然他的结论是"于是，我们必须了解中国！"这很好，很平和也很中性，你无法对之提出异议，但全部论述的危言耸听的性质仍然相当吓人，只是到了这样的问题上，用的又是彻头彻尾的西方观点与语言了。甚至，我不知为什么愈读愈觉得它是在提醒西方认识"中国的危险性"。究竟是谁把谁绕糊涂了呢？

可以感觉到作者对毛主席的"党内有一个资产阶级"的论断的偏爱。坚决捍卫毛泽东思想的红卫兵可以根据这个论断去打倒一切。西方的反共偏见也同样可以很好地利用这个思想，把它解释得与早在许多年以前南斯拉夫的德热拉斯的"新阶级论"一样。当然，无视这个问题的提出，也不是有识者的选择——请看连毛主席都这样提出过问题，我们能不在意或者一骂了之、一取缔了之吗？

论述了毛泽东关于社会主义社会阶级斗争的思想的形成过程以后，在154至155页作者写道："决定官吏沉浮的人物是毛泽东，而他绝不是一位封建皇帝。影响他对官吏取舍的是他头脑中那种越来越强烈的隐忧——共产党的大官不可避免地要成为人民的对立物。"作者认为，毛对列宁的"小生产每日每时地自发地产生资本主义"的思想有了发展，毛认为这种小生产"能够与党内有特权的当权者相结合"。在158至159页，作者讲到了这种论断与"西方学者"的另一种出发点的另一种判断的趋同。从164页开始，作者论证毛泽东的"资产阶级就在共产党内"的论断是一个"多步骤运算题"，这个题已经被证明是算错了，但是它并非"从头错起"，这是有他的深刻性的。历史的经验有时候是需要反复研究推敲的。作者从当今的一些领导人关于反腐败与反和平演变的言论中听到了"毛泽东的声音"。作者的这一段文字表述，算是措词够含蓄、用心够良苦的了。

比较引人注目的是作者对农民问题与知识分子问题的论述。

作者认为建国初期，"作为家长的中共此时面临着……两难选择。安抚农民将放慢甚至放弃工业建设……加快工业建设就必须剥夺农民"。这实在是一个令凡夫俗子出一身冷汗的警世大言。他又写道："值得称道的是，中共高层干部几乎一致同意暂时放弃农民而在全国发展工业生产"，除了"以立场顽固著称的彭德怀元帅"以外。作者声称毛的农业政策是把农民禁锢在土地上，而改革的结果是释放了农民。作者引用一个大学教师的话说："生存问题是一个瓶颈，当为生存而奋斗挣扎时魔鬼是被制服在瓶子中的。现在，瓶颈已被突破，魔鬼已经放了出来……"

作者问道："魔鬼指的是什么？是农民还是农民的贪婪和创造

财富的欲望?"

于是作者论述,"经济改革的成功却带来了政治上的重重忧患"。作者就流民潮、犯罪潮、农村基层政权的瓦解趋势……发出了警报。作者的警报当然不是无的放矢,但是他对农民的态度以及对待被他划入农民代表范围的彭德怀的态度仍然令人不寒而栗。

知道知道有这样一种超人式的观点是很有意义的。在第60页,在转述了改革的各种消极面——如农民们怎样破坏生产力——以后作者索性问道:"因此,有了另一个思路:如果让农民再饥饿几年呢?"

在超人面前,农民确实只能勒紧裤腰带簌簌地发抖了。

看来依据作者的观点,为了制服魔鬼,必须长期使人民处于为生存奋斗挣扎的生存线实即死亡线上,而一旦摆脱了这条线,魔鬼就出动了。你不骇然么?

我也不知道下述说法是否公正,即改革的结果是破坏了生产力而不是解放了生产力。

那么究竟是富民政策还是饥饿政策更能发展生产力呢?如果工业化的道路是以饥饿为基石铺就的,那么,又何必搞什么工业化呢?

我不是经济学家,我的想法肯定是太平庸太通俗了,我希望就这个问题得到激赏本书的方家的指正。我同时又感觉到,尽管本书作者很作出一种毛泽东的知音的样子,但他的这种超人与强人的政治观肯定与毛泽东大相径庭。这样的理论倒似乎是很容易被看成"人民的对立物"。虽然在谈论"党内资产阶级"的时候,作者似乎是一个亲民粹主义者,在谈论农民问题的时候,作者又好像是运用另外一套参照系了。

我不打算对本书作全面的评价,这超过了我的能力限度与兴趣范围。我只是不愿意隐瞒我阅读本书时时而兴奋乃至击节赞赏、时而大惑不解乃至毛骨悚然的心情。我是愈读愈肝儿颤。

本书的文风特点是:一、放言而大,无所不包;二、一鸣惊人,语不惊人死不休;三、用语到位,对准穴位,搞强刺激;四、有的地方相当深刻(很符合片面的深刻性或深刻的片面性命题);五、有的地方横空出世,天马行空,泰山压顶;六、虽然用了一些西方式的语言,总体来说相当的中国化和具备中国式的流畅。

这与其说是重思辨好科学喜抽象的德国人的著述风格,不如说是吾民小儿女的后生可畏的黑马风格。

有一些同志对此书是涕泪交流,如获至宝。显然这位"德国学者"说出了他们想说而不方便说的话。好!即使仅从这点也应该重视这本书和这本书所代表的观点,重视这本书已经说出来的与没有说出来的一切,重视这本书所指出的实际确实存在的问题。闭眼睛绝不是可取的对策。这本书文风虽然有些夸张,相当一部分内容还应该说是相当郑重的。改革之所以与不改革不同,就因为改革是允许批评的,而如果是作者所服膺的强力政治与保守政治占据了主流地位,如果我们这里没有这十几年的改革,那么这样的书只能说是大逆不道——作者或译者恐怕只能落一个自我"屠杀"的后果。

这本书也是改革"引发"出来的,是对"瓶颈"的一个突破,而且,不能说它是魔鬼。

这是一部奇书,这是一次奇特的出书。更奇的是:它的作者是谁?

在署名王山的"出版说明"里,译者写道:"L. 洛伊宁格尔博士(1953.8.——)是当代欧洲最有影响力的中国问题专家。自八十年代起,洛氏陆续出版了一系列研究中国国情和国家政治结构的专著。他的观点……被认为是欧共体东方政策的最主要的理论依据之一……"

这么说,洛氏应该是有相当的知名度的,至少在汉学或曰中国学的圈子里,他应该名扬遐迩、誉满全球才是。

我就此请教了多位德国的汉学家的头面人物。他们都大感不解。第一,这么有名的德国中国学专家,与他们同属这个领域,本应该是抬头不见低头见的，怎么此前竟会毫无所闻？既然发表了一系列著作了，他们又怎么可能一本也没有听说过？一位在该国驻华某文教机构负责的人士还说他已经正式委托他的国内机构代查此人此书，结果查遍电脑系统无此人也无此书的档案。他说，至少可以肯定的是所谓这本德国人写的书，绝对没有在德国用德文出版过。他怀疑，是不是中国人自己写出来，而假托到德意志去了呢？

往年古怪少，今年古怪多。这就奇了。看看中文版书籍吧，全书没有按惯例列出翻译书不可或缺的原书名与原出版社名乃至作者姓名的原文。（是不是 Leuninger 呢？）这本来是不能够缺少的，至少在强调知识产权的今天，为了有别于非法盗版，怎么能够不印上这些呢？学术的严肃性也需要这些资料。要知道阅读原文对于郑重的科学研究的重要性。没有原文资料，请问，山西人民出版社是怎么审的稿呢？这是一个技术性的疏忽么？是作者的原书没有出过德文版么？本书的作者到底是谁呢？希望中译本出版者与译者给读书爱好者一个澄清，也有以教我。如果确实是我与我的那些德国汉学家朋友孤陋寡闻，那么我愿意公开向洛伊宁格尔先生、王山先生与山西人民出版社道歉。

请给我们一个说法。

1994 年 9 月

附注：《第三只眼睛看中国》，〔德〕洛伊宁格尔著，王山译，山西人民出版社 1994 年 3 月版。

旧梦重温

读旧书如读过去的自己，如面对一去不复返的时光。天若有情天亦老，大哉天也，这里的天就是时间。把一切放到时间的长河里观看，似乎得益不少。以今日而观昨日，犹以昨日而想今日，毋须是此而非彼，事后诸葛亮与一味怀旧都没有多大意思。一般地说，事后人们会更加清醒；而从前呢，又更加真诚而且热烈。没有从前就没有历史，没有事后，就没有进展。轻率的忏悔与轻率的骂人一样，其实都为智者所不取。顺着时间的长河看看，只是觉得人生有意思，历史有意思，"天"有意思。活这一辈子，值！

近日因整理旧物，找出一本《苏联人民的文学》（下册），人民文学出版社一九五五年六月第一次印刷。本书是一九五四年十二月十五日至二十六日召开的第二次全苏作家代表大会上的发言集。五十年代，我正发烧于文学与苏联，这本书我是当做"圣经"来读的，直读得我醍醐灌顶，如醉如痴，溶化在血液里，落实到行动上了。

中国作家代表团团长周扬同志在大会上"以作为你们的年轻兄弟的学生的中国作家的名义"向苏联致敬。周扬说："苏联文学是人类最先进的，最富有生命力的文学……"周扬不但称颂了苏联文学，也称颂了"俄国古典文学"。国外有论者认为周扬"文革"中如此挨整，他肯定俄国古典文学是原因之一。俄国古典文学对于正在搞"文革"的中国来说，它的人道主义还是太多了太危险了。

周扬提到了绥拉菲摩支的《铁流》，又提到了毛主席对法捷耶夫的《毁灭》的高度评价。他说:"我们在莱奋生身上看到了布尔什维克领导者的典型,矿工出身的游击队员木罗式加虽然满身带着旧社会遗留的缺点(连缺点也是旧社会遗留的!——王注),但是他对革命的事业是何等的赤胆忠诚啊!与他相对照,那位'优美'的知识分子个人主义者美谛克却在决定关头背叛了革命背叛了人民……"

这个公式早已有之苏已有之,《杜鹃山》也是这个公式的表现,不同的是杜鹃山山头上的小知识分子温其九,连美谛克的那点"优美"也没有。这个公式又是很厉害的,它可以成为迫害知识分子的一个论据。恐怕周扬本人也受到了这个公式的折磨。

周扬还说到苏联文学作品中的"人类历史上前所未有的完全新型人物",多么激动人心!已经是前所未有的了,还要再强调是完全新型!理想主义是多么光芒四射,而事实又常常是怎样的杀风景呀!

周扬说到"现代资产阶级文学艺术正经历着堕落和解体的过程",提到好莱坞电影是"现代世界资产阶级最反动的文学艺术"的代表,提到中国"对资产阶级唯心主义及其在文学上的反现实主义倾向的斗争",提到"苏共中央关于文学艺术的有名的历史性决议大大帮助了我们"。(那时我们不但是接受日丹诺夫主义的,而且是闻之起舞的。)

我们都是这么走过来的,当然不是周扬同志一个人。你叹息他的"天已老"。后来呢,当他叹息你的"天亦老"的时候,你就不知道了。

包括在"解冻时期"被认为相当"修"了的作家爱伦堡也在大会上问道:"为什么西方资产阶级文学现在逐渐枯竭起来呢?"然后他回答:"是的,资产阶级社会正处于崩溃时期……"爱伦堡说的恐怕是很有根据的。与社会主义的万众一心、群情振奋相比较,"资产阶级"社会的作家们是何等落寞萧条呀!就以此次盛会来说吧,一九五四年十二月二十五日第二次全苏代表大会在莫斯科大克里姆林宫开幕,领导人布尔加宁、卡冈诺维奇、马林科夫、米高扬、莫洛托夫、别尔乌辛、萨布罗夫、赫鲁晓夫、什维尔尼克、波斯伯洛夫、苏斯洛夫、夏塔林出席了大会。十二月二十六日,又是一大部分领导人,其中还加上伏罗希洛夫出席了为出席大会的外国作家而举行的宴会和演奏会。这种风光,"资产阶级"作家们一辈子也甭想!

爱伦堡还是提出了一些问题。他说,一些作家"在形形色色的世界里只习惯于分辨黑白两色"。还说"把任何小说中的人物分成'正面的'一类与'反面的'一类的文学家本身就是我们文学中的反面现象"。他这句话居然唤起了掌声。看来当时苏联的作家大会也还有一点民主。

爱伦堡又抱怨说:"批评,那是不同意见的对照,至于审判,那应该由今天或明天的读者来做……我们往往只发表读者的一种来信而对另一种来信置之不理……"他对已有的民主显然还不满足。他的意见受到在中国读者当中被认为似乎很革命的柯切托夫的批评。柯说爱是"号召放弃文艺界的任何思想斗争"。凭这顶帽子真够爱伦堡喝一壶的,但他毕竟还是善终。谁说斯大林那么"暴"呢?至于柯切托夫,他写过《你到底要什么》《州委书记》等,六十年代在中国大为行时,因为他的作品多少反映了苏联正在"变修",也反映了正直的苏联人民的反修斗争,故而他成了最受中国欢迎最被中国使用的苏联作家(但是他的作品中也有反华内容)。毛主席就说过,应该相信苏联人民是要革命的。

柯切托夫批评一些苏联作家不是在旧事物中寻找新事物,而是在新事物里找旧事物。他的这个批评确实雄辩动人,令作家们愧煞。我们过去和现在都有类似的批评,听到这种讲法,我们觉得亲切。

那个年代我最崇拜的作家是苏联作协主席法捷耶夫同志。在写《青春万岁》的时候我一次又一次地阅读《青年近卫军》,五体投地,而且觉得苏联的社会主义新人就是比哪儿的人都可爱(?)——我不知道这个最崇拜里有没有看中了"法主席"的崇高地位的因素。

法捷耶夫说:"苏联作家,无论是党员作家还是非党员作家,都承认共产党的思想是正确的,而且他们在创作上捍卫这种思想。"非党老作家卡达耶夫在自己的发言中也强调说:"只有实在的,深邃的……党性才能使我们的艺术劳动有益于人民"。他还现身说法:"当这种党性的感情在我身上减弱时,我就写不好,当党性的感情在我身上加强时,我就写得好些。"真是令人感动!卡达耶夫确实是一个年高德劭、天真而又忠诚的作家。没有一个党能在作家圈子里拥有这样的威望和影响,没有一个政党能够对于文学发挥这样大的作用,这不会是偶然的。现在的青年人可能难以体会这种心情了,但是重读旧书,我感到的与其说是乌托邦,不如说是真实。

法捷耶夫有一句话,如果在中国很可能被认为与胡风的"到处有生活"论如出一辙。他说:"问题毕竟不在于什么人在什么地方生活,热爱生活和有着战士热忱的作家,随时随地都可以找到生活中的新鲜事物……"他又说:"真正的才能和真正的艺术技巧首先在于善于爱一切,爱一切新事物——我们生活各方面的新事物——并且善于反映作家在生活中碰到的一切。"法捷耶夫毕竟是大作家,说出的话在突出革命性的同时也具有深度,他当然懂得创作的甘苦。但是就连这位五十年代的苏共中央委员、苏联作协主席的上述言论拿到敝国来恐怕也是挨批的危险大大的有,而且不仅在五十年代。抱残守缺的低能儿真是不扼杀文学的任何生机就绝不罢手。

法捷耶夫还指出:"在接受旧的古典遗产方面必须防止一些出现过的庸俗化观点。我们常碰到一种这样的议论,仿佛苏联文学只是继承过去的现实主义艺术的。"这也是有见地的。回想一下,那个年代我们标榜的是"现实主义与反现实主义的斗争"。直到"文革"后,人们才考虑到在对于现实主义的理解上最好不要搞什么作茧自缚,而刚这么一考虑,就几乎造成了轩然大波。法捷耶夫谈到诗的时候说:"有些诗人在自己的创作里利用他们所能利用的形式的全部财富。"这也是大家风度。

当然,法捷耶夫也强调了与敌对的思想影响斗争的必要性,而且说:"如果我们不把这种斗争坚决进行下去,我们的思想上的敌人就要给苏联文学的发展以巨大的损害。"可惜的是他老人家也没有"斗下去",他在赫鲁晓夫秘密报告以后不太久,就自杀了。

另一个我特别感觉兴趣的是谢皮洛夫的发言。谢不是文艺作家,他当时是苏联《真理报》的总编辑,后来还做了苏共中央主席团委员。他的发言更代表意识形态方面的官员。与作家们的说话相比,他很"教条",但是并无霸气。开宗明义,他先论断说:"苏联文学已经成为那样强大的富有生命力的源泉,从这个源泉里,各国先进人士能汲取到对社会进步胜利的信心……社会主义把人提高到前所未有的高度,在社会主义社会制度条件下,普通人会成为决定自己的命运、自己国家的命运的全权主人。"

全称肯定的句式多么自信!不但是主人而且是全权!五十年代我对这样的断言能不闻之起舞么!

谢皮洛夫强调"社会主义现实主义是战斗的、革命的、积极进取的方法"。显然,他是从政治上提出所谓创作方法的问题的。他还提出要"非常紧张地同脱离社会主义现实主义原则的倾向作斗争"。顺便说一下,法主席的发言虽然也引用了苏共中央的祝词中关于社会主义现实主义的词句,但是他更强调了"在我们社会主义现实主义内部,事实上存在着形式和风格方面的各种不同的创作流派……"这似乎是开了后来的"社会主义现实主义的开放体系"的提法的先河。

谢皮洛夫猛烈抨击了"美国帝国主义"与"(西)德国军国主义",然后大讲苏联经济建设的宏伟规模。这符合他的身份。不过其他作家——包括东德的安娜·西格斯也都是这样讲的,万众一心,没有别的调子。

谢皮洛夫说:"作家的思想的成熟与天才的力量,最鲜明地表现在概括(概括两个字原文加上了重点。——王注)的艺术中,表现在能从多种多样的现实中选取最本质的,对于主导倾向有决定性的东西。"这样要求作家未免过于向政治家、理论家靠拢。

这次全苏作家代表大会上还发生了一场风波。肖洛霍夫与奥维奇金带领几个代表向苏联作协领导,特别是向西蒙诺夫猛烈炮轰。他们当然也受到了回击。对于苏联作协而言,这场风波其实更像是"在野"作家对"在朝"作家的牢骚。对作协尽可大发牢骚,没人干涉,因为诺贝尔文学奖获得者肖洛霍夫大节上还是极其可爱的。他说:"国外的恶毒的敌人说,我们苏联作家是按照党的指示来写作的。事实上有点不同:我们人人都是遵照自己的心的指示而写作的,而我们的心是属于党和人民的,我们是以自己的艺术为党和人民服务的。"

　　他讲得是何等好啊！这一段话给我的印象是太深刻了。

　　如果再做文抄公,那就再抄二十页也抄不完。反正实在有趣。一枚硬币有正反两面,世上的事莫不如此。正面与反面结合在一起,根本分也分不开。这些个苏联作家的发言虽然也有分歧,但是概括一下可以列表如下:

正	反	正	反
立场坚定	一厢情愿	热气腾腾	咋咋唬唬
爱憎分明	何等简单	理想高尚	天花乱坠
真理在手	自吹自擂	充满信心	鼓了虚劲
正义在胸	没有宽容	万众一心	个性消泯
斗志昂扬	好勇斗狠	向善求美	未免天真

　　看看正面,我至今无法不为之倾倒,一个人一个作家能做到这些,这真是人们梦寐以求的呀,真是一个敏锐而又多思多情的作家的一切苦恼都解决了啊！世上哪里有这么彻底的伟大！

　　再看看反面呢？那就很有点苦味啦。

　　有时候读旧书就与读新书一样有意思,如果不是更有意思的话。温故而知新,我们中国人的这句成语当真是充满了睿智。

1994年10月

不成样子的怀念

一九九二年秋,我结束了在澳大利亚昆士兰州布里斯班市参加华拉纳节作家周的活动,应澳艺术理事会的邀请转赴悉尼。到悉尼的第一天,得悉了胡乔木同志逝世的消息,当即给他的遗属拍去了唁电。

对某些所谓"中国问题专家"来说,我的反应是出乎他们的意料的。因为,他们习惯于以"保守派"与"改革派"、"强硬派"(或鹰派)与"温和派"(或鸽派)、"正统派"与"自由派"的两分法来划分中国的一些人士。这种简单化的划分,实在与"凡有人群的地方都有左、中、右"的"阶级分析"的方法并无二致。同样的简明,同样的粗糙,有时候是同样正确,有时候又是同样荒谬。按照这种粗糙并有时荒谬的"两分法"和角色的派定,王某人不应该与胡常委(他逝世前担任的最后一个职务是中顾委常委)相互友好。

一九八一年我第一次接到了乔木同志来信,信上说他在病中读到了我的近作(看样子读的是人民大学编印的《王蒙小说创作资料》,一本以教学参考资料为名广为行销的"海盗版"书籍),他对之很欣赏。他写了一首五律赠我,表达他阅读后的兴奋心情。

不久我们见了面。他显得有些衰弱,说话底气不足,知识丰富,思路清晰,字斟句酌,缓慢平和。他从温庭筠说到爱伦·坡,讲形式的求奇和一味的风格化未必是大家风范。他非常清晰而准确地将筠读成 yún 而不是像许多人那样将错就错地读成 jūn。他说例如以托尔斯泰与屠格涅夫相比,后者比前者更风格化,而前者更伟大。(大意)我不能不佩服他的见地。

他也讲到,马、恩等虽然有很好的文化艺术修养,有对文艺问题的一些有价值的见解,但并没有专门地系统地去论述文艺问题,并没有建立起一种严整的文艺学体系,他说:"我这样说,也许会被认为大逆不道的。"他的这一说法给我以深刻的印象,可惜,也许是顾虑于"大逆不道"的指责,人们未能见到乔公对这个问题的进一步阐述。后来,我在《读书》上发表的一篇文章《理论、生活、学科研究问题札记》吸收了这个思想,虽然这篇文章使一些人至今如芒刺在背而难以释然。

我举例问到了关于对毕加索的评价,我想知道他个人是否欣赏毕加索,我也想知道在中国,艺术空间的开拓还要遇到多少阻力和周折。他的回答出我意料,他说:"在我们这样的国家,还难于接受毕加索。"我以为他的回答流露着某种苦涩,也许这种苦涩是我自己的舌蕾的感觉造成的。

我问他对于典型问题的看法,他说,这个问题谁也说不清楚,他说"典型"是外来语,然后他讲了英语 stereotype,他说这本来就是样板、套子的意思。他发挥说,比如说高尔基的《母亲》是典型的,但高尔基最好的小说不是《母亲》,而是《克里姆·萨木金的一生》。然后他如数家珍地谈这部长而且怪的、我以为没有几个人读得下来的小说,使我大吃一惊。

其后不久乔公对《当代文艺思潮》上徐敬亚的一篇文章大发雷霆,于是我看到了此老的另一面。他认为徐的文章是对革命文艺的否定,认为《……思潮》这本刊物倾向不好,他甚至不准旁人称徐为"同志"。这使我觉得他处理问题有时感情用事。我告诉他,《……思潮》的主编是一位"好同志",这位同志曾协助省委主要领导做文字工作等等。乔木的反应是:"那就更荒诞了!"随后,他谈此杂志时的调门略降低了一些。

一九八三年春节我给他拜年。他读了我的小说《布礼》，认定我的爱人一定极好，便责怪我为什么不带爱人来，并且立即命令派车去接。

一九八二年下半年《文艺报》等展开对"现代派"的批判，高行健的一本小书与冯骥才、刘心武、李陀与我的致高行健的信使《文艺报》等如临大敌。一位日丹诺夫主义的中国传人理论家在会议上大讲"这一场斗争是不可避免"的，另一位负责人也郑重其事地大讲"批现代派的政策界限"，令"犯了事"的作家紧张莫名。连他的亲属也上了阵，讲"党的十二大精神是建设有中国特色的社会主义，而他们要搞'现在派'！"

乔木同志当时在政治局分管意识形态工作。他当然熟知这些情况，更知道批现代派中"批王"的潜台词和主攻目标。一九八三年春节他对我一再说："我希望对现代派的批评不要影响你的创作情绪。"

这一点也很有胡乔木的风格。他要批现代派，或不能不首肯批现代派，他也要保护乃至支持王蒙。鱼与熊掌，兼得。

这一次会面起到了他所希望起的那种作用。一些人"认识到"胡对王蒙夫妇的态度是少有的友好，从而不得不暂时搁置"批王"的雄心壮志。

胡乔木对张洁的小说与生活也很关切。他知悉张洁婚姻生活的波折与面临的麻烦，他关心她，同情她，并且表示极愿意帮助她。

另一个引起胡关注的女作家是冯宗璞。他读了冯在报上发表的《哭小弟》，宗璞的弟弟是搞尖端科学的，英年早逝。当时中央正在抓中年知识分子的生活待遇与政策落实问题。胡说他读了《哭小弟》，给作者写了信。我向他介绍了冯的家学渊源。他后来又接触了一些冯的作品，颇赞赏。胡的艺术趣味偏于雅致高洁，与宗璞对路。他曾经激赏过我的小说《歌神》，却接受不了我的幽默、调侃，也是一证。有一位革命文艺批判家权威，一提宗璞就气不打一处来。

这位权威主要是厌恶宗璞的书卷气与学府生活。比较一下他和乔木的态度，令人叹息。

说到个人爱好，胡喜欢黄自和贺绿汀，把一盒复制的黄自歌曲的磁带赠送给了我，并批评音乐界的"门户之见"。胡喜欢看芭蕾舞，并向我建议请舞蹈团以抗震救灾为题材搞一个舞剧。胡的欣赏品位是高的，所以他对文艺界的某些棍子腔调斥之为"面目可憎"。我曾经开玩笑说，胡乔木是贵族马克思主义者，而棍子们是流氓"马克思主义者"。罪过！

与此同时，乔木又不断地劝诫我：在文学探索的路上不要走得太远。一九八一年，我的小说《杂色》发表后他写信来，略有微词。他又把一期载有高尔斯华绥的一篇评论文章的译文的《江南》杂志寄给我，该文的主旨似亦在主张"大江大河是平稳的，而小溪更多浪花和奇景"，我已记不清了，反正是不要太"现代派"。我想，这对于一心追新逐异的浅尝者们，还是有教益的。

我曾与周扬同志谈起乔木的这一番意思。周立即表示了与胡针锋相对的意见。周主张大胆探索，"百虑一致，殊途同归"。我感到了胡与周的相恶。对于周，我理应在今后写更多的回忆文字。

胡乔木还曾托付一位与我们都相熟的老同志口头转达"让王蒙少搞一点意识流"之类的意见。我毫不怀疑他在"爱护"我，乃至有"护君上青云"之意。

此后由于我也忝列于某些有关文艺工作的"领导层"之中，便与胡发生了更频繁的接触、交流与碰撞。一九八五年，作协"四代会"开过，一次胡找我，要我把一篇反对无条件地提倡"创作自由"的文章作为《文艺报》的社论发表。此次，他谈到了他去厦门时到舒婷家拜访舒婷的事，他说他的拜访是"失败"的。我想他的意思是指他未能在政治与文艺思想方面对舒产生多少影响。但我仍然感到，他能去拜访舒婷，如不是空前绝后的，也是绝无仅有的。我甚至主观地认为，他的"失败"论是一种防护姿态，以免因这一拜访受到某些面目可憎的人的指责。八十年代以来，舒婷亦多次受到批评，以"大是大非的问题不能朦胧"为由批判"朦胧诗"，与前述的以"建设有中国特色的社会主义"为由批现代派逻辑一致，语言一致，版权归属一致。

据说，胡对舒婷是很友好的。他说："如果这样的诗（指舒诗）还看不懂，那就只能读胡适的《尝试集》了。"当然，他不可能"微服私访"，他进行了一次前呼后拥，戒备森严的访问，这也是失败所在吧。诗心相通，谈何容易？

一九八五年有一次，胡向我表示："我很担忧，今后像《北国草》（从维熙作品。——王注）《青春万岁》这样的作品没有人写了。"他还表示既赞赏陆文夫、邓友梅的作品，又感到不满足。

我接到胡派下来的文章，便与作协诸新老领导共同研究，并组织力量对文章进行了某些增加"防震橡皮垫"型的修改。我总是致力于使上面派下来的提法更合理也更容易接受些。也许我常常抹稀泥，但我仍然认为抹稀泥比剑拔弩张和动不动"断裂"可取。修改稿胡看后表示"佩服"，以编辑部文章名义发了出去。胡于是直接下令包括《文学评论》与《当代文艺思潮》在内的几个刊物限期转载。

他的做法引起了一些议论。于是朱厚泽（当时任中宣部长）、邓友梅（作协书记之一）和我到正在住院的乔木同志处，我反映了一些意见。胡略有些激动，他说："作家敏感，我也敏感！"

我谈到那年的一匹"黑马"到处讲胡要对王蒙如何如何下手。他更激动了，他甚至说："我怎么可能打倒王蒙？我如果去打倒王蒙，那就像苏联的（政治笑话所描写的那样。——王注）赫鲁晓夫去打倒斯大林，斯大林倒了，也把他自己压倒了……"

这有点拟喻不伦，但也说明他情真意切。这也许透露了他的"一本难念的经"，也许还含有对我当时如"芝麻开花节节高"的态势的讽刺。谁知道呢？

这次见面中邓友梅讲了一些对浩然和有关现象的看法，胡当时没说什么。但事后他表示十分反感。他愤然说，是他特别指示《人民日报》发表了浩然新作《苍生》出版的消息。提起浩然他也充满友善。我于是告诉了他北京中青年作家对浩的友好态度和一些事实，当然，说的是浩然流年不利那几年。他笑了。

和他接触多了，我有时感到他的天真。虽然他是老革命老前辈，虽然他饱经政治风雨特别是党的上层沧桑，但我很难判断他是否入世很深、城府很深。我不知道是否是因为他长期在高级领导机关工作，反而失去了沉入社会底层，与三教九流、黑白两道打交道混生活的机会。他当然很重视他的权力与地位，他也很重视表现他的智识（不仅是知识）和才华，以及他的人情味。这种表演有时候非常精彩，以致使我相信他的去世所造成的损失是无法弥补的。乔公是不二的人物，有时候又十分拙劣，例如自己刚这样说了又那样说，乃至贻笑大方。一九八三年他批了周扬又赠诗给周扬，他的这一举动使他两面不讨好，这才是胡乔木。只谈一面，当不是胡的全人。

胡乔木很喜欢表达他对知识分子的尊重，也乐于为知识分子做一些好事。他与钱钟书的交往许多人都是知道的。为了"帮助"我不要在现代派的"邪路"上越走越远，他建议我去请教钱先生，并说要代为荐介。我觉得由胡介绍我去拜见钱，有点"不像"，便未置词。

胡对赵元任先生的尊重是公开报道过的。

胡对季羡林、任继愈都极具好感。任继愈担任北京图书馆馆长，就是胡乔木提名的。他曾向我称道金克木、王干发表在《读书》上的文章。年轻的王干，竟是乔木说了以后我才知道并相识交往了的。那年宗璞患病，住院住不进去，我找了胡的秘书，胡立即通过当时的卫生部长帮助解决了这一问题。

给我印象最深的是胡对电影《芙蓉镇》的挽救。由于一九八七年初的政治气候，有一两位老同志对《芙蓉镇》猛烈抨击，把这部影片往什么什么"化"上拉。胡给我打了一个电话，要我提供有关《芙》的从小说到电影的一些背景材料。胡在电话里说："我要为《芙蓉镇》辩护！"他的音调里颇有几分打抱不平的英雄气概。

后来，他的"辩护"成功了。小经波折之后，《芙蓉镇》公演了。

从这里我又想起胡为刘晓庆辩护的故事。刘晓庆发表自传《我的路》以后，电影界一些头面人物颇不以晓庆的少年气盛为然，已经并正在对之进行批评，后被胡劝止。

我又想起他对电影《黄土地》的态度。他肯定这部片子，为它说过话。胡做过许多好事，例如他对聂绀弩的诗集的支持。胡做这些好事多半都是悄悄地做的，"挨骂"的事他却大张旗鼓。这也是"政治需要"吗？这需要有人出来说明真相，我以为。

一九八九年的事件以后他的可爱，他的天真与惊惧都表现得很充分。该年十月我们见面，他很紧张，叫秘书做记录，似乎不放心我会放出什么冷炮来，也许是怕这一次见面给自己带来麻烦。

谈了一会儿，见我心平气和，循规蹈矩，一如既往，并无充当什么角色之意，他旋即转忧为喜，转"危"为安，又友好起来了，面部表情也松弛了许多。

不久，他约我一起去看望冰心，为之祝九旬大寿。他还要我约作曲家瞿希贤与李泽厚一起去。后因瞿当时不在京，李也没找到，只有我和他去了冰心老人那里。他写了一幅字，四言诗给冰心，称冰心为"文坛祖母"。然后又是与冰心留影，又是与我照相。他还讲起他对李泽厚与刘再复的看法，认为他们是搞学术而被卷到政治里的，不要随便点名云云。这是我最后一次与这位老人见面了。后来他寄来了他签名的诗集。

他大概仍然想保护一些人。但是这次已不是一九八二或者一九八三年。他本人也处于几位文坛批判家的火力之下。在一次"点火"的会议上，几个人已经用"大泰斗保护小泰斗"这样的说法攻击乔木。也有的人干脆点出了乔木的名。

据说在一次会议上他极力与批他的人套近乎，说了许多未必得体的话，但反应冷淡。据说还向另一位曾撰文委婉批评他的人大讲王蒙的"稀粥"写得如何之不好。我觉得他已经为与王蒙拉开距离

229

做了铺垫。这和他的与我讲看访舒婷"失败"具有相近似含义。他的这些努力都引起了一些说法,而且,反正他对意识形态工作的影响,是越来越式微了。

在这篇不成样子的怀念文章的最后,我想起了一九八八年他的一次谈话。当时中央正准备搞一个文件,就对文艺工作的领导问题提出一些方针原则。有关同志就此文件草稿向他征求意见。他对我说:"要把党领导文艺工作的惨痛教训,郑重总结以昭示天下。"他说得很严肃,很沉痛,对文件的要求也非常之高。他慨叹党内缺少真正懂文艺的周恩来式的领导人。他要求回顾历史的经验。但是他又说:"不要涉及《在延安文艺座谈会上的讲话》。"对最后这个意见,我传达给有关负责人以后,我们一致认为无法照办。

乔木凋矣,但我没有也不会忘记他。我远远谈不上对他有多少了解。也许我的记忆有误,也许我的体会感受有误。当然我写的只是我眼中的胡乔木。也许,一个更深沉、更真实、更完全也更政治的胡乔木,是我没有也无法把握的。但我仍然有义务把这一切写出来,为了对他的怀念与感激。愿他的在天之灵安息!

1994 年 11 月

说《走出男权传统的樊篱》

刘慧英的书稿——我要说几乎是——使我大吃一惊。

一些年前,我与一些男女作家一起出国访问。我们的女作家被问及关于女性文学、女权主义等问题时,我们的男女作家的脸上都现出了麻木、困惑、讥讽、无可奈何与不感兴趣的表情。没有一个女作家承认自己关注女权问题(似乎我们这里早已没有什么女权问题或者女权问题是一些低层次的不值得我们的优秀女作家去关心的问题),承认女作家与男作家有什么重要的不同,承认性别问题在自己的创作中具有重大的意义,更不要说承认自己是女权主义者了。我当时的绝对主观的感觉是,她们不愿意承认这些的心情恰如不愿意承认自己是妇联的工作干部。当然不会有哪一个才高九斗的正在看好的强力型女作家愿意调到妇联去搞婆婆妈妈的那一套"妇女工作"。她们爱搭不理、支支吾吾地回答着外国女性的提问。

于是我插嘴说:"我们的女作家很多,又都很棒,比男作家还要棒。她们是作家而且是极好的作家,她们领风骚于整个文学界而不限于文学女界,她们不是也不甘心仅仅是女作家哪怕是极好的女作家。"

于是我看到了提问者的困惑与失望的表情,那糊涂劲儿与我们方才的样儿并无二致。

也许我的话根本翻译不过去。许多民族的语言一切名词都要区别阴性和阳性,或者是男作家,或者是女作家,或者是复合的男女作家们,而我们的语言培养的是不分性别属性的对作家、人、学生、服务员、发言人直到动物的中性属性的认可。中性才是本体本质,而男作家女作家、男服务员女服务员……中的性别称谓,只不过是修饰性的定语。比如发言人的特性、价值与引人注目之处全在于他是发言人而与他们的性别无关。英语里对男发言人(spokeman)女发言人(spokewoman)的区分对我们炎黄子孙来说无异于自找麻烦。

我还在回答一个向我提出的问题的时候表示过:"在我们国家,女作家的风格可能一般比较细腻一些,此外不论在取材还是主题还是使命感方面,女作家与男作家并无区别。"(我想我是怀着对于我国妇女半边天的充分自豪与弘扬社会主义男女平等的极大优越性的自觉来这样回答问题的。)是的,我们男女作家一起写"四人帮"的肆虐,写我国知识分子的命运,写人民公社的悲喜剧,写官僚主义的麻烦……同悲喜而共哀乐。至于妇女问题,从根本上说是阶级问题,随着无产阶级领导的人民大众的革命的成功,童养媳没有了,买卖婚姻没有了,"姊姊妹妹站起来"(这是五十年代一部反映取缔妓院的大型纪录片的名字)了,妇女有了与男人平等的公民权、财产继承权、教育权与就业权利了,女政治局委员女司机女飞行员女兵女警察都有了……至于女作家,她们比男作家还"厉害"呢……(除了边远农村)我们还有什么妇女问题吗?

刘慧英的书稿改变了我的许多认识与观念。我惊讶于我在女性问题上的皮相与粗疏,粗读了这份书稿我不禁惭愧于自己的视而不见与麻木不仁。正像刘慧英以丰赡的材料与雄辩的论述所表明的,男权价值标准男权历史意识在生活中在文学作品中的表现真是数不胜数触目惊心!却原来,作为一种深层次的文化意识,实现男女平等与妇女解放是那么困难,比在法律上制度上社会保障上解决妇女问题困难得多!

郎才女貌(我更愿意说是才子佳人)模式在当代文学中的万变不离其宗的发扬光大和这种模式包含的女人附庸于男人的陈腐意

味；诱奸故事模式所透露的女性的无力无望无独立价值（窃以为表现了男权的虎狼意识与视女性为需要慈悲保护施恩的羔羊）的意蕴；对女性自我意识的回避；以为社会解放可以自动解决问题的天真与对更深层次的问题的视而不见；女性的孤注一掷式的爱情乌托邦以及这种乌托邦的破灭带来的激愤与失望；女性仍然缺乏爱的自由的事实；既要保持传统的女性标准（容貌、品行）又要符合半边天的新的社会要求劳动出工要求与鼓励丈夫情人献身投入（参军、加班，以及从推迟婚期到牺牲生命）的要求的女性的两难或多难处境；对自然母性的价值判断的困惑；从寻找男子汉到诋毁男性的女作家所流露的传统观念对男子汉形象的理想化的假定、依赖与对于女性自身的缺乏信心；将性与爱分离开来的传统意识特别是对女性的性意识性爱的各种各样的歪曲丑化糟践；圣女（作者创造了一个有趣的词——愚爱）型与荡妇型（狐狸精、色情间谍美人计至少是尤物型）女性形象所表达的传统男权观念；以献身事业为名"始乱终弃"的伪善、自欺欺人与厚颜无耻；从宣泄自我到自我的隐匿。（在我们的语言中女人似乎比人低一等，女作家似乎比作家低一等。著名戏剧大师曹禺的剧作《明朗的天》中有一个资产阶级知识分子与妻子吵架的场面，男人骂道："女人不是人，女人是女人！"随着我们的女作家的功成名就与俨然人物，谁能不越来越倾向于掩盖自己的女性意识呢？）所有刘慧英的书提及的这些，我们不是司空见惯的吗？我们（包括那些在自己的作品中形象地触及到这些问题的男女作家）又有谁不是常常倾向于回避对这些问题的深入探讨，回避突破男权传统的樊篱与男权历史意识这一有点麻烦的问题而满足于浅尝辄止的一般性结论（如认为一切不幸都是某种恶势力所造成的）吗？惜哉！

　　刘著的价值在于提出了这些我们视而不见的问题。她开始动摇了我们一些习焉不察的传统男权观念，使我们开始把问题作为问题来看，使我们对许多天经地义源远流长的东西进行新的观照与思考；它表达了智慧的痛苦；它使我们的男性公民恍然大悟地开始思考女性们的严峻处境；它从托尔斯泰到曹雪芹，从丁玲到铁凝，广征博引而又是鞭辟入里地提出了一系列有价值的思考果实，读之令人击节。当然这些问题并不是靠咒骂、靠干干脆脆地转变观念、靠一念之差的调整或是新名词的引入就能解决的。刘慧英并没有也不可能解决这些问题。这些问题的形成并不是单纯的男权观念使然。恰恰相反，男权观念的形成不但有漫长的历史过程也有它的多方面的、在当时很可能是合理的根据，现在也还没有完全失去它的产生与维持的依据。我们很可能会为这一切而嗟然叹息，比叹息更重要的却是为我们这里终于有人提出了这些比起"婚姻自由""同工同酬"来说更深层次的问题而欣慰。

我们的社会在进步，我们的头脑在进步；我们正在一步一步地艰难地却也是确定无疑地从必然王国走向自由王国。我们的女性文学会出现更新更好的面貌。刘慧英的书是有意义的。

1995年1月

《三国演义》里的"前现代"

读《三国演义》还是小时候的事。近日断断续续地看了一些同名电视剧的片段，产生了一些胡思乱想：

那是一个英雄辈出的时代么？什么英雄？争权夺利，好勇斗狠，尔虞我诈，就是英雄么？刮骨疗毒，拔矢啖睛，一不怕疼二不怕死就是英雄么？这疼与死又所为何来呢？他们关心的唯一热点无非是争夺权力，特别是争夺那唯一的一把龙椅罢了。为了争龙椅，不惜杀人如麻，血流成河，不惜决堤放水，乘风放火，不惜生灵涂炭，啼饥号寒……这么多英雄怎么没有一个人替老百姓说一句话呢？

刘备火烧新野，带了一些老百姓避难樊城，就大仁大义到了近乎迂腐的程度了。可如果他不搞什么火攻，老百姓又哪里有这种流离失所星夜逃亡之苦？

个别地看，英雄事迹不无感人之处，例如击鼓骂曹，例如孤胆英雄赵子龙长坂坡救主子的儿子；但综观全局和历史，这样的乱世英雄愈多，老百姓就愈没有好日子过，生产力就愈不发展，社会就愈不进步。中国已经吃够了这种争王位的英雄们的亏！

赶巧前不久看了电影《西楚霸王》，对巩俐、张丰毅等主演的这部片子的商业性改头换面及其得失这里暂且不表。问题是秦皇出巡时刘邦与项羽的反应："大丈夫当如是"也好，"彼可取而代之"也好，都透露了中国的有为之士以做皇帝为人生的最高目标、以官阶为价值判断的唯一标准的可怕与可悲。价值标准的一元化贫乏化俗鄙化,"价值=权力"的公式,使终极目标千篇一律都成了"取皇帝之位而代之"。欲代之的"英雄"甚多,而皇帝的位置只有一个,如何能不争不斗不杀他个尸横遍野白骨如山?价值标准的单一化看似是天下定于"一"了,有利于统一与稳定,但须知,"一"能定天下,也能乱天下。有了"一"就有了一切,便都来争这个"一"了,焉能不乱?政治=权力=升官图,而最高的价值=一切有为之士的终极目标="龙位"——这样的等式实是中国数千年来战乱不断,发展缓慢,而终于在近百年显出了积弱来,即是说搞出了亡国灭种的危险来的一个重要原因。

也许,对于三国时期的英雄们来说,老百姓是太没有意义了。三国时期的英雄们,其实是拿老百姓当垫脚石当工具当牺牲品的英雄。这样的英雄今天难道还算英雄么?我们能够无条件地接受"三国"的英雄观念么?

那个时候的政治呢?当然是赤裸裸的权力政治。这种政治的特点,一个是砍脑壳政治,一会儿就提溜一个一秒钟前的活人的脑袋进来,并以此为勇为豪气为人生最大快事。一个是阴谋政治,就是不断地使计谋。而计谋的核心在于欺骗、说谎,谁善于欺骗谁就胜利而且获得智多星的美名,谁相信了——轻信了别人谁就要为此付出血的代价。这种心理暗示实在太可怕了。

"三国"里的计谋也有趣。例如王允巧(?)使的所谓连环计,使计的一方如此卑劣而又一厢情愿,堪称愚而诈、小儿科而又不择手段。用如此下作的方法去做一件似乎是伟大的事业——忠君报国,就是说汉朝的社稷要靠色情间谍来维持。这未免可悲可耻。这种伟大事业的伟大性与正义性也随之可疑起来。

而被使计的一方,即董卓与吕布,居然一步一步全部彻底不打折扣地按照王允布下的圈套走,按照一个年方二八(周岁只不过十五)的小女子的指挥棒跳舞,说一不二,比校场操练还听话还准确,这能够令人相信么?如果说董吕两个人也曾经掌握权柄,赫赫一时,能是这样彻头彻尾的白痴么？何进中计一节也是一样的匪夷所思，如弱智傻瓜，如韩少功写的"爸爸爸"然。

如果吾国一个未接受过职业的色情间谍训练的十五岁的小女子在一千几百年前就能胜任这样一个极端狡猾极端残酷极端非人性的角色，这是多么的不祥呀！我们这个民族究竟出了什么问题？

这种权力政治的第三个特点是叛徒的政治。整个《三国演义》电视剧的第一部分叫做什么"群雄逐鹿"的，就是一部叛卖史。吃谁的饭砸谁的锅的吕布，没有好下场，不但快了人心，也体现了"三国"对叛徒政治的否定。但是，以我们的头号英雄人物刘备来说，据说关羽张飞诸葛亮对他都是忠而又忠义而又义的了，可他对谁忠义过呢？他投靠过吕布、曹操、袁绍、刘表然后又都叛变了他们。在这一点上，他与所谓反复无常的吕布究竟有什么区别呢？

这也透露了封建政治的悖论。一方面要忠要义，一方面又有什么"良禽择木而栖，良臣择主而事"的"叛变有理"论。哪样对呢？全看"活学活用"了。

一些"三国"故事，颇有浓厚的黑社会黑手党故事的意味。上来就是"桃园三结义"，典型的黑社会做法和黑手党语言："不愿同年同月同日生，但愿同年同月同日死"，一副盗匪的亡命气。电视剧里张飞的形象尤其可笑复可憎，一副匪气霸气蠢气、恶声恶气、昏头昏脑、蛮不讲理、成事不足、败事有余、对"大哥"如奴婢鹰犬、对他人如阎王虎狼的嘴脸谁需要这样的"三弟"呢？只能是黑社会的大哥大。他给人们的视觉观感甚至还不如《沙家浜》里的胡传魁。

当然，《三国演义》并不是历史，而是民间的历史传说，它反映的是吾国百姓草民们对历史的观点，包括"误读"与趣味性通俗性"重写"。但是想一想，吾国百姓们对于天下大事、历史沿革，特别是政治军事斗争包括对于英雄主义的解读竟曾经是如此简单化、俗鄙化、小儿科化、赤裸裸地野蛮与霸道化，这不能不给人以怵目惊心之感。

也许《三国演义》的故事里要把刘备树成一个仁义之主，王道而非霸道的化身，然而这个任务实在是太艰巨了。按现在表现的，刘关张之属实在与曹孙袁乃至何进、董卓等没有什么质的差别。

也许在封建社会，王道云云只是说一说的，而实际上，人们只承认霸道的力量。霸道当然是有力量的，这力量却也是有限度的，超出了限度，就会走向反面。这种国内政治的霸权主义，很实用实惠，但又是不无危险的，弄不好它会流于愚昧短见的野蛮主义蒙昧主义。它是令我泱泱文明古国早期灿烂而后来停滞的一个原因，思之令人害臊叹息。

《三国演义》电视剧下了很大功夫，制片态度不可谓不严肃，但收视效果似不理想。除了某些观念上的愚昧野蛮令今人感到格格不入以外，我认为电视剧反映了作品本身的一些不足。人物的类型化与事件的简单化就是其中要者。由于《三国演义》所述故事繁复纷纭而又千奇百怪，"三国"人物是又多又杂，似乎是三教九流男女老幼都写到了，故而总体看来，"三国"的阅读效果堪称是相当成功的，人们的一般印象是"三国"写得丰富多彩、琳琅满目。但这种丰富多彩琳琅满目的效果是粗线条的，一往屏幕上立，类型化小儿科化的毛病就显出来了。

我想起了一位可敬的领导同志常举的例子来了，他多次说过："谁说恋爱是文学的永恒主题？《三国演义》就没有写恋爱嘛，还不是一样写得栩栩如生？"

活人少而类型多，当然用不着爱情。但是不要轻视类型的生命力，愈是类型愈容易理解接受和普及，成为"典型"，成为"共名"。成了典型共名了也还是暴露出了类型化的缺憾，这个问题似乎值得深思。

我草此小文的目的当然不是要以张飞的态度对《三国演义》这一古典文学名著搞一次砍杀，不是对于"三国"的全面评价，也不是——基本上不是对于同名电视剧的批评。电视剧里的某些情节处理得还是很妙的，例如袁绍兵败后派眼线搜集所部的言谈话语，有非议者立即杖责或处死,这么一干更是军心大乱。鉴于此,袁绍之子乃诛杀专门挑拨是非的打小报告的眼线。这段故事可圈可点,令人发出会心的微笑。

但我也从同名电视剧上看到了一些值得反省、值得重视的东西——用金克木先生的名言叫做"前现代"的东西,如骨鲠在喉,不吐不快。我们的学问家热衷于"后现代"已经很久了。中国这么大,中国与世界的交流日益增加,中国的发展变化日益与世界同步,因而中国这里也有了超豪华超奢侈的后现代,这不是不可能的,但是毕竟这里多得多得多的是前现代——离现代化还远去了呢。不论从电视剧《三国演义》里的张飞身上还是从各位餐馆老板祭供的关老爷身上,或者是从电影屏幕上看个没完没了的这个帝那个妃上(张中行先生在一九九四年第四期《文学自由谈》上对此有一精彩评论,读之大快),我都觉得我们应该比关注后现代还要严重地关心前现代。

"滚滚长江东逝水,浪花淘尽英雄……"这首《西江月》列于全书卷首,也唱在每一集电视剧前头。很好,好得很。当此"三国"各路英雄活跃在黄金时间的千家万户之际,我看是该淘一淘了洗一洗了。再不要出现这种"群雄并起"的局面了,再不要出现这样的豺狼英雄了。在进入二十一世纪的时候,该与前现代的"三国"精神"三国"意识道一声"白白"啦,您!

1995 年 2 月

后的以后是小说

我以为这几年该少出几位作家了。人们的选择多样化了。如王朔所言,过去,不当作家就只有去当工农兵。也如张贤亮所说,今后只有两种人会选择文学创作——傻子与天才。

十余年前我就给青年报纸写过文章:《不要拥挤在文学的小道上》,一些文学青年很不高兴我给他们泼了冷水。

不管文人们前两年怎么样惊呼哀鸣商品大潮冲击了纯文学,不可否认的事实是:一,中国的职业作家(吃饱了只需写作而不需任何其他蓝领白领的工作,乃至连写作也不需要)的数量最多;二,中国的纯文学刊物数量最多。仅据此两点就可以断言,中国作家百分之九十九以上是铁心拥护现有的社会主义制度的。如果有人想在中国搞资本主义,我们的作家是一千个不答应、一万个共诛之的。

我还说过这话:"说到底,文学创作是人类的一项业余活动。"一位极好极好的老作家立即对之发出了异议。她认为,文学是很重要很伟大的,王某人对文学太不敬了。

这几年我又在为后这后那而纳闷。后现代?后新时期?后工业社会?后××?我为此请教过一个德国人,他告诉我后现代就是把一切看成一个平面。他讲得实在好,可是我不怎么明白。

还有个学富五车的教授教导我:"后什么就是反什么之意。"他讲得明晰,也许是太明晰了。既然后而不反,怕是有反以外的意思吧。

后什么什么,其实是舶来的词,连词的构成也是按照英语的构词法。post-modern 是"后现代",post-cultural-revolution 是"后文革",等等。仅仅从语义学上看,post 一词只是"以后"的意思,并不意味着反什么什么,但是所以出现"后"这"后"那的专门名词,当然不是仅仅为了说明时序,而是有它的衍生的含义。

最近读了新进学人女作家徐坤的一些中篇小说,忽然有了一些个了悟。

这个了悟就是:"后"者,过来人的意思也。"后"有一种看穿了、疲惫了、丢却了、淡漠了、超越了的意思,进入了又一个新的发展阶段的意思。

这是又一代作家。比我们"后"多了。当然比夏衍、冰心、巴金、曹禺更"后"许多。

他们即将后二十世纪了,当然更是后二十世纪的二十、三十、四十、五十年代。他们后革命(这里的革命指狭义的夺取政权的斗争,不是指蓝吉列剃须刀片之类的革命性含义),后抗美援朝,后中苏友好也后反修防修,后天若有情天亦老,后"反右"也后"改正",后意气风发也后三年自然灾害,后父兄也后祖宗,后"文革"也后学潮……

他们什么都"后"过了,便干什么都满不在乎起来。后知青下乡。所以,在徐坤的《白话》里,九十年代的下乡上山不再是正剧也不是悲剧,也不再是讽刺型的喜剧,只剩下了调侃,彼此彼此,无悲无喜。伊腾处长与众研究生,调戏了还是没有调戏妇女,"都在一个平面上"。德国博士的话我从徐坤这里找出来了。

后科研。科研云云,到了徐坤这里也只剩下了调侃。甚至梵与佛学,也加入到闹剧式的电影里。这样的电影倒是领教过,香港重拍的《唐伯虎点秋香》,秋香还是巩俐演的;干脆来他个大杂烩,有人认为是胡闹台,我看着倒觉得挺过瘾。艺术家的胡闹台算得了什么?您不看看中东或者波黑或者哪儿哪儿包括我们自己,胡闹台的事还少吗?对酒当歌,人生几何?譬如朝露,去(后)日苦多!何以解忧,唯有闹台,呛呛呆呆吭嘁吭嘁……嗤!

欣赏一下徐坤小说里这几句闹台吧:

> 白马寺住持……说:"韩退之这人一向以知识分子中的精英自居……专爱与政府作对……"
>
> 韩说:"可恨社会科学院的考古专家们,慑于佛教势力强大,不敢坚持真理讲真话……"
>
> 住持一旁急得直摆手:"牛郎是男妓的意思,好莱坞经典影片……霍夫曼主演……"

甚至可以说这是后爱情后性。请看下面:

> 那晚上她那样声情并茂,而我却……水缸里涮了一下捞不着底……
>
> 他用自己的形销骨立含泪的微笑,显示自己……宁愿精神出走从此后赤条条来去无牵挂的壮士情怀;阿炳老婆则用自己的无畏捐躯的行动……看着他们壮怀激烈战犹酣……

原来以为恣意调侃是男性的特权,说相声的都是男的嘛。海军里有一个女相声演员,无非表演的时候学着假小子罢了。

不想女作家中也有此类,徐坤便是一位。她描写的对象是硕士博士研究员教授。雅人不雅,雅人难雅,雅人一样地痞与胡闹台,不知道说明的是知识分子与工农相结合的成就还是知识分子本来就俗,装雅也难,或者更"后"一点就是说,我们的博士与痞子、与白痴,诗人与恶棍、与骗子压根儿就是在"一个平面上"。

后出国。出国云云,在她的故事里是多么荒诞可笑呀!

后诗。后古典,后先锋。她的《先锋》与《斯人》等写尽了一代学子又想往前追又没有多少本钱,又想出人头地又找不到门路,又想"领导世界新潮流"又举步维艰一锅稀粥……想这想那一事无成的尴尬处境。

原来也是一场闹剧!

近百年的中国，近几十年的中国。近十几年的中国，近两三年的中国，变得太快了，什么都过去了，什么都"后"了，什么都时兴过了，什么都不时兴了，什么都成功过了，什么都成功不了了，什么都练过了，什么都练不灵了，什么都闹腾过了，什么都闹不起来啦。

于是剩下了小说。后这后那，后的后后后，什么都"后"了，还剩下了小说。

于是徐坤应运而生。虽为女流，堪称"大砍"。虽然年轻，实为老辣。虽为学人，直把学问玩弄于股掌之上。虽为新秀，写起来满不论（读吝），抡起来云山雾罩，天昏地暗，如入无人之境。

当然，不会总是"后"下去。有许多局部的胡闹台也罢，人生正在后后后后之后前进，社会正在后后后后之后发展。对于年轻人来说，更重要的"后"不是过往的喜剧，而是他们的"以后"——也就是他们的"前"——前景、前途、前瞻。只有汉语在某些情况下，可以将"后"与"前"来回调换着用，汉语里的"前部长"其实就是"后部长"——post-minister 着实辩证得紧！对嘛，世界是不停地"后"着，又无休地"前"着。后完了生发一点闹剧性变成可以解颐的小说，也许比总是哭哭啼啼为好。但是事关"前"的时候，就得来点真格的啦。他们的以后应该比已经被他们"后"过的好一点吧。他们能无动于衷么？

如果是玩玩而已，这就已经写得相当可以了。如果当真格的写下去，我们就想在"后"的后边寻找一些更深沉也更隽永的东西。一找，徐坤的小说未免不能叫人满足啦。可不能就是这"同一个平面"呀！就是说，还希望多来一点深一点的哪怕是闹台于外的骨子里的郑重以及艺术的感觉与细节的体贴。

江山代有才人出，谁能说文坛寂寞了呢。前一二年的惊呼大潮——如呼"狼来了"——来了，是不是也是一场新的胡闹台呢？

1995 年 3 月

243

想起了日丹诺夫

常常想起四十年代苏联共产党的中央书记日丹诺夫。他在一九四六年整肃苏联文艺界的行动与言论举世震惊,似乎也对中国的革命文艺运动颇有影响。在我从事共青团工作的那些年代,一提起日丹诺夫来大家都十分崇敬,甚至有人曾经把中国的某一位十分有威望的领导人称为"中国的日丹诺夫"。而如今,时过境迁,回顾日氏报告,仍是那样的惊心动魄而又亲切难忘。日氏的语言,典型的绝对型、权威型、干脆说是暴力型的语言,我辈是如此熟悉——我们与这种类型的语言可以说是周旋了一辈子!

一九四六年九月,联共中央负责意识形态的书记日丹诺夫在列宁格勒党积极分子和作家会议上作了长篇报告。报告猛烈地批判了小说家左琴科与女诗人阿赫玛托娃。

左琴科写了讽刺小说。日丹诺夫称之为"把苏联人描写成懒惰者和畸形者、愚蠢而又粗野的人"。按,第一,懒惰、畸形、愚蠢、粗野,这样的人大概哪个国家都有,苏联也不会没有。别的国家的作家对懒惰、畸形而且远远不仅是懒惰与畸形的人的表现大概不比左琴科温柔。何必这样紧张?第二,一本书里描写了懒惰的人就说明整个苏联的所有的人都懒惰,也就是说每一本书都代表整个苏联,这个大前提不知道是哪一位愚蠢和粗野的"穴居野人"(这个词是当时斯大林喜欢用的,当然是有的放矢的)规定的。有了这样的规定,文艺家还怎么活?

日丹诺夫进一步对左琴科进行人身攻击。他称左琴科是"市侩和下流家伙"。一九四六年九月二十二日的《真理报》社论《苏联文学的崇高任务》则干脆谩骂说,左琴科是"凶狠的下流坯和流氓",日丹诺夫说左琴科"给自己所选择的经常主题,便是发掘生活的最卑劣和最琐碎的各个方面"。这里把卑劣与琐碎放在一起,未免武断得惊人。卑劣是道德判断,而且是很厉害的判决。而琐碎呢?基本上属于事物的数量至多还有一点质量的范畴。例如通常认为家务劳动是琐碎的,又常常认为上了年纪的人特别是女性说话琐碎,这里包含的最大的贬义无非是说一个人说话做事质量不高、此人并非英雄豪杰 VIP 而已。琐碎又能给旁人给国家造成什么危害呢?与卑劣不卑劣有什么关系呢?历史上的大奸大恶,野心家阴谋家,黑手党大哥大,希特勒、墨索里尼、林彪、"四人帮"……倒是不琐碎,不但不琐碎而且频频做"伟大"与"超人"状,这种"伟大"的人,不是比琐碎的人更卑劣万倍、更危险百万倍、更为害千万倍吗?

日丹诺夫指出:"左琴科……不能够在苏联人民的生活中找出任何一个正面的现象、任何一个正面的典型……左琴科惯于嘲笑苏联生活、苏维埃制度、苏联人,用空洞娱乐和无聊幽默的假面具来掩盖着这种嘲笑。"多么振振有词!这种逻辑这种政治帽子我们当不陌生。究竟是谁在嘲笑苏维埃制度呢?是谁应该对苏联的伟大社会主义实验的未能成功负责呢?如果容忍一点"空洞娱乐"与"无聊幽默",如果进而听取一下不可能没有的各种"嘲笑",如果多考虑一下防民之口胜于防川的中国古训,从而让人说一点话包括逆耳的忠言,说不定日丹诺夫们的业绩会辉煌得多,而不至于让历史嘲笑得这么惨烈呢!

还有一点本身就够幽默的。日丹诺夫说:"据说左琴科的小说风行于列宁格勒的娱乐场所……"看来"嘲笑苏联人"的作品却受到了苏联人的喜爱,莫非是苏联人丧失了自尊与对褒贬的正常反应?为了使苏联人捍卫自己的尊严必需靠日丹诺夫式的保护人的声嘶力

245

竭的批判？

然后谩骂到"文学的渣滓""野兽式地仇恨苏维埃制度""可憎的教训""诽谤""卑劣的灵魂""彻底腐朽和堕落""不知羞耻""无原则无良心的文学流氓"等等。可以设想一下在那个年代受到这样的以权力乃至暴力为背景的大批判的滋味。也可以设想一下用这种语言谈一个作家一篇小说的"领导人"的文明程度与嘴脸。

写到这里我忽然想起了五十年代我辈碰到的第一次文艺批判：批判电影《武训传》。当时，我的一个同事，一个绝非过于幼稚的前程看好的共青团干部看完了全部批判文章后认真地对我说："我看这部片子的编导应该枪毙"。真是语言的暴力激发了行动的暴力冲动呀！

之后，日丹诺夫向"无思想的反动文学泥坑的代表"女诗人阿赫玛托娃猛轰，批她是"贵族资产阶级思潮"的代表，是古老文化世界的"残渣"。"并不完全是尼姑，并不完全是荡妇，说得确切一些，她是混合着淫秽和祷告的荡妇和尼姑。"

一位高官竟然用这样的语言谩骂一个女诗人，令人叹为观止。并不完全是霸道，并不完全是疯狂，说得确切一些，是混合着专横与变态心理的霸道与疯狂。

顺便说一下，阿赫玛托娃现在还活着，日丹诺夫则早已经成了极左文艺政策的代名词——叫做身与名俱灭了。外国文学出版社前几年出版了高莽译的阿氏的天才的诗作的中译本，看到她的坎坷历程，令人唏嘘不已。近年，她与著名老汉学家费德林合作，翻译了屈原的《离骚》。可惜我不懂俄语，否则真应该更多地向中国读者介绍一下这位被封杀几十年的天才俄罗斯女诗人。

女诗人的罪名是：写了"渺小狭隘的个人生活、微不足道的体验和宗教神秘的色情"，从而是"完全脱离人民的"。日丹诺夫说："这种离弃和歧视人民的文化残渣，当做某种奇迹保存到了我们的时代，除了闭门深居和生活在空想中之外，已没有什么事可做了。"

甚至从这样的批判当中,你都会感到诗人的独特风格与魅力。这究竟是胡乱扣一些什么样的帽子呀!当然写叱咤风云的重大题材而又能写得好是珍贵的,是应该受到执政党的特殊重视的,但是有什么理由去怒斥"个人生活"与"微不足道"的什么什么呢?说写了这些就脱离了人民,等于是说人民就没有个人生活与微不足道,大概人民关心的只有世界革命与五年计划。这是在糊弄谁呢?这还需要讨论么?人民呀,多少人以你的名义来封杀有才能的个人呀!以抽象的人民的名义去扼杀一个个具体的活人,这种做法,不论以什么样的神圣的名义,怎么能不自食其果、众叛亲离、国而不国呢?

神秘与宗教云云,也绝对不能像日丹诺夫这样一笔抹杀。如今,艺术的某种神秘的魅力的可贵,已经是不言自明的常识了。如果以神秘的风格描写了情欲,不是也比粗俗的性描写或对人的情欲讳莫如深更高明一些么?至于宗教问题,是人类精神生活的一个非常细致复杂的方面,以为宗教云云可以以粗暴的一两句话判处死刑,至少是左派幼稚病。何况,艺术的宗教感与世俗的教会或寺院活动是属于完全不同层面的两个概念,聪明与博学如日丹诺夫是不会不知道的,只是他太陶醉在自己的文艺大法官文艺大教主义是文艺行刑刽子手的角色里了,他热衷于颐指气使大杀大砍威风凛凛淋漓酣畅的表演——估计这种游戏也是能令人上瘾的——搞得完全不顾常识了。

"贵族沙龙颓废主义和神秘主义""用诗歌的腐朽精神毒害青年的意识""与苏联文学绝缘的孤独和绝望意识""使人们意气消沉、精神颓丧,产生悲观主义",所有这些罪名都扣到了阿赫玛托娃身上。日丹诺夫吓人地却又是驴唇不对马嘴地说:"假使我们以消沉和对我们事业无信心的精神教育青年……结果就会是我们伟大卫国战争中得不到胜利。"瞧,阿赫玛托娃快成了法西斯的帮凶了。这可真是政治讹诈了。

这里,第一,不可能以共青团教材的标准来要求一切诗人与诗歌;第二,人的情绪不可能是单线的,乐观的人并非每天快乐二十四小时每小时大笑六十分钟;第三,如果事业的信念取决于发表什么样的诗,这个事业的前途与依仗实在令人不寒而栗,如果战争的前途取决于该国人民读什么写什么诗,大可以将流血的你死我活的战争转变成赛诗会特别是赛颂诗大会;第四,苏联的事业没有成功,请问是应该让掌握苏联国家与苏联各族人民命运的日丹诺夫们负责呢,还是让被批成了过街老鼠被封住了口的沉默已久的女诗人阿赫玛托娃负责呢?

日丹诺夫猛烈地批评了发表左琴科与阿赫玛托娃的作品的文学杂志,说这些杂志"失掉了方向""帮助敌人瓦解我们的青年",这种语言与我们的棍子们的语言是何等的如出一辙!

我有时候想,为什么日丹诺夫竟是这样穷凶极恶地对待一些文学作品与作家?左琴科的作品介绍到中国来的不太多,他也可能并不是多么优秀的作家,然而他至少不应该这样地被谩骂和扣上政治帽子,不应该被剥夺写作权利。至于阿赫玛托娃,即使她的诗歌不可能直接鼓舞苏联人民的斗志,她的存在与文学活动仍然是俄罗斯的光荣和骄傲,是俄罗斯文化与文学传统的光荣与骄傲。她对自己的国家和人民实在是有百利而很难说有什么认真的害处。为什么用那样粗野的、完全不符合起码文明礼仪的语言去辱骂之呢?

这是一种典型的极端主义专制主义逻辑。其实极端主义是极其虚弱的,任何幽默或者人情味都令他们恐惧和丧失信心。他们只准说那么几句空话套话,出了圈就如临大敌,大事不好。呜呼!

读一读日氏的讲话,真可以说作是义正词严、浩然正气、高屋建瓴、势如破竹,没了治了。他坚信自己代表的是真理正义光明,而自己所否定的是反动腐朽黑暗。这种绝对化思维模式实在是危害太大了。它越是自以为伟大正确就越是会下毒手做出旁人做不出来的可怕的荒谬的事。因此在上述日氏伟大风格的另一面,人们看到的是专横跋扈、以势压人、杀气腾腾、讹诈恫吓,有哗众取宠之心、无实事求是之意。实在要不得！

然而日丹诺夫自以为是崇高伟大的。在这一类问题上，日氏们的杀手锏乃是崇高二字。《真理报》的杀气腾腾的社论的题目便是《苏联文学的崇高任务》。真是讽刺呀，可怜的左琴科与阿赫玛托娃显得那样卑微而批判者是那样"崇高"！

顺便说一下，笔者所肯定的王朔的"躲避崇高"，当然指的是躲避这种吓人杀人的自封的崇高即伪崇高。笔者对王朔的肯定并非全无保留——笔者称王是"微言小义，入木三厘"，笔者指出如果仅仅是调侃，最终也会玩不下去。凡此种种，如果不是智障，当不会以为我是对他无条件认同，但是更不能不加分析地予以一笔抹杀。我的文章标题《躲避崇高》当然也是指的王朔的躲避和这种躲避的背景与意义，对于这一点应该理解应该发出会心的一笑而不是动不动作勃然大怒状。至于我自己，我可以理解王朔包容王朔支持王朔，正如我也理解赞扬有时候是欣赏或者激赏例如张承志、韩少功、张炜与完全不同的陈染与诗人伊蕾。当然不是半斤八两，但这里完全用不着排座次。认为肯定了这种类型的作家就必须否定另一种类型的，那是别人，不是王蒙。但是我并不等于王朔，随便看几篇我的作品就会明白这一点，除非是另有城府、另有谋略。我也根本不可能无条件地提倡躲避，恰恰是在我的作品与言论中，表达了我对浪漫主义与理想主义的情有独钟。我只是不像有些人要理想就必须抹杀王朔，要王朔就必须抹杀理想。以为文章有个什么标题就是在提出什么口号，这属于阅读常识问题。以为我在号召一起躲避，就等于以为我在把王朔树为人人必学的样板。树几个样板，喊一声："向左看齐！"那是江青而不是王蒙的习惯。连这样的废话都要写出来占用刊物的宝贵篇幅，我实在觉得对不起读者。不知道那些人是好读书不求甚解还是太求甚解，还是根本没有读我的文章，是一根直肠子通到底还是花花肠子太多了。

日丹诺夫式的崇高意识与两极对立模式的产生不是偶然的，也不能以同样的方式一骂了之。我想，在历史发展的一定阶段，革命是不可避免的，是伟大的与神圣的。"不做铁锤，就做铁砧"，季米特洛夫在法庭上的辩护词里的这句名言在特定的条件下是完全正确的和有力量的——革命必须维护自己的势不可挡的权威。革命的严峻性是有理的。我这里无意全盘否定苏联。但这不等于说一个人一参加了革命哪怕是伟大的十月革命就立刻化作了圣贤与超人，就不会有常人凡人的弱点，犯常人凡人会犯的错误。而日丹诺夫们，以为只要获得了革命的称号革命的名义革命的几个教条革命的某些资历与地位官职就可以君临一切裁判一切统治一切，有了对一切生杀予夺的权力，那就大错而特错了。他们以为可以不问对象不问时间与场合地依仗这种革命权威，即滥用革命的权威，以为用一个简单的两极对立模式就能解决一切复杂的问题，这就成了害人害己害国害民的自欺欺人的神话乃至疯狂幻想了。

日丹诺夫的讲话里还大谈特谈别、车、杜的现实主义传统，大谈不能搞纯艺术，不能为艺术而艺术，大谈艺术应该有高度的思想性，应该为人民服务等等，这些话都不无一定的道理。但是，真理过了头就变成了谬误，请看，即使是别、车、杜的极有价值的文学主张，如果搞成了排他的教条，如果被夸大成为唯一的价值判断准则，也很容易变成扼杀文艺生机的哭丧棒。

我在重读日氏讲话的时候还常常想到怎么样用日氏的逻辑与语言批判我国的当代作家。例如以批判左琴科的词儿去批判王朔，或者用批判阿赫玛托娃的词儿去批判一批我国当代的女诗人，多么现成！多么适销对路！多么好使！用起来多么方便妥帖，得心应手！原来在那儿等着他和她们呢！实际上这些逻辑与语言远远不是死的过去，它们还是活的，到处可以见到它们或者它们的影子或者它们的变形的出现。日丹诺夫的影响不能低估。

据一本《萧斯塔科维奇回忆录》说，日丹诺夫是艺术的内行，他在做批判报告的时候讲台上放置着一架钢琴。他一边大批特批，一边随时弹奏示范——他认为是好的与他认为是不能容忍的——曲目,第一是真棒!佩服佩服!第二是,一位联共(当时还没有叫苏共)中央书记,竟然这样耳提面命地教授包括萧斯塔科维奇这样的大师在内的苏联作曲家作曲,真是不可思议,盖了帽儿啦!

这就又印证了我早就说过的一句话:关于好人、坏人、外行、内行、领导关系的排列组合大体可分为以下几种:

好人内行领导内行。这是最佳搭配,但并不是总能做得到。

坏人外行领导外行。一块起一大哄,彼此彼此,闹剧而已,焉能成什么气候?

好人外行领导内行,领导不到哪里去,但也彼此愉快,偶有误会,说说很容易相通。此外好人当有志于学习,变外行为内行,这样的可喜的事例在我国也不少。

好人内行领导外行,不好,但也不难解决,加强培训,或调换一下人选也就是了。

好人外行领导外行,不好,但也没有太大难处,一起请调请求换班就是了。

坏人外行领导内行。当然不好,但也太坏不到哪里去。他外行,还有什么可怕的?我常举例子,如果一个品质不佳的翻译局长不懂外语,众翻译的日子不是不会坏到哪里去吗?工作还不是照样做吗?

一切排列中最糟最糟的是坏人内行领导内行。怎么个糟糕法,读者大概不需笔者的提示了吧?

1995 年 4 月

全知全能的神话

写完一篇关于日丹诺夫的文章，觉得写的不理想。想起了最近在《收获》等杂志上读到的李辉写姚文元、丁玲、周扬、沈从文以及梁漱溟的文章，李老弟台虽然年轻，无法亲临其境掌握第一手材料，但是他既能以今天的前进了的眼光解剖旧事，又能体贴入微地进入彼情彼境，即使对于姚文元这样的人，他也尽可能地去体味他的逻辑，把他当做一个活生生的人来写而不是仅仅口诛笔伐一番。他的这一类文章入情入理，有情有义，揣摩勾画，栩栩如生。一个年轻人写上一辈上两辈的事而能这样善于体察模拟，形象与理性思维并举，着实难能也。

遗憾的是，我写不成李辉的文章那个样子。我与日丹诺夫是太陌生了。我与日丹诺夫现象、日丹诺夫模式又是太熟悉了。

那个时候是一个人民革命凯歌先进的年代。是全世界社会主义节节胜利而资本主义捉襟见肘的年代。现在见到西方一些有一点年纪的作家学者，他们回忆起五十年代的全世界左倾潮流，仍然向往亦感叹不已。用全盘否定乃至污辱性的语言讲述苏联的一切，只能说是愚昧无知。

一九四六年，我还不满十二岁，日丹诺夫以他的强硬铁腕，以他的浩然正气，更是以他的权力背景——革命权威意识形态权威，以泰山压顶之势对苏联的文艺家搞了一次大批判大整风。我当时是初中学生，已经追求进步，叫做党的地下组织的一名"进步关系"。当时，从白区报刊的报道（包括西方通讯社报道的译文）中以及从党的系统提供的"正面资料"中，都得知了日氏整顿苏联文艺界的消息。虽不知其详，仍感震惊。一九四八年我入党，后一年北平解放，更多地听到了日氏水平多么高、党性多么强的议论，只觉得是五体投地，匍匐致敬。

但是这里边也有一个悖论，或者用海外的说法叫做"吊诡"。我之走向革命走向进步，与苏联文艺的影响是分不开的，我崇拜革命崇拜苏联崇拜共产主义都包含着崇拜苏联文艺。因而听说联共一位伟大的领导人猛批苏联的文艺家的时候，我确实是有些痛苦。只不过痛苦很少而崇拜很多，更绝对不会想到日丹诺夫也可能不对。

为什么崇拜，为什么坚信不疑？那是因为，第一，无产阶级领导的十月革命也好，中国人民革命也好，它都有一种替天行道、造反有理的正义性。我们代表的是被压迫被剥削的劳苦大众，用俄式说法叫做被侮辱与损害的，用中式说法叫做苦大仇深。这样，第二，我们的一切行动不但具有一种正义性而且具有一种复仇性，叫做讨回血债，叫做把颠倒了的历史再颠倒过来。想一想千百万年以来，劳动人民丧失了求学的机会，文学与艺术统统被资产阶级知识分子所占领盘踞，如今劳动人民——无产阶级当家做主，一些个臭知识分子还不老实，还不卖块儿赎罪，还在那儿讽刺挖苦，或者还在那儿无病呻吟，哭天抹泪……想到这里岂不怒从心头起恶向胆边生，劈头盖脸地批你一通，还算是便宜了你！第三，革命所许诺的是通过一场血与火的斗争消灭毒蛇猛兽，让鲜红的太阳照遍全球。革命是你死我活的斗争，革命的道路上充满了流血和牺牲，为了鲜红的太阳，必须不惜一切代价去搏斗。这样，不是战士便是叛徒，不是同志便是敌人，不唱战歌就唱降歌，不做铁锤就做铁砧……一切都极端地尖锐化对立化严峻化，没有通融的余地。是的，当革命与反革命正在拼刺刀的时候，当革命浑身血迹地在反革命屠刀下面挣扎着重新站立起来的时候，还搞什么幽默？抒情？讽刺？个人？艺术？象牙之塔？让资产阶级臭气熏天的货色滚开！让资产阶级艺术家们滚到历史的垃圾堆里去向隅而泣去吧！

是的，世界上第一个伟大社会主义国家苏联是在资本主义包围之下建立起来的，是在与全世界的阶级敌人浴血奋战的情况下建立起来的。这样一个历史特点带来了严峻与悲壮的激情，带来了近乎自虐的禁欲主义。反过来，愈是严峻、自虐与悲壮以及充满激情状似乎就愈是革命，没有一点严峻悲壮激情，未免太不够味了。没有一点禁欲主义，哪里还看得出你的理想的伟大崇高？正常舒服地过日子的人还能算是革命家、特殊材料铸成的共产党员吗？我想，这种心态是阶级斗争扩大化的一个原因。我亲自经历了这种愈整愈怕、愈怕愈佩服愈激动、愈佩服愈激动愈希望继续挨整不断挨整的心路历程。我至今能够想象人们阅读日丹诺夫报告的时候的醍醐灌顶、三呼万岁，同时又是屁滚尿流、魂飞天外的激动情景。

一九四六年九月二十二日《真理报》发表了题为《苏联文学的崇高任务》的社论。社论开宗明义，指出联共中央的一系列关于文学问题的决议"强烈地震动了作家和艺术工作者，也震动了整个苏联的舆论"。这种意识形态的强刺激性，正是当时的革命文艺运动乃至整个意识形态的一个重大特点。叫做翻天覆地慨而慷！就是不能搞请客吃饭绘画绣花温良恭俭让！

强刺激下面可以做到许多正常状态下做不成的事，这就是人们易于迷恋强刺激的原因。但是，同样正确的是，靠强刺激可以掩盖许多问题却不能从根本上解决问题，特别是经济方面的实际问题。简单地说，革命者也许可以借助于意识形态的威严而大大加速夺取政权的过程，却不可能靠强刺激的意识形态治国富国。这是苏联的社会主义实验的终于失败的根本原因。

强刺激对作家常常是必要的，可遇而不可求的。在这个意义上，作家是最容易接受强刺激的。在强刺激下，作家可以写出激昂饱满的煽情之作，苏联文学是有成就有影响的，苏联解体了并不等于苏联文学变成了废纸一大堆。

但同样正确的是，仅仅靠强刺激、靠崇高与正义的自我感觉、靠豪言壮语高谈阔论、靠苦大仇深的悲壮与严峻是不够的。治国不够，治文也不够。好作品的出现不可能是强刺激尤其不可能是外加的强刺激意识形态的高屋建瓴的作用的结果。这里，离开对文艺这一特殊的文化现象的理解，离开对文艺的既具有意识形态的全部特点又具有非意识形态的特点的理解，离开对作家的创作自由与创作个性的尊重，离开对本国文化传统与世界文学艺术成果的珍视，以为靠日丹诺夫式的施压与恫吓能导引出杰出的文学作品来，实在是缘木求鱼，南辕北辙。

日丹诺夫生于一八九六年，卒于一九四八年，可以说是英年早逝。一九一五年日氏十九岁入党，七年以后日氏二十六岁，当上了著名的特威尔省执行委员会主席。一九二五年二十九岁担任联共（布）中央候补委员，一九三〇年任中央委员，一九三四年任中央书记和中央组织局委员，并在基洛夫"被刺后"被任命为列宁格勒州委与市委书记——其为斯大林重用信用可想而知。一九三九年任政治局委员。可以说日氏是根正苗红，一帆风顺，起点极高（一出手就是省级领导），而又连连升迁——平均每五年上升一次。据说他年轻时长得类似马林科夫，给人以文官乃至白面书生的印象，后来官体发福，极胖，未免脑满肠肥。这种形象的演变令人想起姚文元，当然姚与日丹诺夫比恐怕是小巫见大巫。一九四六年他五十二岁，正是年富力强、踌躇意满、天生方向正确、专门纠别人的偏、革别人的命的时候，自我感觉之良好当非凡人能够体会。我可以设想他做着言词激烈的报告的时候那种自以为是、坚持原则、磨砺锋芒、高屋建瓴、一身正气、扭转乾坤、一言九鼎的膨胀得哪儿都装不下的劲儿。

尤其，他认为他是全知全能的。这种全知全能的根据一个是他的职务和这种职务带给人的自信，这种职务带来的打遍天下无敌手、所有文艺家俯首称臣的态势。另一个是他自己的才华，他在文艺上并非外行。尤其他竟然通音乐！请看他是怎样批穆拉杰里的歌剧《伟大的生活》与萧斯塔科维奇的吧。

他是以"中央委员会"的名义来论述"这部歌剧的彻底失败"的。由中央委员会出面宣布一部歌剧的失败，这种做法实在匪夷所思而又令人长太息以掩涕。他说：

"在这部歌剧中没有一个能使听众记住的旋律""……音乐是非常贫乏的。优美旋律被不和谐的而且同时是很喧闹的即兴曲调所代替""管弦乐的表现力在歌剧中用得极其有限""音乐既不和谐而且也不吻合剧中人物的心情……在心情最哀伤的时刻，忽然插入鼓声，但是在战斗的振奋的时刻，正当舞台上表现出英雄事迹的时候，音乐不知为什么却又变得柔和而且哀伤起来……"我的天，日丹诺夫正在以中央委员会的名义教授苏联作曲家作曲！从他的批评看来，歌剧《伟大的生活》政治内容上并没有问题，里边还有英雄事迹的么！被日氏批了个不亦乐乎的是纯粹音乐方面的事。那么是不是苏联人俄国人压根儿不认识多来米法梭，是日丹诺夫以中央委员会的名义发明的五线谱和各种乐器呢？绝对不是，俄国产生过柴科夫斯基，产生过强力集团的一大批优秀的作曲家，谁让日丹诺夫懂了点音乐又当上了中央书记呢？与其让这样的人来领导文艺，还不如请萧洛霍夫《被开垦的处女地》中的拉古尔洛夫来主持意识形态工作呢！

日氏进一步细致地评论道："……描写的是哥萨克人……没有用哥萨克人及其歌曲和音乐特有什么东西给标记出来……""歌剧本来应当充分描写北高加索各民族的充满事迹的生活——歌剧的音乐却和北高加索各族人民的民间创作隔得很远……"无独有偶，这种抓法真像是江青"呕心沥血"地抓"样板戏"。教给作曲家如何作曲，教给作家如何写作，教给农民如何种田，教给生物学家怎么样研究生命的起源……真是如同着了魔了哟！看，日氏一直训斥到萧斯塔科维奇头上。他引用一九三六年《真理报》上"遵照中央的指示"发表的文章说："听众从第一分钟就被歌剧中故意造成的不和谐的纷乱的音流惊愕住了。旋律的断片,乐句的萌芽,一会儿沉落下去,一会儿冲撞上来……这种音乐是难以捉摸的,是不可能记住的……从爵士乐中借用了它那歇斯底里的、痉挛的、癫痫的音乐……"联共中央的威信就是这样被滥用着,被用来教授萧斯塔科维奇作曲。真是造孽呀!真是尔曹身与名俱灭,不废江河万古流呀!

这样的荒唐的出现并非偶然。这里表现出来的独断论、唯意志论、夸大狂,并非偶然。本来,十月革命是一个伟大的事件,苏联人民致力于社会主义的实验是人类的一个伟大事件,在资本主义包围的情态下搞社会主义,也确实是艰苦卓绝,十分严峻的。这样一个伟大事业,志在建设一个能够解决已有的社会制度存在的一切弊端、完全摆脱人类社会的一切不公正的崭新的社会主义社会。等到这个社会建成以后,人们再回顾历史,将会发现过往的一切只不过是人类史的史前阶段——这是马克思主义经典作家明确指出过的。有了这样的无比崇高的信念,有了这样的开天辟地的雄心壮志,又面临着国际资本这样强大的敌人,没有一个烈火铸就的钢铁一般的布尔什维克党是不可思议的,而这样一个由特殊材料制成的成员组成的政党,必须全面领导与改造社会与观念的各个方面——所以她必须是全知全能的,她已经是全知全能的了。她从事的几乎是上帝的创世工作,或者说是比上帝还伟大艰巨,上帝只是从无到有地创造,而社会主义者一面流血牺牲去摧毁旧世界,一面一手拿镐一手拿枪,流汗流泪缴学费走弯路地建设新世界。

这些想法可能都是好的有伟大价值的,但是,假设的完美毕竟不等于现实的完美,应许的光明也不等于获得的光明。理想的崇高并不等于已经摆脱了昨天的一切阴影,也不等于一定就没有新的阴影。即使日丹诺夫确实是一个党性坚强、才华出众、意志如钢、自以为洞察一切文艺问题的超人,他同样也具有一切凡人所不可能没有的弱点与缺点。他是太自以为是了,他东杀西砍,在苏联文艺界如入无人之境;他高高在上,根本不懂得尊重文艺家与文艺规律,他一切从政治出发，反而忽视了文艺自身；他自我陶醉，把设计的美妙当做现实的美妙来要求作家描写。他的逻辑是：我们的目标这样伟大，我们的理论这样辉煌，我们的精神这样崇高，我们的事业这样壮丽，你们这些狗作家怎么不去好好地乖乖地去表现我们的伟大辉煌壮丽崇高呢？你们怎么不去五体投地地歌功颂德呢？你们怎么偏偏去写什么讽刺或者爱情呢？你们怎么对旧世界还有怀念情绪呢？你们不承认我们的生活已经是无比的美好，你们就是站在了国际资本一边，你们不跟我们一起崇高，你们就是卑微渺小腐烂恶臭蛆虫……不狠狠地批狠狠地整不消灭你们还行？

这样的逻辑我们能够忘记么？

总之，时过境迁，历史已经做出了结论，日丹诺夫不论主观上怎么样自吹自擂自高自大，他带来的是苏联文学的空前浩劫，是扼杀文艺生机与苏联各族人民生机的空前灾难。从最伟大美好的愿望出发，走到了无颜面对自己的历史自己的文学的泥坑里。这样一段历史，怎么可能不让人叹息？这样的历史借鉴，怎么能让人等闲视之？

附注：本文与《想起了日丹诺夫》一文的全部资料系王燎同志提供。这些资料是他翻译或经他校改的现成译文。

《关于〈星〉和〈列宁格勒〉两杂志的报告》与《在联共中央召开的音乐工作座谈会上的讲话》选自《苏联文学艺术问题》一书，曹葆华译，人民文学出版社一九五九年出版。《苏联文学的崇高任务》为一九四六年九月二十二日《真理报》社论。

1995 年 5 月

汉城盛会话东洋

一九九五年九月二十八日到三十日，在汉城召开了由韩国汉白基金会（Hanbek Foundation）、中国未来学会、日本电通总研（Dentsu Institute Human Studies）等单位联合组织的，题为"脱近代时期的到来与东亚的可能性"——也许更中文的译法应是"后现代时期东亚的机会"——的"亚洲论坛——2005"研讨会，我应邀参加。我是第一次去韩国，兴味盎然。一路飞行，看到中国民航上的韩国空中小姐是那样神采奕奕，明朗喜悦，敬业敬人，联想到过去在阿拉斯加见到的韩国机组也是那样精神，禁不住感叹不已。而一比，中国的服务总是缺少这点情绪这点精气神，就是说中国小姐也有服务却缺少服务的热情与灵魂。这究竟问题何在，就不是这篇文字的主题了。

现在说一下会议议题：人们解释说"脱近代"就是 post-modern，而我们这里是译作"后现代"的。汉字本身是有自己的信息能量的，近代与现代这两个词由于中文与韩文表达方式的不同而可以互换，脱与后却各有自己的侧重点。这一点并非仅仅是我这个完全不懂韩文的人的望文生义（其实汉字的一大功能就是可以或者常常引起望文生义，我们的许多文化学术问题乃至意识形态问题都与这个望文生义有关），一进入讨论，就看出"脱"与"后"的区别来了。

会议一开始，汉白基金会理事长李彰雨与韩国三星集团社长朴熊绪就强调这次会议是最早由韩国方面发起的，盖因世界已经进入了脱近代时期，近代的工业文明日益暴露出了自己的问题，诸如环境破坏、道德沦丧等等,脱近代以后以中、日、韩为代表的东洋文明将可以起到巨大的作用,亚洲的发展已经证明了亚洲将成为新时代的中心,韩、中、日三国非政府机构应该探讨三国与世界面临的机遇与问题。

然后是韩国前文化体育部长、现梨花女子大学教授李豫宁的基调讲话。李教授侃侃而谈。他说是只有两条线构成不了一个图形,三条线是必要的。两极体制的方程式是一种线性思维,就如地球受到太阳的引力,两个星球的关系是简单的,加上一个火星,便出现了不定因素。哥白尼的地动论也是线性思维,电脑则是线性思维的极致。过去东洋有中国的大陆文明与日本的海洋文明,大陆文明是华,而海洋文明是夷。华夷之辨这也是线性思维,后来加上了韩国的半岛文明,就有了非线性的图形了。李教授从韩国的琴的构造来说明韩国思维方式的特点——不是强调平衡而是突出不平衡。韩国的琴左右是由不同的材料不同的音质构成的,这也就是说韩国文明既是大陆的又是海洋的。在未来的脱近代时代,东洋文明有重任焉,韩国文明有重任焉。

接着王蒙讲话,也算是一个基调发言。我主要是讲了中国近百年来文化冲突的必然性与经验教训。我说它们主要是:一、企图以文化一揽子地救国是不现实的,急切地要求文化救国的结果只能是造成知识分子的频频失望与文化运动的急功近利乃至文化上的失语。二、文化的思潮的多元状态不一定是造成文化冲突乃至社会冲突的必然原因,人类文化与一个民族的文化常常是在多元竞争与多元互补的进程中发展起来的。三、离开了中国的文化传统也就失去了中国知识分子的根基与土地,也就什么事也做不成了,激进的全盘否定传统文化是不可取的。四、应该珍视中国革命与新中国建设的宝贵成果,以建设性的态度对待当今面临的一切文化难题——我不赞成动不动在中国搞文化爆破,不论爆破以什么样的旗号进行。五、人类的文化既有民族性又有普遍性,因此不能拒绝汲取一切外国的有益的文化成果与价值准则。亚洲的蓬勃发展是东方文明的成果也是世界文明的成果。

读者当可以看到我实际上回避了东洋文明可以成为后现代时期的世界文明中心的预测。看来这个有争议的话题不单单是在中国引人注目。坚持东方（他们说是东洋）将成为下一世纪的世界中心观点的以韩国朋友最积极最热烈。相形之下，中国与日本的与会者要慎重一些。

基调发言之后是一个特别对谈：日本的电通总研（日本最大的广告公司集团）领导人、前通产省次长福川伸次首先从精神荒漠、家庭解体、资源枯竭、环境破坏几方面批评了现代文明，同时从文化与经济、知识与艺术、地球与人类的和谐方面寄希望于东洋文明。中国的国务院发展研究中心原副主任马宾强调，二十一世纪的亚洲大有希望，通过经济的交流加强各国的合作关系并从而避免战争是可能的。然后是韩国数学文化研究所所长金容云教授讲话，他认为现代文明的发展使以亚当·斯密与马克思为代表的经济乐观主义感到失落了（这立即使我想起了国内学者所说的"认同危机"）。建设一个尊重人权的福利社会已经成为普遍的愿望。这时候，最重要的是要各民族互相尊重互相理解彼此平等，形成一种多元混沌的新局面。至于与世界的关系，大致应是部分与全体的关系。

福川继续申明，世界文化中心正在转移到亚洲。亚洲可以成为世界的中心枢纽，世界正在成为紊乱状态，多极化也可能成为混乱的因素。

马宾表示希望亚洲有大的发展。

金容云说，七十年前，大概不会有人相信要靠中国文化挽救世界。他说东洋文明的特色是重视人际关系、重视现实生活，不重视形而上的问题。三国又有不同，中国人重义、韩国人重忠义、日本人重忠。他希望东洋文明通过创新而成为活泼的"利动"（疑为能动或有利于行动有利于变革之意）性的力量。他对于东方文明并非无条件鼓吹，这是可以体会到的。这时主持讨论的韩国孔星镇教授提出一个问题：二十一世纪的中心词汇将是什么？你们对未来的展望是什么？

金说是形成国民国家，追求文化与生活的质量，注重天地人三者的和谐。马说是公平、合理、合作、互相尊重。

福川讲得比较系统，他说：一、形成新的世界化与地区化——相互信赖的多极化。二、建立新的人文主义，采取对不同文化的宽容态度。（人们印象中，人文主义总是与宽容联系在一起而不会是与拒绝宽容联系在一起的。——王注）三、建立新的产业主义，即与自然、环境、知识产权、人类智慧更加协调的产业主义。（可不可以说他主张的是一种富有"人文精神"的产业主义呢？这么说，人文并不是只能来自人文。——王注）

这天下午进行三国学者对有关东洋文明问题所作调查的结果报告。韩国郑荣国教授报告说韩国被调查者认为东洋文明的特点是：使用汉字，农业文明，尊敬祖先，儒教价值观，注重自然与人、理性与感性的和谐。消极方面则有：主张顺应与被动、折衷、差不多精神、相信因果报应等。郑教授强调指出这次讨论是韩方发起的，该国学者对于东洋文明在未来世纪的作用充满信心。同时他承认韩国也有人怀疑东洋文明的现实性，例如信息论时代就难以发展混沌的思考方式。也有人提出应该创造新的东洋文明。

中国社科院何培忠教授首先说明，在中国东洋一词只限于特指日本，因此他无法进行对东洋文明的调查。他调查的是东方文明。人们在东方文明、亚洲文明的概念上，在中、日、韩三国文化传统的异同上歧义颇大。中国的受调查者认为东方文明的特点是重视人际关系、天人合一、重视家庭与群体，推崇忠、恕、孝道，有利于增强团结与凝聚力，实现平衡与和谐；但东方文化常常情大于理，权大于法，守大于变，是其弱点。

何教授报告说中国学者认为未来社会中，儒学可以在社会与家庭的稳定方面、人类的精神生活方面、生态环境方面、老人问题、青少年问题方面以及养生保健与生活方式方面起一些积极的作用。同时，何先生报告说中国学者认为东方文明不能取代西洋文明，后现代将是一个东西方文明互融的时代，不能搞东风压倒西风或相反。只有在同西方文明的比较、鉴别、吸收互融之中，才能更好地弘扬东方传统文化。

日本的山本久美子谈到了汉字、群体观念、敬老与资格观念等。

参与评论的韩国都珍淳教授提出，东洋是不能包括印度与阿拉伯国家的，也就是说他认为中国的东方文化歧义说不难解决。

日本的加藤直纪指出日、中、韩三国文化传统是大同而小异的。

《中国青年报》理论部主任聂北茵强调不能以急功近利的眼光看待文化问题。

郑荣国强调，即使日本人于明治维新时提出了"脱亚入欧"（这里也有一个脱！——王注）但实际上同时又提出了"洋才和魂"的口号。当时的日本维新学者提出"天不造人上之人亦不造人下之人"，这就是孔子的有教无类的主张。郑教授要求振兴传统文化。

聂北茵则说我们的目的是实现东方的现代化。（一个要超脱超越，一个还没有实现所以要先实现，这是有趣的，也是许多问题混乱之所在。——王注）

下一轮讨论中，韩国精神文化研究所的韩亨祚教授称赞东洋文明中的恕与中庸思想，称赞阴阳五行的观念符合生态学原则，称道中医中药的整体观念。中国的张世林教授的论文是别人代读的，中心是称道天人合一的命题，希望中国古代哲学思想中的这一光辉命题为全人类的幸福和发展做出贡献。

韩国郑在科教授则质疑说，天人合一是农业文明的中性文化思考的普遍观念，印度、阿拉伯国家都有类似的表述，并非中国独有。中国青年学者常绍民指出，在中国天人合一的提出另有所本，与生态问题无涉。日本东京大学教养学部教授濑地山角提出不要追求某种文化的普遍性，不要固执东方文化的观点。

这次讨论快要结束的时候，有一名韩国旁听者要求发言，他激烈地抨击天人合一"五千年没有发挥作用"，认为佛教的轮回说是荒谬的等等。他对于强调东洋文明表示了强烈的不满。事后金容云教授告诉我那是一个基督教徒，神经病。我说他恐怕也代表了一种观点，金教授连连摇头。

第二天一早我因去汉城三联书店参观没有听到日方的滨下武志的基调讲演。据说他讲了海洋与文明的关系及三国周围海洋的特点。后来听到一些讨论，日本的园田茂人提出应该分析日、中、韩三国的文化的不同，例如日本有所谓神道而韩国人特别重视风水。（恰好我国出版的本年第五期《东方》杂志有一段严厉批判日本神道的文字，请读者参考。——王注）日本人的家庭观念也不像韩国与中国那样强，日本公司强调不得把家事带到公司里来，工作时间也绝不可以接家属的电话。这就影响到三国的发展模式，中、韩多有以家庭为单位的中小企业，而日本多发展大企业。日本的上条典夫则提出明天将会如何的问题。他说，明天会更好吗？这还是一个问题，日本远没有中国与韩国那样乐观。韩国姜昌一批评了儒家是东洋文明的核心的主张，认为那是一种中国中心主义。一些论者还提出朱熹的思想已经包容了大量的佛家思想，日本现在应该脱欧归亚，东洋文明的最有价值的思想是相生或共生思想等等。

中国科协魏志远教授指出：东西方文明是世界文化库中的两大基因，同样伟大，缺一不可。在未来的时代里，东西方文化仍将在不同的方面互为主导，交流会更加快捷和默契，各种不同的文化会填平沟壑，趋于一途。这虽然仅还是人类的共同愿望，但人类文化被推向一个新的高峰是毋庸置疑的。

会议结束前我国的秦麟征教授发言肯定了会议的成绩，并分析了关于文化文明等范畴的含义。

由于我不通韩语日语，只是凭并不流畅规范的同声翻译给我的印象记下了这些内容,难免有张冠李戴、韩(日)书中说的错误,更难免挂一漏万的遗憾。但是大家在说什么我还是掌握得差不多的。看来最有趣的是:一个强调脱,强调的是批判与超越;一个强调后,强调的是发展与消解。这是一。看到工业文明的某些困境,以为得到了东方文明占先的大好机会,从而振奋起来。但人们的看法不一,底气还不算太足。这是二。不管是有意接轨还是无意相通,反正中国学人特别是年轻学子们的热门话题与国际上的这些说说道道紧密相关。批判工业文化、现代化,批判西方中心,向往自然、土地、农业文明、中医气功周易天人合一,都不是无风自起的浪,都是树思动而风正起,这是三。日本与韩国都有大企业老板与企业精英人员参加讨论,大企业在这一活动中起了巨大的作用,但中国来的都是知识分子。不知这是否说明日本的企业家正在弘扬至少是重视"人文精神",电通公司就附设了一个人文研究学院,而中国的某些人文学者则多是厌恶(至少是本国的)企业与经济活动的。这是四。中国的发展程度与人家(不仅与西洋而且与日、韩)相比大大不同,议论容易接轨而发展并未赶上,这样我们的议论就更具有超前特色,倒也有助于不要盲目地一味追求现代化工业化和市场经济。这是五。

当然,我们面对的是更加中国的问题,例如还有几千万人没有吃饱肚子也不会写自己的名字,他们最需要的是脱贫脱盲——怕这里的脱字也是汉字的出口转内销,和脱近代的用法一样。如果说什么国情,这就是首要的国情了。

最后再加一点花絮。会议第一天结束时表演了韩国打击乐。一个大鼓,一个长鼓,两面锣,可以说是坐着使劲坐着跳舞,气势排山倒海,震人心魄,令你感到经济腾飞的韩国人的勃勃雄心。经济与文化并不一定同步,是的,但更不会相悖反,多一点综合国力多一点本钱,还是比少一点好。

再一个是韩国三联书店的朋友带我去看王宫和正在拆毁的前日本总督府,总督府是用花岗岩修的好房子。我说留下来进行爱国主义教育不行吗？三联的朋友（都是教授）说绝对不行，因为从高处看很明显，这座建筑修建在汉城的气脉中心上了。另外一次在极高级的晚宴上，一位韩国教授与我探讨多妻制的可能性——因为，他说东方的传统是没有儿子就应该娶二房。至于他自己，"不幸"——他开玩笑说——已经有了两个儿子了。传统文化确实是够热闹的。

　　临别时候，在金浦国际机场第二终端免税商店，看到那些韩国售货员服务态度与服务质量之差令人惊讶。她们的对顾客视而不见，面部无表情，答问不耐烦，比之中国首都国际机场或上海虹桥机场都是更差而不是更好，更无法与西洋与日本的商业服务相比。我亲眼看见一位小姐收了一位中国顾客的世界通用的 Master 信用卡后良久，又退回来用极差的英语说对不起他们必须收现金。这个商店本来是收那种信用卡的，否则她就不应该把人家的卡拿走那么长的时间。不知道就是这种服务水平呢还是专门以这种态度对待中国旅客，当然两者一样糟。看来在成为世界中心以前，我们自身还有许多需要奋起直追改进之处，我们还有长长的路要走。

1996 年 1 月

周扬的目光

如果我的记忆无误的话——我从来没有用文字记录一些事情的习惯,一切靠脑袋,常有误讹,实在惭愧——是一九八三年的岁末,周扬从广东回来。他由于在粤期间跌了一跤,已经产生脑血管障碍,语言障碍。我到绒线胡同他家去看他,正碰上屠珍同志也在那里。当时的周扬说话词不达意,前言不搭后语,以至尽是错话。他的老伴苏灵扬同志一再纠正乃至嘲笑他的错误用词用语。他自己也有自知之明,惭愧地不时笑着,这是我见到的唯一一次,他笑得这样谦虚质朴随和,说得更传神一点,应该叫做傻笑。眼见一个严肃精明,富有威望的领导同志,由于年事已高,由于病痛,变成这样,我心中着实叹息。

我和屠珍便尽量说一些轻松的话,安慰之。

只是在告辞的时候,屠珍同志问起我即将在京西宾馆召开的一次文艺方面的座谈会。还没有容我回答,我发现周扬的眼睛一亮,"什么会?"他问,他的口齿不再含糊,他的语言再无障碍,他的笑容也不再随意平和,他的目光如电。他恢复了严肃精明乃至有点厉害的审视与警惕的表情。

于是我们哈哈大笑,劝他老人家养病要紧,不必再操劳这些事情,这些事情自有年轻的同志去处理。

他似乎略略犹豫了一下,然后"认输",向命运低头,重新"傻笑"起来。

这是我最后一次在他清醒的时候与他的见面,他的突然一亮的目光令我终生难忘。底下一次,就是一九八八年第五次文代会召开前夕陪胡启立同志去北京医院的病房了,那时周扬已经大脑软化多年,昏迷不醒,只是在唤他的名字的时候他的眼睛还能眨一眨。毕淑敏的小说里描写过这种眨眼,说它是生命最后的随意动作。

周扬抓政治抓文艺领导层的种种麻烦抓文坛各种斗争长达半个世纪,他是一听到这方面的话题就闻风抖擞起舞,甚至可以暂时超越疾病,焕发出常人在他那个情况下没有的精气神来。这给我的印象太深了。同时,没有"出息"的我那时甚至微觉恐惧,如果当文艺界的"领导"当到这一步,太可怕了。

一九八一年或一九八二年,在一次小说评奖的发奖大会上,我听周扬同志照例的总结性发言。他说到当时某位作家的说法,说是艺术家是讲良心的,而政治家则不然云云。周说,大概某些作家是把他看做政治家的,是"不讲良心"的;而某些政治家又把他看做艺术家的保护伞,是"自由化"的。说到这里,听众们大笑起来。

然而周扬很激动,他半天说不出话来。由于我坐在前排,我看到他流出了眼泪。实实在在的眼泪,不是眼睛湿润闪光之类。

也许他确实说到了内心的隐痛,没有哪个艺术家认为他也是艺术家,而真正的政治家们,又说不定觉得他的晚年太宽容,太婆婆妈妈了。提倡宽容的人往往自己得不到宽容,这是一个无情的然而是严正的经验。懂了这一条,人就很可能成功了。

就是在那一次,他也还在苦口婆心地劝导作家们要以大局为重,要自由但也要遵守法律规则,就像开汽车一样,要遵守交通警察的指挥。他还说到干预生活的问题,他说有的人理解的干预生活其实就是干预政治。"你不断地去干预政治,那么政治也就要干预你,你干预他他可以不理,他干预你一下你就会受不了。"他也说到说真话的问题,他说真话不等于真理,作家对自己认为的说真话应该有更高的要求。他在努力地维护着党的领导,维护着文艺家们的向心力,维护着党的十一届三中全会以来出现的文艺工作蓬勃发展的大好局面，甚至为之动情落泪。殷殷此心，实可怜见！

在此前后，他在一个小范围也做了类似的发言，他说作家不要骄傲，不要指手画脚，让一个作家去当一个县委书记或地委领导，不一定能干得了。

他受到了当时还较年轻的女作家张洁的顶撞，张洁立即反唇相讥："那让这些书记们来写写小说试试看！"

我们都觉得张洁顶得太过了，何况那几年周扬是那样如同老母鸡保护小鸡一样地以保护文艺新生代为己任。但是彼时周扬先是一怔，他大概此生这样被年轻作家顶撞还是第一次，接着他大笑起来。他说这样说当然也有理，总要增进相互的了解嘛。

他只能和稀泥。他那一天反而显得十分高兴，只能说是他对张洁的顶撞不无欣赏。

周扬那一次显得如此宽厚。

然而他在他的如日中天的时期是不会这样宽厚的，六十年代，他给社会科学工作者讲反修，讲小人物能够战胜大人物，那时候他在意识形态领域的影响达到了一个相当的高峰，他的言论锋利如出鞘的剑。他在著名的总结文艺界"反右"运动的《文艺战线上的一场大辩论》中提出"个人主义是万恶之源"的时候，也是寒光闪闪，锋芒逼人的。

一九八三年秋，在他因"社会主义异化论"而受到批评后不久，我去他家看他。他对我说一位领导同志要他做一个自我批评，这个自我批评要做得使批评他的人满意，也要使支持他的人满意，还要使不知就里的一般读者群众满意。我自然是点头称是。这"三满意"听起来似乎很难很空，实际上确是大有学问，我深感领导同志的指示的正确精当，这种学问是书呆子们一辈子也学不会的。

我当时正忙于写《在伊犁》系列小说，又主持着《人民文学》的编务，时间比金钱紧张得多，因此谈了个把小时之后我便起立告辞。周扬显出了失望的表情，他说："再多坐一会儿嘛，再多谈谈嘛。"我很不好意思也很感叹。时光就是这样不饶人，这位当年光辉夺目，我只能仰视的前辈、领导、大家，这一次几乎是幽怨地要求我在他那里多坐一会儿。他的这种不无酸楚的挽留甚至使我想起了我的父亲，他每次对于我的难得的造访都是这样挽留的。

他是从什么时候起变得有些软弱了呢？

我想起了一九八三年初我列席的一次会议，在那次由胡乔木同志主持的会议上，周扬已经处于被动防守的地位，吃力地抵挡着来自有关领导对文艺战线的责难，他的声音显出了苍老和沙哑。他的难处当然远远比我见到的要多许多。

而在三十年前，一九六三年，周扬在全国文联扩大全委会上讲到了王蒙，他说："……王蒙，搞了一个右派喽，现在嘛，帽子去掉了……他还是有才华的啦，对于他，我们还是要帮助……"先是许多朋友告诉了我周扬讲话的这一段落，他们都认为这反映了周对于我的好感，对我是非常"有利"的。当年秋，在西山八大处参加全国文联主持的以反修防修为主题的读书会的时候，我又亲耳听到了周扬的这一讲话的录音，他的每一个字包括语气词和咳嗽都显得那样权威。我直听得汗流浃背，诚惶诚恐，觉得党的恩威、周扬同志的恩威都重于泰山。

我在一九五七年春第一次见到周扬同志，地点就在我后来在文化部工作时用来会见外宾时常用的子民堂。由于我对《组织部来了个年轻人》受到某位评论家的严厉批评想不通，给周扬同志写了一封信，后来受到他的接见。我深信这次谈话我给周扬同志留下了好印象。我当时是共青团北京市东四区委副书记，很懂党的规矩、政治生活的规矩，"党员修养"与一般青年作家无法比拟。即使我不能接受对那篇小说的那种严厉批评，我的态度也十分良好。周扬同志的满意之情溢于言表。他见我十分瘦弱，便问我有没有肺部疾患。他最后还皱着眉问我："有一个表现很不好的青年作家提出苏联十月革命后的文学成就没有十月革命前的文学成就大,你对这个问题怎么看?"我回答说:"这是一个复杂的问题,需要进行全面的调查和研究,需要掌握充分的资料,随随便便一说,是没有根据的。"周扬闻之大喜。

我相信,从那个时候起他就决心要一直帮助我了。

所以,一九七八年十月,当"文革"以来报纸上第一次出现了周扬出席国庆招待会的消息,我立即热情地给他写了一封信,并收到了他的回信。

所以,在一九八二年底,掀起了带有"批王"的"所指"的所谓关于"现代派"问题的讨论的时候,周扬的倾向特别鲜明(鲜明得甚至使我自己也感到惊奇,因为他那种地位的人,即使有倾向,也理应是引而不发跃如也的)。他在颁发茅盾文学奖的会议上大讲王某人之"很有思想",并且说不要多了一个部长,少了一个诗人等等。他得罪了相当一些人。当时有"读者"给某文艺报刊写信,表示对于周的讲话的非议,该报便把信转给了周,以给周亮"黄牌"。这种做法,对于长期是当时也还是周的下属的某报刊,是颇为少见的。这也说明了周的权威力量正在下滑失落。

新时期以来,周扬对总结过去的"左"的经验教训特别沉痛认真。也许是过分沉痛认真了?他常常自我批评,多次向被他错整过的同志道歉,泪眼模糊。在他的生命的最后几年,他特别注意研究有关创作自由的问题,并讲了许多不无争议的意见。

当然也有人从来不原谅他,一九八〇年我与艾青在美国旅行演说的时候就常常听到海外对于周扬的抨击。那是没有办法的事。

我听到不止一位老作家议论他的举止,在开会时刻,他当然是常常出现在主席台上的,他在主席台上特别有"派",动作庄重雍容,目光严厉而又大气。一位新疆少数民族诗人认为周扬是美男子,另一位也是挨过整的老延安作家则提起周扬的"派"就破口大骂。还有一位同龄人认为周扬的风度无与伦比,就他站在台上向下一望,那气势,别人怎么学也学不像。

还有一位老作家永不谅解周扬,也在情理之中。有一次他的下属向他汇报那位作家如何在会议上攻他,我当时在一旁。周扬表现出了政治家的风度,他听完并无表情,然后照旧研究他认为应该研究的一些大问题,而视对他的个人攻击如无物。这一来他就与那种只知个人恩恩怨怨,只知算旧账的领导或作家显出了差距。大与小,这两个词在汉语里的含义是很有趣味的。周扬不论功过如何,他是个大人物,不是小人。

刘梦溪同志多次向我讲到周扬同志在十一届三中全会之后总结党的历史经验时说的两句话。他说,最根本的教训是,第一,中国不能离开世界,第二,历史阶段不能超越。

言简意赅,刘君认为他说得好极了,我也认为是好极了。可惜,我没有亲耳听到他的这个话。

1996 年 4 月

陌生的陈染

陈染的作品似乎是我们的文学中的一个变数,它们使我始而惊奇,继而愉悦,再后半信半疑,半是击节,半是陌生,半是赞赏,半是迷惑,乃嗟然叹曰:

陈染,你是谁?我怎么不认识你?我怎么爱读你的作品而又说不出个一二三来?雄辩的、常有理的王某,在你的小说面前,被打发到哪里去了?

单是她的小说的题目就够让人琢磨一阵子的。《潜性逸事》《站在无人的风口》《另一只耳朵的敲击声》《与假想心爱者在禁中守望》《巫女与她的梦中之门》《秃头女走不出来的九月》《凡墙都是门》。这一批题目使你悚然心动:她的笔下显然有另一个世界,然而不是在中国大行其时的魔幻现实主义,不是寻根,也不是后现代或者新什么什么。因为她的作品,那是"潜性"的,是要靠"另一只耳朵"来谛听的"敲击",是"巫"与"梦"的领地,是"走不出来"的时间段,是亦墙亦门的无墙无门的吊诡。而多年来,我们已经没有那另一只耳朵,没有梦,逃避巫,只知道墙就是墙,门就是门,再说,显性的麻烦已经够我们受的了,又哪儿来的潜性的触觉?

是的,她的小说诡秘,调皮,神经,古怪;似乎还不无中国式的飘逸空灵与西洋式的强烈和荒谬。她我行我素,神里巴唧,干脆利落,飒爽英姿,信口开河,而又不事铺张,她有自己的感觉和制动操纵装置,行于当行,止于当止。她同时女性得坦诚得让你心跳。她有自己

独特的语言独特的方式,她的造句与句子后面的意象也是与众不同的:

  ……看着一条白影像闪电一样立刻朝着与我相悖的方向飘然而去……那白影只是一件乳白色的上衣在奔跑……它自己划动着衣袖,捎撑着肩膀,鼓荡着胸背,向前院高台阶那间老女人的房间划动。门缝自动闪开,那乳白色的长衣顺顺当当溜进去。(《潜性逸事》)

  我坚信,梵高的那只独自活着的谛听世界的耳朵正在尾随于我,攥在我的手中。他的另一只耳朵肯定也在追求这只活着的耳朵。我只愿意把我和我手中的这只耳朵葬在这个亲爱的兄弟般的与我骨肉相关、唇齿相依的花园里……我愿意永远做这一只耳朵的永远的遗孀。(《另一只耳朵的敲击声》)

  在她的记忆中,她的家回廊长长阔阔,玫瑰色的灯光从一个隐蔽凹陷处幽暗地传递过来,如一束灿然的女人目光。她滑着雪,走过一片记忆的青草地,前面却是另一片青草地……她不识路……四顾茫然,惊恐无措。(《与假想心爱者在禁中守望》)

  想想自己每天的大好时光都泡在看不见摸不着无形无质的哲学思索中,整个人就像一根泡菜,散发着文化的醇香,却失去了原有生命的新鲜,这是多么可笑……(《凡墙都是门》)

这样的例子俯拾即是,琳琅满目。还有她的小说人物的姓名,黛二、伊堕人、水水、雨若、缪一、墨非……这都是一些什么名字呀?据说有一种理论认为理论的精髓在于给宇宙万物命名。还有她的稀奇的比喻和暗喻,简直是匪夷所思!这就是独一无二的陈染!她有自己的感觉,自己的语汇,自己的世界,自己的符号!她没有脱离凡俗,

(这从她的许多冷幽默和俏皮中可以明确地看出,她是我们的同时代人,生活在"我们"这个世界上,生活在我们之中。)却又特立独行,说起话来针针见血,挺狠,满不论(读 lìn)。她有一个又清冷,又孤僻,又多情,又高蹈,又细腻,又敏锐,又无奈,又脆弱,又执着,又俏丽,又随意,又自信自足,又并非不准备妥协,堪称是活灵活现、呼风唤雨、撒豆成兵的世界。这个世界里有对爱情(并非限于男女之间)的渴望,有对爱情的怀疑;有对女性的软弱和被动的嗟叹,又有对男人的自命不凡与装腔作势的嘲笑;有对中国对于 P 城的氛围的点染,有对澳洲对英国的异域感受;有母亲与女儿的纠缠——这种纠缠似乎已经被赋予了某种象征的意味,又有精神的落差带来的各种悲喜剧。她嘲弄却不流于放肆,自怜却不流于自恋,深沉却不流于做作,尖刻却不流于毒火攻心。她的作品里也有一种精神的清高和优越感,但她远远不是那样性急地自我膨胀和用贬低庸众的办法来拔份儿。她决不怕人家看不出她的了不起,她并不为自己的扩张和大获全胜而辛辛苦苦。她只是生活在自己的未必广阔,然而确是很深邃、很有自己的趣味与苦恼的说大就大说小就很小的天地之中罢了。这样她的清高就更自然自由和本色,更不需要做出什么式样来。

她其实也挺厉害,一点也不在乎病态和异态,甚至用审美的方式渲染之。她一会儿写死一会儿写精神病一会儿写准同性恋之类的。她有一种精神分析的极大癖好,有一种对独特的异态事物的兴趣。在她作品里闺房的、病房的、太平间的气味兼而有之,老辣的、青春的与顽童的手段兼而有之。她的目光穿透人性的深处,她的笔触对某些可笑可鄙的事情轻轻一击。然后她做一个小小的鬼脸,然后她莞尔一笑,或者一叹气一生病一呻吟一打岔。这也算是一个小小的恶作剧吧?然后成就了一种轻松的傲骨,根本不用吆喝。

我当然是孤陋寡闻的,反正我读很多同代青年作家的优秀的作品的时候一会儿想起加西亚·马尔克斯,一会儿想起昆德拉,一会儿想起卡夫卡,一会儿想起艾特马托夫,最近还动辄想起张爱玲……而陈染的作品，硬是让我谁也想不起来。于是内心恐惧而且胆小怕事的我不安地惊呼起来：

"陈染，真有你的！"

然后我擦擦眼镜，赶掉梦魇，俨然以长者的规定角色向微笑着走来的陈染说：

"祝贺你，你也许会写得更好。"

1996年5月

道是词典还小说

在韩少功的引人注目的新作《马桥词典》中，他说："动笔写这本书以前，我野心勃勃地企图给马桥的每一件东西立传……"（见词条"枫鬼"。）单是这一宣言也算得上惊天动地。例如，我作为一个写了四十多年小说的人，就从来没有这样写过和想过。我未免有些惋惜。我想到过将一些有趣的或可爱可怜的人物写出来，想到过写人们的悲欢离合、恩怨情仇，想到过写人的内心体验，写人的激情和智慧、恶毒和愚蠢、直觉、意识流、瞬间感受，写时间与空间的形象，写人间的特别是我国的沧桑沉浮，而这种沧桑沉浮的背后自然是、无法不是一些政治风云政治事件。我也曾不满于自己的作品里有着太多的政治事件的背景，包括政治熟语，我曾经努力想少写一点政治，多写一点个人，但是我在这方面并没有取得所期待的成功。

我却从来没有想过为"每一件东西"立传。倒不是由于韩少功接着论述的意义传统与主线霸权，（这一段发挥远不如起初的宣言精彩，反而有一种用新的所谓意义同格与纷纭网络观念规范自己的味儿，一种从传统的观念性的画地为牢变成自己的无边的画地为牢的味儿。对于小说艺术来说，有边与无边的观念当然低于小说本体。强调意义的同格其真理性未必会大于意义的绝不同格。）更难能可贵的是韩少功的无所不包的视野。这是一种将小说逼近宇宙的努力，这里似乎还有一点格物致知的功夫，所以确是野心勃勃。这是一种观念，更是一种气象。因为"每一件东西"虽非一定是意义同格的,却都可能是小说性的——这也叫天生我材(包括人才和物质的材即材料)必有用。比如"江",比如"枫鬼"(树),比如"豺猛子"(鱼),比如"满天红"(灯),比如"黄皮"(狗),比如"黑相公"(野猪后转义为人的绰号),比如"清明雨"……这着实令人欢呼,天上地下,东西南北,阴阳五行,"春城"无处不飞小说,处处物物无不是小说的契机、小说的因子。我们多少次与它们失之交臂,只是由于我们的闭塞与狭隘。如果我们有韩少功的这个视野和气魄,也许我们的文学风景会敞亮得多,我们的头脑会敞亮得多。

韩少功的宣言石破天惊。他的每一件东西的切入点是他们的"名"。无名,万物之始;有名,万物之母。名就是万物。长篇小说居然以词典的形式、以词条及其解释的形式结构,令人耳目一新,令人赞叹作者的创造魄力,令人佩服作者把他的长于理性思考的特点干脆运用到了极致。但这并不是最重要的。因为单单是形式上的创举带有一次性的性质,韩少功的《马桥词典》之后,无论是别人还是他自己,大概难以再写第二部词典状的长篇小说了。再说毕竟在韩以前已经有外国人与中国人用类似的方法结构过较小的文章,包括韩喜爱的昆德拉,还有在《小说界》上紧随其后的蒋子丹的关于韩少功的文章,都用了准字典式。韩少功的新作的可贵处在于他的角度:语言,命名,文化,生活在语言、命名、文化中的人与物。这就比单纯强烈的意识形态思考更宽泛更能以涵盖也更加稳定,更富有普遍性与永久性了。

近百年的中国历史,近百年的中国人的命运是高度政治化意识形态化了的,近百年的中国人的命运主宰之神,差不多就是政治。有一位德高望重的作家在他的一篇文章中乃大谈文化是一种意识形态。然而,这只能说是一种可悲的褊狭。文化的内涵包括人类的所有创造,物质文明与精神文明,经济基础与上层建筑,科学技术、民俗、生活方式、信仰,特别是语言文字,它的内涵比意识形态要宽泛和稳定得多。

这里特别要提到的是语言,语言里包容着那么多文化观念,习惯规范,集体无意识,以至西方有论者认为人类并不是语言的主宰,恰恰相反,语言才是人类的主宰。他们认为语言才是人类的上帝或者恶魔,是人类的异化的最根本的来源。韩书中也有类似的观点阐发,独辟蹊径,很透彻很发人深省也多少有些骇人听闻。这种论点来自已经不十分新鲜的西方语言学新理论。韩书使这种理论与马桥的生活经验相结合,倒也有新意。我个人并不完全同意这种说法,我觉得它有点因果倒置,危言耸听,深刻与片面都十分了得。例如韩书中关于无名与女权的议论,它是有趣的却不是绝对的和一定经得住推敲的。中国乃至人类文化传统对自己特别敬畏的东西也是不敢命名的。如称上帝为"他",称领袖为"老人家",称总经理总工程师为"总儿",称高官为"座"。避"讳",是一种共有的同时又是中国特有的文化传统。再如韩书中议论中国人善于给吃的行为的方方面面命名而不善于给性行为命名,留下了人类自我认识的一个黑洞,甚至以"云雨"为不善命名的例子。这值得深思,却也难以令人全部信服。不论是古典文学还是民间文学,对于性事所使用的词汇之丰富,恐怕是难以否定的,隐蔽一些的名词,如云雨,如狎(《聊斋》上喜用这个词,而有些译本将"与之狎"译之为"与她性交",令人难受),如欢或男欢女爱,如鱼水,如破瓜,如胶漆,如春情,如恩爱,如生米成了熟饭,如周立波激赏过的"作一个吕字"……尤其是云雨,怎么能说"云雨"是语言的贫乏而不是语言的丰富和美丽呢？这些含蓄的词恐怕不是减少了而是增加了性事的乐趣与美丽。何况中国也有大量的涉性的直露、野性乃至粗暴的语词,为了清洁和不污染,这里就不列举了。

　　上一段可能暴露了我的"好辩"的毛病。但我无意与韩老弟故意抬杠以自我显摆与多赚稿费。韩书从语言的文化的角度切入给人以登高望远气象恢宏的感觉。选择词典形式,读者感到的是意识形态的包容与小说角度的拓展,是近百年政治斗争掀起的风浪后面或下面还有一条文化的大江大河在不息地奔腾流泻。少功前些年主张过"寻根",也许历史的根或根系的一部分正是在这些以语词为代表的文化里?我愈来愈相信汉语汉字是中国文化的基石(但不是主宰)。历史与自然创造着文化,而文化(包括异域与异质文化)与自然也创造着历史。也许把政治的风云放在这样一个大背景大根系里摹写会让人更不被偏见所囿限,反而更得到某些启发?例如在"民主仓"词条里,那种对于"民主"的解释,能不令人大惊失色,然后反省再三吗?

例如在"乡气"词条中作者叙述的外乡人希大杆子的故事。看来,希某人懂一点现代科学医学,救死扶伤,为马桥人做过不少好事。马桥人称这样的人为乡气实乃语词的颠倒。语词的颠倒反映了(不是主宰了)观念的乃至文化的颠倒,类似的颠倒还有"醒""科学"等一大堆词。韩书的一大任务似乎是着意发掘与揭示这种颠倒,这是一种取笑,更是普泛的反思,不是光让自己不喜欢的人动不动反思而自己永远正确。令人震惊的是这样一个希大杆子,终于还是受到了马桥人的拒斥。土改中,农民硬是坚决要把他揪出来清除出去,工作组不这么办硬是不行。这值得好好想一想。这样以文化解释某些政治事件,就比以政治解释政治以褊狭解释褊狭以情绪解释情绪以成见解释成见更能给人以启发——不仅是结论上的不同,而且是方法论上的拓展。

《马桥词典》里其实也不乏政治事件。但是它的好处是作者并非完全着意于以政治来发抒政治见解,无意反左反右,歌颂先进或暴露落后,无意在没有获得足够的认知以前急于进行价值判断乃至道德煽情。显然作品里也不乏尖锐的嘲讽与深沉的同情,但那嘲讽与同情后边都有一份理解和宽容。作者的立意在于将政治沧桑作为文化生活的源远流长与偶尔变异的表现之一来写。它显得更从容也更客观,更理性也更具有一种好学深思的魅力。这也区分了韩书与其他一些以煽情或黑色幽默为特点,或者是以"隔"(想象的与狂放的)与涂抹的主观随意性为特点的写百年农村或当代农村的书——这一类的书已经有很多很多,它们也有各自的长处。与之相比,韩书显得更加知识气学理气却也老乡气泥土气。乃至于,我要说是写得尖刻而不失厚道,优越却又亲切善意。这个度很好很妙。如果再往前走一步,我们或者可以说韩书的思考成果,有可能使人们对自己的语言文化、对自己的历史国情的认识加深那么一些些,哪怕在某些具体判断上我们与作者不相一致也罢。

令人叫绝的语言感觉与语言想象直至语言臆测比比皆是,到处闪光。例如关于"江"——韩少功对于一条河的感觉使你如临川上。关于"嬲"——好可爱的发音,它也许可以改变国人的男权中心的丑陋下流的性观念:把性看成男人糟踏女人发泄兽性而不是男女的进入审美境界的交欢快乐。关于"散发"——看来马桥人早已有了"耗散结构"的发现——一笑。关于"流逝"——我甚至于觉得北京人也说"liushi",但肯定是"溜势",以形容"马上""立即",而不会是韩少功代拟的"流逝"的知识分子的酸腔。关于"肯"——其实河北省人也说"肯",如说这孩子不肯长,或者这锅包子不肯熟之类,可惜鄙人没有像少功那样体贴入微地去体察和遐想它。比如说"贱"——不用"健"而用"贱"来表达身体健康,这里有少功的独特发现,有少功的幽默感,说不定还有韩某的一点手脚——叫做小说家言。换一个古古板板的作者,他一定会在写一个没有地位的人虎都不吃不咬的时候用"贱",而写到健康的时候用"健"。但那样一来,也就没有了此词条的许多趣味、自嘲和感触。

语言特别是文字,对于作家来说是活生生的东西。它有声音,有调门,有语气口气,有形体,有相貌,有暗示,乃至还有性格有生命有冲动有滋味。语言文字在作家面前,宛如一个原子反应堆,它正在释放出巨大的有时是可畏的有时是迷人醉人的能量。正是这样一个反应堆,吸引了多少语言艺术家把全部身心投入到它的高温高压的反应过程里。它唤起的不仅有本义,也有反义转义联想推论直至幻觉和欲望,再直至迷乱、狂欢和疯狂。例如我曾著文提到过,老舍先生讲他不懂什么叫做"潺潺";但是我似乎懂了:问题不在于"潺潺"本身的含义,对于我来说,"潺潺"的说服力在于字形中放在一堆的六个"子"字,它们使我立即想起了流水上的丝绸般的波纹。从上小学,我一读到"潺潺"二字就恍如看到了水波。我的解释可能令真正的文字学家发噱,但是如果对语言文字连这么一点感觉都没有,又如何能咬一辈子文嚼一辈子字,如何会"为人性僻耽佳句"呢?再如饕餮,幼时很久很久我未能正确地读出这两个字的音,但是一看这两个字我就感到了那种如狼似虎的吞咽贪婪。我们还可以举"很""极其""最"这样的程度副词作例子:从语法上说,"我爱你""我很爱你""我极其爱你"与"我最最爱你"是递进关系,而任何一个作家大概都会知道"我爱你"才是最爱。爱伦堡早就举过类似的例子,这并不是王某的发现。至于最红最红最红……则决不是红的最高级形容而是一种疯狂,这也不能用语法学词义学解释。再比如"我走了"三个字,这是极简单极普通的一个完整例句,语言学对它再无别的解释。但是王某作为一个小说作者,十分偏爱这句话。一男一女分手时如果男的说了这句话,我觉得表现的是无限体贴和依恋、珍重,深情却又不敢造次。如果是女的说了这句话,我甚至于会感到幽怨和惆怅,也许还有永别的意思。紧接着"我走了",可能是急转直下的拥抱与热吻,也可能是"此恨绵绵无绝期"的遗憾。当然,富有考证的过硬本领的语言学家不可能认同这种过度的发挥。他们见到这种发挥只能愤慨于小说家的信口开河与不学无术。那么作家们又该怎么想呢?

同样,少功此书的"语言学"在不乏特异的光彩的同时(特别是在挖掘方言方面),容或有自出心裁捕风捉影以意为之之处。但我们最好不要从严格的语言学意义上去进行考究。如果那样,倒有点上了作者的当的味道。作者就是要有意地把它包装成一部真正的词典,连"编者按"都说什么本是按词条首字笔画多少为顺序编选的……,明眼人一看就知道是作者的招子。所以我说的是对语言的感觉与想象、臆测,而感觉想象云云,是相当主观的,是充满灵气却又不能完全排除随意性的,遇到考据式的语言学家的商榷反驳,那是难以沟通的。当真把它作为语言学著作来解读,大概也是"只知其一,未知其二其三"。虽然我不否认韩书有语言学内容。

那么为什么韩书要将小说当词典来写呢?第一这是一种解构、是对于传统的小说结构的消解,不仅是创新、刺激,是避开了长篇小说结构的难题,更是对于传统线性因果论决定论的一种破除,是一种更富有包容性的文化观与历史观的实现。第二是一种建设,作者与其他小说家或文学家的一大区别在于他的思辨兴趣与理论造诣,而用词典的形式可以最大程度地使之扬长避短,尽才尽意,叫做有所发明有所贡献。第三是一种开拓,这来自如他自叙的那种野心:词典云云,果然具有一种百科全书式的大气。第四也是一种巧妙,这种形式有利于保持雍容自若,而非心焦气促。还有第五第六,少功一石多鸟。当然,语言学者从中发现语言学,小说作者从中感受小说,民俗学社会学从中寻找真的与虚构的民俗,评论家从中共鸣或质疑于韩氏社会评论与文艺评论,这只能说是小说的成就,是韩书具有大信息量的表现。

而我的视点来到了小说上,来到了语言后边的故事上。比起议论来,我相信韩书的故事更富有原创性。书里的精彩的故事如此众多如此沁人心脾或感人肺腑,使我感到与其说是韩书舍弃了故事不如说是集锦了故事,亦即把单线条的故事变成了多线条的故事集锦。铁香的爱情罗曼史,本身就够一部惊天动地的传奇长篇。希大杆子的遭遇,奇特强烈,内涵丰富,令人嗟叹,复令人深思。韩书的可贵之处在于他并不急于通过这些故事告诉你什么,如同类题材的其他作品。少功的叙述十分立体,不求立意而含意自在。韩书横看成岭侧成峰,足见其对生活对社会的理解的过人之处。再如被人割去了"龙根"的万玉的故事,曲折跌宕,寓"雅"于(通)"俗"。人们自然会因之想起文艺问题艺术良心问题之类,但又更突出了普通人的悲喜剧。（貌似）无意为之给人的启示常常超过着意为之，文学常常是"吃力不讨好"这一俚语的证明。万玉的故事说不定令我们的一些同行愧死。在这些故事当中，流露着作者对普通劳动人的爱恋与对于人生的肯定，即使到处仍有愚昧野蛮荒谬残忍隔膜也罢。韩书丝毫没有避开生活中那令人痛苦的一面，但全书仍然洋溢着一种宽容和理解，一种明智的乐观，一种中国式的怨而不怒乃至乐天知命与和光同尘。它令人想起斯宾诺莎的名言："对于这个世界，不哭，不笑，而要理解。"它也使我想起我自造的一句话："智慧是一种美。"

韩书的结构令我想起《儒林外史》。它把许多个各自独立却又味道一致的故事编到一起。他的这种小说结构艺术，战略上是藐视传统的——他居然把小说写成了词典。战术上却又是重视传统的，因为他的许多词条都写得极富故事性，趣味盎然，富有人间性、烟火气，不回避食色性也，乃至带几分刺激和悬念。他的小说的形式虽然吓人，其实蛮好读的。读完全书我们会感到，与其说作者在此书里搞了现代法兰西式反小说反故事颠覆阅读，不如说是他采取了一种东方式的中庸、平衡、韩少功式的少年老成与恰到佳处。

当然，世间万物有得有失，此得彼失，作家的创作的思想性思考性理念价值，毕竟与纯学术性的学理性的著作所追求者不同。韩书的议论虽然多有精彩，但有些说法失之一般，如关于潜意识之论。又有些说法可能失之轻易，更有些说法给人以舶来引入转手时鲜之感。韩书的一些故事也因简略而使人不无遗憾。如果他更多一点艺术感觉与艺术生发多好！但也许那样又不是这一个韩少功这一个马桥了。即使如此，即使以一种挑剔的苛刻加潜意识中的嫉妒的眼光来衡量，韩书仍然是一九九六年小说创作上的一大奇葩，可喜可贺，可圈可点。我们理应给以更多的注意探讨。

1997年1月

我心目中的丁玲

这是一个危险的题目,因为丁玲是国内外如此声名赫赫如此重要的一位当代作家,因为她的一生是如此政治化,她面对过和至今(死后)仍须面对的问题是如此尖锐,因为她与文坛的那么多是是非非、恩恩怨怨纠缠在一起。还因为,在某些人看来,王与丁是两股道上的车,反正怎么样写也不得好,弄不好又会踩响一个或一个以上的地雷。再说,王与丁,分属于两代人,她开始文学生涯的时候鄙人尚未出世。我对她的了解极其有限,承蒙她老的好意,一九八五年六月签名赠送给我她的六卷本精装《丁玲文集》(湖南人民出版社版),我只是为写这篇文章最近才捧起阅读的。这样,我写起来确实难免挂一漏万,郢书燕说,捕风捉影,以讹传讹,强作解人……总之什么不是都会落到自己头上。

这个难题的挑战性恰恰吸引了我。纪念胡乔木的文章就是这样写出来的。我说,这篇文章没有办法写,但是《读书》的编辑说:"你行。"于是我就来了劲,冒起傻气来了。再说,在我的少年时代,我曾经那样地崇拜过丁玲。我读了一些谈到丁的文字,我又觉得与丁的实际有着距离。你不写,谁写?

一位论者说,那些一九五七年出过事的青年作家,在七十年代末复出文坛以后,投靠了在文坛掌权的领导,而忘记了与自己同命运而与领导是对立面的老阿姨(丁玲)。

可是我至今记得,一九七九年丁玲刚刚从外地回到北京时,我与邵燕祥、从维熙、邓友梅、刘真等人,在丁玲的老秘书,后来的《中国作家》副主编张凤珠同志引见下去看望丁玲的情景。我们是流着热泪去看丁玲的,我们只觉得与丁玲之间有说不完的话。

事隔不太久,传来丁玲在南方的一个讲话,她说:"北京这些中青年作家不得了啊,我还不服气呢,我还要和他们比一比呢。"

北京的中青年作家当时表现了旺盛的创作势头,叫做红火得很,当然作品是参差不齐的。大家听到丁阿姨的话后,一个个挤眼缩脖,说:"您老不服,可是我们服呀。您老发表作品的时候我们这些人还不知道在谁的大腿肚子里转筋呢,我们再狂也不敢与您老人家比高低呀!"

后来几年,我又亲耳听到丁玲的几次谈当时文学创作情况的发言。一次她说:"都说现在的青年作家起点高,我怎么看不出来?我看还没有我们那个时候起点高啊。"

另一次则是在党的工作部门召开的会上,丁玲说:"现在的问题是党风很坏,文风很坏,学风很坏……"

而在拿出她的《牛棚小品》时候,她不屑地对编辑说:"给你们,时鲜货……"

在一些正式的文章与谈话里,丁玲也着重强调与解放思想相对应的另一面,如要批评社会的缺点,但要给人以希望;要反对特权,但不要反对老干部;要增强党性,去掉邪气,对青年作家不要捧杀等等。(见《丁玲文集》——以下简称"文集"——第六卷233、365页)其实这也是惯常之论,只是与另一些前辈的侧重点不同,在当时具体语境下颇似逆耳之音。

于是传出来丁玲不支持"伤痕文学"的说法。在思想解放进程中,成为突破江青为代表的教条主义与文化专制主义的闯将的中青年作家,似乎得不到丁玲的支持,乃至觉得丁玲当时站到了"左"的方面。而另外的周扬等文艺界前辈、领导人,则似乎对这批作家作品采取了热情得多友好得多的姿态。

这一类"分歧"本身包含的理论干货实没有什么了不起。与此后的若干文艺界的某一类分歧一样，大致上是各执一词，各强调一面。这也如我在一篇微型小说里描写过的，一个人强调吃饭，另一个人强调喝水，于是斗得不可开交。但是分歧背后有更复杂的或重要的内容，分歧又与政治上的某种大背景相关联，即与左右之类的问题以及人事的恩怨问题相关联，加上文学工作者的丰富感情与想象力，再加上吃摩擦饭的人的执着加温……分歧便成了死结陷阱，你想摆脱也摆脱不开了。

一位比我大七八岁的名作家，一次私下对我说："丁玲缺少一位高参。她与××的矛盾，大家本来是同情丁的。但是她犯了战略错误。五十年代，那时候是愈左愈吃得开，××批评她右，她岂有不倒霉之理？现在八十年代了，是谁左谁不得人心，丁玲应该批判她的对立面的左，揭露××才是文艺界的左的根源，责备他思想解放得不够，处处限制大家，这样天下归心，而××就臭了。偏偏她老人家现在批起××的右来，这样一来，××是愈批愈香，而她老人家愈证明自己不右而是很左，就愈不得人心了。咱们最好给她讲一讲。"

令人哭笑不得。当然，一直没有谁去就任这个丁氏高参的角色。

而从丁玲的角度呢，她和她的战友好友们悲愤地表示：从前批她右，是为了害她，现在看出来批右是批不倒她了，又批上她的左了，真是翻手为云，覆手为雨——说你左你就是左，说你右你就是右呀！

丁玲的所谓左的事迹一个又一个地传来。在她的晚年，她不喜欢别人讲她的名著《莎菲女士的日记》《在医院中》《我在霞村的时候》；而反复自我宣传，她的描写劳动改造所在地北大荒的模范人物的特写《杜晚香》，才是她最好的作品。

丁玲到美国大讲她的北大荒经验是如何美好快乐，以致一些并无偏见的听众觉得矫情。

丁玲屡屡批评那些暴露"文革"批判极左的作品。说过谁的作品反党是小学水平，谁的是中学，谁的是大学云云。类似的传言不少，难以一一查对。

那么丁玲是真的"左"了吗？

我认为不是。我至今难忘的是《人民文学》的一次编委会。那时全国短篇小说评奖，是中国作协委托《人民文学》杂志社操作的。在讨论具体作品以前，编委会先务一务虚。一位老大姐作家根据当时的形势特别强调要严格要求作品的思想性。话没等她说完，丁玲就接了过去，以不容置疑的口气说："什么思想性，当然是首先考虑艺术性，小说是艺术品，当然先要看艺术性……"

我吓了一跳。因为那儿有毛主席《在延安文艺座谈会上的讲话》管着，谁敢把艺术性的强调排在对思想性的较真前头？

王蒙不敢，丁玲敢。丁玲把这个意思最终还是正式发表出来了。（见《文集》第六卷447页）

有一次丁玲给青年作家学员讲话，也是出语惊人。她说："什么思想解放？我们那个时候，谁和谁相好，搬到一起住就是，哪里像现在这样麻烦！"

她又说："谁说我们没有创造性，每一次政治运动，整起人来，从来没有重样过！"

如此这般，不再列举，以免有副作用。我坚信，丁玲骨子里绝对不是极左。

那么怎么理解丁玲的某些说法和做法呢？

第一，丁与其他文艺界的领导不同，她有强烈的创作意识、名作家意识、大作家意识。或者说得再露骨一些，她有一种明星意识、竞争意识。因此，对活跃于文坛的中青年作家，她与其说是把他们看做需要扶植需要提携需要关怀直至青出于蓝完全可能超过自己的新生代，不如说是在潜意识里把他们看做竞争的对手，大面上则宁愿看做需要自己传帮带、需要老作家为之指路纠偏的不知天高地厚、不成熟而又被她的对手吹捧起来的头重脚轻、嘴尖皮厚的一群。她是经过严酷的战争考验和思想改造的锻炼的，在党的领导人面前，她深知自己活到老改造到老谦虚到老的重要性必要性；但在中青年作家面前，她又深深地傲视那些没受过这些考验锻炼的后生小子。她自信比这些后生小子高明十倍苦难十倍深刻十倍伟大十倍至少是五倍。她最最不能正视的残酷事实是，出尽风头也受尽屈辱，茹苦含辛销声匿迹三十余年后复出于文坛，她已不处于舞台中心，已不处于聚光灯的交叉照射之下。她与一些艺术大星大角儿一样，很在乎谁挂头牌。过去她让领导添堵也是由于这个，她从苏联开会回来就散布，在苏联爱伦堡几次请她讲话，并说："你是大作家，你应该讲话。"但她不是代表团长，代表团长是与她不睦的××。她引用爱伦堡的话说那个××团长"长着一副做报告的脸"等等。请想想，这样的话传出去，她能不招领导讨厌吗？

（她说的并非完全不是事实，但中国国情与苏联不同，我们这里认的是谁是什么什么长，而不是谁是大作家。愈是大作家大什么家愈要把你摆平，这也是一种自由平等博憎，也许是乐感文化。）

那么，她看到那时的所谓中青年作家左一篇作品右一篇作品得奖，以及各种风头正健的表演——其中自然有假冒伪劣——她能不上火么？恨屋及乌，她无法对党的十一届三中全会以来的文学潮流抱亲和的态度。当然，她也想立一些人，如写《灵与肉》的张贤亮，她不止一次地为之谈话和著文，但她已无法成事，她的支持中青年的动作的影响已经无法与××相比，还不如少支持一点打起另一面旗子。她的可爱其实也在这里。在这上头，她恰恰表示出她是普通一兵，是骡子是马咱们拉出来遛遛。咱们比的不是年龄，不是资历，不是级别而是实打实的写作。她喜欢的位置在赛场上，而不是主席台上。她争的是金牌而不是满足于给金牌得主发奖或进行勉励做总结发言。见到年轻人火得不行而并无真正的得以压得住她的货色，她就是不服，她就是要评头品足，指手画脚乃至居高临下，杀杀你的威风。这样的伟大作家前辈并不止她一个，而且，说老实话，如果不及时反省调整，王某人也会变成或已开始变成这样的角色。

其次是由于她的特殊政治经验特别是文坛内斗的经验。由于她长时期以来一直处境严峻,她回到北京较晚,等到她回来的时候"伤痕文学"已经如火如荼地火起来了。她那时虽然获得了平反,却也一度仍留着尾巴。而她认定应该对她的命运负责的××正在为新时期的文学事业鸣锣开道,思想解放的大旗已经落到了人家手里,人家已经成了气候,正受到许多中青年作家和整个知识界的拥戴,却也受到某些领导人与老同志的非议。她怎么办?她自然无法紧跟××,她要与之抗衡就必须高擎相对应的类似"反右"的旗帜。她在党内生活多年,深知自己的命运与领导对自己的看法紧密相关,这决定于是你还是你的对手更能得到党的信赖。要获得这种信赖就必须顶住一切压力阻力人情面子坚持反右,这是政治上取胜的不二法门——那位老作家的高参论其实没有丁玲高。她必须像爱护自己的眼珠一样地爱护自己的政治可靠性忠诚性政治信用性,亦即她的一个老革命老共产党员的政治声誉。她明确地下定义说:"作家是政治化了的人。"(见《文集》第六卷 230 页) 这来自她的血泪经验,也来自她的政治信念价值系统,当然有她的道理。燕雀安知鸿鹄之志鸿鹄之道?在鸿鹄们看来,根本用不着与那些书呆子燕雀雏儿讨论这种问题。

她的对手过去一再论证的就是她并非真革命真光荣真共产主义者,这有莎菲女士为证,有她的某些"历史问题"为证,有她的犯自由主义的言谈话语为证。这是对她的最惨重的打击。有了这一条她就全完了,再写一百部得斯大林奖的小说也不灵了。而她的生死存亡的决定因素是她必须证明她才是真革命的:这有《杜晚香》为证,有她复出后的一系列维护党的权威歌颂党的领导以及领导人的言论为证。"一生真伪有谁知?"这才是她的最大的情意结。当她差不多取得了最后胜利的时候,当她的对手××被证明是犯了鼓吹人道主义和社会主义异化论的错误从而使党的信赖易手的时候,她该是多么快乐呀。

这样我就特别能理解她在"文革"后初复出时为什么对沈从文对她的描写那样反感。沈老对她的描写只能证明她的对手对她的定性是真实的——她不是革命者马克思主义者,而只是一个小资产阶级、个人主义者。她必须痛击这种客观上为她的对手提供炮弹、客观上已经使她倒了半辈子霉的对她的理解认识勾勒。打的是沈从文,盯着的是一直从政治上贬低她的××。你说她惹不起锅惹笊篱也行,灭不了锅就先灭笊篱,灭了笊篱就离灭锅更靠近了一步。这是政治斗争也是军事斗争的常识性法则,理所当然。她无法直接写文章批××,对××她并不处于优势,她只能依靠党。与××斗,靠的不是文章而是另一套党内斗争的策略和功夫包括等待机会,当然更靠她的思想改造的努力与恪忠恪诚极忠极诚的表现。对于沈从文,她则处于优势,她战则必胜,她毫不手软,毫不客气。她没有把沈放在眼里,打在沈身上就是打在害得她几十年谪入冷宫的罪魁祸首身上。

我还要论述,这里不仅有利害的考虑而且有真诚的信仰。革命许诺的东西太多太多了,要求的东西也太多太多了。一个人接受了革命,就等于换了另一个人——如毛泽东赠丁玲词所言:昨日文小姐(请注意,是小姐,这个称谓并不革命),今日武将军。过去种种比如昨日死,今后种种比如今日生。他或她时刻准备着为革命洒尽最后一滴血,为革命甘当老黄牛,忍辱负重,万死不辞。她在一九四二年六月即延安文艺座谈会刚刚开完时,触目惊心地论证道:"改造,首先是缴纳一切武装的问题。既然是一个投降者,从那一个阶级投降到这一个阶级来,就必须信任、看重新的阶级……即使有等身的著作,也要视为无物,要拔去这些自尊心自傲心……不要要求别人看重你了解你……"(《文集》第六卷21页)没有对于革命或用丁的话即对于新的阶级的真情实感,是写不出这样的刺刀见红的句子的。这样激烈的言词透露了她在文艺座谈会上受到的震动,也透露了某种心虚。把这样的作家打成右派,真是昏了心!无怪乎直到丁死后,其家属一直悲愤地与治丧人员谈判,要求将鲜红的镰刀斧头党旗覆盖

291

在她的遗体上。而治丧负责人以按上级明文规定她的级别不够为由，并没有满足这一愿望。呜呼,痛哉！

而与此同时，一朝革命，便视天下生灵为等待拯救渴望指引的嗷嗷待哺的黑暗中摸索的瞎子。（这种心态表现得最充分的就是话剧《杜鹃山》。此话剧是教育雷刚们的，表达的却是柯湘们的自信。）一朝革命，更视那些不大革命的人为糊涂，为落后，为盲聋，为混账，为历史大波上浮沉的泡沫，最好也不过是一看二帮我说你服的对象。至于反对革命的人，那就只能是敌人了。对敌人仁慈就是对人民残忍。同时一旦革命也就视自己的革命者的身份为高于一切的宝贵。为了这个最宝贵的身份和名誉，人们不能害怕斗争，不能做好好先生，小不忍则乱大谋，人们可以或必须"缴纳"一切的一切。当下的小字辈可以不理解这些，却无法否认这种信念这种追求的真实性与历史必然性。

革命的崇高伟大与艰难牺牲决定了它的奋不顾身一往无前的决绝。丁玲自然不能讲情面。她认为她有权利也有义务反击不知革命为何物的沈从文对她的歪曲——至少是对她的未革命时的某一侧面的不合时宜的强调。为了革命的正义性，她可以毫不犹豫地不念与沈的旧谊。北京一解放，沈去看望丁，丁对他并不热情，联系一下当时的语境，我们就无法以不革命的庸人的观点去评说这件事。当时一个是老革命，是胜利者接管者掌权者，一个是老不革命，最好也不过是刚刚得到解放、刚刚开了革命之窍、肯定对革命还有许多糊涂思想的老知识分子，说不定还有若干需要审查的历史疑点，丁怎么可能以老朋友的态度对待沈呢？以革命家的身份衡量丁玲，丁玲未必是那么不近人情，而是近更高的阶级情政治情原则情。丁玲为革命确实付出了不少东西，那么再把老友沈从文搁置一下，让分管沈的部门去处理，有何不可？沈和丁的恩怨沧桑更多的是历史造成的，我们当然不能责备沈老，同样也无法以一般人情世故的观点去责备丁玲。如果没有一点狂热和自豪，又哪儿来的知识分子的革命化？而中国知识分子的革命化,正是中国革命迅速取得胜利的一个因素,是中国革命的一个特点或者优点。当然,如果丁玲还活着,那么待以阶级斗争为纲的年代过去以后,在尘埃落定以后,也许我们愿意与她老人家共同假设一下,如果当初她老人家不那么严厉,如果她当初也能尊重与自己的政治选择人生选择不同的知识分子,如果她能够多一点人情味,多一点平常心,多一点对芸芸众生的善意,有何不好,岂不更好?换句话说,革命者在取胜以后,在普天之下莫非革命之土以后,盛气凌人地炫耀自己的革命与傲视别人的不革命,究竟是有利于执政巩固革命成果还是相反呢?这也值得确实革过命的杰出人士们三思。

年轻得多的人无法理解丁玲的那种政治激情,有时把投身革命与什么仕途进退搅在一起,这会让革过命的人气得发疯。反过来说,如果认为一个人既然参加了崇高伟大的革命就超凡脱俗,从不考虑"仕途"(当然是用别的词儿,如进步、信任或者关怀、考验),大概又太天真烂漫了。

那么,丁玲是一个政治家了?可惜不大是。丁玲是一个艺术气质很浓的人,她炽热,敏感,好强,争胜,自信,情绪化,个性很强,针尖麦芒,意气用事,有时候相当刻薄。在一九三一年写作的未完稿的《莎菲女士日记》第二部中,她的莎菲女士写道:"不过我这人终究不行,旧的感情残留得太多了,你看我多么可笑,昨天竟跑了一下午,很想找到一点牡丹花……"(《文集》第三卷312页)这是她的一个夫子自道。到了半个世纪后她的《牛棚小品》里,丁玲描写她与陈明同志的爱情,竟是那样饱满激越细腻温婉,直如少女一般,令人难以置信,但这是真正的艺术的青春。一个确实政治化了的人绝对写不出那样的小品——那却也让极政治化的人觉得肉麻。有一次是中篇小说评奖大会后的合影留念,她来了,坐下了,忽然看到了身旁座位的名签:××,就是她最不喜欢的那个领导,她噢了一声像被蝎子蜇了一下,立即站起身来。她的表现毫无政治风度。再比如她动不动打击一大片,只求泄愤,不顾后果,结果搞得腹背受敌;政治家决不会这样做。如她说什么作协创作研究室编辑的对二十四个中青年作家的评论集是"二十四孝",用这样恶毒的话来树敌,暴露了自己的心胸不够宽广,窃以为不足取。然而,这才是丁玲,她的个性,她的光辉,她的感情气质,常常也表现在这里。

她的过分自信也表现在她晚年办文学杂志的事情里。在新侨饭店举行的创刊招待会上,她是如何喜气洋洋通体舒泰呀。她是以发表革命老作家的作品的理由来创办新刊物的,但是她主办的《中国》,实际上以发表遇罗锦、刘晓波、北岛的作品而引人注目。历史可真会戏弄人。她的创办刊物并未收到登高一呼、应者云集的效果,而是举步维艰。她的那些跟随者也并不总是买她的账,她不得不亲自出马,提着礼物去协调与自己的编委们的关系。她费了太多的精力去办刊,可以说是操碎了心。这影响了她晚年的写作,也影响了她的身体健康。她说过:"我现在是满腹经纶,要写,但是时间不多了。"她又说:"过去了的事情是空,是无。"她说得好惨。

她一辈子搅在各种是非里。她也用这种眼光看别人。她预言中国作协将会发生"垂帘听政与反垂帘听政"的矛盾。她的预言并没有实现。画虎不成反类犬,本来是非政治家,太政治了反而没了政治,只剩下了勾心斗角。以至她不可能正确地理解她的晚辈、她的同行,本来这些人可以成为她的忘年朋友。我本人几次去看望过丁玲,但是无法交心,不无防范戒备应对进退,着实可叹。

她本来可以写很多很多杰出的作品。她是那一辈人里最有艺术才华的作家之一。特别是她写的女性,真是让人牵肠挂肚,翻瓶倒罐。丁玲笔下的女性有一种特殊的魅力,娼妓、天使、英雄、圣哲、独行侠、弱者、淑女的特点集于一身,卑贱与高贵集于一身。她写得太强烈、太厉害,好话坏话都那么到位。少年时代我读了《我在霞村的时候》,贞贞的形象让我看傻了,原来一个女性可以是那么屈辱、苦难、英勇、善良、无助、热烈、尊严而且光明。十二岁的王蒙似乎从此才懂得了对女性的膜拜和怜悯,向往、亲近和恐惧,还有一种男人对女人的责任。这也就是爱情的萌发吧。少年的王蒙从丁玲那里发现了女性并从而发现了自己。从梦珂到莎菲到贞贞到陆萍(《在医院中》)到黑妮(《太阳照在桑乾河上》),她特别善于写被伤害的被误解的倔强多情多思而且孤独的女性。这莫非是她的不幸的遭遇的一个征兆?小说这个玩意儿是太怕人了,戴厚英的《脑裂》不也是一样的可怕吗?也许丁玲的命运在一九二七年发表《梦珂》的时候已经注定了?是历史决定性格还是性格决定历史呢?是命运塑造小说还是小说塑造命运呢?《我在霞村的时候》里作者写道:"我喜欢那种有热情的,有血肉的,有快乐,有忧愁,又有明朗的性格的人……"丁玲就是一个这样的人,或者本想做一个这样的人。然而她的环境和她自己的性情却不可能使她处处如愿,使她的实际状况特别是旁人的观感与她自己的设想有了距离。一个有地位的老作家兼领导曾对我说丁具有"一切坏女人"的毛病:表现欲、风头欲、领袖欲、嫉妒……为什么一个人的自我估量与某些旁人的看法相距如此之遥?这说明做人之难吗?这说明相通之不易吗?这真是最大的遗憾了噢!"人大约总是这样,哪怕到了更坏的地方,还不是只得这样,硬着头皮挺着腰肢过下去,难道死了不成?""苦么?现在也说不清,有些是当时难受,于今想来也没有什么……许多人都奇怪地望着我……都把我当一个外路人……"她在《我在霞村的时候》里写下的这些话(《文集》第三卷232、233页),莫非后来都应验了吗?

然而,把丁玲当外路人是不公平的,她的一生被伤害过也伤害过别人,例如她的一篇文章《作为一种倾向来看》就差不多"消灭"了萧也牧;但主要是她被伤害过。她理应得到更多的同情,须知现时连周作人也得到了宽容的目光;一个人因追求革命因幼稚而做出过一些蠢事,总不该比不革命反革命的蠢事更受谴责。何况如今丁玲和她的友敌们大多已成为历史人物,历史已经删节掉了多少花絮——而丁玲的作品仍然活着。她的起点就是高。她笔下的女性的内心世界常常深于同时代其他作家写过的那些角色。她自己则比"五四"迄今的新文学作品中表现过的（包括她自己笔下的）任何女性典型都更丰满也更复杂更痛苦而又令人思量和唏嘘。同时她老了以后又敏锐地却又不无矫情地反感于别人称她为女作家。她认为有的女作家是靠女性标签来卖钱。但是她同时确实是一个擅长写女性的因写女性而赢得了声誉的女作家——谁能否认这个事实？怎么能认为所有的读者都是用一种轻薄的态度而不是郑重的态度来对待她的女性身份与女性文学特质？她这个人物，我要说她这个女性典型，这个并未成功地政治化的、但确是在政治火焰中烧了自己也烧了别人的艺术家典型还没有被文学表现出来。文学对她的回报还远远不够。而她的经验很值得我和同辈作家借鉴和警惕反思。她并非像某些人说的那样简单。我早已说过写过，在全国掀起"张爱玲热"的时候，我深深地为人们没有纪念和谈论丁玲而悲伤而不平。我愿意愚蠢地和冒昧地以一个后辈作家和曾经是丁玲忠实读者的身份，怀着对天人相隔的一个大作家的难以释怀的怀念和敬意，为丁玲长歌当哭。

1997 年 2 月

嘉言与警句

君子相赠以言。许多思想文化智慧道德的积淀具形为一定的美好言语，这样的嘉言常常脍炙人口广为流传。例如："学而时习之不亦说乎，有朋自远方来不亦乐乎，人不知而不愠，不亦君子乎？"三句话一诵读，孔老夫子的范式就出来了。再回想一下"己所不欲，勿施于人""吾日三省吾身""朝闻道夕死可也""吾十有五而志于学……"还有"舍生而取义也""人生自古谁无死，留取丹心照汗青""天之将降大任于斯人也，必先苦其心志劳其筋骨……"似乎这些话语组成了整个中国的传统文化主流价值观，至少是传统文化特别是它的价值观的最普及的部分。

至于许多文学言语，"窈窕淑女，君子好逑""长太息以掩涕兮，哀民生之多艰""举头望明月，低头思故乡""贫贱夫妻百事哀""但愿人长久，千里共婵娟"，直到"僵卧孤村不自哀，尚思为国戍轮台"……则组成了与美化了国人的感情方式、表意方式直到心理态势。

民间亦有一些嘉言，对形成国人的精神面貌作用极大，如"一寸光阴一寸金""守身如执玉，积德胜遗金"（这是门联，类似的门联甚多。）"一言既出，驷马难追""大丈夫四海为家""种瓜得瓜，种豆得豆""家贫出孝子，国乱显忠臣""家有良田千顷，不如薄艺随身""只要功夫深，铁杵磨成针"等等。

除了嘉言，也有带有亡命气或黑社会气的恶言流传：如"量小非君子,无毒不丈夫""世上最毒妇人心""人不为己,天诛地灭"……有的不算太恶,只能算是狠言,如"二十年后又是一条好汉","杀人不过头点地""拼一个够本,拼两个赚一个""白刀子进,红刀子出"(后来演化成了林彪的动辄"刺刀见红")……此外还有一些庸言,亦有相当的市场,如"马无夜草不肥,人无外财不富""先下手为强""好死不如赖活着""官不打送礼的""礼多人不怪""少说话,多磕头"……如此这般,让我们看到了国人精神面貌的另一面。

"五四"以来,西学东渐,一些西方的名言、嘉言、智语直至俗谚也就传过来了,例如"知识就是力量""天才即是勤奋""失败是成功之母""在××的字典上没有'难'字""物竞天择,适者生存""好话是银,沉默是金""不自由,毋宁死""生命诚可贵,爱情价更高,若为自由故,二者皆可抛""民有、民治、民享""吾爱吾师,吾更爱真理""天助自助者""上帝让谁灭亡就让谁发狂"等等。

而共产主义的思想的传播也表现为一批强有力的话语的出现:"全世界无产者联合起来""英特纳雄耐尔就一定要实现""无产阶级失去的只是锁链,得到的将是整个世界""星星之火可以燎原"等,就是像燎原烈火一样地燃烧起来的。

研究一下什么时代有一些什么样的话语在流行,是一件很有趣的事情。

中国自古就有立言一说,事实上许多大人物,大众对他们的事业或思想或专业的了解很有限,倒是他们的一些名言被人牢记在心,成为他们的表征,化为他们的形象。例如:"敬鬼神而远之""知之为知之,不知为不知,是知也",乃有孔子。"祸兮福所倚,福兮祸所伏"再加上"道可道非常道",曰老子。"横眉冷对千夫指,俯首甘为孺子牛""救救孩子",都知道是鲁迅的话。"天下为公""革命尚未成功,同志仍须努力"出自孙中山之口。而毛泽东的名言就太多了,下面还要论及。

"五四"以来,著名作家多矣,郭沫若、茅盾、巴金、曹禺、老舍、夏衍、丁玲、沈从文、朱自清、闻一多等等，群星灿烂。但是除鲁迅外旁人就缺少脍炙人口的名言留下来。巴金爱说的"青春是美丽的"，读者知晓，但此话没有鲁迅的话那么强烈深沉。近十余年以来，他的"讲真话"三字倒是给人以一种朴实的执着乃至执拗感，有震撼力。郭沫若是大家，许多人没有读过他的多少著作特别是诗作，更不要说学术著作了，但却知道了他在"文革"初期讲的"烧书"的话，至今许多人对他的看法是不公正不全面的。可叹。

新中国成立以来，出现了许多嘉言名句，很长一段时间，可以说是上下一心共立言。这些嘉言名句大多风行一时，红里透紫，反映了社会的大变动，也反映了领导者意志的强有力与民气的昂奋。这些话语，很大一部分来自毛主席，还有一些来自革命先烈与英雄模范人物，另有一些则来自善写先进赞先进的记者与各单位的笔杆子，此外五十年代有一些名言还来自"送来了马克思列宁主义"的苏联。

首先是在对敌斗争中发扬革命精神的，如"为有牺牲多壮志，敢教日月换新天""生的伟大，死的光荣""被敌人反对是好事不是坏事""（为人民）甘愿赴汤蹈火，粉身碎骨""砍头只当风吹帽""（为了人民的利益而牺牲时）脸不变色心不跳""头可断血可流革命的信仰不能丢""砍头不要紧，只要主义真""愿把反动派的牢底坐穿""敌人不投降就叫他灭亡"等等。

其次是振作革命情怀、激励革命志气的，如"身在××，胸怀世界""胸怀革命大目标""为革命而种田，为革命而××""支援世界革命""为了世界上三分之二的没有解放的人民""为了全人类的彻底解放""鸡毛可以上天""蚂蚁啃骨头""西方资产阶级能够做到的，难道东方无产阶级就做不到吗？""把颠倒了的历史（或世界）再颠倒过来""苦干×年，改变面貌""立下愚公移山志，定教××变××"等等。

有热爱党热爱祖国的，如"为党争光，为人民争气""天大地大不如党的恩情大""东方红，太阳升，中国出了个毛泽东"等。在歌颂毛主席的嘉言中，我最喜爱的是维吾尔族的那支"民歌"歌词："把天下的树木都变成笔，把蓝天和大地都变成纸，把江河和海洋都变成墨，让天下的人都成为诗人，也唱不完毛主席的恩情。"言而至此，再无言矣。

有坚持社会主义方向的，如"堵不住资本主义的路，就迈不开社会主义的步""兴无灭资""共产主义是天堂，人民公社是桥梁""（不能）吃二遍苦，受二茬罪""（不能）只拉车不看路"等等。

新中国宣传了一大批嘉言警句，其主题是克服个人主义和提倡大公无私精神，有的话说得透了再透，十分到位。如"甘当革命的老黄牛""做一颗永不生锈的螺丝钉""毫不利己，专门利人""完全彻底地为人民服务""国家的事再小也是大事，个人的事再大也是小事""小车不倒只管推"（此话应出自"鞠躬尽瘁，死而后已"的老话），"急人民之所急，想人民之所想""心底无私天地宽""破私立公""狠斗私字一闪念""个人主义是万恶之源""对待同志像春天般温暖，对待工作像夏天般火热，对待个人主义像秋风扫落叶一样，对待敌人像严冬一样残酷无情""宁为公前进一步死，不为私后退半步生""一不怕苦，二不怕死""苦不苦想想长征两万五，累不累想想革命老前辈"等等。

有一大批豪言壮语，说明我们从来是注意鼓劲的："干劲冲破天""实干苦干加巧干""窍门满地跑，看你找不找""出大力流大汗""先治坡后治窝""大兴××××之风""大干快上""敢说敢干敢想敢闯""鼓足干劲，力争上游，多快好省地建设社会主义""有条件要上，没有条件创造条件也要上""天大旱，人大干""三老四严五个一样"（白天干和黑夜干一样，领导在场和不在场一样……）"开门红，月月红，红到底""老将赛黄忠，妇女穆桂英，壮年活武松，少年是罗成"等等。

属于学习和思想改造方面的有："见荣誉就让，见困难就上，见先进就学，见后进就帮""比学赶帮超""成绩不提丢不了，缺点不说不得了""找差距""虚心使人进步,骄傲使人落后""活到老学到老""刀不磨要锈,水不流要臭,人不学习要变修""(把毛主席的指示)印在脑子里,溶化在血液中,落实在行动上""一把钥匙开一把锁""灯不捻不明,话不说不透""一帮一,一对红""放下包袱,开动机器""搭梯子,下楼""洗脸洗澡,亮私斗私不怕疼不怕丑,脱裤子割尾巴""脱胎换骨,革面洗心"……从六十年代初期至"文革"中,一大批鼓励学习毛主席著作的话语行时,这里不一一列举。

来自苏联的好话有"热爱生活""走向生活""要让你的存在使别人生活得更美好""学习学习再学习""为人民的利益而牺牲,这是幸福""(社会主义)是不沉的湖""堡垒是最容易从内部攻破的""磐石般的团结""时代的荣誉智慧和良心""从胜利走向胜利""放之四海而皆准""战无不胜""像爱护眼珠一样""对新鲜事物的感觉"等等。(有些话语在苏联很行时,传来后被批判否定了,如"解冻""干预生活"等。)

也有一些浮夸的、极"左"的乃至荒谬的话语:"人有多大胆,地有多大产""三年超英,五年赶美""宁要社会主义的草,不要资本主义的苗""在灵魂深处爆发革命""三忠于四无限""理解的要执行,不理解的也要执行"……特别是在"文革"中出现了一大批夸张、霸道、极端的话语:"炮轰××""砸烂狗头""只许左派造反,不许右派翻天""造反夺权""摸老虎屁股""舍得一身剐,敢把皇帝拉下马""头上长角,身上长刺"以及片面引用的毛主席语录"造反有理""打翻在地再踏上一只脚""革命不是请客吃饭""共产党的哲学是斗争哲学"等等。

有一批强调阶级斗争和搞所谓革命大批判的话语:动辄说谁谁是"反动的阶级本能""矛头直指××、××""撕下××的画皮""擦亮眼睛,透过现象看本质""把披着羊皮的豺狼揪出来""沉渣泛起,恶浪滚滚,破门而出,以求一逞,司马昭之心路人皆知,暴露了狰狞面目""阶级斗争松一松,阶级敌人攻一攻""(阶级斗争)无处不有处处有,无时不有时时有""(反动势力)全面回潮,一片龌龊混乱"等等。

另有林彪式的假大空话:"最红最红""最高最活""顶峰""活学活用,急用先学……一本万利……""念念不忘……""不是我吃掉你就是你吃掉我"……这一类空话大话都曾经横行一时,左右局面,嗓大气粗,不可一世。

改革开放以来,显然增加了新的嘉言智语,属于思想路线方面的有:"解放思想,实事求是""实践是检验真理的唯一标准""不唯上,不唯书,只唯实""空谈误国,实干兴邦""不管白猫黑猫,抓住老鼠就是好猫""摸着石头过河""不搞无谓的(或抽象的)争论""对历史上的是非问题要粗一些""胆子再大一点,步子再快一点""突破禁区""松绑"……属于涉外心态的如:"走向世界""国际标准""与国际接轨"乃至说做糟了事情是"开国际玩笑"……属于观念认识的则有"观念更新""价值标准"如何如何,"实现自我""超越自我""迎接挑战""抓住机遇"……属于市场经济的有"优质优价""转换机制""打假""顾客就是上帝""时间就是金钱,效率就是生命""适销对路""优胜劣汰""建立竞争机制""效益"如何如何,"产品更新换代""微笑服务""搞活企业,搞活经济""发挥优势,优势互补""加强横向联系"……属于知识分子话语的(其中不乏有争议者)有"独立思考""使命感""精英意识""节操""捍卫知识分子的良知""(不可)媚俗""批判意识""超前意识""宽容或拒绝宽容""终极关怀""寻找精神家园""思考的一代""清洁的精神""呼唤人文精神""寻找思想者""精神上的富有与强大""诗意地活在大地上"(语出海德格尔,但被国人所用也就与国情相结合了)……属于政治路线的有"社会主义的初级阶段""贫穷不是社会主义""振兴中华""稳定压倒一切""四项基本原则是立国之本,改革开放是强国之路""和中央保持一致""反对僵化""反对资产阶级自由化""(坚持党的基本路线)一百年不动摇"……属于精神文明的有"两个文明一起抓,两手都要硬""送温暖,献爱心"等等。

与以前相较,改革开放以来,被普遍接受的、具有不可议性、完整的全称判断式的话语相对减少,各种名词、短语则大量涌进:"系统工程""良性循环""话语权力""权力意志""传媒""传播手段""后现代""后殖民主义""有机知识分子""多元""对话""心理定势""新潮""生态平衡""可持续发展""软件、硬件""软科学""软环境""信息量"……其中有一大批词语来自境外,特别为某些新进知识分子所喜用,一些领导同志也接受了其中一些新词。另外,这十几年也有些出自市井或港台的商业化新词,如"大腕""大款""宰(或斩)""隆重推出""炒热炒火""托儿""包装"等。一个西铁城手表的电视广告,就推出了"领导世界新潮流"一个话语,而为人们所喜用。此外近年各种民间顺口溜比较多,如"革命的小酒天天醉……""一等公民……"大多是批评嘲笑不正之风的,难免粗鄙片面,却也值得正视与深省。

以上的回顾不过是信手拈来,挂一漏万,但从这带有极大的随意性的回顾中,我们或许可以得出一些思绪:

新中国建立以来,我们构思、提出、推广,成功地普及了许多嘉言妙语名言警句特别是豪言壮语,叫做万众一心,众口一词,移风易俗,焕然一新。数量之多,方面之广,提法之美好,用语之佳妙(形象、通俗、简明、透辟、字面整齐、合辙押韵、易说易记)常达极致。这反映了革命胜利后百废俱兴、心比天高、信心十足的开国大气象,反映了革命的现实主义与浪漫主义的相结合,反映了中国人民站起来后的雄心壮志,从总体来说,凡能继续弘扬者应该继续弘扬之,切不可"狗熊掰棒子,边掰边丢"。

也有些嘉言妙语经不起实践的检验最后落空失效,这一类话语的特点往往是一厢情愿、高、满、急、热、幼稚浮躁、绝对专断(所谓语言暴力),文风上则是天花乱坠、折腾咋唬,有的只是为了凑韵脚凑整数而不断加码的语言游戏(毛泽东在《反对党八股》中早已指出这类现象），说的好得不能再好了，可惜脱离实际。还有一些走极端、情绪化的话语，以"咒语""誓言"代替科学和政策，压根儿就是错的，它们往往是投其所好、顺竿爬高、一哄而上的结果，甚至是搞两面派的人看风使舵制造出来的。

改革开放以来，通行的嘉言妙语的数量有所减少，调门有所降低，好斗的说词大减，祥和的语句渐渐出现和增多，涉及经济生活的比重大增，源头（话语出处）更加多样，见解也并不一致——许多话语并无定论结论自封终极真理式的独断威严。这反映的是我们的社会的长足进步、人们的精神世界走向成熟、选择的必要性被认同与选择空间的扩展。但也反映了出现某种纷争、离析乃至价值失范的危险。

新中国建立四十八年来，各种话语演变迅速，有些话一时响彻云霄而过后无人问津，有些话一听就知道是什么年代什么气候下出现的。话语的迅速变迁反映了新的社会机制的形成过程、演进过程与成熟过程，有它的合理性至少是不可避免性。为了社会稳定与健康发展，今后应该警惕嘉言妙语格言警句的滥造滥用。自上而下地倡导肯定某种言语应该更加谨慎，更加注意讲究通用话语的科学性、准确性、全面性、稳定性；避免急功近利、趋时趋异、炒作升温及实用主义的信口开河与急莨盲卖，避免廉价的话语浪潮——如近十余年出现过的所谓"能挣会花""丑陋的×国人""第×次浪潮""说不""（入选世界名人录）成为世界名人"之类。学人、作家、记者……在某种意义上最善"生产"话语的人以及受众，也可以从回顾反思中得到必要的长进，大家都悠着点。

社会的发展，文化的传承，智慧的积累，相当重要地表现在一些嘉言妙语名言警句的形成、发展与其对于公众的规范、启迪作用上。因此，研究、梳理、阐发、弘扬并淘汰一些起过作用的社会通用话语，去粗取精，去伪存真，由表及里，由此及彼，将是一项必须而有教益的功课。

1997 年 7 月

难 得 明 白

我抱着试试看的心情拿起王小波的著作，原来接触过他的个把篇议论文字，印象不错，但是现在热到这般地步，已经有"炒死人"之讥在报端出现。我不敢跟着哄。

王小波当然很聪明（以至有人说，他没法不死，大概是人至清则无徒而且无寿的意思），当然很有文学才华，当然也还有所积累，博闻强记。他也很幽默，很鬼。他的文风自成一路。但是这都不是我读他的作品的首要印象，首要印象是，这个人太明白了。

十多年前，北京市经济工作的领导人提出，企业需要一些"明白人"。什么是明白人呢？不知道最初提出这问题来时的所指，依我主观想法，提这个问题就是因为我们当时糊涂人实在不少。而"明白"的意思就是不但读书，而且明理，或曰明白事理，能用书本上的知识廓清实际生活中的太多的糊涂，明白真实的而不是臆想的人生世界，如同毛泽东讲王明时讲的，需要明白打仗是会死人的，人是要吃饭的，路要一步一步走的。明白人拒绝自欺欺人和钻牛角尖，明白人拒绝指鹿为马望梅止渴画饼充饥，明白人拒绝用情绪哪怕是非常强烈和自称伟大的情绪代替事实、逻辑与常识，明白人绝对不会认为社会主义的草比资本主义的苗好，因为愈明白愈知道吃饭的必要性，明白人也不会相信背一句语录就能打赢乒乓球，哪怕世界冠军声称他的金牌是靠背语录赢来的。盖人们在发明和运用概念、发明和运用知识的时候也为自己设立了许多孽障，动不动用一个抽象的概念抽象的教条吓唬自己也吓唬旁人或迎合旁人，非把一个明白人训练成糊涂人才罢休。

文学界有没有糊涂人呢？我们看看王小波（以下简称王）明白在哪里就明白了。

要说王是够讽刺的。例如他把比利时的公共厕所说成是一个文化园地。他先说"假如我说我在那里看到了人文精神的讨论，你肯定不相信"（唉！）"但国外也有高层次的问题"，说那里的四壁上写着种族问题、环境问题、让世界充满爱、如今我有一个梦想、禁止核武器。王问道："坐在马桶上去反对到底有没有效力？"他还说布鲁塞尔的那个厕所是个"世界性的正义论坛""很多留言要求打倒一批独裁者""这些留言都用了祈使句式，主要是促成做一些事的动机，但这些事到底是什么，由谁来做，通通没有说明。这就如我们的文化园地，总有人在呼吁着。要是你有这些勇气和精力，不如动手去做。"

认真读读这一段，人们就笑不出来了，除非是笑自己。

当然王也有片面性。呼吁，总也要人做的。但是我们是不是太耽于笼统的呼吁了？以致把呼吁变成一种文化姿态，变成一种做秀，变成一种清谈了呢？

这是王小波的一个特点，他不会被你的泰山压顶的气概所压倒。你说得再好，他也要从操作的层面考虑考虑。他提出，不论解决什么高层次问题，首先，你要离开你的马桶盖——而我们曾经怎样地耽于坐在马桶盖上的清议。

王说："假如你遇到一种可疑的说法，这种说法对自己又过于有利，这种说法准不对，因为它是编出来自己骗自己的！"完全对。用王蒙（以下简称蒙，以区别哪些是客观介绍，哪些是蒙在发挥。）的习惯说法就是"凡把复杂的问题说得小葱拌豆腐一清二白者，凡把困难的任务说得如探囊取物唾手可得者，皆不可信。"

从王身上，我深深感到我们的一些同行包括本人的一大缺陷可能是缺少自然科学方面的应有训练，动不动就那么情绪化模糊化姿态化直至表演化。一个自然科学家要是这种脾气,准保一事无成——说不定他不得不改行写呼吁性散文杂文和文学短评。

明白人总是宁可相信常识相信理性,而不愿意相信大而无当的牛皮。王称这种牛皮癣为"极端体验"——恰如唐朝崇拜李白至极的李赤之喜欢往粪坑里跳。救出来还要跳,最后丧了命。王说:"我这个庸人又有种见解,太平年月比乱世要好。这两种时代的区别比新鲜空气与臭屎之间的区别还要大。"他居然这样俗话俗说,蒙为他捏一把汗。他的一篇文章题目为《救世情结与白日梦》,对"瞎浪漫""意淫全世界"说了很不客气的话。这里插一句:王的亲人和至友称他为"浪漫骑士",其实他是很反对"瞎浪漫"的,他的观点其实是非浪漫的。当某一种"瞎浪漫"的语言氛围成了气候成了"现实"以后,一个敢于直面人生直面现实讲常识讲逻辑的人反而显得特立独行,乃至相当"浪漫"相当"不现实"了。是的,当林彪说毛主席的话一句顶一万句的时候,如果你说不是,那就不仅是浪漫而且是提着脑袋冒险了。当一九五八年亩产八十万斤红薯的任务势如破竹地压下来的时候,一个生产队长提出他这个队的指标是亩产三千斤,他也就成了浪漫骑士乃至金刚烈士了。

王提到萧伯纳剧本中的一个年轻角色,说这个活宝什么专长都没有,但是自称能够"明辨是非"。王说:"我年轻时所见的人,只掌握了一些粗浅(且不说是荒谬)的原则,就以为无所不知,对世界妄加判断……"王说他下了决心,无论如何不要做一个什么学问都没有但是专门"明辨是非"的人。说得何等好!不下功夫去做认知判断,却能不费吹灰之力地去做价值判断,小说还没有逐字逐句读完,就抓住片言只语把这个小说家贬得一文不值,就意气用事地臭骂,或者就神呀圣呀地捧,这种文风学风是何等荒唐,又何等流行呀!

(这种情况的发生,与特定历史条件下"明辨是非"的赌博性有关,明辨完了,就要站队,队站对了终生受用无穷,队站错了不知道倒多大霉乃至倒一辈子霉。这种明辨是非的刺激性与吸引力还与中国文化的泛道德化传统有关，德育第一，选拔人才也是以德为主。王指出，国人在对待文学艺术及其他人文领域的问题时用的是双重标准，对外国人用的是科学与艺术的标准，而对国人，用的是单一的道德标准。单一道德标准使许多人无法说话，因为谁也不愿出言不同不妥就背上不道德的恶名。蒙认为我们从来重视的是价值判断而不是知识积累，价值判断出大效益，而知识积累只能杯水车薪地起作用。）

何况这种明辨是非（常常是专门教给别人特别是有专长的人明辨是非）的行家里手明辨的并不仅仅是是非。如果仅仅说己是而人非那就该谢天谢地，太宽大了。问题是专门明辨是非的人特别擅长论证"非"就是不道德的，谁非谁就十恶不赦，就该死。王在《论战与道德》一文中指出，我们的许多争论争的不是谁对谁错，而是谁好谁坏，包括谁是"资产阶级"。蒙按，这意味着，我们不但擅长明辨是非而且擅长诛心。我们常常明辨一个人主张某种观点就是为了升官；或者反过来主张另一种观点就是为了准备卖国当汉奸；反正主张什么观点都是为了争权夺利。这样观点之争知识之争动辄变成狗屎之争。王也说，你只要关心文化方面的事情，就会介入了论战的某一方，那么，自身也就不得清白了。他说他明知这样不对，但也顾不得许多。蒙说真是呀，谈到某种文化讨论时立即就有友人劝告我："不要去蹚混水。"我没有听这话至今后悔莫及。

王说："现在，任何有理智的人都不会认为，讨论问题的正当方式是把对方说成反动派、毒蛇，并且设法去捉他们的奸；然而假如是有关谁好谁坏的争论……就会得到这种结果。"王认为现在虽然没有搞起轰轰烈烈的"文化大革命"，但人们还是在那里争谁好谁坏，在这方面，人们并没有进步。这可说得够尖锐的。王认为当是非之争进一步变为好坏之争后，"每一句辩驳都会加深恶意""假如你有权力，就给对方组织处理，就让对方头破血流；什么都没有的也会恫吓检举"。真是一语中的！王以他亲眼所见的事实证明，人如果一味强调自己的道德优势，就会不满足于仅仅在言词上压倒对手，而会难以压住采取行动的欲望,例如在"反右"时和"文革"时,都有知识分子去捉"右派"或对立面的奸;知识分子到了这种时候都会变得十分凶蛮……他的这一亲身经验,也许胜过一打学院式的空对空论证。看看随时可见的与人为恶与出口伤人吧,对同行的那种凶蛮的敌意,难道能表现出自己的本事?更不要说伟大了。有几个读者因为一个学人骂倒了旁人就膜拜在这个文风凶恶的老弟脚下呢?什么时候我们能有善意的、公正客观的、心平气和的、相互取长补短的文明的讨论呢?

王批评了作者把自己的动机神圣化、再把自己的作品神圣化、再把自己也神圣化的现象。王说,这样一来,"他就像天兄下凡的杨秀清"。王还以同样的思路论证了"哲人王"的可怕。王明白地指出,别的行业,竞争的是聪明才智、辛勤劳动(哪怕是竞争关系多,路子野,花招花式。蒙注),"唯独在文化界赌的是人品:爱国心、羞耻心。照我看来,这有点像赌命,甚至比赌命还严重!""假设文化领域里一切论争都是道德之争神圣之争,那么争论的结果就应该出人命。"他说得何等惨痛!何等明晰!何等透彻!他也一语道破了那种动不动把某种概念学理与主张该种概念学理的人神圣化的糊涂人的危险。

在文学上立论不易,任何一种论点都可以说是相对意义上的,略略一绝对化,它就成了谬论。王对神圣化的批评也是如此。蒙牢记一些朋友的论点,不能由于警惕糊涂人的行动而限制思想的丰富,糊涂人也不会绝对糊涂,而是某一点或几点聪明,总体糊涂。如果反对一切神圣化,也就等于把反神圣化神圣化。但王确是抓到了一定条件下的现实问题的穴位。抓到了我们的文艺论争动不动烂泥化狗屎化的要害。那么我们以此来检验一下王自己的评论如何?

王显然不是老好人,不是没有锋芒,不是过于聪明的中国作家。但是他的最刻薄的说法也不是针对哪一个具体人或具体圈子,他的评论里绝无人身攻击。更重要的是,他争的是个明白,争的是一个不要犯傻不要愚昧不要自欺欺人的问题。他争的不是一个爱国一个卖国、一个高洁一个龌龊、一个圣者一个丧家走狗、一个上流一个下流或不上不下的流,也不是争我是英雄你是痞子。(他有一篇文章居然题为《我是英雄我怕谁》,如果是"我是痞子我怕谁",那口气倒是像。哪怕是做秀的痞子。如果是英雄,这"凶蛮"的口气像么?)王进行的是智愚之辨,明暗之辨,通会通达通顺与矫情糊涂迷信专钻死胡同的专横之辨。王特别喜爱引用罗素的话,大意是人本来是生来平等的,但人的智力是有高有低的,这就是最大的不平等,这就是问题之所在。王幽默说,聪明人比笨人不但智力优越,而且能享受到更多的精神的幸福,所以笨人对聪明人是非常嫉妒的。笨人总是要想法使聪明人与他一样的笨。一种办法是用棍子打聪明人的头,但这会把聪明者的脑子打出来,这并非初衷。因此更常用的办法是当聪明人和笨人争起来的时候大家都说笨人有理而聪明人无理——最后使聪明人也笨得与笨人拉平,也就天下太平了。

蒙对此还有一点发挥,不但要说聪明人错了,而且要说聪明人不道德。在我们这里,某些人认为过于聪明就是狡猾、善变、不忠不孝、不可靠、可能今后叛变的同义语。一边是聪明反被聪明误,机关算尽太聪明、反误了卿卿性命;另一边是愚忠愚直愚孝,傻子精神直至傻子(气)功。谁敢承认自己聪明?谁敢练聪明功?"文革"当中有多少人(还有知识分子呢)以"大学没毕业、不能使用任何外语"来证明自己尚可救药,来求一个高抬贵手。我的天!泛道德论的另一面就是尚愚尚笨而弃智贬智疑智的倾向。

而王对自己的智力充满信心,他在《我为什么要写作》一文中说:"我相信我自己有文学才能。"他认为文化遗产固然应该尊重,更应该尊重这些遗产的来源——就是活人的智慧。是活人的智慧让人保有无限的希望。他提倡好好地用智,他说:"人类侥幸拥有了智慧,就应该善用它。"他说得多朴素多真诚多实在,他在求大家,再不要以愚昧糊涂蛮不讲理为荣,不要以聪明文明明白为耻了!看到这样的话蒙都想哭!他的其他文字中也流露着一个聪明人的自信,但止于此。他从来没有表示过叫卖过自己的道德优势,没有把自己看做圣者、英雄、救世者、伟人、教主、哲人王,也就没有把与自己意见不合的人看成流氓地痞汉奸卖国贼车匪路霸妖魔丑八怪。而且,这一点很重要,说完了自己有才能他就自嘲道:"这句话正如一个嫌疑犯说自己没杀人一样不可信。"太棒了,一个人能这样开明地对待自己,对待自己深信不疑的长处,对待自己的破釜沉舟的选择(要知道他为了写作辞去了那么体面的职务),也对待别人对他的尚未认可,还有什么事情他不能合情合理地开明地对待呢?注意,蒙的经验是,不要和丝毫没有幽默感的人交往,不要和从不自嘲的人合作,那种人是危险的,一旦他不再是你的朋友,他也许就会反目成仇,怒目横眉,偏激执拗。而像王小波这样,即使他也有比较激烈乃至不无偏颇的论点——如对国学对《红楼梦》,但他的自嘲已经留下了讨论的余地,留下了他自己再前进一步的余地,他给人类的具有无限希望的活的智慧留下了空间,留下了伸缩施展的地盘。他不会把自己也把旁人封死,他不会宣布自己已经到了头:你即使与他意见相左、不承认他有文学才能,至少他也不可能宣布你是坏蛋仇敌。

  这里又牵扯到一个王喜欢讲的词儿,那就是趣味。人应该尽可能地聪明和有趣,我不知道我概括的王的这个基本命题是否准确。这里趣味不仅是娱乐。(在中文里,娱乐两字常常与休息、懒怠、消费、顽皮、玩世不恭、玩物丧志等一些词联系在一起。)蒙认为趣味是一种对于人性的肯定与尊重,是对于此岸而不仅是终极的彼岸、对于人间世、对于生命的亲和与爱惜,是对于自己也对于他者的善意、和善、和平。趣味是一种活力,一种对活生生的人生与世界的兴趣、叫做津津有味,是一种美丽的光泽,是一种正常的生活欲望,是一种健康的身心状态。一点趣味也感不到,这样的人甚至连吃饭也不可思议。我们无法要求一个一脸路线斗争一肚子阴谋诡计的人有趣,我们也无法要求一个盖世太保一个刽子手太有趣味。自圣的结果往往使一个当初蛮有趣味的人变得干瘪乏味不近人情还动不动怒气冲冲苦大仇深起来——用王的话来说是动不动与人家赌起命来,用蒙的话说是亡起命来。王认为开初孔子是蛮有趣味的,后来被解释得生气全无——这当然不是创见而差不多是许多学人的共识——孔学的发展过程就很给明白人以教益,也不免使孔夫子的同胞与徒子徒孙痛心。岂止是孔子,多少活生生的真理被我们的笨师爷生生搞得僵死无救,搞得语言无味,面目可憎!所以毛泽东提起党八股来,也有些咬牙切齿。

所以,王在谈到近年我国的"文化热"时一针见血地指出:前两次文化热还有点正经,后一次最不行,主要在发牢骚,说社会对人文知识分子态度不对,知识分子自己态度也不正,还有就是文化这种门庭决不容痞子插足。这使王联想起了《水浒传》中插翅虎雷横所受到的奚落。王说,如此看来,文化是一种以自我为中心的价值观,还有点党同伐异(!)的意思。但王不愿意把另一些人想得太坏,所以王说这次讨论的文化原来就是一种操守(亦即名节。蒙注),叫人不要受物欲玷污,如同叫唐僧不要与蝎子精睡觉失了元阳。王进一步指出文化要有多方面的货色,是创造性劳动的成果,例如你可以去佛罗伦萨看看,看看人家的文化果实(蒙按:那可不仅仅是唐僧坐怀不乱的功夫)。王说,把文化说成一种操守,就如把蔬菜只说成一种——胡萝卜;"这次文化热正说到这个地步,下一次就要说蔬菜是胡萝卜缨子,让我们彻底没菜吃。"王因此呼吁(他也不是不呼吁):"我希望别再热了。"

也许事情远没有这样糟,也许这只是王内心恐惧,杞人忧天?但愿如此。只怕是真吃不上丰富多彩的蔬菜的时候也就都不吭气了。

我们知道难得糊涂了。看了王小波的《我的精神家园》,我深感难得明白,明白最难得。什么叫明白呢?第一很实在,书本联系现实,理论联系经验,不是云端空谈,不是空对空,模糊对模糊。第二尊重常识和理性,不是一煽就热,也不是你热我就热,不生文化传染病。第三他有所比较,知古通今,学过自然科学人文科学,得过华、洋学位,英语棒。于是一瓶子不满半瓶子晃荡的人明明被他批驳了也还在若无其事地夸他。叫做不怕不识货就怕货比货,货比三家,真伪立见,想用几个大而无当的好词或洋词或港台词蒙住唬住王小波,没有那么容易。第四他深入浅出,朴素鲜活,几句话说明一个道理,不用发功,不用念咒,不用做秀表演豪迈悲壮孤独一个人与全世界全中国血战到底。第五,他虽在智力上自视甚高,但绝对不把自己当成高人一等的特殊材料制成的精英、救世主;更不用说是像挂在嘴上的"圣者"了。用陈建功当年的一句话就是他绝对"不装××"。这最后一点尤其表现在他的小说里,他的小说没有任何说教气炫耀味,更没有天兄下界诸神退位的杨秀清式包装。看了他的小说不是像看完有些人的小说那样,你主要是会怀疑作者他是否当真那么伟大。而看了王的小说,你怀疑的是他王小波"真有那么坏吗"?这里的坏并不是说他写的内容多么堕落下流,而是他写的那样天真本色率性顽皮还动不动撒点野,搞点恶作剧,不无一种"痞"味儿,完全达不到坐如弓立如松五讲四美的规范与我乃精英也的酸溜溜风采。如果说你在某些人的作品中常常看到感到假面的阻隔,那么他的小说使你觉得他常常戴起鬼脸,至少在这一点上他与那个已被批倒批臭的有相似处。但是他有学问呀,他不嘲笑智力和知识,不嘲笑理性和学习,所以他的遭遇好得多。看来,读书是能防身的,能不苦读也乎?

而我当然是一个正人君子,我的小说里绝对没有王小波那种天花乱坠的那话这话。我认为与他的议论相比,他的小说未免太顽童化了。所以我就不在这篇文字里再提他的小说,免得再和一名王某绑到一块儿,就是说我不能连累王小波。反之亦成立。

虽然带有广告气,文化艺术出版社一九九七年六月印第一次、次月就印第二次的《我的精神家园》一书封底上的一段话还是真的,我认可:"那些连他的随笔都没有读过的人真是错过了……"

1998 年 1 月

咏叹与深思

近十年来,"国情"两个字常常出现在报刊上。有些青年人并不太在意这两个字,他们有时会觉得这两个字是为不合理至少是不理想的某些状况做辩护的借口。国情二字在他们眼睛里似乎有点认命和自认晦气的味道。有一个年轻人讽刺地对我说,电影《青春之歌》里也有人大谈国情,但那是国民党的监狱长,他谈国情是为了劝导林道静不要"过激"!

然而国情的特殊、特别是与西方发达国家不同是一个事实。不了解这个国情,我们急速趸来的最最入时行时的货色也很可能变成无的放矢的空谈。我愿意在这里推荐一本能帮助人们认识国情、有教益也极有趣味的书,即中国青年出版社出版的、由中国社会科学院近代史所张亦工和夏岱岱合编的《割掉辫子的中国》。

此书介绍的是近百年来中国发生的一些具体而微的变化,比如男人的辫子是怎么割掉的。其实辫子问题大家还算是最熟悉的,因为鲁迅的小说《风波》《头发的故事》里都生动地描写过。"留发不留头,留头不留发"的提法我们至今为之心悸;"文化大革命"当中也发生过剪长发剪裤脚的事,人们似乎对之能有所参照体会。至于其他,例如近代中国的礼仪、教育、服饰、舟车、报刊、舞蹈、音乐、戏剧、监狱、刑罚、海防、金融、建筑、司法、对世界的观念等等,原先是什么样子,有多少悲喜剧围绕着这些名目发生,后来发生了什么变化,我们为此付出了什么代价,则很多人是知之甚少、甚至连想也没有怎么想过的。

而恰恰是这些又实在又重要的领域能够告诉我们,中国走向现代化的道路有多么艰难,我们已经走过了多少路,而离我们的宏伟目标还有多么远。

当然,现代化并不是至善终极理想,西方现代化了半天,并没有提供一个极乐世界,而是陷于重重矛盾之中。所以现在最时髦的思潮是批判现代化工业化科技进步民主法制,是宣布所有这些现代性神话的破产。我坚信这些批判是非常高明、非常重要、非常开人眼界的,但是请读读这本书吧,正视一下我们的国情吧。从整体来说,我们距接受这样的批判还有相当的距离。例如,男人头上的辫子是保留好还是割掉好呢?割掉了也还会有种种贫穷落后野蛮与压抑和不公正,这是当然的,所以西方还有髯客,围绕着头发的故事远不是割掉辫子就万事大吉曲终人散了的。如果在这个意义上说割辫子不过是一个神话,也说得好。但是还是请先割掉了辫子再批判割辫子的不足恃吧。请先割了辫子再研究髯客的特立独行给我们的启示吧。反正不能以髯客的存在为理由来辩护辫子,不能将髯客与猪尾巴式的辫子相提并论。正像一个饥寒交迫者,如果是一个"小康"殷实者向他进行最先进时髦的思想教育,给他讲所谓温饱其实只是一个神话,温饱了人并非极乐,温饱了的人的自杀率很可能超过饥寒交迫者(我想事情正好是这样的!王注)。你觉得这合乎常识理性么?合乎情理么?

比如,你看了本书中《从凌迟斩首到枪毙》一文,你不能不怵目惊心乃至张口结舌。敢情"南宋始定凌迟为法定刑罚,沿用至清末……有八刀、二十四刀、三十六刀、七十二刀、一百二十刀之别。如果要割成百上千刀,则每次只能割一小块,称为鱼鳞碎割……常用渔网包在犯人身上勒紧,使皮肉从网眼中鼓出,然后一刀刀碎割至死……明代大宦官刘瑾谋反案发后,被凌迟处死,行刑达三千三百五十七刀之多,时间长达三天……"

林彪集团也爱讲什么"千刀万剐"反对毛主席的人,这样讲也是有出处,有来历的呀!

我们应该怎么样看从凌迟到枪毙这一死刑执行方法的变迁呢?认为是从一百步变成了五十步?认为这与司法审判的阶级性无关与国家与革命的根本问题无关,只是渺小的技术问题?认为如果不是最终地废除死刑废除公检法废除一切产生犯罪问题的可能性它就毫无意义?就只是骗人的神话或西方话语霸权或资产阶级专政的遮羞布?认为这只是刑而下的末节而与形而上的大道或信仰无涉?还是老老实实承认这也是一种从野蛮愚昧到文明人道的进步?其实"进步"一词也是相对而言的,进步不能带来理想实现的满足,而只是向着理想前进一小步或一不太小的步子罢了。起先的一切理想都变成现实以后呢,人们又会觉察出那过去梦寐以求的理想原来只是"神话",因为新的矛盾和痛苦又会出现。千年万年后也还会是这样。

再如《从夷到洋》一文中,提到"在士大夫的观念中,中国是唯一的礼仪教化之邦,中国之外不可能再有文明。清初比利时传教士南怀仁编写《坤舆图说》,提到古代的'世界七大奇迹',其中有罗得岛上的太阳神像。清代中叶修撰《四库全书》的饱学之士,竟然怀疑那是南氏来华之后,'得见中国古书',抄袭《神异经》中收录的传说。这可以算是十九世纪后期风靡一时的'西学源于中学'说的早期版本。"

竟然蠢得这样可掬!也许这些饱学之士的用意是好的?用意再好也是误国误民!果然,大清朝国运日衰了。

此文中还提到明末的《圣朝破邪集》(这个书名就极精彩。王注)如何批判利玛窦画的世界地图,说是利氏"以其邪说惑众""中国当居正是,而图置稍西""中国土地广大,而图中如此蕞尔""其肆谈无忌若此"。呜呼,对世界的认识如此无知,如此冥顽,如此恭谨有忌,到了一八四〇年以后,中国的命运如此悲惨,确也值得我们深思!

其他方方面面,读了本书不能不思绪万端,唏嘘不已。从近代中国到现代，我们已经走了那么多的路，却原来我们的底子如此这般，却原来一点小事也有一个过程！我们的中国历史悠久，文化传统源远流长，有十分独特的魅力，但我们在某些方面曾经是那样无知可怜乃至野蛮愚昧。我们中国文化的汲取外来良性影响的能力与改造更新的能力还是很了不起的，我们吸收了那么多改变了那么多，我们仍然是中国，并没有被"洋"所吃掉化掉。我们常常讲只有民族的才是世界的，这话对于保持自己的文化性格、弘扬优秀的民族文化传统是很有利也很有力的。但从另一个角度来说，如果我们说只有世界的才是民族的，即只有与世界交通，汲取人类文明的一切成果，汇入人类文明发展的大趋势，才能发展更新自己的民族文明，不致将自己的文明保持成博物馆的展品，也才能保护和坚持自己的民族文化性格，恐怕也是站得住的，有意义的。而且，这个命题同样是十分重要的。

故而，编者张亦工在《序》中说："割掉有形的辫子容易，割掉无形的辫子难；割掉别人的辫子容易，割掉自己的辫子难。"这也可以叫做语重心长吧。什么是自己的辫子、无形的辫子呢？我们今天还有没有这样的辫子呢？这是可以且读且想的吧。

本书写得很通俗，并附有一些照片，令人想想昨天，令人多知道点国情，令人正视现实正视我们的实际，却也因看到了巨大进步而信心百倍，不急躁也不灰心，而且此书读来饶有趣味。严肃的问题也可以谈得如此有趣，使我想起王小波对"有趣"的强调来。这样有益而且有趣的书并不总是那么多见的呵。

1998 年 3 月

永远的《雷雨》

为纪念曹禺先生逝世一周年,北京人民艺术剧院重新上演《雷雨》。我有幸被邀去看,距上一次看《雷雨》,倏忽四十余年矣。上一次是一九五六年,召开全国第一次青年创作积极分子会议时。(那时为了防止我们这一伙人骄傲,不让叫青年作家。)至今我记得儿童文学作家刘厚明看完于是之、胡宗温、朱琳、郑榕、吕恩等演的戏后对我说的话:"我感到了艺术上的满足。"如今,厚明亦作古八年矣。

我从上小学就看《雷雨》,加上电影,看了不下七八次,许多台词——特别是第二幕的一些台词我已会背诵。我特别喜欢侍萍回忆三十年前旧事时说的"那时候还没有用洋火"这句话,我觉得现在的演员(不是朱琳)没有把这句话的沧桑感传达出来。我知道《雷雨》的情节与人物家喻户晓。我的缠足的、基本不识字的外祖母,在我七岁时就向我介绍过戏里的人物,她说鲁大海是一个"匪类",而繁漪是一个"疯子"。

《雷雨》表现了人的与(旧)社会的罪恶,毫不客气,针针见血。戏里表现出来的罪恶主要来源有二,一是阶级,二是性。不但周朴园是剥削压迫工人"下人"的魔王,繁漪也是张口闭口下等人如何如何,把繁漪说得如何富有革命性乃至这样的人可以成为共产党员(请参看拙著《踌躇的季节》)怕只是一厢情愿。《雷雨》是猛批了资产阶级的,比《子夜》揭露更狠,是现代文学史上突出地批判资产阶级的为数不太多(与反封建主题相比较)的重要作品之一。《雷雨》

里充满了压抑、憋闷、腐烂、即将爆炸的气氛,这种气氛主要是由于周朴园的蛮横专制造成的。与憋气与闷气共生的,则是一股乖戾之气——早在明朝就有人注意到了弥漫于中华大地上的一股戾气。《雷雨》里的人物,多数如乌眼鸡,一种仇恨和恶毒、一种阴谋和虚伪毒化着一个又一个的心灵。周朴园、繁漪、周萍、鲁贵、鲁大海,无不一身的戾气。当然,大海的戾气是周朴园逼出来的,你也不妨说旁人的戾气也应由周老爷负责——这就是戏之为戏了。实际上,找出了罪魁祸首直至除掉了罪魁祸首之后,各种问题并不会迎刃而解。但是压抑和憋闷再加上乖戾,就是在呼唤惊雷闪电、呼唤血腥、呼唤死亡——有了前边的那么多铺垫,你甚至会觉得不在最后一场死他个一串就是世无天理。从阶级斗争的角度来看,这种情势实际上是在呼唤革命。而从民主主义的观点来看,你也可以说是在呼唤民主——只有民主才能消除憋闷与乖戾二气。

戏里的阶级矛盾非常鲜明。每个阶级都有极端派或死硬派,有颓废派、天真派乃至造反派之类属。这种类属的配置,既是阶级的,又是戏剧——通俗戏剧的。有了这种配置,还愁没有戏吗?所缺少的,大概就是黑社会和妓女了,果然,到了《日出》里,这两类人物便也粉墨登场。

周朴园与鲁大海都很强硬。解放后的处理,加强了对鲁大海的同情,而减弱了他的"过激"的一面。但曹氏原著,似乎无意将其写成一个工人阶级的代表,他的工人弟兄的叛卖,也不符合歌颂工人阶级的意识形态要求。即使如此,整个压抑异常的戏里,只有大海拿出枪来整他的后老子一节令人痛快,令人得出麻烦与压迫还得靠枪杆子解决的结论。曹禺当时似乎还不算暴力革命派,但是从曹禺的戏里可以看到整个社会的矛盾的激化程度与激进思潮的席卷之势,连非社会革命派的作品里也洋溢着社会革命的警号乃至预报。呜呼!革命当然是必然的与不可避免的了。不管革命会付出多少代价,走多少弯路。不这样认识问题,就有向天真烂漫的周冲靠拢的意味了。

想来想去,全剧最具有人文精神的人物就是周冲,而周冲的表现竟成了讽刺,尤其此次演出,周冲给人的感觉如同滑稽人,着实令人可叹。四凤与鲁妈也够清洁的。但四凤叫人可怜,她的无知与奴性令人心烦——中国人毕竟走过了很长的一段路了。鲁妈更像一个圣者,一个理想主义者,她的撕支票至今仍然放射着反拜金主义的光辉。然而她抵抗不了"世道",她是失败者,她可以到舞台上表演并赢得观众的同情的热泪,却于事无补;她无法兼善天下,连独善其身也根本做不到。她的质本洁来还洁去,令人想起失败的林黛玉来。她的不抵抗主义,则叫人想起圣雄甘地。她对"世道"的控诉,客观上也是通向革命的结论的。区区世道二字,承担了多少人多少代的仇恨与责任!这两个字在罪有应得的同时,是不是也太容易叫人忘却了自身的问题了呢?而不能自救者,能一定为世道改变所救吗?

对立的阶级都有自己的颓废派,或者叫叛徒,或者叫痞子。鲁贵是痞子无疑,蘩漪被父子两代人逼得也采取了痞子手段:从盯梢、关窗、锁门到告密。由于解放后大家喜欢搞两极对立思维,蘩漪是划到"好人"这一边的,所以论者大多为贤者讳,不提蘩小姐的这一面。周萍也是颓废派,他很痛苦。但此次濮存昕演的周萍,漫画化了,一举一动,观众都笑,连他最后为自杀开抽屉拿枪也是引起观众一阵哄笑,这太失败。濮存昕是一个优秀的演员,所以把大少爷演成这样的小丑,一个是两极对立的思维模式起作用,二是他还嫩,他不理解那种人格分裂的、自己极其痛苦也不断地给旁人制造痛苦的人物。

痞子的特点之一是出戏,它们是一种作料。正因为人皆不愿痞,人都要约束自己包装自己使自己成为正人君子;这样,潜意识里积存了不少痞能,便想在舞台上看看痞戏,发泄发泄,嘲笑嘲笑,使某些潜能情意结得以释放。很多大人物都有痞的一面,例如刘邦、赵匡胤之类。伟大的齐天大圣,从玉皇大帝的门阀观点看,也只不过是个痞子。生旦净末丑里的丑虽然排行最后,却是不可少的。更出戏的却是疯子,疯而后痛快,疯而后本真,这是对体制也是对文化的抗议——哪怕是半疯或佯疯或被污蔑为疯。繁漪就是应该有一点疯，在如此环境与遭际中不疯才是更大更可怕的精神疾患。而现在的演员把她演得一点不疯，反而减少了她的悲剧性。京剧里也是出来疯子就好看了——例如《宇宙锋》——否则，人人迈着方步，不是大人先生就是"坚陀曼"，还能有什么戏！我观看好莱坞影片已得出结论：中国样板戏的特点是戏不够，（阶级）敌人凑；美国肥皂剧与商业片的特点则是戏不够，心理变态凑。如果不写心理变态者，多少戏剧冲突都没有了呀。曹禺在这些方面，用得很充分。

这就又扯到了性。因为美国影片里的心理变态者多是穷追并杀戮女性。《雷雨》中，阶级的罪恶表现为性罪恶，处理罢工事件云云则只是虚写。而事物一旦表现为性罪恶，就有点原罪的意思了。谁让人这么没有出息，生下来就带着全套家什。而性罪恶中最刺激的一是强奸，一是乱伦。而比较常见的被老百姓谴责的性罪恶是"始乱终弃"。强奸云云，《雷雨》中未有表现。但是乱伦，戏里是写了个不亦乐乎。曹氏很有火候，第一乱是周萍与繁漪，二人并无血缘关系（但大少爷是他爸的亲儿子，所以也挺恶心）；第二乱是周萍与四凤，不知者不怪罪，只能罪天罪命。这就不像西方电影里动不动露骨地讲什么父亲与女儿如何如何，令人讨厌。现在，人们都知道弑父娶母的俄狄浦斯情结与恋父的伊赖克特拉情结了；其实要把弗洛伊德的学说贯彻到底，就应该讲讲周萍四凤情结。

《雷雨》里对周氏父子的"始乱终弃"也谴责得很厉害。半个世纪以前，即此戏诞生的年代，性问题上的一个重要观念就是男权中心，女子在性上永远是受害一方，被欺侮的一方，被"始乱终弃"的一方。同时，社会上又十分男性中心地厌恶与丑化女性之"妒"和此种妒之"毒"。这里既有事实根据，也有传统观念，这些都表现在《雷雨》里了。加上同情与可怜弱者，这戏的主题显得既传统又激进，既从俗又理想，它的价值判断有极大的接受面积。

《雷雨》已经在中国演了近七十年，七十年来长盛不衰。这确实是经典(即古典)之作,哪怕说此剧本有所借鉴,不是绝对地百分之百地原创也罢,只要戏好,就站得住,就大放光芒。其情节、人物性格与人物关系之周密与鲜明的处理,令人叫绝。同时,它的范式包括价值观念符合一个通俗戏的要求:乱伦、三角、暴力(大海与周萍互打耳光、大海用枪支威胁鲁贵)、死而又生、冤冤相报、天谴与怨天、跪下起誓、各色人物特别是痞子疯子的均衡配置、命运感与沧桑感、巧合、悬念,特别是各种功亏一篑、失之毫厘差之千里的"寸劲儿",都用得很足很满。这种范式很有生命力与普遍性,能成为某种套子,所以别的剧本也可以套用,例如话剧《于无声处》。这种范式却也常常成为此类艺术样式特别是作者自己前进中的绊脚石,它太成功了太严密了太满了,高度"组织化"了,已经组织得风雨不透啦——没有为作者预留下发展与变通的空间。

经典与通俗并非一定对立,在古代毋宁说它们是相通的,如莎士比亚,如中国的几大才子书,如狄更斯。愈到现当代,所谓严肃文艺与通俗文艺愈拉开了距离,真不知道该为此庆贺还是悲哀。

反正现在似乎不是一个古典主义的时代,现在的通俗也商业化得吓人。中国的话剧本来就是后来引进的品种,飞快地走完了人家欧洲的百年路程,飞快地并且夹生地走过了经典加通俗的阶段。

说到这里我想起一件有关曹禺的鲜为人知的故事。一九八〇年夏,曹老叫北京市文联(那时,曹兼任北京市文联主席)的人告诉我,他某日某时要到我家去。我当时住在北京前三门一个总共二十二平方米的房子里,闻之深感不安。到了他指定的时间,他老来了,说是来"看望学习"。他说是再过几天"七一",北京市委要召开一个座谈会,他该如何发言,希望我给"讲讲"。我颇意外,便胡乱谈了谈要强调三中全会精神呀之类的。我当然也借此机会表达了我对曹老的剧作的喜爱与佩服。我们回顾了五十年代我把一个剧本习作寄给他,他接待了我一次并赏饭的情景。他说:"我一直为你担心……"他还感慨地说:"这几十年我都干了些什么呀!王蒙你知道吗?你知道问题在什么地方吗？从写完《蜕变》，我已经枯竭了！问题就在这里呀！我还能做些什么呢？"他的话非常令我意外，我为之十分震动。然而，我无法怀疑他的认真和诚恳，虽然平素他说话或有夸张失实的地方，也有喜欢当面给旁人戴高帽的地方。

关于曹禺解放后未有得力新作，一般认为是由于环境与政策所致，或者如吴祖光先生所说，是由于曹禺"太听话"了，对此我无异议。但是，我想提出一个问题：即除了上述公认的原因之外，是否还由于他的这种经典加通俗的范式使他难以为继呢？这一点，甚至曹禺本人也认识到了，所以他在《日出》的"跋"里说："写完《雷雨》，渐渐生出一种对于《雷雨》的厌倦。我很讨厌它的结构，我觉出有些太像戏了……过后我每读一遍《雷雨》便有点要作呕（！——王加的惊叹号）的感觉。"（《曹禺全集》第一卷387页，花山文艺出版社一九九六年七月版）艺术上到处是悖论：戏不像戏不行，太像戏也不行，因为人们期待于艺术的不仅是艺术本身，人们期待于艺术的是生活，是宇宙的展示，是灵魂的自白与拷问，是人类的良心、智慧、痛苦和梦幻的大火……所谓纯粹的戏剧诗歌小说，往往是颇可观赏的精美的工艺品，而不是大气磅礴的浑如天成的震撼人心的巨著杰作。这里，《雷雨》是一个例外。因为《雷雨》给人的感觉可不只是一个精美的工艺品，它充满了痛苦、诅咒和恐怖——略略有一点廉价，却确实地激动人心。《雷雨》可说是通俗的经典与经典的通俗。例外虽然例外，它的太像戏的问题却瞒不过曹禺自己。曹禺二十三岁时（一九三四年，也是鄙人呱呱坠地的一年）就写出了戏得无以复加的、生命力至今不衰的、其地位至今无与伦比的、雅俗共赏的（也许实际是不能脱俗的）《雷雨》，幸耶非耶？他后来的剧作乃至生活，究竟有没有突破他自己感到的这个太像戏（经典加通俗）的问题呢？要知道早在一九三六年，曹禺已经为之作过呕了！

这也说明谁也赢不到、哪部作品也得不到即垄断不了百分之百的点数，甚至《雷雨》这样的红了六十多年至今也没有被超过的成功之作也不例外，因为自己没有得到满点就怨天尤人或者愤世嫉俗可能是一种过分的反应。

我对话剧相当外行，但曹禺过世后，我一直觉得应该为他写点什么，我爱他的剧作，但又实在不怎么理解他。例如他晚年的一次精彩就相当出人意料。我说的是一九九三年政协八届一次会议时，他扶病前来与中央领导会见，他发言建议将（当时的）文联和一些协会解散，而他本人就是文联主席。这堪称振聋发聩。呜呼，斯人已矣，何人知之？我的冒冒失失的妄言，有待方家教正。

1998 年 5 月

绝对的价值与残酷

在易卜生的某些戏剧里，命运被表现出无法抗拒的绝对性。命运具有一种绝对的威严与正义，一种对于绝对的价值的近逼；而不容讨论的价值系统，对于人性具有一种绝对的审判；然后作出了类似因果报应的绝对的裁决。

例如堕落的儿子欧士华注定了要毁灭，起因于他的父亲阿尔文的罪恶。任凭他的母亲等人怎样为尊者讳，怎样以办孤儿院等措施来补赎、以把儿子送到巴黎学艺术来摆脱罪恶家庭的影响、以打发掉乔安娜的"妥善安排"来为阿尔文擦屁股，欧士华还是运行在命运为他预设的罪恶——毁灭的圆圈里。孤儿院注定了是要被焚毁的。而曼德牧师呢，他的一切按条条框框办事的忠诚，他的把思考与判断的权利拱手让出——即所谓"在好些事情上头咱们必须倚仗别人的意见"——的谦卑忠顺，他的把痛苦的与爱自己的海伦即阿尔文太太推出去的"克己复礼"，他的对于一切精神污染的御敌于国门之外的坚决（听说什么书什么艺术界不好，就绝对不去接触它），并没有为他带来圣者的光环与成功的安慰，他的下场竟然是纵火的罪名与舆论的笑骂。（以上见《群鬼》）而动辄自称是问心无愧的纯洁的罗斯莫，美丽聪慧的吕贝克，由于罗斯莫对于吕贝克的"不适当"（语出美国总统克林顿）的倾心，造成了妻子的自杀，造成了代表鬼魂的"白马"的无法躲避；更由于吕贝克的诱人自死的责任和她与自己的名为养父实为亲父的不清不楚的关系，以及吕贝克的"私生女"的原罪，即使他们拒绝卑鄙，他们勇敢地忏悔与坦白过失，他们终于逃不脱双双从桥上跳下去，被白马索命抵命的命运。（以上见《罗斯莫庄》）

易卜生的最具有公然挑战乃至宣战色彩的剧本还是《人民公敌》。人民公敌这种语词在我们国家也是流行的。早在解放前我便读过陈伯达君著的《人民公敌蒋介石》，内称蒋某是"帝国主义在中国的最后一颗大狗牙"云云。（后来，陈君也落了一个亚人民公敌的下场。）当然，易卜生的《人民公敌》与这些风马牛不相及，他企图强调的是一种精英的原则性，即使因为拒绝媚俗而被宣布为"人民公敌"亦在所不惜。新浴场的修建会给城镇带来巨大的利益，然而这个城镇的卫生状况却相当恶劣，斯多克芒医生早先写了一篇"仔细叙述浴场的优点怎么多，本地的卫生情况怎么好"（见《易卜生文集》第四卷299页）的文章，（是不是写得太轻率了？——王注）同时他称颂本市的生活"有生气——有前途——有无穷无尽的事业可以经营"，即使在称颂本市的时候他也没有忘记从而批评市长哥哥的迟钝，没有像他那样为本市的美妙而激动（见同书同卷301页）；然后，他根据新掌握的情况改变了支持修建浴场的观点，改称这未来的浴场将是一个"传染病的窝儿"。这样，他就受到了"本地寡头政治集团"（语出一个风派报人霍夫斯达，霍原是他的朋友，后来却背叛了他）与"群众专政"（这当然是王某的"毛文体"语词）的同时打击。虚伪卑鄙的"民主派""自由派"小人们提出"稳健是公民的最大美德""有多数派帮忙总是有好处"（323页），要有"责任心"（343页）的命题，同时对医生百般压制。市长哥哥也以维护"公众利益""应该保密"等理由对斯医生威胁利诱，迫他就范。

斯多克芒医生遂宣布："咱们精神生活的根源全都中了毒，咱们整个社会机构都建立在害人的虚伪基础上。"（366页）"我决不能容忍那种领导人……最好能把他们像别的害虫似地彻底消灭。"（368页）"真理和自由的最大的敌人……正是那挂着自由思想幌子的结实的多数派。""多数派从来没有公理。"(369页)"一个社会决不能靠着那些陈旧衰朽、没有精髓的真理去过日子。"(371页)他还一不做二不休地宣告:"说你们这些平常人是人民的精华,这句话是哄你们上当……平常人不过是原料,要经过加工培养才会成为人民。"(372页)"……他盲从上司的意见,自己没有独立的思想……这种人就叫平常人。"(374页)"正因为我非常爱护家乡,所以与其看它靠着欺骗繁荣起来,我宁可把它毁掉。"(375页)(他完全不讲"硬道理"。——王注)"……把它踩成平地都没什么可惜!靠着欺骗过日子的人都应该像害虫似的消灭干净!照你们这样……国家灭亡,人民灭亡,都是活该!"(376页)"一个人出去争取自由和真理的时候,千万别穿好裤子……这群蠢东西居然自以为跟我是平等的人……"(381页)"他们不像这儿的人用一把老虎钳把一个自由的灵魂拧得紧紧的……"(382页)"要是有一天国家真的出了大事情,大家一定会提起脚就跑,结实的多数派一定会像一群绵羊似的四下里乱钻……"(384页)"自由派是自由的最狡猾的敌人,他们的党纲是尊重有力的真理的刽子手,权宜主义是颠倒道德正义的武器。"(398页)最后,他宣布,他是本城最有力的人物,因为"世界上最有力量的人正是最孤立的人!"

　　真是痛快淋漓!真是如火如荼!真是抵抗投降,真是批判使命,道德理想!真是振聋发聩!

　　易卜生是至今红遍世界的挪威作家,尽管他没有得到近在咫尺的诺贝尔文学奖;倒是他的竞争的对手但也给予他的《群鬼》与《玩偶之家》以正义的支持的比昂逊与一直不服不"鹨"他的克鲁特·汉姆逊都到手了这个至今令一些人发烧发酸的文学奖。易卜生为他的愤激是付出了代价的,所以是更加可敬的。

　　单单从字面上看,斯医生的议论似嫌过分,尤其是令提倡中庸的孔孟与相反相成的老庄的后人们触目惊心。专家们说,易卜生写完《群鬼》《玩偶之家》,受到攻击,他为了回应这种攻击写下了《人民公

327

敌》。可以想象他写"人"剧时的愤懑之情。然而，我并不认为从政治学社会学伦理学哲学乃至做人之道上讨论推敲判断医生与医生后面的易卜生的是非智愚分寸得失是我们最应该做的。这是话剧，戏者戏也，这不是一个政党一个集团一个公民的社会纲领。它也无意为民立极，提供标准和尺度。一般认为，易卜生的意义往往不在于解决问题，而在于提出了发人深省的问题，我们无法像要求实行家那样要求语言艺术家。其次，易卜生所在的社会，他面对的国情，是多元的而非一元化的。多元的国情下，某种激烈偏颇常常为另一种激烈偏颇或另一种决不激烈偏颇所制衡，在多元价值并存的地方，一种绝对、一种排他性、一种宿命论往往并不具有在一元状态下所具有的危险性，因而也就不被要求立论立得那么全面准确矛盾突出而又恰如其分。而我们缺少共时性的多元制衡传统，我们的平衡往往是纵坐标上的，是历时性的，它表现为十年河东、十年河西，合久必分、分久必合，天道有常、物极必反，反左易右、反右易左，忠厚需有余地，将欲取之必先予之，莫为己甚、厥执乎中等等。

　　当然，并不是说多元了就自然好，自由派也可以成为自由的敌人，结实的多数照样可以搞成群众专政，斯医生不但被免去了浴场医官的职务，他的言论也得不到发表的可能，最后市民们甚至"自发"地发动签名，拒绝找斯医生看病，而且"不敢不签名"（387页）；甚至他的孩子们在学校也受到攻击，以致不得不辍学在家接受医生本人的教育。挪威大概没有搞过"文化大革命"，挪威的社会条件也不具备"文革"的孪生条件，然而，在易卜生的剧本里，斯多克芒医生的境遇却与被搞了一次"文化大革命"毫无二致。可见，文化背景与国情固然不同，人性的弱点却是一样，搞出的娄子实为相似，面对的问题也颇能相互借鉴。道德不能解决一切问题，经济不能解决一切问题，体制也不是万应灵丹。这方面，易卜生的戏剧令人深思。

　　（无怪乎现代人视少数服从多数为并非民主的精义，而认为服从多数的同时保护少数与他们的权益，才是民主的要点。）

五十四年前,我才十岁时,读了易卜生的剧本《社会栋梁》(潘家洵译本为《社会支柱》)、《国民公敌》(潘译为《人民公敌》)与《群鬼》,当时,我当然不懂易戏,但是仍然感到一阵阵的寒气从脊梁背上冒出,我已经隐隐感到了宿命的绝对性残酷性与恐怖性和人性的丑恶。此后与易卜生一别半个多世纪,一九九八年夏末秋初,首次访问挪威时,才又拾起了易卜生的戏。这也是命么?

　　逗留奥斯陆期间,适逢两年一度的易卜生戏剧节,我们被邀观看了在树有易卜生与比昂逊的双铜像的国家剧院小剧场演出的《罗斯莫庄》。"罗"剧是作家在"公敌"剧后四年即一八八六年所写,戏剧冲突远远没有前述几个戏那么外在和紧张。感谢奥斯陆大学的刘白莎老师,事先把复印好了的"罗"剧中文版拿给了我,我在自奥斯陆去卑尔根的火车上读完了它。我惊异于一出戏竟然可以把最紧张的冲突(碧爱特之死,吕贝克的身世与"任务"背景,特别是罗、吕相爱等)放在幕后,而只在台上谈论问题,进行观念、价值与意志的对抗。敢于写得这样含蓄,当真把冰山的四分之三留在水下,不是大手笔是不敢犯这种戏剧上的大忌的,文无定法是一,明知山有虎,偏向虎山行是二。(又是"毛文体",实在惭愧。)但此剧也有它的特殊惊心动魄之处。那就是罗斯莫在知道了吕贝克的底细,尤其是知道了她对自己的爱情之后,他提出要求:要吕贝克为他而死,以达到他的一贯的追求道德理想与精神纯洁的目标。罗斯莫说,如果吕贝克肯去死:

　　　　我就会恢复对于自己使命的信心。我就会相信自己有提高人类灵魂的能力。我就会相信人类灵魂可以达到高尚的境界。(!)(同书,第六卷220页)

　　这不是偶然的,绝对的最高形式是死亡、是殉道、是献身、是就义。你为它去死的东西,还有什么相对和变易的可能吗?除了死亡,一切活着的人包括极其高尚和纯粹的人都可能有所变化。就拿绝对讲原则、不媚俗的斯多克芒医生来说,他对于修建浴场的意见,不是发生了一百八十度的转变吗？如果不是市长好意地告诉他报纸将发表他的该篇文章的话，他在去年写的、与现在的他做对的文章不是早就发表出来了吗？何况还有那么多俗人坏人变坏了的人与罗斯莫相差不知凡几，天知道该死时不死的话，此后他们会做出什么事。汪精卫当年要是"引刀成一快"成功，不就名扬青史而不会堕落成汉奸了吗？无怪乎旧时代的行刑者要对就义者说"那我就成全了你"啦！

再说罗斯莫，他与吕贝克堕入爱河而不自知，造成爱妻的自杀而不自知，这是可能的吗？这是疏忽大意吗？或者，这是他的内兄克罗尔玩弄的阴谋诡计？是太忙了？是潜意识里他过于希望与吕贝克结合故而认同了己妻的死亡？这是常理所不能不提出的问题，是追求纯洁完美的罗斯莫的尴尬所在。怎样摆脱这种尴尬呢？他不是总统，如果是总统，也许辞职就够了。他的唯一与自己的绝对道德理想主义相一致的选择就是要求爱自己的人赴死。而当吕贝克答应了去死，证明了吕贝克的精神已经净化之后，罗斯莫也与之同赴一死。他不是在要求吕贝克死前决定去死而是在之后才说出自己的必死信念，他是"你死我才死"；这是一个非常重要的戏剧情节的安排。这说明，罗斯莫认定自己有权审查吕贝克的道德动机，并认定自己有权要求吕贝克在不知道自己也要死的前提下先同意为自己而死。这是与一切殉情戏不同的地方。天！

抱歉，写到这里我竟然想起吴起为功名向妻子叩头的故事。对于吴起，功名是绝对的，对于罗斯莫，道德的清洁感是绝对的。当然，道德的非实利性使它比功名显然清洁得多，我的联想也确是拟喻不伦。我还想起苏联小说《叶尔绍夫兄弟》里的一个情节，一个老姑娘责备自己的当年恋人：他被俘了，而没有死在沙场上。

无论如何，倒是社会支柱卡斯腾·博尼克通过坦白交代自己的历史问题来求得良心的平安更具有说服力。（见《社会支柱》，第五卷106页）

可能是受了实用主义的世风影响，我对罗斯莫的要吕贝克去死难以接受。这处理有点不近情理。绝对化的律令就是这样的,它的英勇、它的魅力、它的高尚、它的英雄主义、它的超凡脱俗的伟大性常常是用死亡来体现来证明的。罗斯莫为达到自己的道德理想去死,与曾子正缨后再死(见《东周列国志》),与为刺秦王而献头的樊於期之死(而且樊是在大英雄荆轲向他求头后才献出头来的,而且事实是荆轲并未成功,即于期的献头并未达到目的。)、精忠报国的岳飞之死,都体现了某种律令,某种价值观念:精神的净化、礼、复仇、报答知遇之恩、忠君爱国等的绝对性。而保护了赵氏孤儿的程婴,在成功之后自杀,则是要证明自己的忍辱偷生是为了复仇大事,而绝非贪生怕死,就是说,是为了证明自己不怕死而死。连死都不在乎,这种精神还不纯洁吗?成败利钝又有什么可说!连死都不敢,什么鄙俗的直至伤天害理的事情做不出来!没有任何绝对价值感的人,彻头彻尾的机会主义者是什么事都做得出来的,当然,最伟大的是烈士,最可耻的是叛徒,这是公认的呀!而现今的人们,现今的市场经济的影响,是怎样地鄙俗化堕落化了啊!

(仅次于死的体现净化的方法是禁欲,教皇、活佛、胡志明与林巧稚,都终生不婚。我不知道易卜生笔下的人物有没有选择这条路的。但禁欲的人有可能还俗或苦闷,其绝对化的程度不如献出生命。)

这是绝对价值的悲剧性、郑重性、惨烈性乃至必然性即强制性。

我不知道作为天才剧作家的易卜生对于此类道德理想主义是否也有些质疑。因为在《群鬼》里有曼德牧师的形象,他也是忠于自己的道德理想的,然而,他表现出来的却是不似小丑胜似小丑的喜剧色彩。到了《罗斯莫庄》那里,罗斯莫的老师,渴望着隆重地宣告自己作为思想者的伟大成果的布伦得尔就变成不折不扣的小丑了。天才作家的目光总是更犀利些,他总是能够看到、能够从艺术上达到别人没有达到没有看到,乃至自己也还没有看清楚的东西。

小剧场的演出相当精彩。吕贝克看起来很漂亮也很有心计,你觉得她活得很累。碧爱特的哥哥克罗尔壮实有力,嗓音厚重。罗斯莫"长着"美丽的连鬓胡须,形象颇佳但声音屡弱,举止温吞显得没有什么力度。不知道这是演员条件所致还是导演的有意安排与阐释。

在奥斯陆逗留期间,我与妻就住在当年易卜生喜欢来喝咖啡的宏大酒店(GRANT HOTEL),那里的一些地方标志着易卜生的遗迹。据说易卜生生前每天按时散步到酒店饮咖啡,戴着高装帽子,穿着厚底靴。对易不"瞓"的文坛竞争对手们嘲笑说那是因为易卜生的个子长得太矮。易卜生的这些习惯倒不像是好斗的与不得不斗的斯多克芒。我参观了易卜生故居,听说了一些易卜生懒惰而他的妻子督促他写作的花絮。我更感兴趣的是他与比昂逊特别是汉姆逊的一些互不服气的故事。易与比活着时候便被双树铜像于国家剧院前,易对雕塑满意,但不喜与比昂逊并列,而比昂逊对自己的雕像不满意。浮名烟云,竟也困扰了伟大作家难以绝对免俗的心,这可以理解却也令人莞尔。尤其是比易年轻许多的汉姆逊,总是觉得易碍事。(是不是也有弑父情结?)直到易死了,他的遗属捐出他的家具,汉姆逊嘲讽说:"易卜生的家具只配在民俗博物馆展出。"意即易卜生的品位极差——死了也不饶!洋的文人相轻的故事叫人解颐轻叹。这些故事只不过是故事而已,聊为谈资,并无多大意思。作为作家,各人有各人的光辉,靠作品也只靠作品。相互攻击的结果是随风飘散,无聊。当时间冲刷过去,连得没得诺贝尔奖也显得无足挂齿。易卜生至今活在中国观众与读者心中,远远超过了那两位。据说汉姆逊的小说确实写得好。我国中央实验话剧院也曾到奥斯陆参加易的戏剧节的演出,他们演《人民公敌》的时候表现斯医生受到愚众的攻击,愚众扔下的有可口可乐的易拉罐,这个细节颇受挪威观众称道。这个细节大概可以说明斯多克芒医生的遭遇,至今令人觉得并不过时吧——虽然同样是天才的汉姆逊早就觉得易卜生过时啦。

尤其是易戏里的某些台词,弄不好还以为是为今天的中国人写的,有所"矛头"有所影射呢,读者自己去阅读吧,噱头大大的有噢!

  附记:笔者并非研究易卜生的专家,无意向此领域置喙。我的《欲读书结》话题广泛,谈苏联文学,谈李商隐,谈魏晋文人,谈好莱坞电影等,重在自己的读后或观后感想,重在与古人洋人神交即心领神会处,借他人的灵柩哭自己的块垒。不但有借题发挥,也有浮想联翩、一赞三叹;自然也就不会将笔墨置于某个特定领域的适合于大学一年级新生学习的绪论式概述,特别是常识性的复述,如苏联不仅有过"光明梦"式的文学一种,如嵇康是司马昭所杀,谈嵇康时应该谴责司马昭……拙文说到了的,如有错讹,欢迎并感谢指正;而拙文中没有提到的,幸勿以为笔者与错爱王文的读者就是不知晓或不赞成,特此说明,以免有劳方家唇舌。当然,你可以指出王的"结"算不得学术,也可以不喜欢王的这种文体,那是读者与批评家的正当权利。

1999 年 1 月

革命·世俗与精英诉求

一九九八年十一期《读书》上有一篇极有趣的文章《暗夜里的星光》，作者吴增定在此文中介绍了十九世纪俄国贵族女子薇拉的自传，她策划刺杀了俄国沙皇。此文的最令人会心之处是它对革命的"巨大魅力"的分析——应该说是描绘。我早就多次说过，对于青春，没有比革命和爱情更富有魅力的了，而在某个情况下，革命的吸引力比爱情强大。用我的比较简单化的语言来说，至少是一个因素，薇拉是由于对于旧俄已婚妇女的世俗生活的恐惧与拒斥才走向了决绝的革命。我想起杨沫的小说《青春之歌》，书中女主角林道静在逃婚无望之际被余永泽所救，并从而与余同居。她后来与余决裂（现在更时髦的说法是断裂），不仅是基于政治的冲突也有人生观的冲突：与余厮守下去，必然走向世俗化，生孩子、持家、算计收入支出、对付生老病死，人也就絮叨啰嗦起来等等，这样，没了浪漫，没了戏，读者也不答应。

这一点对女儿身尤其敏感。贾宝玉早提出过问题：为什么好好的一个少女，长大成婚之后就会变得那么庸俗可厌？他与林黛玉在大观园里是反世俗化的，他们失败了。他们没有走向革命，因为在他们身后没有一个伟大的革命风暴作背景。他们对抗世俗化的选择是爱情和殉情；爱情和殉情亦不可得，便只有遁入空门。其实，与革命同样有力地抗拒着世俗化的正是宗教。

最后，逃避世俗化的唯一净土便是死亡。罗密欧与朱丽叶如果不双双身亡,如果有情人终成眷属,结婚五十年后,他们能逃得脱世俗生活的腐蚀吗?

契诃夫的最后一篇小说《新娘》:"新娘"之所以在婚前出走"革命",也是部分地因为对于世俗化的恐惧。您瞧,连契诃夫都由于害怕世俗而把自己的温柔的人物送去"革命"。在历史的某一个阶段,革命的种子革命的土壤就是那么饱满充溢。当然,用契诃夫自己的语言应该说新娘的动机是拒绝庸俗,而世俗毕竟不等于庸俗。世俗一词是中性的,庸俗是带贬义的。某种意义上,契诃夫全部作品的动机都来自对于庸俗的拒绝。在他的笔下,庸俗常常与醋栗、蚝、婚姻联系在一起。所以到了我国,遇罗锦的"童话"里,庸俗的男人没有去欣赏西山的秋光而是只顾排队购买带鱼。大概,心比天高、命比纸薄的女子,最讨厌的就是男人的这种庸俗劲儿。

从反世俗而革命的作品还使我想起了已故日共总书记宫本显治的妻子,大作家宫本百合子,原名中条百合子。她在六十年代译介于我国的长篇小说《伸子》中细致入微地描写了一个不能忍受婚姻生活的世俗性的浪漫型精英型女子伸子,小说描绘了伸子与丈夫、与世俗化断裂的心路历程。她写得真动人。

这里让我们查一下《辞海》,"世俗"的解释有二,一是风俗习惯,一是民间好尚。而"庸俗"的释义是鄙陋、凡俗。再查《辞源》,庸俗的解释同前;世俗的解释一为世间通行的风俗习惯,语出《史记》,一为当代一般人,语出《孟子》。最后查《现代汉语词典》,世俗一条的解释一曰流俗,二曰非宗教(!)的。而庸俗,其解释为平庸鄙俗和不高尚——果然现代汉语的解释就是更现代些,《现代汉语词典》就是编得好。在这些解释里,除属于庸俗词条的鄙陋、鄙俗、不高尚等语有贬意外,看不出它们特别令人痛心疾首的要害所在,看不出"面向俗世"几个字一出就让有志者呼天抢地的道理。世俗的诸义与起源都无贬义,非宗教的云云,还挺进步。庸俗中的凡俗含义,也不带贬义。即使"鄙陋"云云似也没有那么可怕可恶。

于是我反问自己的体验,失之于书只能求诸己,这是我的一贯伎俩。特别是在青年时代,我也是怕庸俗怕世俗如怕瘟疫的;我是常常将世俗与庸俗混为一谈的。我最怕的是自己湮没在俗众之中,怕自己的独一无二的生命重复着俗众的既定轨迹,怕激情与幻想熄灭,怕自己最后会"因一事无成而悔恨……碌碌无为而羞耻"(语出《钢铁是怎样炼成的》)。没有浪漫,还有什么青春?没有青春,还要什么生命?"何昔日之芳草兮,今直为此萧艾也……"我常常吟诵屈原的诗句,芳草,就是浪漫主义与理想主义,而萧艾,就是世俗化。我想,一个人的生存和热情、头脑和价值是需要不断地证明给自己的。而世俗化,就会使精英意识极强极敏锐的知识分子失落对于自己的独特性的证明,就会失落自我。

当然,世俗与庸俗是两个概念,我这里侧重于探讨二者的共同性,侧重于从贬义上讨论世俗。至少二者都俗,都平庸,都缺少对人文精神独立人格的强调和弘扬、缺少理想主义的火光,都形而下,都缺少终极关怀等等。再简单一点说,我曾经认为:世俗与庸俗的要害在于非精英化。

那么非世俗化呢,在中国则是有传统的,孔子的"贤哉回也"塑造了一个非世俗化的精神生活也可以说是彼时精英人物的典型,而孟子早就提出了义利之辩。春秋战国以降,言利都是太世俗了。而言义(或者言道、言仁、言人文精神),自是精英得多。毛主席在宣讲"过渡时期总路线"的时候引用了"群居终日,好行小惠,言不及义,其近道也,难矣哉"的古语。并且解释说,不及义的"义"就是社会主义,而"道"就是党的总路线。

确实,毛泽东是反世俗化大师,他对唯生产力论的批判,他对价值规律与商品经济的不屑,他对按劳取酬等原则的"资产阶级法权"性质的揭露,他对"坛坛罐罐""老公老婆"直到"和平主义"和"活命哲学"的嘲笑,乃至于他对"苏修"的批判,堪称集反世俗化的大成。今人对世俗化的批评还无法望毛泽东之项背。赫鲁晓夫不是因为在匈牙利提到了该国人爱吃的一种牛肉大菜(何等的形而下!)而受尽嘲讽,并被总结为一大罪名:提倡"土豆烧牛肉的共产主义"么!在一九五九年的首批反修檄文中,不断地出现"凡夫俗子""庸夫俗子"的字眼,这透露,修正主义的一个特点,正是它们的世俗性。

陈毅同志依据毛泽东思想提出不穿裤子也要造原子弹,这当然是激愤之语,但也反射出我们的不同凡响的非世俗化豪情。

毛泽东是以革命化为武器来拒绝世俗化的。党所领导的人民大革命是二十世纪中国乃至世界的最伟大事件之一。革命的严峻、彻底、巨大,造就了革命队伍中的崇高无比的理想主义精神,自我牺牲精神,坚定炽烈毫不妥协的斗争精神和极严格的组织性纪律性,空前的集中统一大团结以及在俗人看来是不可思议的利他主义、禁欲主义、艰苦奋斗乃至苦行精神。这些比起世俗的追逐蝇头小利、物质享受,只求"做稳奴隶",不知更强大更伟大凡几!在这种精神下,不能解决的问题全部解决。蒋南翔同志很喜欢举学生运动的例子,他说在国统区,青年们是"大米白面反饥饿",而解放区是"小米窝头扭秧歌"。他认为这是思想工作的功效。其实,这是革命化精神的功效。也许我们可以把革命化的精神总结为英雄主义精神吧。

不断革命也罢,在无产阶级专政条件下继续革命也罢,从生命体验的角度来看,就是要革命化,不要世俗化。革命成功,俗众们很容易产生船到码头车到站,解甲归田,共享太平,过好日子,"老婆孩子热炕头"的思想。毛主席最最警惕此种事态的发生,因为它很可能通向修正主义。对付的办法就是政治运动,特别是"文化大革命"这样的运动,一家伙咸与革命起来,一家伙全民"不爱红装爱武装",看你还怎么世俗下去!解放后几十年,解决个夫妻两地分居问题不知麻烦几何,而发动群众闹革命则驾轻就熟,一点就着。革命化确实是个宝,可以设想,这个"宝"将长期为人们所用,例如一九九八年抗洪,革命化的威力再次呈现出来。

薇拉、林道静、宫本百合子的经验告诉我们,精英式的对世俗化的拒斥,可以通向革命。(革了命以后又会变成王实味式、美谛克式的"叛徒",这是另外的问题,这也是精英们的悲剧性和革命自身的悲剧。)而毛泽东的实践告诉我们,坚持革命化,可以拒斥世俗化。他们殊途而同归。

或许我们可以假设,通向革命的动机要者有三:一是被侮辱与损害者为了生存、为了拒绝死亡,一是精英们为了崇高为了拒绝世俗和庸俗,一是政治家为了掌权以实现自己的政治纲领拒绝在野拒绝任人摆布。他们可以相交融相激荡三位一体,也可能发生龃龉。

当然,仅仅是知识分子的追求崇高并不足以激起一场革命,首先是社会的阶级的民族的各种矛盾打成了死结,除了浴血一战别无出路,这时候才会有革命,这时候也才会有拒绝世俗的知识分子走向革命,没有这个社会背景,再拒绝世俗也是革不成命的。

过分地膨胀革命化这一命题、过分夸大它与世俗生活的矛盾是不正确的。"宁要社会主义的草,不要资本主义的苗"就是谬论一例。"文革"是这一类荒谬的登峰造极。反世俗性不要反过了头,这是五十年来全民族的一个重要经验。其实毛主席并不是完全拒斥世俗化的。他批评王明不懂得人要吃饭,打仗要死人,这也是用世俗的常识来批评革命精英的空谈。毛主席还在《关心群众生活注意工作方法》中提出要用百分之九十的力量给群众谋福利,以百分之十的力量向群众"要"这"要"那,这说得也很从俗。我还想说句笑话,斯大林式的"重工业优先"是高度革命化的,而我们的"农轻重"顺序就世俗多了。毛泽东在"文革"后期讲什么"水至清则无鱼,人至察则无徒"的古训,也说明了他老人家并不是一味理想一味形而上的,他老也有"低调"的时候。邓小平讲黑猫白猫捉住老鼠就是好猫,讲贫穷不是社会主义,讲社会主义的主要任务是发展生产力,讲摸着石头过河以及搞市场经济,那就更符合世俗的常识,却不见得那么符合宏伟教条的自封守卫者的心愿了。

改革开放以来,生产发展,人民生活水平提高,然而同时我们面对的是一个愈来愈世俗化的社会。物欲、私欲这些长期以来装在瓶子里的魔鬼，在相当程度上解了禁，释放了，从而人欲横流起来啦。这使革命理想主义者，道德理想主义者，自由民主理想主义者都不舒服。其实，富有几千年的重义轻利传统和一个世纪以来的革命传统（把黄花岗七十二烈士等的传统也包括进去）的祖国内地，不可能完全彻底地世俗化，再化也永远化不成港澳台或东南亚国家那样。我们这里不是也报道过歌星的发烧友吗，曾几何时，发烧者的体温，不是已经大大地降下来了吗？

注意，世俗化在这里只是一个相对的概念，而且我不能注上它的拉丁语原文，因为我习惯于用原生的而不是翻译的概念。以商业广告为例，它唤醒的是一种消费的欲望，而不是革命的或道德的或终极的理想。所以我认为，商业广告的泛滥带来的是世俗化的压力与冲击力。这种情况下强调两手都要硬、强调精神文明建设，是匡正与平衡的一个措施，也是因应世风日下道德滑坡的指责的题中之意，虽然这些因应措施的效果如何还有待考察总结。惊呼与我当时理解的（以意大利文艺复兴中的解释为参照系）不同的人文精神的失落，强调发扬那种人文精神则是精英们面对世俗化的抗拒与因应措施。我现在比三年前仓促卷入讨论时更加理解和同情这些朋友们了。我想我所质疑的主要是"失落"而不应是"人文精神"本身，虽然至今人们对"人文精神"的诠释远远不能令人满意。他们的诉求对于保持一种精神生活的张力，警惕某种新的堕落蜕变的可能，也是有启发乃至警示的意义的。但目前我们与林道静（薇拉、伸子）们面临的问题或有可比之处，背景却大不相同，她们处在前革命或革命高潮之中，而我们面对的是一个后革命（指"一个阶级推翻一个阶级的暴烈行动"这个狭义解释）的中国。这样的人文精神的源泉到哪里去找，我们的探寻和讨论就比林道静们那时更复杂得多。人们其说不一，有的认为它存在于某个民族的某个教派中；有的认为存在于野地和大自然，存在于农业文明中；有的认为它存在于民间；有的认为还得从不可企及的典范鲁迅那边去继承发扬。最近,更多的精英知识分子发现它们储存于西方马克思主义、法兰克福学派或后现代主义之中,储存于社会民主主义之中;当然也有许多优秀的人文知识分子认为仍要到启蒙主义,到"五四",到德先生赛先生那边厢去寻找人文精神的滥觞。更有认为这种精神要到东方文明到天人合一到儒道互补里挖掘弘扬的。众说纷纭,反映了知识分子们缔造精神大厦或精神圣殿的努力,很庄重、很动人也很有趣,很不成熟。

人文学者强调人文精神,这本来和商业家强调商业精神,科学家强调科学精神,政治家强调政治挂帅一样自然和合理。其实人文精神未必是人文知识分子的专利。日本百货业企业家五十岚由人提出著名的命题"商道即人道",他本人灌唱片更著书立说,热衷于进行道德宣谕。而诺基亚公司的口号是"Human Technology",我们译作"科技以人为本"。这说明,人文精神可以是纯精神的终极关怀(?)起码也还可能是包容着具体的物质的内容的更亲切贴近得多的一种亲和而非排他的精神,即包容一种常识性世俗性的精神。认为经商或搞科技就一定背离人文精神,不免过于绝对。《现代汉语词典》解得好,世俗的对立面是宗教,而不是一切精神财富或价值系统。至于宗教或信仰主义,是否就体现了人文精神呢,这恐怕很可疑,因为它们(包括现代迷信)突出更多的是神或信仰而不是人。认定世俗的注定是反精英的,那是我二十二岁以前的心情。意大利文艺复兴的要旨,恰恰是从彼岸的僧侣性向此岸的世俗性的转变。

本世纪末人文知识分子也在树立新的榜样,例如陈寅恪和顾准。同时有一些人出来不断责备例如郭沫若和痛骂自己的父辈或整体中国知识分子特别是作家骨头太软。但是离开了中国革命运动的背景,这一切孤立的鼓吹或者责备都显得只知其一不知其二。

须知知识分子的革命化正是中国人民革命的一大特点。与十月革命后一大批人文知识分子出走不同,一九四九年十月前后,大量中国知识分子冲破千难万险回归到革命胜利的中国。这不仅是一个价值选择，更是历史的必然，并不是权力意志强迫中国知识分子革命，而是一大批中国知识分子特别是中国作家(包括沈从文，请参看《纵横》杂志的有关文章)选择了革命，义无反顾。设想那时候人们会以陈寅恪为楷模，那是隔代做梦。当时中国知识分子以理想化的心情走向革命，其壮美远远胜过上山下乡或者守护野地或者到欧美去服膺法兰克福学派。至于知识分子选择了革命，也经历了许多坎坷、许多尴尬，以至于给某些人以三十年河东、三十年河西，疏离了主流才更行时之感，这是后话。中国知识分子在对待国民党的统治上从不软骨头。无视和不理解这一段历史，情绪化地涂抹这一段历史，从愤激到愤激，以为这样就是继承了鲁迅，这可能是把学习鲁迅简单化了，这可能与鲁迅的清醒无法相提并论。

近来关心中国的现状及知识分子的使命的讨论渐渐热烈和多样起来，这当然很好。谈中国，似乎无法不去碰中国历史与中国现实的一个基本之点：即中国经历了一场伟大与严峻的革命，中国是坚持共产党的领导和人民民主专政的社会主义国家，中国断然拒绝了全盘西化，从来不接受西方的话语霸权，从来对西方话语霸权深恶痛绝。中国的政治经济现状与西方发达国家相去不知凡几，与苏联国家与东欧国家也相去甚远。从主体上说中国并不存在(社会主义的)历史已经或正在终结的问题。再有，近年来社会民主主义在欧洲也行时，英国、德国都已改由工党、社会党执政，更不必提北欧国家和加、澳、新这些传统上常常是社会党执政的国家与某些伊斯兰社会主义国家了。断言中国的绝大多数知识分子已经心照不宣地接受了资本主义与自由民主的终结性霸权，起码不比断言中国的绝大多数知识分子热爱党和社会主义更靠得住。可以说福山是一厢情愿，但福山的语境毕竟与我们难以相提并论，这个区别实难略而不计。至于说中国知识分子已经听了福山的，因而需要挽狂澜于既倒，这种概括也不像是很切实。离开了特别的中国去分析一体化的人类与历史，这算是接受了还是拒绝了西方的话语霸权了呢？认为中国经济既然正在融入世界,中国的问题就与世界其他地方没有二致,这是不是太"宜粗不宜细"了呢?这是不是太西方中心了呢?这究竟是在多大程度上与我们的现实我们的历史搭界呢?

对所谓民主自由我也有一些糊涂,民主自由不仅是一种政治理论也是一种世界观,它似乎是应该以注重相对性与多元性为其哲学的基石的。说一句跟着感觉走的话,民主自由的概念以及社会公正、保护劳动者的利益的概念是世俗的概念而不像是反世俗的概念——是否如此,请方家教之——它注意保护少数尤甚于服从多数——其实愈是不民主的地方愈容易出现以压倒多数、绝对多数乃至完全一致的名义对少数进行压制。一种痛恨世俗提倡绝对理念的排他的自由民主,是真的自由民主吗?

为什么我们的思想资源这样有限?为什么我们原创的东西这么不足?为什么我们的概念与模式包括批评"后殖民"批评"西方话语霸权"的模式多是引进?以为全面民主的社会主义是我们的创造,那是误会。前面讲到了欧洲澳洲等地的社会民主主义,其实戈尔巴乔夫也早就提出了民主的人道的社会主义的说法。至于说到人权,它不仅是政治权利,更应该包含经济的与文化的内容。我们的一些朋友讲的还不如我国外交部讲得更透彻更鲜明。舶来也好、接受也好,也罢,见先进就学嘛,学到手了就是咱们自己的啦。问题在于怎么让引进的好东西和咱们的生活咱们的现实咱们的历史联系联系呢?一种理论的魅力难道不在于它意味着对于生活的某种新的发现么?一进入现实、生活、历史,创造性不来也得来啦。我这样说,是不是太平庸了呢?我缺少从学理上参与讨论的能力,我只是说一点观感来求教罢了,请有学问的友人海涵。

再说,革命、世俗与精英诉求三者之间,并不总是对立的。革命者和精英们理解人民大众的正当世俗愿望,并为满足人民的这种要求而努力而献身,实在无伤于革命和精英,而正是革命与精英之所以为革命与精英的题中应有之义。因为你再伟大,也还生活于俗世,离不开世俗呀。世俗化，在经历了一次翻天覆地的革命之后，很多情况下是与正常化与和平与稳定与发展生产相联系的。当然，世俗化的局面下也会产生革命高潮中所没有的问题。世俗化的同时我们照样应该珍重与发扬革命化的传统精神，也要注意并尊重精英们的精神诉求，提高自己的与社会的精神品位。搞得好了，文明、富裕、进步、公正、繁荣……既是革命的与精英们的追求，也是世俗的人众的普遍期盼。世俗的对立面并不注定是道德，世俗也有世俗的道德，旧中国的买卖人也讲究言无二价、童叟无欺。至少，三者有时候可以并行不悖，三花齐放。在西方，更多的时候世俗与精英们是保持井水不犯河水的状态的。它们的社会比我们世俗化得多，但精英们的情绪好像并没有那样激动。至于一个国家一个民族彻底的精英化，营造一个君子国，则古今中外都是没有过的，虽然在这方面保持一定的批评态势是有益的。总之，我们对于世俗化，恐怕还得接受、包容、引导和提高或暂时挂将起来而不宜一味咒骂拒绝。

当然，这里说的接受和包容是指接受包容"当代一般人"（义出《孟子》，见前）的过好日子的要求，指老百姓的物质利益与风俗习惯，指无害有益的大众传媒大众文化服务，诸如居住权迁移权择业权隐私权等等俗人们的自我保护和自行选择的权利；而绝对不是指世俗化中恶性至少是负面效应这一面（这些究竟是世俗化的时症，还是在世俗化态势下更易暴露出来的宿疾，我还搞不明晰），不是指"人欲横流"中流出的邪恶、腐败、贪婪、掠夺、假冒伪劣、倒行逆施、言行分离和种种犯罪与堕落现象。对于这些新出现或改变面貌出现的问题感到激愤，口诛笔伐，当然是正义的，近年来我读过不少这样的文章并感谢它们帮助我打开了眼界，提醒我注意这些新的问题而不是只盯着老问题不错眼珠；我感到困惑的只是，把上述这些严重的问题归因于现代性、全球化、启蒙主义、科学主义、后殖民、亨廷顿或福山，并以法兰克福学派、福柯、马尔库塞……为处方抵抗之，能点到穴位上吗？说它们出之于权力崇拜、以权谋私、国民素质低下、体制和法制的不完备不成熟和缺失以及社会经济文化急剧转型中的道德与价值失范——其中一些带有封建性即不现代、前现代或初现代的问题——会不会更贴切一些呢？我们的问题，当真有那么超前了么？

至于革命化，要维护发扬，不能一笔抹杀，不能一厢情愿地无视这个大背景，也不能人为制造，不可把革命化的要求与人民群众的实际利益对立起来。对于精英诉求只能尊重理解思考、从容探讨、百家争鸣，不能一言不合就必欲除之，也不能要求这些诉求都具有可操作性，不管你是圈里的或圈外的人士。因为精英们的自由思辨是以允许出现种种超前性、欢迎这种超前性和批判性乃至允许种种匪夷所思、片面的深刻肤浅的表述甚至智力游戏为前提的。如果精英之间也搞听不得不同意见，如果学术意见的不同带来的是人际反目，那只证明我们侈谈很多好东西还都为时过早。人文知识分子可以致力于为天地立心，为生民立命，也可以致力于更切实和具体而微的工作。二者都可以是伟大的。世界上那么多作家得了诺贝尔文学奖，并没有听说他们都是该国该人民该民族的良心。一个健康的现代人是不是那么渴望以巨人的良心为良心而不相信自己现有的良心，这还是一个问题。从精英中产生鲁迅式的精神巨人的背景现在在中国有所不同，再急再骂也是枉然。现在也会产生大作家，但绝对不是以往人物的克隆。到底现在理想的知识分子栋梁是什么样，出来了就知道了，经过一段历史的考验就知道了。与其责备别人不够硬骨，不如自己硬个样子。郭沫若起码在重庆留下过硬骨头的光辉记录。这方面宣言和责备的作用实在有限。以福柯的尺度为剪裁的依据，说不如何如何就不算知识分子，据方家告我，福柯的主张恰恰与我们的言必称福柯的朋友们的立论相反，说是福柯连"精英""知识分子"这种概念也是怀疑和批评的。这种以所谓福柯的名义将不合意的学人逐出族门的做法，实际意义恐怕有限。对待知识分子的衡量判断，能不能搞一元化一刀切，最好考虑考虑。至于个人的品位节操，你当然可以坚强地保持着与俗鲜谐的高格调、极高格调，这是你自己的事，只要你不以此为尺度去剪裁和抹杀生活和公众,人们会对您表示崇高的敬意。同时,可不可以大雅若俗、大洋若土呢?可不可以在亲和与理解世俗、珍重与传承革命的同时保持精英的高质量、对丑恶的不妥协与独立人格呢?谁说不可以?

1999 年 4 月

读《大浴女》

  这是一本相当纯粹的小说。它的人物好像回到了原初的状态，即使不太好的人如方兢、如白鞋队长的为恶也只是停留在动物的本能层面上，他们也带着几分小儿科气。而最最扭曲的以女人的身体做代价换取某种"恩惠"——如开病假条、如招工——的故事，这种情节在旁的书里会是令人发指的控诉，而在本书里是女方的主动，而且里面混合了女方的本能，所谓幼稚的计谋和天真的放荡，不那么令人痛心疾首。倒是一些人的原初欲望的后果十分惊心动魄，社会、政治、家庭……都会给原质的人找麻烦，都会形成巨大的压力，摧毁本来并不复杂也无大恶的人生。

  这当然是人生版本之一种，正如《三国演义》把人生政治化权谋化也是人生版本之一种。《大浴女》使我们面对原初的天真，面对生之快乐，面对一种纯洁和纯粹。顺手一击的社会背景描写并没有减少批判的力度。但更惊人的是即使在那个物质匮乏精神荒芜的年代，生活仍然是那样有声有色而趣味盎然，人性仍然是那样五彩缤纷而澄明透亮，情感仍然是那样热烈赤诚，悲欢仍然是那样可歌可泣，精神世界仍然是充满了真实的惶惑、追求、升华，叫做被作践了的嫩芽"成全了一座花园"。

  是的，嫩芽被作践着，花园却是美丽的，"内心深处的花园"一节写得堪称绝唱。让我们来欣赏这座花园吧。

由于个人的阅读口味和习惯,更由于儿时受到的教育,我不怎么容易接受《大浴女》的书名,也不易接受书里某些比较露骨的感官的描写。但读过全书之后,它在相当程度上说服——征服了我。它侧重表现的是尹小跳等一些女性的人生追求和人生遭际,其中包括灵与肉纠缠在一起的生死攸关的精神寻觅、道德自省、尊严维护、感情珍惜与价值掂量,对他人直至对社会的态度(例如小说表现了方兢的仇恨心,反衬出了尹小跳的爱心与善良),再就是对各色人等包括一些男性的精神的解剖分析。书里的主人公尹小跳是一个有强烈的几乎是超常的生命力量的人,包括智慧、热情、道德感和对生活的感悟能力。她一次又一次地追求,她拥有许多幼稚、错失、真诚、愿望、悔悟、倔强,她遭受到了背叛、欺骗直到无耻。她的种种无奈使她终于与陈在走在一起(后来又终于分手)。当他们在一起的时候,发展到比较强烈的肉身的结合,这是必然的与合乎情理的,是身体的同时也是精神的现象,这里表达了作者的坦诚,表达了作者对于读者的几乎是过分了的信任,读到这里你感到的是一种纯粹和升华而不是别的。这就与感官刺激与出卖隐私区别了开来,也与装模作样雾里看花区别了开来。这些描写使人感到了尹小跳的炽热与率真,缩短了读者与人物的距离,表现出小跳的热烈、活跃、聪慧与终究保持住了的精神的纯洁。要知道,欧洲的美术中,天使也都是赤裸裸露着屁股蛋子的。

当然也可以设想另一种选择,一种更矜持更含蓄的写法,更象征也更审美的处理,作者有选择自己的写法的自由,读者评者也有设想另一种处理的可能的自由或者是权利——而另一些读者致力于在阅读中满足自己的窥视欲。许多精彩的文本都带有揭秘的性质,都在把遮蔽的帘布打开,虽然遮蔽的内容不同,可能是政治,可能是家庭,可能是黑手党也可能是人的生理性隐私。

于是我想起了一个我在美国看过的传记影片,它描写一个钢琴家的一生。这个钢琴家在充斥着商业与通俗气味的百老汇大红大紫。为了搞卖点造噱头，他出场的时候甚至是跳伞运动员般地自天而降，歌星一般地闹上一大堆花里胡哨的灯光和雾气，如此这般他推销了自己的钢琴演奏。

作为一个过气作者，我以老朽的心态担忧《大浴女》的那部分比较直露的写法变成某些人心目中的卖点和噱头。读完了，却觉得他们会因之提高而不是降低阅读趣味和精神品位。如此说来，这样写还是得大于失了。是么？然而，知止而后有定。我最喜欢给别人题的词就是这两个字："有定"。这几句话不算评论，它只是一个老熟人的不合时宜的个人心思。

与其他有些女作家的一个重要不同在于：第一，铁凝是一个把自己放在书里的作家，你从书里处处可以感到作者的脉搏、眼泪、微笑、祝祷和滴自心头的血。她在作品里扮演的是一个抒情者、倾诉者、歌哭者、狂笑者、祝福者或者呐喊者。她与书中的人物互为代言人。你读了书就会进一步感知与理解作者，直至惦记与挂牵作者。张洁也是这种类型的作家。而另外有一些作家，你从她们的作品里可以知道许多东西，除了她们自己。她们在自己的作品里扮演的是观察者、叙述者、勾画者、解剖者、批评者、嘲笑者，最多是同情者。你分明可以感到这类作者与作品的布莱希特式的距离。这里绝无高下之别，毋宁说后一类作家更现代：酸的馒头（sentimental）的时代毕竟已经过去了。读这样的书会觉得佩服，会拍案叫绝，会沉吟不已，却永远不那么牵心动肺。读完《大浴女》，则觉得心怦怦然，觉得到底意难平，觉得仍然惦记着尹小跳、唐菲、俞大声，直到章妩和尹小帆。

另一个更个人的特点是，铁凝的作品里虽然也不乏大胆的描写尖刻的嘲弄，不乏对灵魂的拷问，但是给人印象至深的是一种生活的甘甜，是一种人的可爱，是穿越了众多的苦涩和酸楚之后，作者的比一切失望更希望，比一切仇恨更疼惜，比一切痛苦更怡悦的爱心和趣味。她总是津津有味地兴致勃勃地乃至痴痴诚诚地直至得意洋洋地写到人，写到爱情，写到城市乡村（作者是一个既善于写乡村又善于写城市的作家，我知道不止一个年长的文学人更喜欢她的写乡村之作），写到平常的日子，写到国家民族，写到党政干部，写到画家编辑，写到穿衣打扮、购物吃饭、出国逛街、读书执炊，甚至尹小跳开电灯、钻被窝与骑凤凰车也写得那样有兴味，不是颓废的享乐与麻醉，而是纯真的无微不至的活泼与欣然。读完了，人物们再不幸也罢，人生与历史中颇有些不公正也罢，事情不如人意也罢，命运老是和自己的主人公开玩笑也罢，曾经非常贫穷非常落后非常封闭也罢，你仍然觉得她和她的人物们活得颇有滋味，看个《苏联妇女》杂志，看个阿尔巴尼亚故事片，都那么其乐无穷。她的作品里基本上没有大恶，没有大绝望也没有大愤激。有痛苦但不极端，有嘲笑但不恶毒，有悲伤但不决绝，有丑恶但不捶胸顿足，有腥臭但不窒息。怨而不怒，哀而不伤，乐而淫，淫而止于当止。不颓废，不怎么仇恨，也没有那种疯疯癫癫的咒骂。也许在字里行间你还能体会到作家的人物的一种生正逢时生正逢地的幸福感，包括对于国家社会福安市的一切进步的自豪。回顾铁凝的其他作品，她的人物有时善良得匪夷所思。五年前我举过她的短篇小说《意外》为例，一个乡下女孩子在城里照相被弄混了照片，她领到的是另一个女子的照片，她居然没有对这种不负责任的商业事故愤怒，反倒是欣赏那个陌生人的照片，并告诉旁人那是她嫂子。在另一篇小说《喜糖》里，被新婚夫妇冷落了的主人公，宁可自己买喜糖送给自家，以维护新婚者的形象。还有一个短篇《我的失踪》，更是把一次追窃贼的经验理想化浪漫化快乐化。你再无法想象世界上有第二个人写这样的题材用这种调子这种方式，这是我国小说的一枚奇果、一个变数，可惜没有任何人注意过它。

　　到了《大浴女》这里，这种特点更明显了，虽然小说写了那么多痛苦，虽然尹小跳似乎一直背着沉重的十字架。让我们举一个给人深刻印象的例子：方兢"抛弃"小跳以后，托唐菲给小跳带去一枚钻石戒指。小跳把戒指随手向后一丢。这样的情节无足为奇，毋宁说是相当俗,《雷雨》里的侍萍对待周朴园的支票也是一撕了事。但是这里表现了铁凝之所以是铁凝,她写的是,这枚戒指一抛,正好挂在了一棵树的枝头上,然后尹小跳就想,觉得树像女人,它们最适合戴上这样的戒指。写得好浪漫、好俏皮、好铁凝!只有写过《哦,香雪》写过《村路带我回家》写过《永远有多远》的铁凝才会这样写,这叫做独一无二这叫做美善惊人。小跳被方某欺骗和抛弃,小跳有屈辱感,接受了戒指就更屈辱了,所以要抛掉,不抛掉不足以消解屈辱。但又让树枝接受了方兢的馈赠,这就同时又消解了愤怒,并没有完全否定方兢的情,挂在树枝上的戒指既是对方兢的报复也是对方某的慰安,亦即对小跳与方兢的这一段故事的慰安和超越。小跳终于跳出来了,仍然有情有义,仍然充满了美感其实是某种程度的原谅,也就是自身的最大安慰,睚眦必报的人自己生活得一定很痛苦。当然,小跳也并不是宽容得昏了头以至丧失了否定的能力,像某些刚刚学会做人生的四则题的大头娃娃设想的王蒙那样,宽容成了无能与怯懦的代名词。尹小跳后来对方兢的"精神与心理的落魄"的发现与洞察,实在是令方兢愧死——如果方兢还有所谓愧感的话。

　　我曾经说过,写出《哦,香雪》那样的作品的人是幸福的。我也曾表达过对这种乐观(如果可以说是乐观的话)和天真的希望。在一九八五年拙作《香雪的善良的眼睛》中,我说:"她(指铁凝)应该在不失赤子之心的同时,艰苦地、痛苦地去探寻社会、人生艺术的底蕴……作家的善良应该是通晓并战胜了一切的不善、吸收并扬弃了一切肤浅的或初等的小善、又通晓并宽容了一切可以宽容的弱点和透视洞穿了邪恶的汪洋大海式的善。真正的高标准的美是正视生活和人的一切复杂性、艰巨性的美。真正的喜悦应该是付出了一切代价、经历了真正的灵魂的震撼的喜悦。真正的艺术的天国只有通过泥泞坎坷的道路,有时候甚至是通过地狱才能达到。"回顾五年前的这一言说,除了我为自己的"王蒙老师"式的大言不惭的口气而汗颜以外,我觉得我可以就用这些话来评价《大浴女》,只是要把动词从未来时改成现在完成时，从 should be 改成 has been。在读完《大浴女》之后，我不平静地却又是欣慰地想，铁凝已经做到了。

尹小跳——一个给人以印象的名字——到了书的结尾部分，有一种平静，有一种超越，有一种悲悯更有一种清醒。长篇小说的结尾是很难写的，但是《大浴女》的结尾却像一个电影镜头一样地深深地刻印在读者的心头。我们可以说，尹小跳后来像一个圣人，像是成了观音。这当然是一种理想化的描写，也仅仅是精神上的自我完成。但这仍然是非常铁凝式的处理。我们可以比较一下一些别的作家，他或她的作品中弥漫着多少难解的（哪怕是抽象的虚拟的解一解）牢骚和怨毒！

而尹小跳有两个大的理论基础，一个是原罪与救赎的观念，为了尹小荃的死，她的良心从来没有平安过。这是一个触目惊心的处理，虽然对之过分的理论化也不免令人生疑：果真人性中就没有原生的善良么？一个不认为自己罪孽深重的人就不能出现强烈的向善为善的内心需要么？让我与尹小跳抬个杠：是有了善的动机才有忏悔，还是有了忏悔才有善的动机呢？这起码是一个鸡与蛋孰先孰后的无解的悖论难题——我们看到过的，我们周围的做了坏事害了别人而绝不后悔的汉子已经太多太多了。

尹小跳的第二个理论基础是弗洛伊德的精神分析。尹小跳这个人实在是太聪明了，她洞察别人的与自己的一切隐秘的不纯的动机。作者并不原谅尹小跳，作者甚至写了尹小跳为了办某种事不惜托唐菲去用不道德的手段以求达到目的。她没有像某些作家那样拼命在作品中鼓吹一个美化一个悲剧化一个，然后攻击另一个糟践另一个漫画化另一个。小跳应该算是相当老到了。书中对于方兢的描写实在是很有深度。由于政治潮流也由于我们的小儿科式的大众化人物观念，一般文学作品对于受过迫害的那些人是给以相当正面的悲剧化处理的，而那些被错划过右派被关入过大墙的人也无不自然而然地扮演起了背负十字架的圣徒角色。但是,苦难在使一些人升华的同时,也使一些人堕落,方兢的苦难抹掉了他的差不多所有美好的情愫,而造就了他的厚颜、贪婪、冷血、自私。用书中他自己的话,就是说苦难加基因使他变成了一个不折不扣的无赖。小跳(经过一个过程)特别是唐菲(一眼)看穿了他的真实与可怖的内心。另一个人物是尹小帆,也写得令人不寒而栗,尤其是,尹小跳是怀着姊妹之情来看出小帆的浅薄、虚荣、自我中心和充满嫉妒的。

但是,小跳是不是偶尔也太聪明了呢?人至察则无徒,小跳连唐菲为她两肋插刀进京找方兢的动机都要分析一番,未免不憨厚了。小跳对尹亦寻的"嫉妒"的揭露也给人以过分的感觉,女儿能够这样与父亲说话么?我怀疑。一个生活中的人也好,一个作品中的人物也好,是明察秋毫、纤毫毕见好呢,还是有所见有所不见,有所清晰有所难得糊涂好呢?五年前我表示过对女作家的"洞穿"的期望,如今,我又被这种洞穿吓住了。好为人师的王蒙就是这样出尔反尔?至少,全知全能的上帝一般万能的作者,在自己的书里精明就尽情尽兴地精明下去吧。(在书里精明万种的作家,实际生活中未必精明,书里的明察秋毫与实际生活中的滴水不漏其实是两路功。)但请不要让自己的人物也一样的全能,一样的明察秋毫。千万千万,给自己心爱的人物留一点混沌、留一点迟钝、留一点懵懵懂懂的荒芜吧,不要让心智的B超和CT把一切一切都放到透视镜下吧。拜托了。

还有几处阅读时激起我与尹小跳抬杠的欲望。其一,小跳对母亲公正么?为什么从小章妩在小跳面前就像是一个顽童在严师面前一样?在那个时代,对病与病假条的关系,聪明的小跳论证起来就教条主义到那种程度?在铁凝的(还有残雪的)不止一篇小说里母亲扮演着颇不正面的角色。小跳为什么不反省自己对章妩的态度?章妩与唐医生的关系如果是不对的,那么小跳与方兢与陈在的关系呢?为什么一个有夫之妇与第三者如何如何就那样令小跳反感,而小跳自己却可以与有妇之夫如何如何呢?这里边有没有性别歧视和双重标准?

不知道作者的原意如何,尹亦寻的描写令人不快。他太阴沉了,他怎么能够在小荃的死上做那样的文章!太不可爱了。顺便说一下,我至今不知道什么叫奶潽了不是奶开了。他对章妩洗黄瓜的老爷式的指责也是不可接受的。

其二,则是小跳对于妹妹小帆是不是也太洞察了?妹妹毕竟没有有意地做什么伤害小跳的事,她的那些小伎俩,她的那些与姐姐攀比的小心眼,非大恶也,更多的是人之常情,属于人性弱点女性弱点的题中可有之义。最后小帆用那种腔调出现在麦克那里,太恐怖了。小跳不是已经认真负责地拒绝了麦克了吗?何必对小帆在那里反应得如此强烈?

还有在小跳与方兢的关系上,作者写道:小跳曾经"希望方兢得到她",这个说法与方兢对唐菲说的"我同意你吻我一下"有没有某些相似之处?男女的结合,如果说得到,是互相得到,如果说委身,是彼此委身,如果说献出,是相对献出,如果说占有,是你我占有。只有绝对的男权中心,才可以讲男人是获得是"占了便宜",女人是受了欺负,是被占有了。当然,由于男权中心社会并没有绝迹,在男欢女爱中,女性似乎付出的更多,痴心女子负心汉的故事似乎更有代表性,而以准流氓态度玩弄女性的男人确实也比玩男人的女人多。这样,在男女之事中,女人就变成了被得到被占有的一方。这是后果,是不公正的表现,但不是实质,越来越不是实质。何况《大浴女》中是小跳先给了方兢半个吻,也就是小跳先得到了方兢的半个吻。

请原谅我对于小跳的强词夺理,因为这个人物的描写打动了我。

上述的情爱中的男女对等关系是理论上态度上预设上,生活里则加上了别的因素。《大浴女》对方兢的描写堪称栩栩如生。没有社会与情爱经验的尹小跳投入方兢的怀抱,客观上是羊向狼的献礼。那么,能不能问一句,羊为什么要向狼献身?再问一句:尹小跳为什么总是不幸?

小说的回答是由于原罪,由于童年时期小跳对于章妩"乱搞"的结果及妹妹尹小荃的死负有良心上的责任。这很沉重、很深刻,然而远水未必完全解得了近渴。小说没有客气,它写到了小跳的"虚荣心和质朴到发傻的原始的爱的本能"。到这儿,小说的洞察与挖掘戛然而止。

都说小说对于女性的描写十分到位,是的,这诚然值得赞美。写得太细太专太女性了,读后又不免产生惶惑:什么是女性,什么是女人?首先她们应该是与男人一样的平等的与独立的人啊,她们是性别的人即性的人,同时也是社会的人自然的人文明的人政治的人与阶级的人。在铁凝的某些小说里,为什么女人的价值要表现在被男人接受、欣赏和依恋里?通体放亮的《大浴女》,就不可以穿上钢盔和防弹衣么——如果生活里确实充满了战斗的话。作者的另一名篇《秀色》这一点就更加突出,尽管此作用了许多时代的生产的政治的与道德(大公无私、奉献精神)的背景乃或包装,其核心情节却是美少女张品脱光了让李技术员抱着看。就是说女性的价值乃至奉献是在男人的观赏和爱抚中实现的。这岂不是太男权中心了吗?尹小跳对男人的许多思想活动,都表现了或流露了一种依附感,表现了一种对男性的仰视和对同性的挑剔与苛刻——这样说是不是太过分了呢?尹小跳那么重视自己是来自北京的,说话不是福安味儿的,她去过美国,逛过圣安东尼奥……这里头流露了一点什么信息没有?这里与开初的对方竞的仰视有什么关联没有?(抱歉,这有点在小组会上追查思想根源的酷评味道了。)小跳一直被陈在叫做小孩儿,叫做懒孩子,唐菲则被她热恋的舞蹈演员叫做"小嫩猫小肉鸽小不要脸",这是偶然的么?虽然写了那么多女性却缺少当今社会的抗争性极强的女权意识,因此不由得不尽情透露出女性的细腻、温柔、漂泊与依附心理。这些是男权社会中男子所喜欢于女性的并始终是如此这般地塑造女性的,但却不是一个理想的现代女性所需要的全部,女性也许更需要独立、自信、奋斗和内里的刚强,与男性至少是平起平坐的感觉。是的,尹小跳最后终于显示出了她的刚强的一面,她对方兢的最后一句话是"你让我过去"。天啊,太精彩了,方兢到这时候只是一个绊脚石啦。然而,难道她的心胸与视野就不能更伟岸些更阔大些或者更强硬些吗?羊何必那么崇拜一只虚幻的狼的伟大?太热衷于弗洛伊德了,会不会遮蔽一个人物的目力和思维呢?

　　抬杠云云已经过于膨胀,这也是文字的魔法所致,抬杠本身会繁衍抬杠,文字会衍生文字,以致超出了预期与实质。但这也至少说明了一个问题,即《大浴女》是动人的,有的地方像一根刺一样,刺痛了读者,搞得读后不能已于言,读后想说一点,再说一点,再多说一点。

　　《大浴女》其实是够沉重的了。却原来一个人从生下来就承负着那么多自己的和别人的包括上一代人的和社会的罪恶。这种种罪恶是混沌的,有的是自身的罪,有的是被认为的罪,其实不一定是罪。然而,把不是罪的认定为罪并要当事人承担罪责,这本身又成了大罪,罪恶感就是这样的无处不在!想到这一点读起来觉得惨然肃然。唐菲的命运堪称可怖,她与小荃一样似乎压根儿就被取消了生的权利。她的母亲在"文革"中的经历固是特殊的政治运动使然,却也是长期积淀的道德文明与习俗的力量的结果。人类可能压根儿就有自虐和他虐的倾向;当然,这也是悖论,我们想不出一个全能的替代方案,小说未必有意颠覆这种婚姻与两性关系上的全部人类守则,当所有这些规则都被推翻之后,也许人类面临的是新的罪恶。唐医生的结局——赤身裸体地从高烟囱上跳下来,不是小跳而是大跳,也不能说不是一种控诉。这样的自杀方式不很新奇,生活中作品中都曾见过,但本书的安排却产生了一种荡气回肠、肝胆俱裂的强效应。章妩的无奈与自责只能使读者同情她,一个母亲、一个妻子、一个女人、一个公民,几重身份的义务与规范已足以撕裂她的平平常常的灵魂。智力一般乃至不够用,总不能算她的人格缺陷,可惜作家没有真正地钻到她的灵魂里写。小帆客观上是无法比得过她姐姐的,这其实是人生的一个无解的难题，同样的境遇、同样的心气、同样的素质，但是两个人仍然永远不会平衡，心理不会平衡，命运不会平衡，才具不会平衡，精神力量也不会平衡。羡慕和嫉妒，赶超和怨嗟，永远不会停息。而书里的主角尹小跳呢？为什么她距离幸福仍然是失之毫厘，差之千里，为什么她像一个赶公交车的人，走到哪一站都错过了自己的班次？天乎天乎？掩卷唯有长叹而已。

　　写过长篇小说的人也许会同意，这样的体裁里结构是最困难的。而本书的结构几乎无懈可击。书里的长诗长歌一气呵成的文气也令人羡慕。在总体的写实风格中，描写时而露出神秘和象征、浪漫和幻化。作者此作里发挥了她的一贯的俏皮（不是男性的那种幽默）的语言风格，妙语如珠，俯拾皆是。"在那个有风的晚上，我看见一个小女孩儿抱着邮筒叹息""一种莫名的委屈弥漫着她的心房，一声小孩儿你怎么啦，是她久已的期盼""当一个时代迫切想要顶替另一个时代的时候，一切都会夸张的，一切，从一个小说到一个处女""人们为回到无罪的本初回到欢乐而耗尽了力气""观照即是遮挡"……值得摘抄的句子还多着呢。再看看小说的小标题："美人鱼的渔网从哪里来""猫照镜""头顶波斯菊"，都令人会心地微笑。

　　在第二十四节写到巴尔蒂斯的绘画的时候，尹小跳想，巴尔蒂斯"把她们的肌肤表现得莹然生辉又柔和得出奇。那是一些单纯、干净，正处于苏醒状态的身体，有一点点欲望、一点点幻想、一点点沉静、一点点把握不了自己"。还说："画面带给人亲切的遥远和熟稔的陌生就是他对艺术的贡献……"我们完全可以用这些话来描述这本小说。铁凝写了一本不同凡响的书，这同时是一本相当讲究的书，结构严谨，文字充满活力，集穿透与坦诚、俏丽与悲悯、形而下的具体性与形而上的探寻性苍茫性于一体。

2000 年 9 月